塔の少女

キャサリン・アーデン

壮絶な戦いの末に熊を封じたワーシャだったが、その代償はあまりに大きかった。故郷に居場所を失った彼女は、冬の王に与えられた馬を供に旅に出た。女のひとり旅は危険すぎるため、男を装っての道中、タタール人の盗賊にさらわれた少女たちを助けたことから、盗賊討伐に向かっていたモスクワ大公の一行に期せずして加わることになった。そこには、十年前に家を出た兄の姿が。勇敢で聡明なワーシャは大公に気に入られるが、恐れを知らぬ振舞いにより自ら窮地を招いてしまう……。運命に逆らい生きる少女の成長と戦いを描く、大好評三部作第二弾。

登場人物

ピョートル・ウラジーミロヴィチ……レスナーヤ・ゼムリャの領主。故人
マリーナ・イワノヴナ……ピョートルの最初の妻。故人
アレクサンドル（サーシャ）……同、次男。修道士
オリガ（オーリャ）・ウラジーミロワ……同、長女。セルプホフ公妃
アリョーシャ（リョーシカ）……同、三男
ワシリーサ（ワーシャ、ワシーリー）……同、次女
タマーラ……マリーナの母。故人
ドミトリー・イワノヴィチ……モスクワ大公
セルギイ……至聖三者修道院の創設者、院長
ウラジーミル・アンドレーエヴィチ……セルプホフ公。オリガの夫
マーリャ（マーシャ）……ウラジーミルとオリガの娘
ワルワーラ……オリガの侍女
カシヤン・ルートヴィチ……バーシニャ・カステイの領主
ロジオン……修道士。サーシャの友人
カーチャ……ワーシャに助けられた少女
コンスタンチン・ニコノヴィチ……もとレスナーヤ・ゼムリャの司祭

チェルベイ……………………………ハン国からの使者

マロースカ……………………………霜の魔物、冬の王。死の神カラチュンとも呼ばれる

ソロヴェイ……………………………ワーシャの馬。小夜鳴鳥《サヨナキドリ》

ドモヴォイ……………………………家を守る精霊《チョルト》

ヴァジラ………………………………馬屋の精

バンニク………………………………風呂小屋の精

パルノーチニツァ……………………真夜中の精

ドヴォロヴォイ………………………庭の精

塔の少女

〈冬の王2〉

キャサリン・アーデン

金原瑞人・野沢佳織訳

創元推理文庫

THE GIRL IN THE TOWER

by

Katherine Arden

This book is published in Japan
by TOKYO SOGENSHA Co., Ltd.
Japanese tanstlation rights arranged with
Janklow & Nesbit (UK) Ltd.
through Japan UNI Agency Inc., Tokyo

目次

プロローグ　三
第一部　五
1　雪娘の死　七
2　ふたりの聖職者　三一
3　「金袋《カリタ》」イワン一世の孫息子　四四
4　「骨の塔」の領主　五三
5　荒野の火　六〇
第二部　七七
6　地の果て　九九
7　旅　人　一〇三
8　ふたつの贈り物　一三七
9　煙　一五四
第三部　一八一

10 家　族　一八三
11 だれもが領主の息子には生まれない　二〇〇
12 勇者ワシーリー　二一四
13 約束を守った少女　二二四
14 川にはさまれた街　二三九
15 うそつき　二六〇
16 サライからの使者　二七三
17 マーリャの冒険　三〇二
18 馬使い　三二四
19 マースレニツァ祭　三四九
20 火と闇　三七二
21 魔術師の妻　四〇二
22 母　親　四四〇
23 北の宝石　四五四
第四部　四六一
24 魔　女　四六三
25 塔の少女　四八七

26　燃える街　五一三
27　赦しの日　五一七
作者あとがき　五二五
ロシア語の人名について　五二七
謝　辞　五二九
書体について　五四二

父とベスへ
愛と感謝をこめて

塔の少女〈冬の王2〉

嵐は空を霧で包み
雪混じりのつむじ風を巻き起こす。
獣のように吠え
幼子のように泣く。
古びた屋根の朽ちた藁《わら》を
突然ゆらしたかと思えば
夕暮れにやってくる旅人のように
家の窓をたたく。

——A・S・プーシキン

プロローグ

夜更けに、ひとりの少女が鹿毛《かげ》の馬で森を駆けていく。この森に名前はない。モスクワから遠く離れた——あらゆる場所から遠く離れた——この森できこえるのは、雪がもたらす静寂と凍った木々のゆれる音だけだ。

もうすぐ真夜中、危険な魔法の時間だ。氷と嵐、深い穴のようにうつろな空が、夜をいっそう恐ろしいものに変える。それでも、少女と馬は根気強く森の中を進んでいく。

馬のあごのまわりの柔らかな毛は凍り、脇腹まで雪におおわれている。しかし、雪の積もった前髪の隙間から見える目はやさしく、耳は元気よく前後に動いている。

少女を乗せた馬の足跡は森の奥深くまで続き、次第に新しい雪に埋もれていく。

突然、馬が止まって顔を上げる。目の前の凍った木々のむこうに、モミの木が密集して生えているのがみえる。鳥の羽根のような形をした枝がからまりあい、幹は老人のように曲がっている。

雪は激しさを増し、少女のまつげや、フードの灰色の毛皮に降り積もる。風の音だけが響いている。

「ないわ」少女が馬にいった。

馬は片方の耳を傾けて雪を振り落とした。

「もしかしたら、あの人は家にいないのかも」少女が不安げにまたいう。消え入りそうな声が、モミの木の下の暗闇に広がっていく。

しかし、少女の言葉に呼び出されたかのように、モミの木の間で扉――さっきまではみえなかった扉――が、氷の割れる音とともに開いた。ペチカの火明かりがひとすじ、まっさらな雪の上に血のようにのびてくる。はっきりとみえた。モミの木立の中に家がある。玄関の前には長いひさしが張り出し、低い板壁にはさまれた通路をおおっている。その家は、雪の上に広がる光の中で木々に囲まれ、うずくまって息をしているようにみえる。

男の姿が、扉のすきまに現れた。馬が両耳を前に向けてぴんと立てる。少女は身を硬くした。

「お入り、ワーシャ」男がいった。「外は寒いだろう」

第一部

1　雪娘の死

冬至をすぎたばかりのモスクワ。一万もの家の煙突から立ちのぼる煙が、曇り空に吸いこまれていく。西の空にはかすかに日の光が残っているものの、東の空は厚い雲におおわれ、夕闇に青黒く染まって、いまにも雪が降りだしそうだ。

二本の川がルーシの森を切り裂くように流れ、その合流地点、マツが生い茂る丘の上にモスクワの街が広がっている。白い分厚い城壁に囲まれた街には、小さな家や教会が無秩序にならんでいる。屋敷には氷の筋のついた塔がそびえ、空に向かって必死に手をのばしているかのようだ。あたりが暗くなってくると、塔の部屋に明かりがともる。

そんな塔の部屋のひとつで、高貴な装いの女が窓辺に立ち、ペチカの火明かりが荒れ模様の夕空に溶けていくさまをみつめていた。後ろでは、ふたりの女がペチカのそばにすわり、縫い物をしている。

「オリガが窓辺に立つのは、この一時間ほどで三度目ね」女のひとりが小声でいった。両手の指輪が、ほのかな明かりを受けて光る。見事な頭飾りのおかげで、鼻の腫れものはあまり目立たない。

ふたりのそばには数人の侍女が控え、花がゆれるようにうなずいている。奴隷たちは冷たい壁のそばに立っていて、頭に巻いたカーチフの中には細くて弾力のない髪がしまわれている。

「当然だわ、ダーリンカ」ペチカのそばで、もうひとりの女が返事をした。「オリガはお兄様を待っているのだから。むこうみずな修道士のアレクサンドルをね。彼がサライ（モンゴルのバトゥ・ハンが十三世紀半ばにヴォルガ川下流に築いた、キプチャク＝ハン国の首都）に出発してから、もうどのくらいになるかしら。わたしの夫は、初雪が降ったころからずっと、アレクサンドルがもどるのを待っているわ。オリガはかわいそうに、窓辺で兄の帰りを待ちこがれている。祈りが届くといいけれど。もしかしたら、アレクサンドルは雪だまりの中で死んでいるんじゃないかしら」そう話すのはモスクワ大公妃のエウドキア・ドミトリエワだ。エウドキアは宝石が縫いちりばめられた服を着ている。口元はバラのつぼみのようだが、その奥には黒い虫歯が三本もある。エウドキアは声を高くしていった。

「この風の中で立っていたら死んでしまうわよ、オーリャ。それに、アレクサンドルがこちらに向かっているとしたら、もうとっくに着いているでしょう」

「そうね」窓辺でオリガが冷ややかに返事をした。「あなたのおかげで忍耐強くなれるわ。娘も大公夫人としての振る舞いを学べますし」

エウドキアは唇を噛みしめた。大公妃には子どもがいないのだ。オリガにはふたりの子どもがいて、復活大祭の前に三人目が生まれる予定だ。

「いまのは何？」突然、ダーリンカがいった。「物音がしたわ。きこえなかった？」

外は、吹雪になろうとしていた。「風の音よ」エウドキアが答える。「ただの風でしょ。ばかね、ダーリンカ」そういいながらも、エウドキアは身を震わせた。「オリガ、ワインをもっと持ってこさせて。この部屋はすきま風が入って寒いわ」

オリガの仕事部屋は寒くはなかった。細長い窓がひとつあるきりで、ペチカの火と多くの人の体温であたたかい。それでもオリガは「わかったわ」といい、自分の召使いに向かってうなずいた。召使いは部屋を出て階段を下りていった。外はすっかり暗くなっている。きっと凍てつく寒さだろう。

「こういう夜はきらいよ」ダーリンカがいって、ドレスの胸元をかき合わせ、鼻の腫れものをかいた。視線を、蠟燭《ろうそく》から暗がりへ、また蠟燭へとせわしなく動かす。「こんな夜には、あの女がくるわ」

「あの女?」エウドキアが不機嫌な声できく。「あの女ってだれよ」

「あの女ってだれよ、ですって?」ダーリンカがエウドキアの質問をくり返す。「まさか知らないの?」得意げな顔になる。「幽霊よ」

それをきいて、ペチカのそばで口げんかをしていたオリガの子どもたちは、かん高い声をあげるのをぴたりとやめた。エウドキアが鼻で笑う。窓辺でオリガが眉をひそめた。

「幽霊なんていやしないわ」エウドキアはそういって、ハチミツ漬けのスモモを取り、ひと口上品にかじって食べると、甘いハチミツのついた指先をなめた。まるで、オリガの屋敷は幽霊が出るほど立派ではない、とでもいいたげだ。

「わたし、みたのよ!」ダーリンカがむっとして言い返した。「前にここに泊まった夜に、みたんだから」

高貴な生まれの女は、テレム（ルーシの高貴な女性の居住空間。屋敷の上階、塔、離れなどにあった）の中で暮らして死んでいくしかなく、女同士でよく互いの家を行き来する。夫たちが不在の日には、だれかの家に集まってひと晩、ともにすごすこともある。オリガの屋敷はきれいに掃除され、片づいていて、豪華なものがたくさんあるので、だれもが好んで集まった。オリガが八か月の身重になり、外出することがなくなっていたのでなおさらだ。

話をききながらオリガは顔をしかめていたが、ダーリンカは注目を集めたい一心で、急いで先を続けた。「真夜中を少しすぎたころだったわ。何日か前、冬至の日より少し前のことよ」ダーリンカが身を乗り出すと、頭飾りがあやうげに傾いた。「ふと目が覚めて――どうしてかは思い出せないの。そしたら物音が……」

オリガが、ばかにしたような小さな声をあげた。ダーリンカが怒った顔になる。「どうしてかは思い出せないけど」ダーリンカはくり返す。「目が覚めると、部屋は静かで、冷たい月の光がよろい戸のすきまからもれていた。部屋の隅から何かきこえた気がして、ネズミの鳴き声かしら、と思ったの」ダーリンカは急に声をひそめた。「横になったまま、毛布にくるまってじっとしていた。でも眠れなかった。すると、だれかのすすり泣く声がきこえるの。わたしは目を開けて、隣で寝ていた侍女のナストゥカを揺り起そうとしたわ。『ナストゥカ、ナストゥカ、ランプをつけて。だれかが泣いてる』そういったんだけど、ナストゥカはぴくりともしなかった」

そこまで話すと、ダーリンカはひと呼吸置いた。部屋が静まり返る。

「そのうち、かすかな光が見えたの。とても神聖とはいえないような光よ。月の光より冷たくて、ペチカの心地よい火明かりにはほど遠い。その光がどんどん近づいてきて……」

ダーリンカはまた間を置くと、「あの女がいたの」と、押し殺した声でいった。

「あの女って？　だれがいたの？　どんな姿をしていたの？」女たちは口々にたずねた。

「骨のように白くて」ダーリンカがささやくような声でいう。「口元はしぼみ、うつろな目は世界を飲みこむ暗い穴のようだった。こちらをじっとみていて、口には唇がないの。わたし、叫ぼうとしたけど声が出なかった」

ひとりが悲鳴をあげた。ほかの者は両手を握りあわせている。

「いいかげんにして」窓辺にいるオリガがさっと振り向き、きびしい声でいった。オリガの言葉で、半ばヒステリーを起こしかけていた女たちはわれに返り、不安そうな顔で口をつぐんだ。

「子どもたちが怖がっているじゃない」オリガが続けていう。

その言葉は、半分しかあたっていなかった。姉のマーリャは背中をぴんとのばしてすわり、目を輝かせている。一方、弟のダニールはマーリャにしがみついて震えていた。

「そのあと、女は消えてしまったの」ダーリンカは話をしめくくった。平静を装っているものの、声が震えている。「わたしはお祈りの言葉を唱えて眠ったわ」

ダーリンカはワインの杯を手に取り、ひと口飲んだ。ふたりの子どもたちはダーリンカをみつめている。

「おもしろかったわ」オリガがきつい口調でいう。「でも、このお話はおしまい。さあ、別のお話をしましょう」

オリガは、ペチカのそばの自分の場所にすわった。ゆらめく火明かりが、ふたつに分けて編んだ髪を照らす。外では雪が激しく降っている。奴隷たちがよろい戸を閉めたとき、オリガは肩をこわばらせたが、もう窓のほうはみなかった。

ペチカに新しい薪がくべられると、部屋の中はあたたかくなり、柔らかい光が満ちた。

「お母さん、お話をして」オリガの娘、マーリャが大きな声でいった。「魔法のお話がいい」

いいわよ、と小さな返事がきこえると、歓声があがる。エウドキアが顔をしかめる。オリガはほほえんだ。オリガはセルプホフ公の妻だが、モスクワから遠く離れた幽霊の出る荒野の外れで育ったので、ルーシ北部に伝わる不思議な物語を知っている。礼拝堂とパン焼き小屋とテレムを行き来するだけの生活を送る身分の高い女たちは、そうした珍しい物語を喜んできいた。

オリガは聞き手を見回した。窓辺にひとりで立っていたときの悲しげな表情は、すっかり消えている。侍女たちも針仕事をやめて、クッションに背をあずけ、オリガが話し始めるのを一心に待っていた。

外では、風のうなりが、吹雪の音なき音と混ざりあっている。塔の下では大声が飛び交い、家畜の最後の一匹も小屋に追い立てられていった。寒さから守るためだ。雪の積もった路地では、物乞いたちが教会に忍びこみ、朝まで生きていられますようにと祈る。クレムリン（都市の中心部をなす城塞）の城壁を守る男たちは、鉄の火桶のそばで身を寄せあい、帽子を耳のあたりまで深くかぶっている。しかし、オリガの塔はあたたかく、期待にあふれた沈黙に包まれていた。

「では、始めるわね」オリガは言葉をさがしながら話しだした。

「ある公国の、大きな森の中の小さな村に、ひとりの木こりが妻と暮らしていた。木こりのミーシャと妻のアリョーナは、とても悲しんでいた。熱心に祈り、イコン（正教会で、信仰・崇拝の対象とされる聖画像）にキスをして懇願しても、神様はふたりに子どもを授けてくださらない。つらい日々は続き、この夫婦は、きびしい冬を越す手助けをしてくれる子どもに恵まれないままだった」

オリガは片手を腹に置いた。三番目の――まだ名前のない――子どもが内側から蹴ったのだ。

「ある朝、大雪が降ったあと、夫婦は薪にする木を切りに森の奥に入った。まず雪をかいて積み上げ、地面がみえてくると、木の枝を切り落とし、束にしていく。そのうちに妻のアリョーナが、なんとはなしに雪で白い女の子を作った」

「その子、わたしみたいにかわいかった？」マーリャが口をはさむ。

エウドキアが鼻先で笑った。「ばかね、その子は雪娘なのよ。冷たくて、凍っていて真っ白なの。でも――」エウドキアが小さなマーリャをみつめる。「だれかさんよりはかわいかったでしょうね」

マーリャは顔を赤くして、何かいおうとした。

「とにかく」オリガはあわてて話を続けた。「本当に雪の少女は真っ白で、硬く凍っていた。しかし、背はすらりと高く、唇は愛らしく、長い髪を三つ編みにまとめていた。アリョーナは、授かることのなかった自分の子どもへの愛をすべてこめて、雪の女の子を作ったのだ。『ごらん、アリョーナ』夫のミーシャが雪の女の子をまじまじとみていった。『おまえのおかげで、うちにも娘ができた。この子はわたしたちの雪娘、スネグラチカだ』

ほほえむアリョーナは、目に涙をためていた。

ちょうどそのとき、身を切るような風が吹き、葉のない枝が震えるような音をたてた。霜の魔物、マロースカがそこにいて、夫婦と雪でできた娘をながめていた。

マロースカが木こりの妻を憐れんだからだという人もいれば、妻の涙に魔法の力が宿っていて、木こりがみていないときに、雪でつくったその娘に涙をこぼしたからだという人もいる。どちらにしても、ミーシャとアリョーナが家に向かって歩きだしたとたん、雪で作った女の子の頬はバラ色に染まり、目は深みのある黒になった。雪の中で、本物の女の子が生まれたままの姿で立って、年老いた夫婦に向かってほほえんでいた。

その子はいった。『あなたたちの娘になるために来ました。わたしを娘にしてくださるなら、おふたりのことをお父さん、お母さんとして大切にします』

夫婦は、女の子をじっとみつめた。初めは信じられなかったが、次第に喜びがわいてくる。アリョーナは急いで駆け寄り、涙を流しながら女の子の冷たい手を取ると、丸太でできた小さな家《イズバ》に連れ帰った。

それからしばらくは、穏やかに日がすぎた。雪娘のスネグラチカは家の床を掃き、夫婦のために食事を作り、歌を歌う。ときどき、その歌に奇妙な響きがあって、夫婦は不安になった。しかし、娘は心やさしく、手際よく仕事をこなした。スネグラチカが笑うと、太陽も輝きを増すかのようだった。ミーシャもアリョーナも自分たちの幸運が信じられなかった。

月が満ちては欠け、真冬が訪れた。村には橇《そり》の鈴の音が響きわたり、黄色の平たいケーキの香りが漂う。

ときおり、村人たちが村と森を行き来するときに、ミーシャとアリョーナの家の前を通る。雪娘はその様子を、薪の山の陰からながめていた。

ある日、ひとりの女の子と背の高い男の子が、隠れているスネグラチカの前を通りすぎた。ふたりは手をつないで歩いていく。ほほえみあうふたりをみて、雪娘は、なぜあんなにうれしそうな顔をしているんだろう、と不思議に思った。

考えれば考えるほど、よくわからなくなった。ところがスネグラチカは、ふたりの表情を忘れることができなかった。ふたりをみるまでは満ち足りていたのに、いまでは心が落ち着かない。家の中をいったりきたりし、森の中を歩きまわっては木々の下の雪に足跡を残した。

春が近づいてきたある日、スネグラチカは森の中で美しい音色を聞いた。羊飼いの少年が横笛を吹いていたのだ。

スネグラチカはゆっくり近づき、その音色にききほれた。羊飼いも、色の白い少女に気づいた。雪娘がほほえみかけると、少年のあたたかい心が飛び出して、スネグラチカの冷たい心に触れた。

何週間かすぎるうちに、羊飼いは雪娘を好きになっていた。降る雪は穏やかになり、うっすら青い空は澄みわたっている。しかし、雪娘はまだ悩んでいた。

霜の魔物、マロースカは森の中で雪娘に言い聞かせた。『おまえは雪から生まれた。だれかを愛したなら、永遠の命を失ってしまうぞ』冬が終わりに近づくと、霜の魔物は力が次第に弱まり、そのうち、真っ暗な森の中でしか姿がみられなくなった。もはや、ヒイラギをゆらすそよ風ほどの力しかないように人々には感じられた。マロースカは雪娘にいう。『冬から生まれたおまえは、永遠に生きる。だが、火に触れれば命を落とす』

しかし、羊飼いの少年に愛された雪娘は、少し高慢な態度でたずねた。『どうしてわたしは、いつも冷たいの？』責めるような口調で続ける。『あなたは年老いた冷たい魔物だけど、わたしはもう人間の娘なのよ。これからは、この新しい、火というものについて学ぶわ』『陰から出てはいけない』マロースカの答えはそれだけだった。

日に日に春が近づいてくる。人々は頻繁に出かけ、自分たちだけが知っている場所で、食べられる草を摘み取ってくるようになった。羊飼いはスネグラチカの家を足しげく訪れては、『森においでよ』と誘った。

そのたびに雪娘は、ペチカのそばの暗がりから出て森へいき、木陰で踊った。しかし、ダンスを踊っても、スネグラチカの心の真ん中は冷たいままだった。

雪が本格的に解け始めると、雪娘はますます青白くなり、弱っていった。雪娘は、森のいちばん暗いところにいっては泣いた。『お願いです。人間の心をください。どうかこの願いをかなえてください』

『ならば、春の精のところにいくがいい』マロースカがしぶしぶ返事をした。日が長くなるにつれて、霜の魔物の力は薄れ、その声はそよ風のようにかすかだった。風は悲しげに、指先で雪娘の頬をなでた。

春の精は少女のようで、長く生きているが永遠の若さを持ち、すこやかな体には花がからみついている。春の精はいった。『望みをかなえることはできます。でも、そうすれば、あなたは間違いなく死ぬことになりますよ』

スネグラチカは何も答えず、家に帰って泣いた。それから何週間も家の中で過ごし、部屋の隅に隠れていた。

しかし、若い羊飼いがやってきて、ドアをたたく。『どうか、愛しい人、外に出てきてくれ。きみのことが好きでたまらないんだ』

スネグラチカにはわかっていた。もし、このまま木こりの家の中にいれば、永遠に生きられる。でも……外には音楽があり、大好きな人のまなざしがある。

雪娘はにっこり笑うと、青と白の服を身にまとい、家の外に駆けだした。太陽の光が雪娘に触れると、亜麻色《あまいろ》の髪から水滴がすべり落ちる。

ふたりは、カバノキの森の外れに向かった。

『横笛を吹いて』雪娘がいった。

溶けだした水が、雪娘の腕や手、髪の毛を伝って流れる。その顔は青白かったが、体を流れる血や心はあたたかかった。羊飼いが横笛を吹く。スネグラチカは羊飼いのことが愛しくて、涙を流した。

曲が終わると、羊飼いは雪娘を抱きしめようとした。しかし、手をのばしたとたん、雪娘の脚が溶けてしまった。雪娘はぬかるんだ地面に崩れ落ち、消えてなくなった。冷たい霧があたたかな青い空の下を漂う。若い羊飼いはひとり残された。

雪娘が消え、春の精がベールで地面をやさしくなでると、小さな野の花が咲いた。しかし、羊飼いは薄暗い森の中にたたずみ、失った恋人を思って涙にくれた。

ミーシャとアリョーナも泣いて悲しんだ。『すべて魔法だったんだ』ミーシャはそういって妻を慰めた。『長く続くはずがない。あの子は雪から生まれたのだから』」

オリガが話し終えると、女たちは口々にささやきあった。オリガの腕の中ではダニールが眠り、膝にはマーリャが頭をもたせている。

「スネグラチカの魂は森に残ったと、信じている人もいるわ」オリガは話を続けた。「雪が降ると雪娘がよみがえって、冬の長い夜、愛しい愛しい羊飼いの少年に会いにくる、ってね」

オリガは少し間を置いた。

「その一方で、スネグラチカは死んだ、それが愛の代償なんだという人もいるの」オリガは悲しげに言い添えた。

ここで部屋は沈黙に包まれるはずだった。語り手がすばらしいと、物語のあとはいつもそうなる。ところが、今回はちがった。オリガの声が消えた瞬間、娘のマーリャがぱっと体を起こし、叫び声をあげた。

「みて！」マーリャが大声でいう。「お母さん、みて！　女の人がいる、ほら、そこ！　みてよ！……いや――いや！　やめて――あっちへいって！」マーリャはふらふらと立ち上がり、恐怖のあまり虚ろな目をしている。

オリガはすばやく娘の視線の先を見た。部屋の隅の暗がりだ。そこでは――白い光がゆらめいている。いや、ちがう。ペチカの火明かりだ。部屋にいるだれもが不安そうだった。ダニールが目を覚まして、母親のサラファン（刺繍入りの亜麻のブラウスの上に着る、肩ひもつきのワンピースドレス）にしがみついた。

「いったいどうしたの？」

「その子を黙らせて！」

「いったでしょ！」ダーリンカが勝ち誇った顔でかん高い声をあげる。「幽霊は本当にいるのよ！」

「いいかげんにしなさい！」オリガがぴしゃりといった。

その声は部屋じゅうに響いた。とたんに叫び声もしゃべり声も静まった。マーリャのすすり泣く声だけが、静かな部屋の中ではっきりときこえる。「さあ」オリガが冷静にいう。「もう遅いわ。それに、みんな疲れてる。奥様をベッドにお連れして」オリガはエウドキアの侍女たちにいった。モスクワ大公妃は興奮しすぎて手がつけられなくなることがよくある。「この子は悪い夢をみただけよ」オリガは強い口調でいった。

「いいえ」エウドキアがきっぱりいった。この状況を楽しんでいる。「ちがう、幽霊よ！　恐ろしい！」

オリガは、侍女のワルワーラに鋭い視線を向けた。ワルワーラの髪は薄い金色で、年齢はよくわからない。「モスクワ大公妃が安心してお休みになれるように、お手伝いなさい」オリガがいった。ワルワーラも他のみんなといっしょに部屋の隅の暗がりをみつめていたが、オリガの指示を受けるとすぐ、静かに仕事にもどった。やはりあれはペチカの火明かりだった――オリガはそう思うと、一瞬、自分が悲しい顔をしたことに気づいた。

ダーリンカはしゃべり続けている。「あの女よ！」強い口調でいう。「子どもがうそをつくかしら？　幽霊がいたのよ！　恐ろしい悪魔が……」

「それから、ダーリンカには新鮮な空気と司祭様を」オリガがいった。

ダーリンカはまだ何かぶつぶついいながら、部屋から連れ出された。エウドキアがダーリンカよりは丁寧に連れていかれると、騒ぎはおさまった。

オリガはペチカのそばにもどった。子どもたちが恐怖に青ざめている。

「本当なの？　母様《マートウシカ》」ダニールが鼻水をすすりながらきいた。「ここに幽霊がいるの？」

マーリャは黙ったまま、両手を握りあわせていた。目にはまだ涙がたまっている。

「だいじょうぶよ」オリガが静かにいった。「ふたりとも落ち着いて。怖がることはないのよ。わたしたちは神様に守られているのだから。さあ、いらっしゃい、寝る時間よ」

2　ふたりの聖職者

夜中にマーリャは悲鳴をあげて、二度、乳母を起こした。二度目の悲鳴で起こされた乳母は、とっさにマーリャの頰を打った。マーリャはベッドから飛び起き、乳母に止められるより先に、鷹のようにすばやくテレムの廊下を走り抜け、オリガの部屋に飛びこんだ。そして、眠っている召使いたちの上をはうようにして母親のベッドまでいくと、震えながら身を寄せた。

オリガは起きていた。足音がきこえ、娘がそばにくると、体の震えが伝わってきた。注意深く見守っていたワルワーラが、ほぼ真っ暗闇の中でオリガと目を合わせ、何もいわずにドアに向かうと、外で待っていた乳母を部屋に帰らせた。乳母の腹立たしげな息づかいが廊下を遠ざかっていく。オリガがため息をついて、マーリャの髪の毛をなでてやっていると、しばらくして娘は落ち着いてきた。「何があったの、マーシャ」そうたずねると、マーリャのまぶたはくっつきそうになっていた。

「女の人の夢を見たの」マーリャは小さな声で話しだした。「灰色の馬に乗っていて、とても悲しそう。ずいぶん前にモスクワにきて、それからずっといるみたい。何かいおうとしてたけど、わたし、きこうとしなかった。すごく怖くて!」マーリャはまた泣きだした。「それで、目が覚めたら、その人がいたの。夢と同じだったけど、その人、幽霊で――」

「ただの夢よ」オリガがささやく。「夢をみただけ」

オリガたちが目を覚ましたのは、日がのぼってすぐ、屋敷の門のあたりで声がしたせいだった。

けだるいまどろみの中でオリガは、みていた夢を思い出そうとしていた。マツの木が風にゆれ、自分は裸足で土埃の中にいて、兄たちと声をあげて笑っていた……。そのとき物音がきこえ、マーリャがびくっとして目を覚ました。あっという間に、田舎の娘だった日のオリガはふたたび姿を消し、忘れ去られた。

オリガは上掛けを押しのけた。マーリャもぱっと起き上がる。オリガは、娘の顔色が少しよくなっていることに安心した。日の光が夜の恐怖を追い払ってくれたらしい。外からきこえてくる声の中に、よく知った声が混じっている。「サーシャ！」オリガは小さな声でいった。信じられない。「起きて！」侍女たちに大きな声で命じる。「お客様よ。あたたかいワインと風呂小屋の準備を」

ワルワーラが部屋に入ってきた。髪の毛に雪が積もっている。夜が明ける前に起きて、薪と水を取りにいっていたのだろう。「お兄様がもどられました」朝のあいさつもなしにそう告げる。その顔は青白く、表情は硬い。悪夢を見たマーリャに起こされてから眠っていないようだ。

一方でオリガは、自分が十歳ほど若くなったような気がした。「兄さんなら、どんな嵐がきても死なないって思ってた」といって立ち上がる。「神に仕える身ですもの」

ワルワーラは返事をせずに、身をかがめ、ペチカの火をおこし直そうとする。

「そこはあとでいいわ」とオリガ。「台所にいって、かまどをみてきてちょうだい。すぐに食事を準備させてね。サーシャはきっとお腹をすかせているでしょうから」

侍女たちは、大急ぎで公妃とふたりの子どものしたくを手伝ったが、オリガが身じたくを整えてワインを口にするより早く、ダニールとマーリャがハチミツのたっぷりかかった粥《かゆ》を食べ終えるより早く、階段をのぼる足音がきこえてきた。

マーリャが飛ぶように立ち上がった。オリガは顔をしかめる。この子はまだ顔色が悪いのに、むりに元気に振る舞っている。きっと、恐ろしい夜のことをまだ忘れられないでいるんだわ。

マーリャが大きな声をあげる。「サーシャおじさんが帰ってきた！　サーシャおじさん！」

「部屋にお通しして」オリガがいう。「マーシャ――」

開いたドアのむこうに人影がみえる。その顔はフードで隠れていた。

「サーシャおじさん！」マーリャがまた大声で呼ぶ。

「いけません、マーシャ。修道士様をそんなふうに呼んではだめでしょう！」乳母が大きな声でたしなめたが、マーシャはすでに丸椅子を三脚とワインの杯をひとつ倒して、おじのそばに駆け寄っていた。

「神のご加護がありますように」あたたかみのある声がさらりという。「マーシャ、離れなさい。雪まみれなんだ」声の主は、マントをまといフードをかぶったまま、あちこちに雪をまき散らしながら、マーリャの頭の上で十字を切って抱きしめた。

「神のご加護がありますように」オリガがペチカのそばでいった。その声は落ち着いているが、表情は明るく、何歳も若返ったようだ。そして、こういわずにはいられなかった。「ひどいわ、心配したのよ」

「神のご加護がありますように」とサーシャ。「心配することはない。わたしは司祭様がお望みならどこへでもいく」重々しい口調でいってから、ふとほほえんだ。「会えてうれしいよ、オーリャ」

サーシャが毛皮のマントを修道服の上にはおったままフードをとると、修道士らしく頭のまわりにだけ残した黒い髪がみえ、黒いあごひげにはつららが下がっていた。父親がみても、息子だと気づかないかもしれない。自慢の息子は成長して肩幅が広くなり、いつも穏やかで、足音は狼のように静かだ。母親と同じ澄んだ瞳だけが、十年前、馬に乗って故郷のレスナーヤ・ゼムリャをあとにしたときから変わっていない。

オリガの侍女たちが、こっそりみている。モスクワの貴族《ボヤール》の屋敷では、テレムに男性がやってくることはほとんどない。例外は修道士、司祭、夫、息子、奴隷だが、修道士はたいてい年配で、背が低い。灰色の目をした、肌から異国の香りがするような長身の若者はいない。

侍女のひとりが、ぎこちなく、熱っぽい視線を向けながら、まわりにきこえそうな声で隣の侍女に話しかける。「あの方は、修道士のアレクサンドル・ペレスヴェートよ。『光をもたらす者』とも呼ばれていらっしゃるの。知ってる？　あの――」

侍女はワルワーラに頰をたたかれ、口をつぐんだ。オリガが部屋にいる女たちをちらりとみていう。「礼拝堂にいきましょう、サーシャ。神様に、無事に帰れた感謝を捧げなくては」

「ちょっといいかい、オーリャ」サーシャはそういうと、少し間を置いて続けた。「旅人をひとり、連れてきた。とても具合が悪くて、いま、オーリャの仕事部屋に寝かせてあるんだ」

オリガは眉をひそめた。「旅人を？　ここに？　いいわ、様子をみにいきましょう。だめよ、マーシャ。先にお粥を食べなさい。瓶の中の虫みたいに走り回るのは食べ終えてからですよ」


その男は、ペチカのそばの毛皮の敷物に横になっていた。体をおおっていた雪の溶けた水が、まわりに広がっている。

「サーシャ、この方は？」身重のオリガは床に膝をつくことができず、人差し指で歯を小さくたたきながら、みすぼらしい姿の人物をじっとみた。

「司祭様だよ」サーシャはそういって、あごひげについた水滴を払い落とした。「名前はわからない。モスクワまであと二日というところで、道をさまよっていらっしゃるのをみかけたんだ。具合が悪く、取り乱しているようだった。火をおこして、少し体をあたためてさしあげてから連れて帰ることにした。昨日は積もった雪に横穴を掘らなければならなかった。吹雪になったからね。今朝までそこで様子をみていたんだが、容体は悪くなるばかりで、わたしの腕の中で死んでしまいかねなかった。そこで、悪天候のもと旅をする危険を冒しても、この方をあたたかいところへお連れしなければと思ったんだ」

サーシャはすばやく男の上にかがむと、顔にかぶさっているフードをのけた。司祭の目は、はっとするような深い青で、ぼんやりと天井の梁《はり》を見上げている。痩せこけて骨が浮き、頰は熱で赤い。

「この方を助けてくれるかい、オーリャ。修道院にいっても、小さな部屋とわずかなパンしかあてがわれないと思うんだ」

「ここなら、それよりよいものを用意できるでしょう」オリガは侍女のほうへ向き直り、口早にいくつか指示してから、続けた。「でも、この方の命は神の手の中ね。必ず助けられると約束はできないわ。容体はかなり悪い。召使いの男たちに風呂小屋に運ばせましょう」そこまでいうと、オリガは兄をちらりとみた。「あなたもお風呂が必要よ、サーシャ」

「そんなに凍えてはいないよ」サーシャがいう。たしかに、顔についた雪や氷は溶けてなくなっていたが、異様なほどくぼんだ頰とこめかみが旅の疲れを物語っていた。サーシャは、髪に残っていた雪を払いのけた。「オーリャ、その前にすることがある」そういって立ち上がる。「お祈りをしてあたたかいものを食べたら、大公のところにいかなければ。もどったことをいちばんに報告しないと、間違いなく怒られる」

屋敷から礼拝堂までは、屋根つきの板張りの通路が続いていて、オリガも侍女たちも快適に礼拝にいけるようになっていた。礼拝堂は、宝石箱のように彫刻がほどこされていた。イコンはどれも、金めっきの覆いがついている。蠟燭《ろうそく》の明かりが金や真珠《しんじゅ》の装飾を照らしている。サーシャがよく通る声で祈りの言葉を唱えると、蠟燭の火がゆれた。オリガは生神女《しょうしんじょ》マリヤ（ロシア正教で聖母マリアのこと）のイコンの前にひざまずいて祈りを捧げ、サーシャにもみえないように、苦しいほどの喜びに涙をこぼした。

　その後、ふたりはオリガの部屋にもどってペチカのそばの椅子にすわった。子どもたちは部屋から連れ出され、ワルワーラの指示で侍女たちも退室していた。湯気の立つスープが運ばれてくる。サーシャは一気に飲むと、おかわりを頼んだ。

「何があったの？」食事をするサーシャにオリガがたずねる。「なぜ帰りが遅れたの？　神の御業《みわざ》なんていってごまかしてもだめよ。遅れるなんて兄さんらしくないわ」

　部屋にはだれもいなかったが、オリガは小声で話した。テレムにはいつも大勢の女たちがいて、きかれたくない話もきかれてしまう。

「馬でサライまでいって、もどってきたんだぞ」サーシャが明るい声でいう。「一日で帰ってこられるような旅じゃない」

　オリガは冷ややかな視線を兄に向けた。

　サーシャはため息をつく。

　オリガは何もいわない。

「南部の草原で、冬が早く始まったんだ」オリガに負けて、サーシャが話しだす。「カザン（ルーシ南部の街。十一世紀に建設され、この物語の時代より少しあとの十五世紀にカザン・ハン国の首都として栄える）で馬をなくして、一週間、歩いて進まなければならなかった。そして、モスクワを発ってから五日目、いや、もう少しあとだったかな、焼け跡になった村に着いた」

オリガは十字を切ってたずねる。「火事があったのかしら？」

サーシャはゆっくりと首を横に振った。「盗賊だ。タタール人（ここではモンゴル系の遊牧民族のこと。特に、徴税によりルーシ全域を支配していたキプチャク・ハン国のモンゴル人をさす）だ。やつらは少女たちを連れ去った。南部の奴隷市場で売り飛ばすつもりだ。そして、残りの村人を大勢殺した。わたしは何日もかけて、その村で殺された者を清め、埋葬した」

オリガは、今度はゆっくりと十字を切る。

「できることをすべてやって、村をあとにした」サーシャは続ける。「だが、先に進むと、同じように焼かれ、虐殺の行われた村をまたみつけた。さらに先でも」話をするサーシャの頬とあごのしわが深くなる。

「神が村人たちの魂に平安をもたらしてくださいますように」オリガがささやくようにいう。

「この盗賊は組織化された集団だ。やつらには拠点がある。そうでなければ、真冬の一月にいくつもの村を襲撃することはできない。それから、上等の馬を持っている。村をすばやく襲い、馬に乗ってすばやく立ち去れるように」サーシャの椀を持つ手が震え、中のスープがはねた。

「やつらをさがしたが、手がかりは何もみつからなかった。焼き払われた村で農民から襲撃の様子をきけただけだ。村の惨状も農民の話も、先に進むにつれてひどくなっていった」

オリガは黙ったままだった。祖父の時代には、ハン（ルーシを間接的に支配していたキプチャク・ハン国の君主）がモンゴル草原の遊牧民をしっかりと治めていた。当時はモスクワ大公国の村をタタール人の盗賊が襲ったなどと、耳にすることはなかっただろう。この国はずっと昔からキプチャク・ハン国に忠誠を尽くしてきたのだから。しかし、いまのモスクワ大公国はもう従順な国ではない。以前ほど慎重でもなければ、隷属してもいない。さらに重要なのは、キプチャク・ハン国の結束力が弱まったということだ。次々に替わるハンがモスクワ大公にあれこれ気まぐれな要求を突きつけてくるうえに、軍の有力者は仲間割れを起こしている。そういうときには、君主に従わない集団が生まれ、盗賊の手が届く地域にいる者は被害を受けることになる。

「だいじょうぶだよ、オリガ」妹が盗賊を恐れていると思ったサーシャがいった。「怖がらなくていい。モスクワ大公国は盗賊に倒されるような国じゃない。それに、やつらが襲っている地域は、父さんの領地のレスナーヤ・ゼムリャから遠く離れている。だが、盗賊は根絶やしにしなければ。できるだけ早く、また出かけるつもりでいる」

オリガはじっと動かず、気持ちをおさえて聞き返した。「また出かけるの？　いつ？」

「兵士が集まったらすぐに」サーシャは妹の表情をみて、ため息をついた。「悪いな。こんな状況でなければ、しばらく腰を落ち着けるのだが。この数週間、悲惨な死をあまりにもたくさんみてしまった」

サーシャは変わった男だ。疲れ切っていても心はやさしく、意志は鋼鉄のようにかたい。

オリガは兄と目を合わせた。「そうね。いくべきだわ、兄さん」冷静にいった。耳がいい者なら、その声に辛辣《しんらつ》な響きを聞き取ったかもしれない。「兄さんは神が示す道を進むのよね」

3　「金袋《カリタ》」イワン一世の孫息子

モスクワ大公の宮殿の大広間は長方形で、天井は低く、薄暗い。貴族《ボヤール》たちが細長いテーブルを囲んでいて、なかには犬のようにだらしなく手足をのばしてすわっている者もいる。モスクワ大公国の君主、ドミトリー・イワノヴィチはいちばん奥の席に着き、黒とサフラン色の豪華な毛織物の服を着て、ひときわ目立っている。

ドミトリーはいつも上機嫌で、胸は樽《たる》のように厚く、活力にあふれている。せっかちで自分勝手で気まぐれだが、心やさしい一面もある。ドミトリーの父、イワン二世は「美男公」と呼ばれていたが、若き大公ドミトリーも父親譲りの肌の白さや整った顔立ちに恵まれており、髪の毛は柔らかな金色、肌はなめらかで、目は灰色だった。

サーシャが長方形の部屋に入ってくると、大公がさっと立ち上がり、大声で「サーシャ！」と呼びかけた。宝石をちりばめた帽子からのぞく顔が明るくなる。サーシャのほうに大股で向かい、その勢いに召使いの男がうろたえると、ふとわれに返ったように立ち止まり、大公らしい威厳を取りもどした。口を拭い、胸の前で十字を切る。そんな動作も、片手に持っているワインの杯で台無しだ。大公は急いで杯を置くと、サーシャの両頬にキスをしていった。「みんな、最悪の事態を恐れていたぞ」

「神のご加護がありますように、ドミトリー・イワノヴィチ」サーシャはそう答えてほほえんだ。ドミトリーが成人するまでの間、このふたりは至聖三者修道院《トリニティ・ラヴラ》（聖職者セルギイが創設した修道院。モスクワの北東、約七十キロのところにある）でともに少年時代をすごした。

煙の漂う大広間に男たちのささやき声が広がった。ドミトリーが、残った豚肉料理を片づけるようにいう。娼婦たちはたちまち部屋から出されたが、彼女たちの残り香がワインや脂っこい肉のにおいに混じってサーシャのほうへ流れてきた。

サーシャは貴族たちの視線も感じていた。この男が帰ってきて事態はどう動くのだろうと、いぶかるような視線だ。

サーシャは不思議に思うことがある。なぜみんな、自ら望んで、新鮮な空気の入らない、埃っぽくて狭苦しい部屋にこもりたがるのだろう。

ドミトリーはいとこの嫌悪感を読み取ったのだろう。「風呂だ！」と、すぐに大声で命じた。「風呂小屋の準備を。いとこは疲れている。わたしは、サーシャとふたりだけで話がしたい」そういうと、秘密を共有するようにサーシャの腕をつかんだ。「それに、わたしもこの騒ぎにはうんざりだ」それはどうだか、とサーシャは思った。ドミトリーは騒々しく華々しいモスクワの貴族社会をうまく取り仕切っている。彼にとってラヴラ（ここでは至聖三者修道院をさす。原意は、正教会の修道形態のひとつ）は狭く、静かすぎる場所だったにちがいない。「おい！」大公は執事を呼び止めた。「客人に必要なものがすべてそろっているよう、目配りを頼む」

はるか昔、モンゴルが初めてルーシを勢力下におさめたとき、当時まだ田舎町だったモスクワは交易拠点として急成長した。侵略者のモンゴル人は、ウラジーミル・スーズダリ大公国、キエフ大公国を征服した輝かしい戦果のついでに、モスクワを手に入れたのだ。

そのままであれば、のちにタタール人が攻めてきたときに持ちこたえられるほどの力はなかった。しかし、モスクワには代々、賢い君主がいた。タタール人に焼き払われ煙がのぼる灰だまりの中で、モスクワはすかさず征服者たちを味方につけようと動き始めた。

モスクワ公は、征服者のキプチャク・ハン国に忠誠を示すことで、自分たちの野望に近づいていったのだ。ハンに納税を要求されると、代々のモスクワ公はハンのもとに出向き、貴族から搾《しぼ》り取った金を納めた。それと引き換えに、気をよくしたハンはモスクワに領地を与え、さらにはウラジーミル大公国の支配権と大公位を授けた。こんなふうにして、モスクワ大公国の君主は力を得て、わずかだった領土も増えていったのだ。

そのうえ、モスクワ大公国が発展するにつれて、キプチャク・ハン国は衰退していった。チンギス・ハンの子孫が王権を求めて激しく争ううち、モスクワでは貴族の間で、あるうわさがささやかれ始める。タタール人はキリスト教徒ですらないらしい。そのうえ、近頃のキプチャク・ハン国の君主は、半年もたたないうちに次々と替わっていく。そんな国になぜ、われわれモスクワ大公国が税を納めなければならないのか。なぜ、従わなければならないのか。

ドミトリーは大胆だが現実的な大公で、サライの混乱に常に注意を向けていた。そして、キプチャク・ハン国の徴税記録が五年ほど遅れているのに気づき、ひそかに納税をやめていた。

さらに、キプチャク・ハン国に納めるはずの金を貯めこんで、いとこのアレクサンドル修道士を異教徒の土地に遣わし、彼らの様子をさぐってくるように命じた。一方、サーシャは信頼できる友、ロジオン修道士を父の住むレスナーヤ・ゼムリャの屋敷に送り、戦争の火種がくすぶっていることを知らせてもらった。

そして今日、サーシャは冬の嵐の中、サライからもどってきた。だが、持ち帰った情報は、とうてい伝えたくないものだった。

サーシャは風呂小屋の木の壁に頭をもたせ、目を閉じる。蒸気が、旅の垢や疲れを少しずつ洗い流してくれる。

「ひどく疲れているようだな」ドミトリーが上機嫌にいう。ケーキを食べている。食べすぎた肉やワインが汗となって流れ、肌を伝っている。

サーシャは片目を開けて応酬する。「太ってきたようですね。次の大斎《おおものいみ》（復活祭前にハリストスの受難にちなんで身を清め、食事の節制や告解を行う期間）には、修道院にいって二週間の節食をしたほうがいいですよ」ラヴラにいたころ、節食中にドミトリーはこっそりと森に入り、ウサギを獲っては焼いて食べていた。サーシャは、現在のいとこの体格をみて、あのころの習慣は続いているのだろう、と思った。

ドミトリーが声をあげて笑う。だまされやすい人なら、ドミトリーのあふれんばかりの魅力に気をとられ、計算高い視線には気づかない。大公は、十歳になる前に父親を亡くした。この国では、幼くして公位についた者が大人になるまで生きていられることはほとんどない。ドミトリーは幼いころに、まわりの男たちを注意深く観察し、信用しない術を身につけた。そして、成人するまでの月日をラヴラですごすうちに、アレクサンドル修道士が幼い大公の師となり、友となった。そんなわけで、ドミトリーはサーシャの言葉に、にやりと笑ってこう返した。

「昼も夜も雪が降りしきる日に、食事以外に何ができる？　愛人もつくれないしな。アンドレイ神父に禁じられているのだ――少なくともエウドキアが世継ぎを授かるまでは、とな」

大公は長椅子でふんぞり返り、苦い顔をして言い添える。「まるで、あの女に子を授かる見こみがあるような口ぶりだ」一瞬、けわしい表情を浮かべたが、ぱっと明るい顔になった。「とはいえ、ようやくそなたが帰ってきた。みんなあきらめかけていたんだぞ。教えてくれ、だれがサライを治めているのだ？　軍の有力者たちの動向は？　全部きかせてくれ」

食事も入浴もすませたサーシャが次に望むのは睡眠だった。地面でなければどこでもいいから寝たいと思っていた。しかし、目を開けてこういった。「この春、戦に打って出るのは得策ではありません」

ドミトリーは表情を変えず、サーシャに視線を向けた。「なぜだ？」そう聞き返す声は、自信にあふれたせっかちな大公にもどっていた。その顔つきをみれば、即位から約十年、三度にわたる侵略の危機を乗り越えて大公位を守り通すことができたのもうなずける。

「サライを訪れました」サーシャは言葉を選びながら話す。「さらに遠くの街にも足をのばし、遊牧民の野営地にもいって、大勢から話をききました。死ぬかと思ったことが何度もありました」そこまでいうと、しばらく口をつぐんで、熱い土埃、草原の空のあせたような色、変わった味の香辛料などを思い出していた。まぶしく輝く異教徒の街をみたあとでは、モスクワはまるで、不器用な子どもたちが一日でつくった土の城のように思えた。

「キプチャク・ハン国の君主はいま、落ち葉のように次から次へと替わっている。それは本当です」サーシャは続ける。「新しいハンが決まったかと思えば、半年もしないうちに、おじやいとこ、兄弟にその座を奪われる。チンギス・ハンは子どもが多すぎたのです。しかし、わたしが思うに、そのことはあまり重要ではありません。軍の有力者たちはそれぞれ自分の軍隊を持っていて、その力はゆるぎません。たとえ君主の支配力が衰えても」

ドミトリーは少し考えてからいった。「だが、戦には利点もある！　やつらに勝利するのは容易ではないだろう。しかし、勝てばわたしがルーシ全体の君主になれる。そうなれば、異教徒に税を納める必要はない。多少の危険を冒し、犠牲を払う価値があるとは思わないか？」

「そうですね。いずれはそうなると思います。ですが、わたしが持ち帰った知らせはそれだけではないのです。この春、モスクワ近郊にまで危険が迫りそうなのです」

アレクサンドル修道士はきびしい表情で話を続け、焼き討ちにあった村や盗賊、迫りくる火のことをモスクワ大公に語ってきかせた。

アレクサンドル修道士がいとこの大公に進言しているとき、オリガの屋敷では、奴隷たちが病人を風呂に入れているところだった。サーシャがモスクワに連れ帰った男だ。男は風呂から出ると、新しい服を着せられ、聴罪司祭用の部屋に案内された。オリガは裾にウサギの毛皮の縁取りのあるドレスを着て、様子をみに階下へ向かった。

その部屋の一隅は小ぶりのペチカになっていて、おこしたての火が燃えていた。その火明かりだけでは、部屋はまだ薄暗かったが、オリガの侍女たちが陶器のランプを手にぞろぞろと入ってくると、一気に明るくなった。

男はベッドに横たわってはいなかった。床にうずくまるようにして、イコンの前で祈りを捧げていた。乱れて広がった長い髪がランプの明かりに照らされている。

オリガの後ろで侍女たちが、小声でささやき交わしながら首をのばしている。その声が祈りの妨げになっても不思議はないが、男はぴくりともしない。まさか、死んでしまった？ オリガはあわてて近づいた。しかし、手をのばしたところで、男は起き上がって十字を切り、よろめきながら立ち上がった。

オリガは目をこらす。勝手についてきたダーリンカは、好奇心で目を丸くした侍女たちを引き連れていたが、息をのみ、くすくす笑っている。男の両肩に落ちかかっている乱れた髪は、聖人の冠のような金色で、太い眉の下の目は荒々しい青色だ。下唇は赤く、骨が浮き出た顔の中で唯一、柔らかそうにみえる。

女たちはどう話しかけたらいいかわからず、口ごもっている。オリガは大きく息を吸って男に近づくと、「神父様、祝福を」といった。

司祭の目は、熱のせいでひときわ鮮やかな青にみえる。汗で金色の髪がからまっている。「神のご加護がありますように」司祭がこたえていう。胸から響くその声で蠟燭《ろうそく》の光がゆれる。司祭の視線はオリガをとらえていない。うつろな目はオリガの後ろ、ほの暗い天井のあたりに向けられている。「神父様の敬虔なお心を大切に思います」オリガがいった。「どうぞわたしのために祈ってください。ですが、いまはベッドにおもどりください。この寒さはお体に障ります」

「わたしが生きるも死ぬも神のご意志だ。いっそのこと——」司祭の体がぐらりと傾く。床に倒れる前にワルワーラが受けとめた。ワルワーラは、見た目よりずっと力持ちなのだ。一瞬、かすかな嫌悪感がその顔をよぎる。

「ペチカに薪をくべて！」オリガは奴隷たちにきつい口調で命じる。「スープをあたためて。あたたかいハチミツ酒と毛布も持ってきてちょうだい」

ワルワーラは重そうに声をもらしながら司祭をベッドに寝かせると、オリガに椅子を持ってきた。オリガが沈みこむように椅子にすわる間も、後ろに侍女たちが集まり、不遠慮にみている。司祭は横になったまま動かない。どういう人物で、どこからきたのだろう。

「ハチミツ酒ですよ」オリガが声をかけると、司祭のまぶたが震えた。「さあ、起きて、お飲みになって」

司祭は体を起こしてハチミツ酒を飲み、小さく息を吐いた。その間ずっと、杯の縁ごしにオリガをじっとみていた。「感謝します——オリガ・ウラジーミロワ」杯が空になると、そうつぶやいた。

「どなたにわたしの名前をおききになったのです、神父様《バートウシカ》」オリガがたずねる。「どうして、こんなお体で森の中をさまよっていらしたのですか」

司祭の頬がぴくりと動く。「わたしは、レスナーヤ・ゼムリャにある、あなたのお父様のお屋敷からきました。長い道のりを歩き、暗闇の中で凍えていた……」その声は弱々しくなったかと思うと、急に力強さを取りもどした。「あなたのお顔は、お父様やごきょうだいによく似ている」

レスナーヤ・ゼムリャ……。オリガは身を乗り出した。「知らせを持っていらしたの？　兄弟や妹はどうしていますか？　父は？　教えてください、夏からずっと連絡がないの」

「お父様は亡くなりました」

部屋は沈黙に包まれた。燃えさかるペチカの火の中で薪の崩れる音が響く。

オリガはショックで言葉が出てこない。お父さんが死んだ？　わたしの子どもたちに、まだ一度も会っていないのに。

いいえ、そのことはいい。お父さんはいま、幸せなはず。お母さんとまたいっしょになったのだから。でも――お父さんは大好きだった冬の大地で永遠の眠りにつき、わたしはもう二度と会えない……。「神よ、父に安らぎをお与えください」オリガは悲しみに打ちひしがれてつぶやいた。

「お気の毒です」と司祭。

オリガは首を横に振り、声を詰まらせる。

「これを」ふいに司祭が、杯をオリガの手に握らせた。「お飲みなさい」

オリガはハチミツ酒を喉に流しこみ、空になった杯をワルワーラに渡した。そして、袖で目を強くこするると、なんとか気持ちを落ち着かせてたずねた。「父はなぜ死んだのですか？」

「耳をふさぎたくなるような話だ」

「でもききたいのです」

侍女たちの小さな声がさざ波のように広がっていく。

「わかりました」司祭の口調には、どこか責めているようなきびしさがあった。「お父様が命を落としたのは、あなたの妹のせいです」

聞き耳を立てていた者たちが、好奇心もあらわに息をのむ。オリガは頬の内側を噛んだ。

「出ていって」声をおさえていう。「上の部屋にもどってちょうだい、ダーリンカ、お願い」

女たちは不満の声をもらしたが、部屋から出ていった。礼儀を心得たワルワーラだけがあとに残った。明かりの届かない暗い場所に退き、腕を組んでいる。

「ワーシャですか？」オリガがけわしい声でたずねた。「わたしの妹、ワーシャのせいだというのですか？　なぜ、あの子が父の死に関係していると――？」

「ワシリーサ・ペトロヴナは神を信じる心も、神に従う心も持っていなかった。あの子の魂には悪魔が巣くっていた。わたしは――長い時間をかけて――正しい道へ導こうとした。だが、うまくいかなかった」

「どういうこと――」オリガはいいかけたが、司祭は、話はこれからだとばかり、枕に背をもたせたまま、自分の体を引き上げた。汗が喉のくぼみにたまる。

「あの子はいつも、存在しないものをみたといっていた」司祭は静かに続ける。「よく森の中にいたが、少しも怖がる様子はなかった。村じゅうでうわさになっていた。良心のある者は、ワシリーサはおかしくなってしまったのではないかと話していた。魔女ではないかとうわさする者もいた。そして、ワシリーサは少女から女性へと成長し、美しくはなかったが、魔女のように男たちを魅了した……」司祭の声は弱々しくなったかと思うと、勢いを取りもどした。「あなたのお父様、ピョートル・ウラジーミロヴィチ氏は、あわてて縁談を決めた。さらなる災いが降りかからないうちに、求婚者を追い返してしまった。次に、ピョートル・ウラジーミロヴィチ氏は、あの子を嫁がせようと思ったのだろう。しかし、ワシリーサは娘を女子修道院に入れることにした。お父様はあの子を恐れていた――そして、もうそのころには、あの子の魂を案じていた」

オリガは、不思議な緑色の目をした妹が、司祭が語ったような娘に成長した姿を想像してみる。その様子がありありと目に浮かぶ。修道院ですって？　ワーシャが？

「わたしが知っているワーシャは、閉じこめられるなんて絶対に耐えられないと思います」

「激しく抗っていた」と司祭。「何度も何度も、いやだといってね。冬至の少しまえの夜に、森に駆けこんでいった。抵抗して、叫び声をあげながら。ピョートル・ウラジーミロヴィチ氏が娘のあとを追い、哀れな継母《ままはは》、アンナ・イワノヴナもいっしょに森へ入った」

そこまで話すと司祭は口をつぐんだ。

「それで？」オリガが小さな声でたずねた。

「森の獣に襲われたらしい」司祭が答える。「われわれは――みんなは、熊だと思っている」

「冬に？」

「熊が冬眠している穴にワシリーサが入ったにちがいない。若い娘は愚かなことをする」司祭の声が大きくなる。「わたしにはわからない、見ていないのでね。ピョートルは娘の命を救ったが、殺されてしまった。かわいそうな妻もいっしょに死んだ。翌日になってもワシリーサはひどく興奮したままで、どこかへ逃げ去った。その後の行方はだれも知らない。あの子も死んだとしか考えられないのだ、オリガ・ウラジーミロワ。お父様同様、死んだのだと思う」

オリガは手のひらの付け根で目をおさえた。「以前、ワーシャと約束したんです。モスクワに呼ぶからいっしょに暮らそうって。何かしてあげられたかもしれない。もしかしたら――」

「悲しむことはない。お父様はいま、神とともにあるのだから。そして、あの子はこうなる定めだった」

オリガは、はっとして顔を上げる。司祭の青い瞳からはなんの感情も読み取れない――けれど、その声には憎しみが混じっているような気がした。

オリガは気持ちをおさえて口を開いた。「危険を冒して知らせにきてくださったのですね。そのお返しに何ができるでしょうか。お許しください、神父様。わたしは、あなたのお名前も知らないのです」

「わたしの名はコンスタンチン・ニコノヴィチ。わたしは何もいらない。修道院に入り、この邪悪な世界のために祈るつもりだ」

4　「骨の塔」の領主

モスクワの聖天使首修道院は、モスクワ府主教（正教会で、総主教に次ぐ高位の聖職者）のアレクセイによって創設されたが、現在の修道院長であるアンドレイ神父は、サーシャと同じく、かつてセルギイ神父のもとで学んだ。アンドレイはキノコのような体つきで、丸々と太って背が低い。陽気で不真面目な天使のような顔をしているが、驚くほど政治の動きを把握している。そして、聖天使首修道院の食事は、モスクワにあるほかの三つの修道院からうらやましがられていた。「暴食する者はその心を神に向けることはできない。しかし、飢えている者もまた同じである」と、アンドレイはそっけなくいうのだった。

サーシャは、モスクワ大公から解放されるとすぐに、聖天使首修道院に向かった。コンスタンチンがオリガのあたたかい屋敷で祈りを捧げているとき、サーシャはアンドレイと修道院の食堂で、魚の塩漬けとキャベツを食べながら話していた（節食の日で、夕食の時間にサーシャが訪れたのだった）。アンドレイはサーシャの話を聞き終えると、考えこみ、口に入れたものを嚙みながらいった。「焼き払われた村のことは残念だった。しかし、神の御業《みわざ》は不思議なもので、わたしたちはこの情報を折よく手に入れることができた」

神父の予想外の反応に、サーシャはいぶかしげに片眉を上げた。サーシャは、寒さで少しひび割れた両手を木製のテーブルの上で静かに組みあわせていた。神父はもどかしげに続ける。「大公をモスクワの街から連れ出しなさい。いっしょに盗賊の討伐に向かうのだ。そして、大公に美しい女をあてがいなさい。ただし、息子を産ませたいと思わせない程度の女を選ぶように」年老いた神父は顔色ひとつ変えずに言い放った。アンドレイ神父は、神に誓いを立てる前は貴族《ボヤール》として暮らしており、七人の子をもうけていた。「ドミトリーはじっとしていられない性格だ。大公妃は床上手ではないし、大公が希望を託す世継ぎも生まれない。こうした状況が続けば、大公はタタール人に――または他の民族に――戦をしかけるだろう。困った退屈しのぎだ。しかし、そなたのいうとおり、まだその時期ではない。大公が戦を始めるといいださないうちに、盗賊団の討伐に連れ出しなさい」

「わかりました」サーシャは答えると、杯を一気にあけて立ち上がった。「ご忠告、感謝します」

サーシャの部屋は、不在の間もきれいに掃除されていた。狭い寝床には上質な熊の毛皮がかけてある。部屋の奥の隅にはハリストス（ロシア正教でキリストのこと）と生神女《しょうしんじょ》マリヤのイコンがかかっている。サーシャは長い時間、祈りを捧げた。モスクワの街に鐘が鳴り響き、雪の積もった塔の上に月がのぼる。異教では、月が信仰されることも珍しくない。

「神の母よ、わたしの父のために、兄弟のために、妹たちのためにお祈りください。荒野に立つ修道院のわが師のために、わが兄弟の修道士たちのためにお祈りください。どうかお怒りにならないでください。モスクワ大公国は、まだタタール人と戦いません。彼らの国はいまも力を持っていて、兵士の数もかないません。わたしの罪をおゆるしください。どうかおゆるしください」

蠟燭《ろうそく》の火が生神女マリヤのほっそりした顔の上でおどる。ハリストスは、暗闇の中から冷ややかな目でサーシャをじっとみているかのようだ。

翌朝、サーシャは朝課《ウトレンニヤ》に向かった。ほかの修道士たちと朝の奉神礼（正教会における礼拝）を行うのだ。サーシャはイコノスタス（聖職者が出入りし聖体礼儀を行う「至聖所」と信者が祈禱する場所である「聖所（内陣）」を区切る、イコンでおおわれた壁）の前で頭を下げ、床にひれ伏す。祈りの言葉を唱えたあと、朝の光が降り注ぐ雪深いモスクワの街に出ていった。

モスクワ大公のドミトリー・イワノヴィチは欠点もあるが、怠惰ではない。サーシャが宮殿の庭に着くと、リンゴのような頰をして生き生きと剣を振るう大公の姿があった。そばには若い貴族たちがついている。ドミトリーは、ノヴゴロド公国（ルーシ北西部の公国。十三世紀にはルーシの中心的役割を担い、美術等の文化が栄えた）の気に入りの刀鍛冶に、新しく、柄に蛇をあしらった剣を作らせたらしい。いとこ同士の大公と修道士は新しい剣を隅々までじっくりみて、ほめたたえた。

「こいつをみれば敵も恐れをなすだろう」ドミトリーがいう。

「その柄でだれかの顔を殴ったりして、折らないでくださいよ」サーシャが応じる。「ほら、ここ、細くなっているでしょう。蛇の頭と胴体のつなぎ目です」

そういわれてドミトリーは、ふたたび剣の柄に目をこらした。「では、試してみるか」

「神のご加護がありますように」すかさずサーシャがいう。「もし、だれかを殴ってその柄を折るおつもりなら、わたしで試すのはやめてください」

そこでドミトリーは、癪《しゃく》にさわる貴族をひとり呼ぼうとしたが、サーシャの声で会話に引きもどされた。「遊びはこのくらいにしましょう」耐えきれずサーシャがいう。「嵐が吹き荒れています。いまも火をつけられている村があるのです。いっしょに馬で向かってくださいますか」

そのとき、宮殿の門のむこうで呼び声があがり、ドミトリーの返事がさえぎられた。ふたりはしばらく黙って耳をすませていた。「かなりの数の馬ですね」サーシャはそういって大公をみると、怪訝《けげん》な顔で片眉を上げた。「だれが――」

次の瞬間、ドミトリーの執事が駆け寄ってきた。「領主のひとりが訪ねてきました」執事は息を切らしながら報告した。「ぜひとも陛下にお会いしたい、贈り物をお持ちしたと申しております」

ドミトリーが眉間に深いしわを寄せる。「領主だと？　どこの？　おもな貴族は把握しているが、近々来訪する予定の者がいるとはきいていない――まあいい、中に入れてやれ。このままでは、そのうち門の前で凍え死んでしまう」

執事が門のほうへ駆けていく。厳寒の朝の空気を貫いて蝶番《ちょうつがい》のかん高い音が響くと、訪問客が敷地に入ってきた。見事な栗毛の馬にまたがり、後ろに家来たちを従えている。訪問客の男を乗せた栗毛の馬は、前足が地面につく前に後ろ脚で跳び上がり、そのまま棹立ちになりかけた。乗り手の男は慣れた手つきで落ち着かせ、馬から降りた。積もったばかりの雪が舞う。

男は人が大勢いる庭を見渡している。

「さてと」大公ドミトリーはそういって、両手でベルトをつかんだ。貴族たちも剣の練習をやめて集まり、大公の背後で小声で話しながら、訪問客をじっとみている。

訪問客は大公の後ろにできた人だかりをみつめていたが、雪を踏みしめて近づいてきた。大公に向かって一礼する。

サーシャは男をちらりとみた。貴族であることは間違いない。体格がよく、身なりも立派だ。真っ黒な目に長いまつげ、髪は秋のリンゴのように赤い。初めてみる顔だ。

男はドミトリーにたずねた。「モスクワおよびウラジーミル大公国の大公様ですか？」

「いかにも」ドミトリーが冷ややかに応じ、赤毛の男よりもかなり横柄にいう。「そなたは？」

はっとするほど黒く澄んだ目が、大公からサーシャのほうへ向けられる。「カシヤン・ルートヴィチと申します、陛下《ガスダール》」男が落ち着いた口調でいう。「モスクワから東へ二週間ほどいったところにある土地の領主です」

ドミトリーは興味を示す様子もなくたずねる。「そんなところから貢納品を受け取る覚えはないが――領地の名は？」

「バーシニャ・カスティ（ルーシの言葉で「骨の塔」の意）」赤毛の男が答える。大公たちの驚いた表情をみて男は続ける。「父はおもしろい人物で、餓死寸前に追いこまれた三度目の冬、わたしたちの屋敷にこの名前をつけたのです。わたしがまだ幼かったころの話です」胸を張って話すカシヤンは、いかにも誇らしそうだ。「わたしたちはずっと自分の領地の森で、だれの助けも借りずに暮らしてきました。しかし、今日は贈り物をお持ちしました。陛下、お願いがあります。村人たちがひどい状況にあるのです」

カシヤンは説明しながら、自分の家来に身振りで合図をする。家来が連れてきたのは、鉄のような灰色をした雌の子馬だった。その馬はほれぼれするほど美しく、大公がしばらく言葉を失うほどだった。

「贈り物です。わたしたちを歓迎していただけますか」

大公はその子馬に目をこらし、「ひどい状況、とは?」と、短くたずねた。

「謎の集団に手を焼いているのです」カシヤンがけわしい表情で答える。「盗賊です。連中は、わたしの領地のいくつもの村に火をつけたのです」

カシヤンは宮殿の謁見室に通され、馬にはオーツ麦が、家来には部屋があてがわれた。低い天井に色が塗られている謁見室で、赤毛の男、カシヤンが出されたビールを飲み干す間、サーシャも大公もじりじりして待っていた。カシヤンは口を拭うと、話し始めた。「最初に耳にしたのは、去年の秋でした。略奪された村から、うわさが流れてきたのです。盗賊に襲われ、村を焼き払われたと」ごつい手でコップをまわし、ぼんやりと遠くをみつめる。「うわさをきいても、気にとめませんでした。捨て身で罪を犯す者はいつでもいますし、うわさ話は大げさに語られるものですから。初雪が降るころには、盗賊の話など忘れてしまっていました」

カシヤンは言葉を切り、またビールを飲む。「いまとなっては、それは間違いだったと思っています。あちこちの村が焼かれたという報告が入り、命からがら逃げた農民たちが、毎日のように食べ物や安全な場所を求めてやってくるのです」

ドミトリーとサーシャはちらりと目を合わせた。貴族や従者は首をのばして聞き耳を立てている。「しかし」ドミトリーが彫刻をほどこした椅子から身を乗り出して、カシヤンにいう。「その土地の領主はそなただ。これまで、自分の力で領地の村人たちを守ってきたのではないか?」

カシヤンは唇を結び、けわしい表情になった。「残虐な盗賊たちを捕らえようと、さがしにいきました。一度だけじゃない。雪が降り始めたころから何度も。わたしの屋敷には賢い家来も、利口な犬も、腕のいい猟師もいます」

「それなら、なぜわたしをたずねてきた」ドミトリーは訪問客をみつめたまままいった。「これでもう、貢納しないという選択肢はないに等しいのだぞ。わたしに名前を知られてしまったのだからな」

「こうするしかなかったのです。盗賊の手がかりは何も——ほんの少しも——つかめなかった。ひづめの跡さえもない。残っていたのは燃える火と、村人たちの泣き叫ぶ声と、焼け野原ばかりです。この盗賊は人間じゃない、悪魔だなどと、だれもがうわさしあっています。それで、こうして訪ねてきたのです」そう語るカシヤンの声には、いらだちがにじんでいる。「自分の領地にとどまっていられるなら、とどまっていました。しかし、このモスクワには兵士も聖職者も大勢います。領地の民のために、助けを請うしかなかったのです」

サーシャがドミトリーをみると、興味ありげな表情になっていたが、自分では気づいていないらしい。「手がかりがまったくないというのは本当か?」ドミトリーがたずねる。

「本当です、陛下。もしかすると、やつらは人間ですらないのかもしれません」

「三日後に出発だ」ドミトリーがいった。

5 荒野の火

オリガは、父親が死に、妹も死んだにちがいないと司祭からきかされたことを、兄のサーシャに伝えなかった。危険な旅に出かけるサーシャが冷静な判断力を保てるようにと、気遣ったのだ。兄さんがワーシャのことを知ったら、どんなに心を痛めることか。兄さんはワーシャをとても大切に思っていた……。

そこで、サーシャが別れをいいにきた日、オリガはキスをして、幸運に恵まれますようにとだけ伝えた。そして、準備していた新しいマントと、丈夫な革袋に入れたハチミツ酒を渡した。サーシャは妹からの贈り物をうわの空で受け取った。サーシャの心はすでに荒野に向かっていた。盗賊や焼き討ちにあった村のことを考え、これ以上キプチャク・ハン国に隷属したくないと考えている若き大公をうまく操縦しなければ、と考えていた。「神のご加護がありますように」サーシャが妹にいう。

「兄さんにも神のご加護がありますように」オリガは落ち着いて返事をした。送り出すことには慣れている。サーシャはまるで夏のマツ林に吹く風のように、もどってきたかと思うと出かけていく。夫のウラジーミルも同じだ。しかし、今回は父親と妹のことが心に浮かぶ。ふたりは死んでしまった。もう二度と会えない。オリガはなんとか気丈にサーシャを見送った。いつもわたしはあとに残され、みんな旅立ってしまう……。「どうかわたしのために祈ってください」

ドミトリーの一行が出発する日、モスクワの街は白い光に包まれていた。白い塔に積もった白い雪に白い陽光が反射して、まぶしく光っている。風が、人々をあざ笑うかのようにマントやフードの中にまで吹きこむ。旅のしたくを整えたドミトリーは宮殿の前の庭に出ると、軽やかに馬の背に飛び乗った。「いくぞ、いとこどの！」大声でサーシャにいう。「日は出ているし、雪は乾いて軽い。出発しよう」

馬丁たちが、端綱《はづな》をつけられた荷馬のそばに控えている。立派な軍馬にまたがった兵士の一団は、剣と短槍を携えて待機していた。

ドミトリーの兵士に混じって、落ち着かない様子のカシヤンの家来たちもいる。硬い表情の裏にどんな気持ちを隠しているのだろう、とサーシャは思った。カシヤンはというと、栗毛の大きな雌馬に静かにまたがり、兵士たちで埋めつくされた庭のあちこちに目をやっている。

宮殿の門がきしみながら開き、男たちが馬の腹を蹴ると、たっぷりえさを与えられた馬がいっせいに走り始める。サーシャもいちばん後ろで灰色の雌馬、トゥマーンの腹を軽く蹴り、目に痛いほどまぶしい冬景色に向かって進ませた。全員が出ると、モスクワ大公の宮殿の門は大きな音をたてて閉まった。

木々の上に鳴り響く鐘の音をききながら、一行はモスクワの街をあとにした。

耐えられる者がいれば（めったにいないが）、ルーシ北部で旅に適した季節は冬だ。夏に荒野を旅すると、細いでこぼこ道やけもの道を使うことになる。そういう道はたいてい、荷馬車が通るには狭すぎるし、ぬかるみに車軸まではまってしまう。しかし、冬だと道は鉄のようにかたく凍っていて、橇《そり》で大きな荷物も運べる。凍った川は、木々も切り株もない見通しのいい道になる。この道は幅が広く、曲がりくねることなく、東西南北、あらゆる方向にのびている。川は冬のほうがずっとにぎわう。川岸には村があり、どの村も水の恵みを受け、貴族《ボヤール》の立派な家が建っていた。彼らの家では、いつでもモスクワ大公をもてなす準備ができている。

一日目、モスクワを発ったドミトリーたちは東に馬を走らせ、夕闇が迫るころ、クパヴナ（モスクワから約二十キロ東にある街）に近づいた。薄暗くなって火明かりをみつけた一行は、うれしくなった。ドミトリーが村に家来を送り、領主のもてなしを求めると、キャベツと酢漬けのキノコの入ったパイがふるまわれた。

翌朝、一行は人の手の入った土地を離れた。ここから先は、夜に雨風をしのげる宿は期待できない。森は次第に暗くなり、道なき道を進むと、ときおり小さな集落があった。ドミトリーたちは日のあるうちにめいっぱい馬を走らせ、夜は雪の中で野営をして見張りを立てた。あたりに目を配って進んでいたが、獣も鳥も、もちろん盗賊も姿をみせなかった。しかし七日目に、焼き払われた村をみつけた。

トゥマーンが最初に煙のにおいに気づいて、鼻息を荒くした。サーシャは落ち着いて馬をなだめ、風上に顔を向けた。「煙だ」

ドミトリーも馬を止めていう。「たしかににおう」

「あそこだ」ふたりのそばでカシヤンがつぶやく。ミトンをはめたまま、その方向をさし示している。

ドミトリーがてきぱき命じると、兵士たちが大公を囲むように集まった。こう人数が多くては、ひそかに村に近づくことはできない。馬が歩くと、乾いた雪がきしむような音をたてた。

村は、まるで巨大な火の手に押しつぶされたかのように、跡形もなく焼きつくされていた。何もかも焼き払われて人影もなく、寒々しく静まり返っているようだったが、村の中心に教会がみえた。そこだけはかろうじて焼け残っていて、屋根に空いた穴からひとすじの煙がのぼっている。

男たちはゆっくり村に近づいた。剣を抜き、矢がいつ飛んできてもよけられるように身構えている。トゥマーンが不安そうに背中の上のサーシャをみる。村にめぐらされていたとがり杭《ぐい》の柵も、いまは焼けて灰の山になっていた。

ドミトリーがふたたび指示を出すと、兵士は見張り役と、周囲の森に生存者をさがしにいく者に分かれた。そして、大公とサーシャ、カシヤンが数人の兵士を連れて、柵の燃え残りを飛び越え、村の中へ進んだ。

村人の死体があちこちに転がっていた。どれも、焼け焦げた家と同じように黒く、骨だけになった指と歯をむいた頭蓋骨が何かを訴えているかのようだ。ドミトリー・イワノヴィチは、あれこれ想像したり感情をあらわにしたりしない男だが、顔から血の気がひいて唇が青白くなっている。それでも、しっかりした口調で、「教会の扉をたたいてみてくれ」とサーシャにいった。中から物音がきこえたのだ。

サーシャは雪の上に降り、剣の柄で扉をたたいて呼びかける。「神のご加護がありますように」

返事はない。

「わたしは修道士のアレクサンドルです。盗賊でも、タタール人でもありません。わたしにできることがあればお手伝いします」

扉のむこうはしばらく静まり返っていたが、やがて短い話し声がきこえてきた。突然、扉が勢いよく開くと、顔にあざのある女が片手に斧を構えて立っていた。女のかたわらには、血とすすにまみれた司祭がいる。ふたりは、明らかに修道士だとわかる髪型のサーシャをみると、その場しのぎに手にした武器をわずかにおろした。

「神のご加護がありますように」サーシャは声をかけたが、次の言葉が出てこない。「この村で何があったのか、教えていただけますか」

「話したところでどうなるのです?」司祭はそういうと、目を見開いて気がふれたように笑った。「もう手遅れだ」

結局、サーシャの質問には女が答えたが、多くは語らなかった。盗賊が村を襲ったのは夜明け前のことで、乗ってきた馬のひづめが細かい雪を舞い上げていた。少なくとも百人はいた——と思うが、そう見えただけかもしれない。盗賊は村中に散らばり、大人のほとんどが剣で切り殺された。次にねらわれたのは子どもたちだった。「女の子たちが連れ去られたんです」女が続けていう。「全員ではないけど——大勢。盗賊のひとりが女の子の顔を順番にのぞきこんで、気に入った子を連れていきました」女が手に握っている明るい色のカーチフは、間違いなく子ども用だった。女はためらいながら視線を上げ、サーシャの目をみた。「みんなのために祈っていただけませんか」

「祈りましょう」サーシャがいう。「村を襲った盗賊たちを、われわれがみつけます」

一行は残っていた食料を村人たちに分け与え、焼け残った死体を火葬するために薪を積み上げるのを手伝った。サーシャは油と亜麻布を持ってきて、生き残った村人たちのやけどの手あてをした。だが手あてをされて生きのびるよりも、とどめをさされたほうが楽なのではないかと思われる者もいた。

一行は、夜明けに村を発った。

大公は森の中に消えていく焼き払われた村に、苦々しい顔を向けた。「サーシャ、われわれの旅は春までかかるぞ。もし、そなたがみつけた死体すべてに祈りを捧げ、出会った者すべてに食べ物を与えるならな。実際、あの村に一日を費やしてしまった。あそこで冬を越せる者はいないだろう。穀物がすべて焼けてしまっていては、望みは薄い。それに、たびたび止まっていては馬たちによくない」

ドミトリーの唇はまだ青ざめている。

サーシャは何も答えなかった。

一行は、焼き払われた村をあとにして三日のうちに、同じような村をさらにふたつみつけた。二番目の村では、村人たちは盗賊の馬を一頭、殺すのに成功したようだった。しかし、盗賊たちはその報復に村人たちを虐殺し、教会に火を放った。イコノスタスは焼け落ち、灰が舞い、生き残った村人がそのまわりに立ちつくしてじっとみつめていた。「神はこの村をお見捨てになった」村人のひとりがサーシャにいう。「やつらは女の子たちをさらっていきました。われわれは神の裁きを待っています」

サーシャは村人たちのために祈ったが、彼らはうつろな目でみつめるばかりだった。祈りを終えて、サーシャは教会を出た。

道はとても寒かった。一行はもはや道とは呼べないところを進んでいた。

三番目の村は空っぽだった。だれもいない。男、女、幼子、年寄り、家畜や雌鶏まで姿を消していた。彼らの足跡は、新たに積もった雪に埋もれてしまっていた。

「タタール人め！」村に降り立ったドミトリーが吐き出すようにいう。家畜と煙のにおいが消えずに残っている。「やつらのしわざにちがいない。それでも戦争をしかけるなというのか、サーシャ。こんな野蛮な異教徒どもに、神が復讐してくださるのを待つというのか」

「わたしたちがさがしているのは盗賊です」サーシャはひるまずに言い返し、トゥマーンの口のまわりの毛についたつららを払った。「一部の卑劣な人間への怒りから、国じゅうの人々に復讐してはいけません」

カシヤンは黙ったままだった。翌日になるとカシヤンは、家来を連れてドミトリーの一団から抜けようと思う、といった。

ドミトリーは冷ややかに答えた。「怖気づいたか、カシヤン・ルートヴィチ」

大公の言葉に、ほかの者なら腹を立てただろう。しかし、カシヤンには考えがあるようだった。これまでの旅で、男たちの顔は寒さで青白くなり、鼻と頰骨の上だけが細く赤黒くなっている。大公も修道士も兵士も、もはや見分けがつかない。みな、怒りっぽい熊のようで、何枚ものフェルト地や毛皮の服にくるまっていた。だが、カシヤンはちがった。モスクワを出発したころと同じように落ち着いていて、凍傷にもかかっておらず、その目は鋭く、輝きも失われていない。

「恐れているのではありません」カシヤンが冷静に返事をする。この赤毛の貴族は無口だが、周囲の会話によく耳を傾けているし、弓と槍の腕はドミトリーさえうならせるほどだった。「この盗賊は人間というより、悪魔に近いものに思えます。ですが、わたしはいったん帰らなければなりません。あまりに長い間、領地を留守にしてしまいました」少し間を置いて、カシヤンは続けた。「元気な兵士を連れてもどってきます。数日だけ時間をください、ドミトリー・イワノヴィチ」

ドミトリーは考えながら、あごひげについた霜をぼんやりと払っていたが、ようやく口を開いた。「ここはラヴラからそう遠くない。建物の中で眠れば、わが兵士も元気になるだろう。ラヴラで落ちあおう。一週間、時間をやる」

「わかりました」カシヤンが穏やかに答える。「領地には川を通って帰ります。川沿いの町で話をきいてまわろうと思います――姿を消した盗賊どもも、われわれと同じように食事をするはずですから。そして、屈強な兵士を集めて約束の修道院に向かいます」

ドミトリーがうなずく。まわりの者にはほとんどわからなかったが、ドミトリーもまた、煙や、先のみえない旅、長くきびしい寒さに疲れてきていたのだ。

「いいだろう」大公がいう。「その言葉を忘れるなよ」

カシヤンの一行は、霧が立ちこめた、刺すように寒い夜明けに出発した。美しい朝日を受けて、たき火が緋色や金色や灰色に輝く吹き流しのようにみえた。サーシャとドミトリーと兵士たちは口をつぐんだまま、置いていかれたような妙な気持ちで、仲間が馬で走り去る姿をみていた。

「いくぞ」大公が気持ちを切り替えてみなにいう。「周囲への警戒を怠るな。ラヴラは近い」

一行はラヴラへの道を根気強く、気を張りつめて進んだ。夜になると寝床の下に溝を掘り、たき火の炭をその中に積み重ねて眠った。だが夜は長く、昼間は身を切るような風と吹きつける雪がやむことなく続いた。きびしい寒さの中、長距離を走らせたせいで、馬は肉が落ちてあばら骨が浮き出ている。追跡されている気配はなかったが、だれかにみられているような気味の悪い感覚がつきまとった。

しかし、モスクワを発って二週間後の夜明けごろ、鐘の音がきこえてきた。

真冬の空に、朝がゆっくりとやってくる。太陽は濃いもやのむこうに隠れていたので、日の出といっても空の色が移り変わるだけだ。黒から青、そして灰色へ。東の空が色づき始めたころ、木々の上に鐘の音が響きわたった。

何人ものやつれた顔が明るくなった。そこにいるだれもが十字を切った。「ラヴラだ」ひとりがもうひとりにいう。「あそこには聖者セルギイ様がいらっしゃる。憎き盗賊ども――悪魔のような連中には、けっして入ることのできない場所だ」

馬は頭を低く下げ、一行はこれまでよりもいっそう警戒して森を抜けた。だれも口には出さないが、予感があった。今日、修道院に近いこの場所で、馬たちが疲労でよろめいているいま、ついに正体不明の敵に襲われるかもしれない。

しかし、森の中ではなんの動きもなく、やがて木立を抜けて目の前が開けると、塀に囲まれた修道院がみえた。

一行の馬が森から出るより先に、大きな声が飛んできた。塀の上で見張りをしていた修道士に、何者だ、ときかれた。サーシャはフードを外し、大声で応じる。「ロジオン修道士！」

次の瞬間、見張り役の修道士のきびしい顔に笑みが広がった。「アレクサンドル修道士！」そう叫ぶと、くるりと後ろを向いて大声で指示を出した。庭から騒がしい声がして、きしむ音とともに門がゆっくりと開いた。

ひとりの老人が立っていた。澄んだ目に真っ白なあごひげの老人が、杖に寄りかかって一行を待っている。サーシャは疲れていたが、その人の姿をみるなり馬を降りた。ドミトリーもすぐ後ろに続く。ふたりがそろって頭を下げ、老人の手にキスをすると、ブーツの下の雪が乾いた音をたてた。

「神父様」サーシャがラドネジのセルギイに呼びかける。ルーシじゅうで最も尊敬されている神父だ。「お会いできてうれしいです」

「ふたりとも」セルギイは片手を上げて、祝福の言葉を唱えた。「よくきたな。しかも、いいときにきてくれた。いま、恐ろしいことが起こっている」

少年時代のサーシャ・ペトロヴィチは――その後、アレクサンドル・ペレスヴェートと呼ばれるようになるのだが――十六歳で修道院に入った。当時のサーシャは、自分の信心や馬術、剣の腕前を誇りに思っていた。怖いもの知らずで、他者に敬意を払うことはあまりなかった。しかし、修道院で暮らすうちに成長した。ラヴラの修道士たちは自ら小屋を建て、れんがを焼いてかまどを作り、菜園の手入れをして、自然の中でパンを焼く。

見習い修道士としてのサーシャの日々は平和のうちに、あっという間に、そしてゆっくりとすぎていった。一方、ドミトリー・イワノヴィチも修道士に囲まれて成長し、誇り高く活発で教養豊かな、美しい青年になった。

ドミトリーは十六歳で修道院を出てモスクワ大公の座につき、サーシャは――ようやく見習い期間を終えると――旅に出た。三年間、ルーシの各地を訪れ、修道院をいくつも創設して土地の人々を助けた。旅を続けるうちに若者らしさは次第に消えていった。そして、モスクワ大公国にもどってくるころには、冷静なまなざしの、寡黙で争いを好まないが戦えば並の相手には引けを取らない、そんな男になっていた。旅の間に出会った農民たちから大いに慕われ、呼び名をもらった。

アレクサンドル・ペレスヴェート。光をもたらす者。

旅を終えたサーシャはラヴラにもどって終生誓願をし、森や小川、荒野の雪の中で穏やかに暮らそうと考えていた。しかし、その誓いを立てると、ひとつの場所にとどまることになる。サーシャはふと、まだ静かに暮らすには早い、と思った。神に呼ばれたような気がしたのだ。いや、血が騒いでじっとしていられなかったのかもしれない。世界は広く、苦しみに満ちている。さらに、若き大公は、いとこであるサーシャの助言を必要としていた。そこで、サーシャは剣を携え、馬に乗ってふたたび修道院を出ると、大公の会議に同席し、ルーシじゅうを馬で旅した。人々を癒し、助言をして、祈りを捧げる毎日だった。

しかし、心の中にはいつもラヴラがあった。ラヴラは帰る家だ。夏は太陽の光が降り注ぎ、冬はほの暗く静寂に包まれている。

だが今日、アレクサンドル修道士が大きな木の門をくぐると、騒音が壁のように立ちはだかった。人間や犬、鶏や子どもたちが、建物の間の雪が積もったところにひしめいている。あちこちで料理の火がたかれ、人々の騒がしい声が響く。サーシャは進むのをためらい、驚きをあらわにしてセルギイのほうをみた。

年老いた神父は肩をすくめるだけだった。しかし、サーシャは気がついた。セルギイの目の下には黒い影が落ち、歩き方もぎこちない。サーシャが腕を差し出すと、セルギイはためらうことなくつかまった。

セルギイをはさんでむこう側を歩くドミトリーが、アレクサンドル修道士の胸の内を言葉にした。「これほど多いとは」

「彼らは八日前にやってきて、ここの門をたたいた」セルギイがいう。サーシャにつかまっていないほうの手で、左右両方の人たちに向かって十字を切った。数人が駆け寄ってきて、僧衣の縁にキスをする。セルギイは彼らに笑顔を向けたが、その目は疲れていた。「盗賊に襲われたと、この者たちはいうのだが、どうやらわたしたちの知る盗賊とはちがうようだ。強い酒もほとんど飲まず、金品もたいして盗みはしないが、村に火をつけて燃やしてしまう。村じゅうの女の子、ひとりひとりの顔をのぞきこんで、気に入った子をさらっていくそうだ。生き残った者がここに――なかには、家や村がまだ焼かれていない者もいるが――守ってほしいと逃げこんできた。彼らの願いを拒むことはできなくてな」

「モスクワから穀物を持ってこさせましょう」ドミトリーがいう。「猟師もよこします。そうすれば、ここにいる者に食事を与えられる。そして、われわれがその盗賊を根絶やしにします」この盗賊は、これまで目にした惨状から察するに、まるで言い伝えに登場する怪物のように思われたが、それについて大公は触れなかった。

「まずは馬の手入れをさせてください」サーシャが静かにいって、自分の馬、トゥマーンをちらりとみた。トゥマーンは疲れ切った様子で、雪の中で待っている。「その後、わたしたちで話しあいましょう」

ラヴラの食堂は低い建物で、中は薄暗かった。この厳寒の地では、どの建物もそうだ。しかし、ほかの多くの修道院とちがうのは、ペチカがあって大きな火が部屋をあたためているところだ。サーシャは、疲れた体があたたかな空気に包まれるとため息をついた。ドミトリーからは憂鬱そうなため息がきこえる。テーブルにならんだ料理をみたらしい。ドミトリーが食べたかったのは、熱いかまどでゆっくりとあぶり焼きにした脂の多い肉料理だった。しかし、セルギイは定められた日の節食をきっちりと守っていた。

「まず、ここの塀を補強しましょう」サーシャはそういうと、キャベツのスープのおかわりを断って続ける。「それから盗賊をさがしに出るのが最善かと思います」

ドミトリーはパンと干しサクランボを食べてしまうと、腹立たしげにスープを飲み干した。

「やつらがラヴラを襲ってくることはないだろう。修道院は神聖な場所だからな」

「それはそうですが」サーシャが口を開く。サライへの長い旅は記憶に新しい。「タタール人はわたしたちとはちがう神に祈りを捧げています。いずれにしても、神をも畏れない連中です」

ドミトリーは口の中のものを飲みこむと、冷静な口調でたずねた。「だからなんだというのだ？　この修道院には頑丈な塀がある。やつらは盗めるものしか盗まない。冬に包囲攻撃をしようとは思わないだろう」そういったものの、自信のなさそうな表情に変わった。ドミトリーは浅はかでむこうみずなところもあるが、心の底ではラヴラを愛していて、焼き払われた村のにおいも忘れてはいなかった。

「じきに暗くなる。いまのうちに塀をみにいこう」大公はいった。

ラヴラを取り囲む塀は、かなりの月日を費してオークの幹二本分の厚さに作られていた。とはいえ、投石器のようなもので攻撃されれば持ちこたえるのは難しい。それでも門は補強すればなんとかなりそうだ。ドミトリーは門の補強作業を命じると同時に、地面に積もった雪を溶かし、土を大きなかごに何杯分も掘って、凍らせないでおくようにいった。必要なときにすぐ、火を消せるようにするためだ。夕方になって、大公がいった。

「できることはすべてやった。明日は偵察隊を送ることにしよう」

しかし、翌日、偵察隊が出発することはなかった。雪が降り続いて、夜が明けてもどんよりと暗く、安全とは思えなかったのだ。やがて、ひとすじの朝日が差しこんだとき、鹿毛《かげ》の雄馬が一頭、大柄で奇妙な体つきの者を乗せて、ものすごい速さで森から駆けてきた。

「門を！　開けてくれ！　追われている！」乗り手が大声で叫ぶ。マントがずり落ちて、その不恰好な人間はひとりではないことがわかった。四人だ――少女が三人と、少し年上の少年がひとり。

前日と同じように見張りをしていたロジオン修道士は、塀のてっぺんごしに下をのぞいた。

「名を名乗れ」少年に大声で問いかける。

「それどころじゃない!」少年がどなる。「やつらの野営地に忍びこんで、この子たちを連れてきた」——少年が三人の少女を指さす。「怒った盗賊に追われてる。ぼくはいいから、この子たちを中に入れてやってくれ。神に仕える人なんだろ?」

ドミトリーはこのやりとりをきくと、すぐにはしごを駆けのぼり、塀の上から見下ろした。馬に乗っているのは、はつらつとした、目の大きい、まだひげの生えていない少年だ。どうみても兵士ではない。少年は、田舎の子どものようにぶっきらぼうに話した。少女たちは少年にしがみついている。凍えかけ、恐怖でぼうっとしている。

「入れてやれ」大公が声をかけた。

鹿毛の馬が門を入ってすぐ、ひづめを滑らせて止まると、すぐに修道士たちの呼びかけで、大きなきしむ音とともに門が閉められた。少年は少女たちを修道士に渡すと、馬の肩を滑り降りていった。「この子たちは凍えている。それにおびえている。三人いっしょに風呂小屋に——それか、ペチカであたためてやってくれ。食べるものも必要だ」

村の女がふたりやってきて、少女たちを連れていこうとしたが、三人とも少年のマントにしがみついて離れない。サーシャが大股で近づいてきた。礼拝堂にいたサーシャは、騒ぎをきいて塀の上にのぼり、少年と修道士のやりとりの最後の部分をきいていたのだ。「盗賊をみたのか?」少年にたずねる。「やつらはいまどこにいる?」

少年は緑色の目をサーシャの顔に向けると、その場に凍りついたように固まった。サーシャも、木にぶつかったかのように立ち止まった。

サーシャがその顔を最後にみたのは十年前だ。当時よりも体つきがしっかりしている――そして唇がふっくらしている――が、サーシャにはわかった。

木の精に出くわしたとしても、こんなに驚きはしないだろう。少年はぽかんと口を開けてサーシャをみつめている。やがて、彼の――いや、彼女の――顔がぱっと明るくなり、大声をあげた。「サーシャ!」

それと同時にサーシャがいう。「驚いたな、ワーシャ。どうしてこんなところにいるんだ?」

第二部

6　地の果て

それより数週間前、ひとりの少女が、モミの木立の入口で鹿毛《かげ》の馬の背にまたがっていた。吹きつける雪が少女のまつげや馬のたてがみに積もっていく。モミの木立の奥には一軒の家があり、玄関の扉が開いていた。

開いた扉のむこうに、待っている男の姿がみえる。背後で燃えるペチカの火のせいで、男の目はうつろにみえ、顔は陰になっていた。

「お入り、ワーシャ」男がいう。「外は寒いだろう」もし、雪深い夜が言葉を話せるとしたら、こんな声だったかもしれない。

少女が返事をするよりも先に、雄馬が歩き始めていた。木立の奥は枝がからまりあっていて、馬に乗ったままでは進めなくなった。少女はこわばった体で地面に滑り降りたが、その瞬間、凍えかけていた両足に痛みが走ってよろめいた。必死で馬のたてがみにしがみつき、なんとか転ばずにすんだ。「ああ、もう」少女はつぶやいた。

木の根につまずいた少女はよろめきながら扉のほうに進み、また転びそうになったが、戸口にいた男に抱きとめられた。近くでみると、その目は黒ではなく、薄い青で、よく晴れた日の氷のようだ。「ばかめ」男はひと呼吸置いて、少女の体を支えながら続けた。「おまえは本当にばかだ、ワシリーサ・ペトロヴナ。さあ、中に入れ」そういって少女を立たせる。

ワシリーサ――ワーシャ――は何かいおうと口を開きかけたが思いとどまり、黙ったまま、子馬のようにおぼつかない足取りで家の中に入った。

その家はモミの木立に似ていて、今夜だけ家になろうとしたがあまりうまくいかなかったかのようだ。雲がたれこめ月の光が気まぐれにさす青黒い闇が、天井の梁《はり》のまわりの空間を満たしている。枝の影が床の上でゆれているが、壁はゆるぎなくみえる。

ひとつだけたしかなのは、家の奥にとても大きなペチカがあることだ。ワーシャは何もみえていないかのようにふらふらとペチカに近づくと、ミトンを外し、両手を火にかざす。冷えきった指に熱が伝わっていく感覚に、体が震える。ペチカの横では、大きな白い雌馬が一頭、塩をなめている。雌馬は、お帰り、というようにワーシャに鼻をすり寄せてきた。ワーシャは笑顔になって、馬の鼻に頬をあてた。

ワシリーサ・ペトロヴナは美しいとはいえないと、彼女を知る人々はみないった。そしてワシリーサが成長すると、女たちは口々にいった。「背が高すぎるのよ」「こんなにのっぽになるなんて。背格好はまるで男の子ね」

「口はカエルのようだし」そう言い添える継母《ままはは》の口調には悪意がこもっていた。「あんなあごをした娘をだれがめとりたいと思うかしら？　おまけにあの子の目ときたら――」

しかし継母は、ワーシャの目や長い三つ編みの黒髪を言い表す言葉をみつけられなかった。その目は濃い緑色で、目と目の間が広くあいていた。その髪は、強い太陽の光の下では赤味を帯びて輝いた。

「美しいとはいえないかもしれません」乳母もみんなと同じことをいったが、ワーシャを心から愛していた。「あの子はね、美しいとはいえない――でも、人を引きつけるところがありますよ。あの子のおばあさんのようにね」乳母はそういうと、いつも十字を切った。ワーシャの祖母は不幸な死に方をしたからだ。

ワーシャの雄馬は雪をかき分けて進むと、主人に続いて家の中に入り、わがもの顔でまわりを見回した。氷におおわれた森を何時間も走ってきたが、凍えてはいない。ペチカの前にいる少女のそばにいくと、白い雌馬がやさしく鼻を鳴らした。白い雌馬は、ワーシャの馬の母馬だ。ワーシャはほほえんで、雄馬の首と背の境のふくらんだ部分をかいてやった。馬は鞍も馬勒《ばろく》もつけていない。「がんばったね」ワーシャがささやく。「たどり着けないかもしれないと思ってた」

馬は満足げにたてがみをゆらす。

ワーシャは愛馬の底なしの体力に感謝すると、ベルトにつけている小型のナイフを取り出してかがみ、ひづめに詰まった氷をつついて出した。

意地の悪い冬の突風が、大きな音をたてて扉を閉めた。

ワーシャは驚いて立ち上がり、雄馬は鼻を鳴らす。扉が閉まると強い風は吹きこんでこなくなったが、床にのびた木々の影はどういうわけかまだゆれている。

この家の主は立ったまま扉のほうをちらりとみたが、こちらに向き直った。髪に積もった雪が星のようにきらめいている。男のまわりは、森に降りしきる雪と同じ、音のない静かな力に満ちている。

　雄馬が両耳を後ろに倒す。

「さあ、答えてくれ、ワーシャ」男が続ける。「なぜ命の危険を冒して冬の深い森に飛びこんでくる？　これで三度目だぞ」男が煙のように軽い動きで、ペチカの火明かりが届く場所まで近づいてくると、ワーシャからその顔がみえるようになった。

　ワーシャはごくりと唾を飲んだ。この家の主は人間の男のような姿をしているが、目はそうは思えない。遠い昔、この男が初めてあの森に足を踏み入れたとき、娘たちは、いまとはちがう言葉で男に話しかけたことだろう。

　この人を怖いと思ったら、その恐怖は止まらなくなる。ワーシャは心の中でつぶやくと、背筋をまっすぐにのばしたが――男に返す言葉がみつからない。言葉は深い悲しみと疲れにかき消され、ワーシャは何かいいたげに立ちつくすばかりだ。そこにないはずの家に、自分は勝手に入ってきたのだ。

　霜の魔物、マロースカが冷ややかにたずねる。「どうなんだ？　パダスニェーズニク（春先に咲く小さな白い花、スノードロップ）だけでは足りなかったか？　今度は火の鳥でもさがしにきたのか？　金のたてがみの馬か？」

「なぜわたしがここにもどってきたと思う？」ワーシャはなんとか男の言葉をさえぎった。まさにその夜、ワーシャはきょうだいに別れを告げてきた。父親は凍った大地に埋葬され、森に入っても妹の泣きじゃくる声が追いかけてくるようだった。「わたしは村にはいられなかった。村の人たちから、『あの娘は魔女だ』とうわさされて……なかにはわたしを火あぶりにしたいと思っている人もいる。父は——」ワーシャの声が震える。「村人をなだめてくれる父は、もういない」

「かわいそうな話だな」マロースカが冷たい表情のままいった。「もっとかわいそうな者を何万とみてきたが、悲しいことがあったからといって、この家の戸口によろめきながらやってきたのはおまえだけだ」マロースカはかがんでワーシャに顔を近づけた。「わたしと暮らすつもりか？　そういうことか？　永遠に変わることのないこの森で雪娘になるつもりか？」

問いかける口調には揶揄《やゆ》と誘惑が入り混じり、やんわりとばかにしているようだった。

ワーシャは顔を赤らめ、たじろいだ。「ちがう！」手はあたたまってきているが、唇はこわばってぎこちない。「モミの木に囲まれたこの家で何ができるというの？　わたしは旅に出ます。そのために村の家を出てきた——どこか遠いところにいきたい。ソロヴェイがわたしを乗せて、地の果てまで連れていってくれるわ。夏には宮殿や街や川をみてまわりたい。海に沈む太陽をみたい」羊の革でできたフードを外し、はやる気持ちに舌をもつれさせそうになりながら続けた。火明かりに、ワーシャの黒い髪が一瞬、赤く輝く。

それをみてマロースカの瞳がかげったが、ワーシャは気づかなかった。話しだすと堰《せき》を切ったように、言葉が次から次へと出てくる。「この世界には、教会や風呂小屋や父の森以外の場所があると、あなたは教えてくれた。この目でそれを確かめたいの」ワーシャは、はつらつとした表情でマロースカのはるかむこうをみつめている。「この目で世界をみたいの。レスナーヤ・ゼムリャにはもう何もないから」

霜の魔物、マロースカは驚いたのだろう。ワーシャに背を向けると、ひび割れたオークの切り株のような椅子に深く腰かけた。ペチカに近いその椅子にすわったまま、「それなら、こんなところで何をしている？」とたずね、鋭い目つきで部屋を見回す。天井近くの暗闇、雪のふきだまりのようにふくらんだ巨大なベッド、ペチカ、壁のタペストリー、彫刻がほどこされたテーブル。「ここには宮殿や街はおろか、海に沈む太陽もないはずだが？」

今度はワーシャが口ごもる番だった。顔が赤くなる。「前にあなたが用意してくれた持参金を……」

たしかに部屋の隅には、持参金がわりの贈り物だった高価な布や宝石が、ドラゴンの宝の山のように無造作に散らばっていた。マロースカはワーシャの視線をたどり、冷たい笑みを浮かべる。「いらないとつっぱねて逃げ出したのはおまえだと思うのだが」

「結婚はしたくないの」ワーシャがはっきりという。自分でいっておきながら、おかしな気がした。女は結婚するもの。そうでなければ、修道女になるか死ぬか。女であるとはそういうことだ。なら、わたしは何なんだろう、とワーシャは思った。「でも、教会をたずねて物乞いをするのもいや。だからお願いにきました――旅に出るために、そこにある金貨を少しもらえませんか？」

マロースカは驚きあきれて言葉を失っていたが、両肘を膝にのせて椅子から身を乗り出し、にわかには信じていない様子で聞き返した。「おまえはこの家にやってきた。わたしの同意なしには、いまだかつてだれもたどり着いたことのないこの場所に。その理由が、旅のために金貨を少しほしいからだというのか？」

ちがう、とワーシャはいいたかった。ちがうの。それだけが理由じゃない。村を出たとき、怖くてたまらず、あなたに会いたいと思った。たくさんのことを知っている、わたしにやさしくしてくれたあなたに……。しかし、口に出す勇気はなかった。

「いいだろう」マロースカが椅子に深くすわり直していった。「あれはすべておまえのものだ」そういって、あごで宝の山を指す。「王女のような服装で、ソロヴェイのたてがみに金貨を編みこんで、地の果てまでいくがいい」

ワーシャが返事をしないとわかると、わざと親切ぶってつけくわえた。「荷馬車も使うか？それともソロヴェイに引かせるか？　糸に通したビーズのように、全部ひもでつなげてぞろぞろと」

ワーシャはなんとか威厳を保とうとした。「いりません。持ち運びがしやすくて、追いはぎの関心を引かないようなものだけ、いただきます」

マロースカは薄い青の感情のない目で、ワーシャのくしゃくしゃの髪からブーツの先までながめた。ワーシャはマロースカの目に自分がどう映っているか考えないようにした。くぼんだ目をした、青白い、汚れた顔の子どもにみえているに決まっている。「で、そのあとは？」霜の魔物は考えをめぐらせながらたずねる。「ポケットに金貨を詰め、明日の朝、馬に乗ってここを出て、凍え死ぬ。ちがうか？　あるいは、数日は生きのびるが、おまえの馬をねらう者に殺される。あるいは、おまえのその緑の目を気に入った男に強姦される。おまえはこの世界のことを何も知らんのだ。それなのに、自ら出ていって死のうというのか？」

「ほかに選択肢がありますか？」ワーシャはきつい口調で言い返した。当惑し疲れ切って、涙がこみあげてくるのがわかったが、絶対にこぼすものかと思った。「村にもどればみんなに殺されてしまう。修道女になる？　そんなのいや――わたしには耐えられない。のたれ死にするほうがましよ」

「多くの者が『死んだほうがまし』だというが、実際にそのときがくると考えが変わる。たったひとりで、森のくぼ地で死にたいか？　レスナーヤ・ゼムリャに帰れ。村人たちはきっと忘れてしまう。そのうちすべてもとどおりになる。村に帰るのだ、そして兄に守ってもらうがい」

突然、ワーシャの傷ついた心に怒りが燃え上がった。椅子を後ろに引いて、ふたたび立ち上がる。「わたしは犬じゃない」強い口調で言い返す。「いくら村に帰れといわれても、わたしは帰らない。持参金をたっぷり持って嫁ぎ、男に何度もはらませられる――そんなことを、わたしが人生に望んでいると思う？」椅子にすわっているマロースカと目の高さはほとんど変わらなかったが、ワーシャはその薄い青の刺すようなまなざしにじっと耐えていた。

「子どものようなことをいうんじゃない。おまえの生きるこの世界で、おまえの『望むもの』に関心のあるやつなどいると思うか？　一国の公や大公でさえ、望むものは手に入らない。若い娘はなおさらだ。旅に出たところで、おまえが生きていけるはずがない。遅かれ早かれ死ぬに決まっている」

ワーシャは唇を噛んだ。「あなたはわたしが――」激高していいかけたが、ワーシャより先に我慢できなくなったのは、主人の声に激しい怒りを聞き取った雄馬だった。ソロヴェイはワーシャの肩ごしに首を突き出し、マロースカの鼻先で歯を噛み鳴らした。

「ソロヴェイ！」ワーシャが叫ぶ。「何をしてるの」そういって離そうとするが、ソロヴェイは動こうとしない。

ぼくが噛みついてやる。雄馬は尾で脇腹を鞭のように打ち、片方の前足のひづめで木の床をひっかいた。

「霜の魔物の傷口から流れる水は、あなたを雪の馬に変えてしまうのよ」ワーシャはいいながら、まだソロヴェイを押しもどそうとしている。「ばかなことしないで！」

「下がれ、頑固者」マロースカが雄馬に命じた。

それでもソロヴェイが動かなかったので、ワーシャが「いきなさい」といった。雄馬はワーシャの目をみると、気乗りしない様子で謝るように舌をかすかに動かし、ふたりに背を向けた。

張りつめていた空気が和らいだ。マロースカが小さくため息をつく。「いや、あんなふうにいうべきではなかった」もう、意地悪なとげとげしい声ではなかった。マロースカはふたたび椅子に深くすわり直した。ワーシャは動かない。「しかし、モミの木に囲まれたこの家は、もはやおまえのいる場所ではない。外の世界はなおのことだ。おまえがこの家をみつけるはずはなかったのだ。たとえソロヴェイといっしょでも。あんなことがあって――」そこまでいうと、マロースカはワーシャの目をみてひと呼吸置き、また話しだした。「仲間との暮らし、それがおまえの世界なのだ。せっかく兄のところへ無事に帰してやったのに。熊は眠っているし、司祭は森に逃げこんだ。それでも満足できなかったのか」問いかけるマロースカの声には悲しみがにじんでいるようだった。

「満足できなかったわ」ワーシャがいう。「わたしは旅に出る。この森のむこうにある世界をみたいの。先のことなんか考えてない」

沈黙が続く。突然、マロースカの穏やかな笑い声が響いた。「よくいった、ワシリーサ・ペトロヴナ。わたしはこの自分の家で、だれかに反対されたことなど一度もなかった」

なら、いまがそのときよ、とワーシャは思ったが、口には出さなかった。熊から守るためにワーシャを鞍頭に乗せたあの夜、マロースカの中で何かが変わったのだろうか。いったい何が？　目の青色が濃くなった？　前より骨ばった顔になった？

ワーシャは急に恥ずかしくなった。ふたたび沈黙に包まれる。黙っている間に、疲れが一気に襲ってきた。まるで、ワーシャが隙をみせるのを待っていたかのようだ。

マロースカはワーシャの様子をみて立ち上がった。「今夜はここで眠るといい。朝になれば考えも変わるかもしれん」

「眠れないわ」ワーシャは本当にそう思っていたが、テーブルがなければまっすぐに立ってもいられなかった。その声に恐怖がにじむ。「熊が夢の中で待ち構えてる。ドゥーニャも、お父さんも。眠らずにずっと起きていたい」

マロースカの肌から冬の夜のにおいがした。「だいじょうぶだ。ひと晩の静かな眠りをやろう」

ワーシャはためらった。疲れ切っているが、信用できない気もする。マロースカの手は、ある種の眠りを与えてくれるかもしれない。しかし、それは奇妙で深い、死の親類のような眠りだ。ワーシャはマロースカの視線を感じた。

「いや」ふいにマロースカがいう。「ちがう」荒々しい声にワーシャはびくっとした。「いや、わたしがおまえに触れることはない。とにかく眠りなさい。また明日の朝に」

そういうとマロースカは自分の馬のほうを向いて、やさしく話しかけた。ワーシャはじっと前をみていたが、やがてひづめの音がきこえた。そのときにはもう、マロースカも白い雌馬もいなくなっていた。

マロースカの家の召使いたちは、目にみえないわけではない。完全に姿を隠しているとはいえないのだ。ワーシャの視界の端にときおり、さっと動くものや黒い影がみえることがある。すばやくそちらをみれば、ちらりと顔がみえたかもしれない。オークの木の皮のようにしわだらけな顔、サクランボ色の頰をしている顔、キノコのような灰色でしかめ面をした顔などが。しかし、さがそうとすると、その姿はみつからなかった。召使いたちはひと呼吸の間に、まばたきをする間に移動している。

マロースカが姿を消したあと、疲れてぼんやりすわっているワーシャに、この召使いたちが食事を出した。表面がかたいパン、粥《かゆ》、しなびかけたリンゴ。美しい鉢に盛られた木の実や葉野菜。ハチミツ酒にビールに、痛いくらい冷えた水。「ありがとう」ワーシャは、どこかで聞き耳を立てている召使いに向かっていった。

疲れ切ったワーシャは食べられるものを口に運び、食いしん坊のソロヴェイにパンの外側を分けてやった。ようやく満腹になって椀を押しやったときに、気づいた。ペチカの中の燃えかすがかき出され、召使いたちが蒸し風呂を用意してくれている。

ワーシャはじっとり湿った服を脱ぎ、はうようにしてペチカの中に入る。両膝が、れんがにすれて痛い。中に入ると、あおむけになって腹の上に灰をのせ、ぼんやりと空《くう》をみつめた。

冬になると、じっとしているのは不可能に近い。ペチカの近くにすわっていても、薪の様子をみたり、スープをかき混ぜたり、しつこい寒さと――ほとんどいつも――闘ったりしている。しかし、いま、耳鳴りがするほどの熱気に包まれ、蒸気がそっと吹いてくる蒸し風呂の中で、呼吸が次第に遅くなる。しばらく暗闇の中で静かに横になっていると、凍りついた悲しみがほどけていくのを感じた。あおむけのまま目を開けていると、涙がこめかみを伝い、汗に混じって落ちていく。

ワーシャは蒸し風呂の熱に耐えられなくなると、裸のまま外に走り出て、かん高い叫び声をあげながら雪だまりに倒れこんだ。ふたたび家に入ってきたときには震えていたが、力に満ち、大胆で生き生きとしていた。冬に入ってから、これほど穏やかな気持ちになったことはなかった。

マロースカの姿なき召使いが、部屋着を出しておいてくれていた。丈が長く、ゆったりとしていて軽い。それを着て、大きなベッドにもぐりこんだ。雪だまりのような上掛けの中で、ワーシャはたちまち眠りについた。

恐れていたとおり、ワーシャは夢をみた。やさしい夢ではなかった。

しかし、熊も、死んだ父親も、喉を切り裂かれた継母《ままはは》も出てこなかった。そのかわり、ワーシャは狭く暗い場所をさまよっていた。土とかすかな香のにおいがして、どこからか月の光が差しこんでいる。長いこと、自分の服の裾に足を取られながら歩きまわっていたが、その間ずっと、女の泣く声が闇の中からきこえていた。

「なぜ泣いているの？」ワーシャが問いかける。「どこにいるの？」

返事はなく、泣き声がきこえてくるばかりだ。はるか遠くに白っぽい人影がみえた気がした。急いで駆け寄る。「待って――」

白っぽい人影がくるりとこちらを向いた。

その姿にワーシャは思わず後ずさった。骨のように白い肌。目はくぼみ、そのまわりはしわだらけだ。そしてやけに大きな、黒い穴のような口。その口が裂けるように開き、しわがれ声が響いた。「あなたまで！　だめよ――さあ！　出ていって！　わたしのことは放っておいて――かまわないで――」

ワーシャは両耳を手でふさいで逃げ出した。わけがわからず、恐怖にあえぎながら目を覚ますと、そこはモミの木立の中の家で、朝の光が差しこんでいた。マツの香りがする冬の朝の空気は頰にひんやり冷たいが、雪のように真っ白な上掛けの中までは入ってこない。夜の間にワーシャの体力は回復していた。夢よ、と心の中でつぶやくと、呼吸が速くなる。ただの夢。

ひづめで木の床をひっかく音がきこえ、細いひげのある大きな鼻がワーシャの鼻に押しつけられた。

「むこうへいって」ワーシャはソロヴェイにいうと、頭の上まで毛布を引き上げた。「早くいって。あなたみたいに大きな馬が犬のまねをしたって、かわいくないんだから」

ソロヴェイはワーシャの言葉をものともせず、頭を上下に振り、鼻を鳴らす。あたたかい鼻息がワーシャの顔にかかった。さあ、朝だよ、ソロヴェイがいう。起きて！　たてがみを振り、上掛けをくわえて強く引っ張った。ワーシャは上掛けにしがみつこうとしたが遅く、短い悲鳴をあげる。体を起こし、声をあげて笑った。

「ばかね」ワーシャはそういって、立ち上がった。三つ編みにしてひとつにまとめていた髪がほどけて、体にまつわりつく。頭がすっきりしていて、体も軽い。悲しみと怒りと悪夢がもたらす痛みはやわらぎ、心の隅に押しやられている。恐ろしい夢を振り払い、まっさらな朝の美しさにほほえむことができた。斜めに差しこむ日の光が、床に点々と模様を描いている。

ソロヴェイは落ち着きを取りもどし、のんびりとペチカの近くにもどっていった。ワーシャの視線がソロヴェイを追いかける。小さな笑い声が喉の奥で消えた。マロースカと白い雌馬が、夜明け前の闇の中をもどってきていたのだ。

雌馬はおとなしく、与えられた干し草を食《は》んでいる。マロースカはペチカの火をみつめていて、ワーシャが立ち上がってもこちらを向かなかった。ワーシャは、マロースカがすごしてきた長く変化に乏しい日々を思った。いくつの夜を、ひとりでペチカのそばにすわってすごしたのだろう。森を歩きまわったり、この住まいに屋根や壁や火があるようにみせたりもしていたのかな？　わたしを喜ばせるためだけに。

ワーシャがペチカの近くにいくと、マロースカがこちらをみた。表情からよそよそしさが少し消えた。

ワーシャは自分の顔が赤くなるのがわかった。髪の毛は魔女のようにもつれているし、裸足のままだ。マロースカも、そんなワーシャの様子に気づいたのかもしれない。ふと目をそらし、たずねた。「恐ろしい夢はみなかったか？」

ワーシャは腹が立ち、恥ずかしい気持ちは怒りに飲みこまれていった。「ええ」毅然とした態度で返事をする。「ぐっすり眠れたわ」

マロースカが片方の眉を上げる。

「櫛《くし》はある？」ワーシャは話をそらそうとしてきいた。

マロースカは不意を突かれたような顔をしている。客人をもてなすことに慣れていないのね、とワーシャは思った。髪の毛がからまっていたり、お腹がすいたり、悪夢をみたりする客人がこの家にくることなど、ないのだろう。しかし、マロースカはかすかな笑みを浮かべ、片手をのばして床に触れた。

床は木でできていた。間違いない——なめらかになるまでかんなをかけた濃い色の木だ。ところが、マロースカが体を起こすと、その手にはひとつかみの雪がのっていた。息を吹きかけると、雪は氷になった。

ワーシャは興味をそそられ、顔を近づける。マロースカの長くほっそりした指が、粘土でもこねるように氷の形を変えていく。その表情は妙に明るく、ものをつくる喜びに満ちている。数分後、マロースカの手の中には櫛があった。まるでダイヤモンドを彫ってつくったように輝いている。櫛の背の部分は馬の形をしていて、長いたてがみがぴんとのびた首の後ろになびいている。

マロースカは櫛をワーシャに渡した。馬の背のかたい毛の部分は氷の結晶でできていて、ワーシャが荒れた指先で持つと、こすれて乾いた音をたてた。

ワーシャはもらったばかりの美しいものを手の中で何度も何度もひっくり返して、いった。「使ったら壊れてしまうの？」それは石のように冷たく、ワーシャの手になじんでいる。

マロースカは椅子に背をもたせて答えた。「いや、壊れない」

恐る恐る、もつれた髪に櫛を通してみる。櫛は水のように滑って、からみあったワーシャの髪をなめらかにした。マロースカがこちらをみているような気がした。しかし、ワーシャが目をやると、マロースカの視線は決まってペチカの火に向けられていた。やがて、ワーシャの髪はきれいな三つ編みにまとめられ、短い革ひもでとめられた。ワーシャが「ありがとう」というと、櫛は手の中で溶けて水になった。

ワーシャはさっきまで櫛を持っていた手を、しばらくみつめていた。マロースカが、「たいしたことではない。それより、食べなさい、ワーシャ」と声をかけた。

召使いが部屋に入ってくるのはみなかったが、テーブルには粥が置いてあった。金色のハチミツと黄色のバターがかかっていて、木の椀がひとつ用意されている。ワーシャはテーブルにつくと、湯気のあがる粥を椀にいっぱいよそって、昨夜の分もといわんばかりに勢いよく食べ始めた。

「どこにいくつもりだ?」食事をしているワーシャにマロースカがたずねる。

ワーシャはまばたきをした。遠くへ。これまで行き先については、遠いところ、としか考えていなかった。

「南へ」ゆっくりという。返事をしながら、これだ、と思った。胸が弾む。「皇帝《ツアーリ》の都で教会をみてまわりたいの。それから海をみてみたい」

「南か」マロースカがやけにやさしくいう。「遠いぞ。ソロヴェイにむりをさせすぎないようにな。普通の馬よりは丈夫だが、まだ若い」

ワーシャは少し驚いてマロースカをちらりとみたが、その表情からは何もわからなかった。馬がいるほうに目を向ける。マロースカの白い雌馬は落ち着いた様子で立っている。ソロヴェイは干し草を食べ終え、おまけに大麦までたいらげていた。そして、いまはワーシャのいるテーブルにじりじり近づいてきている。片方の目が粥をねらっている。ワーシャは取られないように急いで粥を口に運んだ。

マロースカのほうをみずに、「少しだけ、いっしょにいってもらえませんか？」と早口できいたが、声に出した瞬間に後悔した。

「ならんで馬を走らせ、食べるものを用意し、夜には雪で凍えないようにしてほしいというのか？」マロースカの口調はおもしろがっているようにもきこえた。「そんなことはごめんだ。ほかに何もすることがなかったとしても、断る。広い世界に出ていくがいい、旅人よ。一週間もすれば、長い夜やつらい一日がどんなものかわかるだろう」

「そういう日々を気に入るかもしれないわ」ワーシャが強気に言い返す。

「そうならないことを心から願うよ」

ワーシャは返事すらしなかった。椀に少し粥をよそうと、ソロヴェイになめさせてやった。

「その調子で食べさせていると、ソロヴェイは子を産ませるための雌馬のように太ってしまうぞ」マロースカがいう。

ソロヴェイは両耳を後ろに倒したが、粥をなめるのはやめなかった。

「この子はいま、成長期なんです。それに、たくさん食べても、旅をしてたくさん走るから平気よ」

「やれやれ、本当に旅に出るつもりなら、これをやろう」

マロースカの視線の先をみると、テーブルの下にふくらんだ鞍袋がふたつ、置かれていた。

ワーシャは手をのばそうとしなかった。「どうして？　用意してくださった持参金がたっぷり、そこの隅にあるし、金貨が少しあれば必要なものはなんでも買えるのに」

「もちろん、そこにある金貨を使ってもかまわん」マロースカが冷ややかに続ける。「しかし、知らない街へ、みたことのないようなものが手に入る場所へいくのに、その立派な雄馬に乗って、ルーシの王女のような服装でいくつもりか？　白の毛皮や緋色のドレスを身につけて？　そうすれば、ルーシの強盗が金に困ることはなくなるだろう」

ワーシャはあごを上げて、冷ややかに言い返す。「緋色より緑色のほうが、わたしは好き。でも、そのとおりかもしれない」そういって、ふたつの鞍袋に片手を置いて――一瞬、口をつぐんだ。「あなたは森でわたしの命を救ってくれた。持参金も用意してくれた。司祭を追い払ってほしいとお願いしたときもきてくれた。そして旅のしたくまで……。見返りに何を望んでいるの？　マロースカ」

マロースカはほんの一瞬ためらいをみせてから、答えた。「ときどき、わたしのことを思い出してくれ。パダスニェーズニクが咲き、雪が解けるころに」

「それだけ？」ワーシャは大げさに言い添えた。「忘れるわけないわ」

「おまえが思うより、たやすく忘れてしまうだろう。それに――」マロースカが手をのばした。ワーシャは驚いて固まった。マロースカの手が鎖骨《さこつ》を軽くかすめると、ワーシャの意思に反して血が勢いよくめぐり肌が赤らむのがわかった。首元には、銀細工の台にサファイアをはめたペンダントがかかっている。マロースカがその鎖に指を一本かけて、自分のほうへ引き寄せた。このペンダントは父からの贈り物だった。乳母はこれをワーシャに手渡して息を引き取った。ワーシャは自分の持ち物の中で、このサファイアをいちばん大切にしていた。

マロースカはふたりの間にサファイアをかかげた。つららのような淡い光がマロースカの指に映る。「約束するのだ。どんな状況であっても、必ずこれを身につけると」そういうと、ペンダントから手を離した。

マロースカの手のかすかな感触が肌に残っているような気がしたが、ワーシャは怒りにまかせてそれを無視することにした。マロースカは人間とはちがう。孤独で、理解できない存在、黒い森と薄青い空の魔物。ワーシャはマロースカが前にいったことを思い出していた。

「なぜ？　これは乳母から渡された、父からの贈り物なのよ」

「それは魔除けだ」マロースカは言葉を選びながら話す。「きっとおまえを守ってくれる」

「何から守ってくれるの？　なぜ気にかけてくれるの？」

「おまえは驚くだろうが、森のくぼ地で死んでいるおまえを迎えにいきたくないからだ」その声は冷たかった。穏やかだが骨まで凍りそうな風が、部屋を吹き抜けたかのようだった。「いやだというのか？」

「いえ」とワーシャ。「毎日、身につけるつもりだったわ」そういって唇を噛み、くるりと背を向けると、ぎこちないほどすばやく、ひとつ目の鞍袋を開けた。

中には服が入っていた。狼の毛皮のマント、なめし革のフード、ウサギの毛皮の帽子、フェルトと毛皮でできたブーツ、内側に羊毛を縫いつけたズボン。もうひとつの袋には食料が入っていた。干した魚、堅焼きのパン、革袋に入ったハチミツ酒。それにナイフ、水差し。寒い国をいくきびしい旅に必要なものはすべてそろっている。ワーシャは袋の中のものをじっとみて、いままでにない喜びを感じていた。持参金の金貨や宝石をみても、こんな気持ちにはならなかった。この袋の中に入っているのは自由だ。ワシリーサ・ペトロヴナ、領主のピョートルを父親にもつ娘が手にするはずのなかったもの、もっと有能な変わり者が持っているようなものばかりだ。ワーシャは顔を輝かせてマロースカを見上げる。もしかするとマロースカは、思っていたよりわたしのことをわかってくれているのかもしれない。

「ありがとう」ワーシャがいう。「あの――ありがとう」

マロースカはうなずいただけで何もいわなかった。

ワーシャは気にとめなかった。袋といっしょに、みたこともないような鞍が置いてある。一見、中綿入りの布とあまり変わらない。ワーシャは、はやる思いで勢いよく立ち上がると、片手に鞍を持ち、早速ソロヴェイを呼んだ。

しかし、鞍をつけるのは容易ではなかった。ソロヴェイは、鞍――とは名ばかりの皮のようなものだったのだが――をつけるのが初めてで、しかもあまり気に入っていなかった。

「じっとして!」モミの木立をずいぶんむだに歩き回ったあげく、ワーシャはとうとう、いらだちをおさえられずに叫んだ。こんなんじゃ勇敢で自立した旅人になんてなれそうにない、と心の中でつぶやく。ソロヴェイはいっこうに鞍をつけさせようとしない。マロースカが玄関からこちらをみている。ワーシャは、マロースカのおもしろがるような視線を背中に感じた。

「何週間も休みなく走り続けることになったらどうするの？」ワーシャはソロヴェイに詰め寄った。「お互い、肌がこすれてすりむけちゃうわ。それに、そのままでどうやって鞍袋を下げるっていうの？　鞍袋にはあなたが食べる穀物も入ってるのよ。松葉を食べて生きのびるつもり？」

ソロヴェイは鼻を鳴らし、気づかれないように鞍袋をちらりとみた。

「もういい」ワーシャが歯を食いしばる。「もう、もといた場所に帰って。わたしは歩いていくから」そういうと、マロースカの家に向かって歩いていく。

ソロヴェイが飛ぶようにやってきて道をふさぐ。

ワーシャはソロヴェイをにらみつけて押しのけた。だが、オークの木と同じ色をした大きな体はびくともしない。ワーシャは腕を組み、しかめ面でソロヴェイをみる。「それじゃあ、何か考えはあるの？」

ソロヴェイはワーシャに、そして鞍袋に目をやり、頭をたれる。あーあ、わかったよ。主人への礼儀など気にもとめず、ソロヴェイはマロースカのほうをみないように気をつけた。

ワーシャは準備を終えるまで、マロースカのほうをみないように気をつけた。

朝のうちに、ワーシャは出発した。太陽が顔を出して、もやが晴れ、積もったばかりの雪がダイヤモンドのように輝いている。モミの木立の外の世界は広く、雑然としていて、どことなく恐ろしいような気がした。「これから旅に出るっていう気がしないわ」ワーシャは小さな声でマロースカにいった。ふたりはモミの木立を抜けたところで止まった。ソロヴェイはきちんと鞍をつけて待っている。早く出発したい気持ちと背中の鞍袋に対するいらだちが入り混じった表情を浮かべている。

「旅とはそういうものだ」霜の魔物、マロースカはそういうと、ふいに、毛皮をまとったワーシャの肩に両手を置いた。ふたりの視線が合う。「森の中をいくように。それがいちばん安全だ。人が住んでいるところは避けて進み、火をたくときはなるべく小さく。だれかと話をするときには、少年のふりをしたほうがいい。この世界では、少女のひとり旅は危険だからな」

ワーシャはうなずいた。何かいおうとして唇を震わせる。マロースカの表情を読み取ることはできなかった。

マロースカがため息をつく。「楽しい旅を。さあ、いきなさい、ワーシャ」

そういって、ワーシャを押し上げて鞍に乗せると、今度はワーシャがマロースカを見下ろす番だった。ふいにマロースカが、人というより、人の形をした影の集まりのようにみえた。マロースカの顔に、ワーシャには読み取れない表情が浮かんでいる。

ワーシャがまた何かいおうとして口を開く。

「いきなさい！」マロースカはソロヴェイの尻をぴしゃりと打った。馬は鼻を鳴らして走りだし、雪のむこうに消えていった。

7 旅人

こうして、死の影をひきずり、一方では人を救い、迷子となったワシリーサ・ペトロヴナは、馬に乗ってモミの木立の中の家をあとにした。一日目は冒険をしている気分だった。家は遠くなり、広い世界が目の前に広がっていた。初めは不安だったワーシャも、時間がたつにつれわくわくしてきて、意地悪く心に居座っている喪失感や戸惑いを奥底に押しこめた。ソロヴェイのゆるぎない歩みがあれば、どこまでもいける。半日もしないうちに、ワーシャはそれまでいちばん、家から遠いところにいた。木のうろも、ニレの木も、雪に埋まった切り株も、何もかもが目新しく思える。馬に乗っていて体が冷えてくると、降りて歩いた。その間ソロヴェイは、待ちきれないというように速度を落として歩くのだった。

こうして一日目はすぎていき、冬の太陽が西に傾いた。

ちょうど日が沈んだころ、巨大なトウヒの木をみつけた。幹のまわりに雪が小さな山のように積もっている。日没後の薄暗がりの中で雪は青みを帯び、身を切るような寒さが襲ってきた。

「ここがよさそう?」ワーシャはそうきくと、馬の背中から滑り降りた。寒さで鼻と指が痛い。のびをすると、こんなに体がこわばっていたんだ、こんなに疲れていたんだ、と気づく。

馬が両耳をぴくぴくさせて頭を上げた。安全なにおいがする。

子ども時代、冬が七か月も続く地方の村を走りまわってすごしたワーシャは、森で生きのびる術を身につけていた。しかし、急に心細くなった。この凍えるような夜を、今日だけでなく明日もその次も、たったひとりですごさなければならない。ワーシャは洟《はな》をかみ、自分で選んだんでしょ、と自らに言い聞かせた。旅人になったのよ。

夕闇が手のように森をおおった。あたりは青紫に染まり、何もかもが現実離れしてみえる。

「今夜はここで過ごしましょう」ワーシャは、ソロヴェイの背中の鞍を外しながら、つとめて自信たっぷりにいった。「火をおこす間、野獣か何かに食われないように見張ってて」

ワーシャはトウヒの根元に積もった雪に苦労して横穴を掘った。しばらくすると、枝を広げたトウヒの木の下に小さな雪室《ゆきむろ》が完成し、たき火用に地面がむき出しになった部分ができた。冬の夕暮れの薄明かりが、みるみる夜に変わっていく。ルーシ北部ではいつもそうだ。ワーシャが十分な量の薪を切り終えたころには、あたりは闇に包まれていた。月がのぼる前の星明かりの下で、昔、兄に教わったとおりトウヒの木から葉のついた大きな枝を数本切って、それを雪にしっかりと立てた。たき火の熱を雪室のほうに反射させるためだ。

ワーシャは火打ち石を握れるようになったころから、幾度となく火をおこしてきたが、そのためにはミトンを外さなければならない。手がどんどん冷たくなっていく。

やっと火がついて、大きく燃え上がった。作ったばかりの雪室にはって入ると、寒いけれど我慢できないほどではない。マツの葉を入れて沸かした湯を飲むうちに、体があたたまってきた。黒パンにかたいチーズをのせて焼いて食べると、空腹がまぎれた。指をやけどして、パンを焦がしてしまったが、火をおこして食事を作れたので、うれしくなった。

その後、腹が満たされ体もあたたまって元気が出てくると、火で柔らかくなった土に浅く溝を掘り、たき火の燃えさしを敷きつめ、その上にマツの枝をたくさんのせて寝床を作った。マツの枝の寝床に横になり、ウサギの毛に裏打ちされた巻き布団とマントにくるまって、ほんの少しでもあたたかくなったことを喜んだ。ソロヴェイはすでにうとうとし始めていて、耳をあちこちに動かし、夜の森の音をきいている。

ワーシャのまぶたが重くなってきた。若くて、疲れているから、眠りに落ちるのも時間の問題だ。

そのとき、頭上で笑い声がきこえた。

ソロヴェイがぴくりと頭を上げる。

ワーシャはあわてて立ち上がり、ベルトにつけている小型のナイフを手さぐりした。暗闇で光っているのは、目？

ワーシャは叫び声をあげず――それほど愚かではなかった――頭上に広がるトウヒの枝を、目に涙がにじむほど凝視した。手の中のナイフは冷たく、悲しいほど小さい。

あたりは静まり返っている。気のせい？

すると、ふたたび笑い声がきこえた。ワーシャは音をたてないようにして後ろに進み、火のついた薪を拾い上げると、低く構えた。

ドシン、と音がした。ドシン。まただ。そして――モミの根元の雪に、女が飛び降りてきた。

人間の女ではないのかもしれない。髪と目は幽霊のように青白く、つやつやした肌は冬の真夜中の色をしている。夜の色のマントをまとっているが、頭も腕も足もむき出しだ。火明かりが、風変わりだが美しい顔を赤く照らす。寒さなど気にとめていないようだ。子ども？　大人？　いや、精霊《チョルト》、夜の精だ。ワーシャはほっとしたが、まだ警戒はといていない。

「おばあさん？」注意深く呼びかけ、手に持っている火のついた薪を下げる。「火にあたっていってください」

チョルトが立ち上がる。その目は無関心そうで星のように青白いが、口は子どものように楽しげに動いた。「ずいぶん礼儀正しい旅人ね」チョルトが明るくいう。「まあ、そういう旅人がいてもおかしくはないけど。その薪は置いてちょうだい。必要ないから。ええ、いっしょにたき火にあたらせてもらうわ、ワシリーサ・ペトロヴナ」そういうと、たき火のそばにすわって、ワーシャを頭のてっぺんからつま先までながめた。「さあ！　せっかく訪ねてきたんだから、ワインくらい出してくれるんでしょう」

ワーシャは少しためらったが、客人にハチミツ酒の入った革袋を差し出した。ワーシャは賢いので、空から転がり落ちてきたようにみえる魔物を怒らせるようなことはしなかった。だが、思い切ってきいてみることにした。「わたしの名前を知っているんですね。わたしはあなたの名前を知らないけど」

チョルトのにこやかな表情は変わらない。「パルノーチニツァと呼ばれているわ」ハチミツ酒を飲みながらいう。

ワーシャは驚いて、一瞬、後ずさった。主人の様子をみていたソロヴェイが、両耳を寝かせる。ワーシャは乳母のドゥーニャから、真夜中の精と真昼の精の姉妹が出てくる物語をきいたことがある。孤独な旅人が幸せな結末を迎えるお話はひとつもなかった。「なぜここにいらっしゃったのですか?」ワーシャの呼吸が速くなる。

真夜中の精はたき火のそばの雪にゆったりとすわったまま、声をあげて笑った。「落ち着いて。もし、これから旅を続けるのなら、神経をとがらせてばかりいてはだめよ」ワーシャは、パルノーチニツァの歯がとても多いのに気づいて不安になった。「あなたの様子をみてくるようにいわれて、ここにきたの」

「いわれて――?」ワーシャは聞き返して、たき火の近くにゆっくりと腰を下ろす。「だれにいわれたのですか?」

「知りたがりは早く年を取ってしまうのよ」真夜中の精は朗らかにいう。

ワーシャはためらいながらたずねた。「もしかしてマロースカですか?」

真夜中の精は鼻先で笑い、ワーシャはくやしげに唇を噛んだ。「あの男を買いかぶってはだめ。冬の王ごときが、このわたしに命令などできるはずがないわ」その目は光を放っているようにみえた。

「では、だれにいわれて?」

真夜中の精は唇に指をあてる。「それは教えられないの。明かさないと誓いを立てたから。それに、謎があるほうが楽しいでしょ?」

真夜中の精は心ゆくまでハチミツ酒を飲むと、革袋をワーシャに投げ返して、立ち上がった。月のように白い髪が火明かりに赤く輝いている。「じつは、前に一度あなたに会っているのよ」チョルトが続ける。「三度会うと約束したから、もう一度会うことになると思う。馬に乗って遠くへいきなさい、ワシリーサ・ペトロヴナ」

ワーシャは何かきこうとしたが、真夜中の精はモミの木の下から姿を消していた。「まだ――待って――」もうどこにもいない。寒気の中でソロヴェイとは別の馬が鼻を鳴らすのと、大きなひづめの規則正しい音がたしかにきこえた。だが、何もみえない。やがて静かになった。

ワーシャはたき火のそばにすわって、火が燃えさしになるまで耳をすませていたが、それきり夜の静けさを乱す音がきこえることはなかった。ようやく、もう一度横になって眠ろう、と自分に言い聞かせた。そしてたちまち、意識を失うように眠りに落ちた。ワーシャは目が覚めてそのことに気づき、驚いた。明け方、ソロヴェイが雪室に頭を入れて雪を顔に吹きかけてくるまで、ずっと眠っていたのだ。

ワーシャはソロヴェイに笑顔を向けると、目をこすって、湯を少し飲み、馬に鞍をつけて出発した。

それから数日がすぎ、一週間、二週間と旅は続いた。道はけわしく、とても寒かった。旅のどの日も、最初の日ほどうまくいったわけではない。人に出くわすことも、真夜中の精と会うこともなかったが、枝であざをつくったり、指にやけどをしたり、夕食を焦がしたりした。体が冷えきってしまった日は、夜の間ずっとたき火のそばでうずくまるばかりで、寒くて眠れなかった。そのあと風邪をひき、二日間、震えが止まらず息をするのも苦しかった。

しかし、ソロヴェイは走り続け、かなり遠くまできた。ふたりは南へ、南へと進み、やがて西に進路を取った。「どこに向かっているか、本当にわかってる?」とワーシャがきいても、ソロヴェイはきこえないふりをした。

風邪をひいて三日目、我慢強くうつむいて、鼻を真っ赤にして進み続けていると、森がとぎれた。

目の前は大河だ。森を抜けたとたん、どこまでも続く雪の道が日に照らされていて、ワーシャのむくんだ目をくらませた。「きっとここは橇《そり》で進む道ね」そうつぶやいて、目をしばたたき、雪におおわれた広大な氷の道をみた。「ヴォルガ川(モスクワ北西のヴァルダイ丘陵から発し、カスピ海に注ぐ。全長約三千七百キロ)だわ」いちばん上の兄が話してくれたことを思い出した。川岸の土手にならんだ木々が、深い雪に半分埋まっている。土手を下っていくと、凍った川に積もった雪に橇の跡がのびていた。

かすかに鈴の音がきこえたと思うと、山のように荷物を積んだ橇が連なって、氷の道の湾曲部を曲がってきた。鮮やかな色の馬具には鈴がついていて、厚着をした体格のいい男たちが、帽子を目深にかぶり、馬に乗って、あるいは自分の足で、橇といっしょに走っている。前に後ろに大声をかけあいながら近づいてくる。

ワーシャは目の前を通りすぎていく一団に目を奪われた。男たちの顔は――ワーシャにみえる限りでは――血色がよく、ざらざらした感じで、硬そうなあごひげをたくわえている。ミトンをはめた手で手綱をしっかりと握っている。馬はどれもソロヴェイより小さく、ずんぐりしていて、たてがみは硬そうだった。ワーシャは、一団が進む速さや鈴の音、初めてみる顔の男たちに圧倒された。ワーシャが生まれ育った小さな村では、見知らぬ人はほとんどいなくて、村人全員が顔見知りだった。

それからワーシャは目を上げて、橇の一団の先をみた。木々のむこうにたくさんの煙がのぼっている。一度にこんなにたくさんの煙をみたのは初めてだった。「モスクワかな」息を弾ませてソロヴェイにきく。

いや、モスクワはもっと大きいよ。ソロヴェイが答える。

「なんでわかるの？」

ソロヴェイは得意げに片耳を傾けただけだった。ワーシャがくしゃみをする。目の前の道に、新たな一団が橇を引いてやってきた。この一団の馬の乗り手はみな、真っ赤な帽子をかぶっていて、ブーツには刺繡《ししゅう》がほどこされている。葉の落ちた木の上に、煙が雲のように立ちこめている。「近くにいってみよう」ワーシャがいう。森の中を長く旅したせいで、色や動き、人の顔や声に強く心をひかれていた。

森の中のほうが安全だよ。ソロヴェイはそういいながらも、自信なさそうに片方の鼻の穴をゆがめている。

「広い世界をみたいの」ワーシャが強く言い返す。「世界は森だけじゃないんだから」

ソロヴェイが体を震わせた。

ワーシャは小声でなだめる。「気をつけていればだいじょうぶよ。もし、困ったことが起きたら、あなたに乗って逃げればいい。つかまるわけないわ。世界じゅうのどんな馬より足が速いんだもの。あの町をみてみたいの」

ソロヴェイが決めかねて動かずにいると、ワーシャが無邪気にまたいった。

「もしかして怖いの?」

ずるいやり方だったが、うまくいった。ソロヴェイは頭を振り、ふた跳びで凍った川の道に入った。ひづめが氷を蹴ると、鈍い変な音がする。

凍った川を一時間以上かけて進む間、ゆくてには町の煙がじらすように漂っていた。ワーシャは強がってはいたが、知らない人にみられると緊張した。だがやがて、あの人たちはわたしのことなどみてやしない、と気づいた。人々は冬の間、とても貧しい暮らしをしていて、自分に関係のないことなど気にしていないのだ。ひとりの商人が薄笑いを浮かべて、そのすばらしい馬を売ってくれないか、といってきたが、ワーシャはただ首を振り、ソロヴェイの腹を軽く蹴って速駆けさせた。

薄青い冬の空に、太陽が高く小さく出ている。川の最後の湾曲部を曲がると、目の前に町が現れた。

けっして大きな町ではなかった。タタール人なら、ばかにして村と呼ぶだろう。モスクワ市民でさえ、田舎町というかもしれない。それでも、ワーシャがみたことのあるどんな町よりも大きかった。町を取り囲む木の塀はソロヴェイの肩の二倍の高さがあり、青く塗られた鐘楼《しょうろう》が煙の中に誇らしげにそびえ立っている。そのとき、深みのある大きな鐘の音がはっきりときこえてきた。「ちょっと待って。この音をきいていたいの」ワーシャが目を輝かせてソロヴェイにいう。生まれて初めてきく鐘の音だった。

「ここはモスクワじゃないの?」もう一度、ソロヴェイにたずねた。「本当に?」世界そのもののような、大きな街にみえたのだ。こんなに大勢の人がこんなに小さな場所でいっしょに生活できるなんて、考えたこともなかった。

本当だよ。ソロヴェイが答える。人間には、小さな町にみえると思う。

ワーシャは信じられなかった。また鐘が鳴った。冷たい空気の中に、馬屋のにおい、木が燃えるにおい、鳥をあぶるにおいがかすかに感じられる。「中に入ってみたいな」

ソロヴェイが鼻を鳴らした。外からみたじゃないか。だからいやだったんだ。森の中にいるほうがいい。

ワーシャが言い返す。「こんなに大きな街、生まれて初めて。どうしてもみたいの」

ソロヴェイは怒って地面を前足でかいた。

「ほんのちょっとだけ」ワーシャが控えめに言い添える。「お願い」

いかないほうがいいと思う。そういわれたが、ワーシャはソロヴェイの抵抗が弱くなったことに気づいていた。

ワーシャはもう一度、煙の中に浮かぶ塔をみた。「あなたはここで待っていたほうがいいかも。どこにいても強盗の目を引いちゃうから」

ソロヴェイは鼻を鳴らす。そんなわけない。

「いっしょにいるほうが危険なの！　わたしを殺してあなたを盗もうとする人がいたらどうする?」

ソロヴェイは腹立たしげに首をまわして、ワーシャの足首に嚙みついた。返事をしなくてもそれだけで十分だった。

「わかったわ」ワーシャは一瞬考えていう。「いきましょう。考えがあるの」


一時間後、チュドヴォの町の小規模でのんびりした門衛隊の隊長は、むこうからひとりの少年がやってくるのに気づいた。商人のような身なりをしたその少年は、立派な体格の若い馬を引いていた。

馬は端綱《はづな》しかつけていない。その脚は長く美しいのに、ぎくしゃくと凍った道を歩いてきて、自分のひづめにつまずいた。「おい、待て！」隊長が声をかける。「その馬をどうするつもりだ?」

「父の馬なんだ」少年が大声で答える。少し恥ずかしそうで、ぶっきらぼうなその口調には田舎のなまりがある。「こいつを売りにきた」

「こんな時間からじゃ、その鈍くさい馬に値はつかないだろう」隊長がいったそばから、また馬がつまずいた。今度は膝を地面に打ちつけるところだった。

隊長は、鈍くさい馬といったものの、無意識に視線を走らせ、その美しい頭や短い背中、長くて汚れていない脚に目をとめた。雄馬だ。この馬は脚が悪いだけで、たくましい子馬を残すかもしれない。「おれが買ってやる。売りにいく手間が省けるだろう」さっきよりもゆっくりといった。

少年は首を横に振った。痩せていて、背は高くも低くもない。ひげは一本も生えていない。

「父に怒られる。大きな街で売るように、いわれてるんだ」

隊長はこの素朴な少年が、チュドヴォのことを真面目な顔で大きな街といったので、声をあげて笑った。もしかすると、商人ではなく貴族《ボヤール》の子かもしれない。みるからに田舎育ちだ。どこかの名もない領主の子だろう。隊長は肩をすくめた。その目はすでに、少年と鈍くさい馬のむこうをみていた。視線の先では毛皮商人の一団が、暗くなる前に町の門にたどり着けるよう、馬を急がせていた。

「もういい、いけ」いらだたしげにいう。「何をぐずぐずしている」

少年はぎこちなくうなずき、馬を促して門を通り抜けた。妙だな、と隊長は思った。あんなにおとなしくて、端綱しかつけていない雄馬がいるだろうか。まあ、あの雄馬は脚が悪いようだし、気にすることはないか……。

やがて、毛皮商人たちが到着して押し合いへし合いしながら大声をあげたので、隊長は少年のことなどすっかり忘れてしまった。

建物がならぶ町の通りは、道なき森よりも曲がりくねって奇妙だった。ワーシャは気もそぞろにソロヴェイの端綱を引いて歩きながら、感動していないふりをしようとしたが、ほぼ失敗に終わった。風邪のせいで感覚が鈍っているものの、何百人もの人間のにおいを感じた。血や獣や臓物、さらにもっとひどいにおいに涙が出る。山羊がいたかと思えば、教会が高くそびえ、鐘はまだ鳴り続けている。急ぎ足の女たちとぶつかった。頭に巻いたカーチフから金色の髪がのぞいている。売り子たちが、いいにおいのするパイを通行人に差し出している。鍛冶場では蒸気が立ちこめ、鎚で鉄を打つ音が頭上の鐘の音と競いあうように響いている。そうかと思えば男がふたり、雪の中で激しく口論していて、見物人がはやしたてている。

ワーシャは人混みをかき分けて進みながら、おびえると同時に心をひかれた。人々はワーシャを、というよりソロヴェイをよけていった。ソロヴェイは、通りがかりに自分にさわったものはなんでも蹴りつけてやる、といわんばかりだった。

「その態度のせいでみんないらいらしてるわよ」ワーシャがいう。

そりゃいいや。こっちもいらいらしてるからね。

ワーシャは肩をすくめ、ふたたび町並みをぼんやりみつめた。道は、縦に割った丸太で舗装されている。これはうまく考えられていて、足元のかたさが心地よい。曲がりくねった通りの両側には、陶器職人の工房、鍛冶屋、宿屋、丸太でできた小さな家《イズバ》がならび、中央の広場まで続いていた。

ワーシャの顔が輝く。目の前の広場には市が立っていた。初めてみる光景だ。あちこちで商人が品物の名前を叫んでいる。布に毛皮、銅製の飾り、蠟《ろう》、パイ、魚の燻製《くんせい》……。「ここにいて」ワーシャはソロヴェイにいうと、みつけた杭《くい》に端綱を結わえつけた。「盗まれないでね」そばにつながれている青い馬具をつけた雌馬が、ソロヴェイに片耳を傾け、高いいななきをあげる。ワーシャは注意深く言い添えた。「雌馬を誘惑するのもだめよ。好かれてしまうのはしかたないけど」

ワーシャ――

ワーシャはソロヴェイを軽くにらんだ。「森に置いてくることだってできたのよ」といって、最後に念を押す。「ここにいてね」

ソロヴェイがにらみつけたときには、もうワーシャはいなくなっていた。夢中で、上等な蜜蠟のにおいをかいだり、銅製の椀を手に取ったりしている。

それに、ゆきかう人々の顔――こんなにたくさんの顔があるのに、だれひとり知った顔はいない。まったく新しい経験に、めまいがするようだった。パイや粥《かゆ》、布に革。物乞いも、位の高そうな聖職者も、職人の妻もいる。ワーシャは広場の人々を楽しそうにながめながら思った。これだ――これが旅人になるってことなんだ。

ワーシャは毛皮商人の露店の横で、うっとりとクロテンの生皮をなでていたが、ふと、だれかにじっとみられているのに気づいた。

広場の反対側に男が立っている。肩幅が広く、ワーシャの三人の兄のだれよりも背が高い。着ているカフタン（男性用の、ベルトのついた裾の長い服）に豪華な刺繡がほどこされているのが、白い狼の毛皮のマントの下にちらちらみえる。不用心にも、剣の柄が肩の後ろからみえている。柄は馬の頭の形だ。ひげは短く、火のように赤い。ワーシャの視線に気づくと、男は軽く会釈した。

ワーシャは顔をしかめた。田舎の少年だったら、思慮深そうな貴族の男にみつめられてどんな反応をするのだろう。赤くなることはない。絶対に。たとえ、その人の目が大きく、澄んでいて、吸いこまれそうなほど黒くても。

男は、人のひしめきあう広場をつっきってこちらへやってきた。後ろに家来を従えている。肉づきのいい、がっしりした体格の家来たちがまわりの人々を押しのけ、主人に近づきすぎないようにしている。男はワーシャから目を離さない。このままじっとしているのと、逃げ出すのと、どっちが人目につく？　あの人はわたしになんの用があるんだろう？　ワーシャは背筋をのばした。男は広場のむこう端からこっちの端まで、人々が小声で言葉を交わしあうなかをやってきて、ワーシャが立っている、毛皮商人の露店の前で足を止めた。

ワーシャは耳まで赤くなった。長い髪は毛皮に裏打ちされたフードの中にまとめ、あごのあたりでフードのひもを結んである。その上から帽子もかぶっている。色気なんて、パンの塊並みにないのに……。ワーシャは唇をきつく結ぶ。「お許しください、旦那様《ガスパジン》」しっかりした声でいう。「どなたか存じあげませんが」

男はワーシャをじっとみる。「わたしもそうだ」その声はワーシャが想像したよりも明るく、澄んでいて、聞き慣れないなまりがあった。「男なのか。だが、その顔に見覚えがあるような気がする。名はなんという？」

「ワシーリー」とっさに答えていた。「ワシーリー・ペトロヴィチです。もう、馬のところにもどらないと」

男の詮索するような視線に、ワーシャはどぎまぎした。「そうなのか？　わたしはカシヤン・ルートヴィチだ。いっしょに食事でもどうだ、ワシーリー」

ワーシャは自分でも驚いたことに、誘いに心が動いた。腹がすいていたし、この背の高い貴族を、その目ににじむかすかな笑みを、ずっとみていたいと思った。

ワーシャはその気持ちを振り払った。女だと気づいたら、この人はどう思うだろう？　喜ぶ？　それともがっかりする？　どちらの場合を想像しても耐えられなかった。「ありがとうございます」そういって、小作人たちが父親にしていたようにおじぎをした。「だけど、暗くなる前に家に帰らないと」

「どこに住んでいる？　ワシーリー・ペトロヴィチ」

「川上のほうです」ワーシャが答える。もう一度おじぎをして、小作人らしくみせようとするが、不安になってきた。

ふいに、相手は黒い目をワーシャからそらした。

「川上か」カシヤンがくり返す。「なるほど、すまなかった。別の人と間違えていたようだ。神のご加護がありますように」

ワーシャは信心深く十字を切り、おじぎをしてその場から逃げた。心臓がどきどきしている。その理由はあのまなざしか、それとも男の質問なのか、わからなかった。

ワーシャがもどると、ソロヴェイがひどくいらいらして、置いてきた場所に立っていた。そばにいた雌馬が、引きずられるようにして主人に連れていかれるところだ。尻尾を高く持ち上げ、ソロヴェイ以上に腹を立てているのがわかる。ハチミツケーキ（蒸気が立ちこめたすばらしい露店で買っておいた）のおかげで、ソロヴェイの機嫌が直った。ワーシャはソロヴェイの背に乗って早く町を出たかった。赤い髪の貴族はいなくなったが、こちらの心を見透かすようなあのまなざしを、まだ向けられているような気がした。町じゅうにあふれる騒音に頭も痛みだしていた。もう少しで門を抜けるというところで、ふと横をみると、派手な色に塗られたアーチ形の門が目に入った。門のむこうは宿屋の庭で、そこにあるのは間違いなく風呂小屋だ。うずくように痛む頭と冷えきった体がいっせいに訴えてくる。ワーシャは入りたくてたまらなくなり、庭をのぞきこんだ。「いこう」ソロヴェイにいう。「お風呂に入らせて。干し草と、お椀いっぱいの粥をもらってあげるから」

ソロヴェイは粥が大好きだったので、ワーシャが背中から滑り降りても、あきらめたような顔をしただけだった。ワーシャは堂々と、ソロヴェイを引いて門をくぐった。

ワーシャもソロヴェイも、青ざめた唇の小柄な少年には気づかなかった。少年は建物の陰で様子をうかがっていたが、どこかへ走り去った。

女がひとり、台所から出てきた。すきっ歯で、夏の間にたっぷり食べたせいか、ふっくらとしている。顔には、盛りをすぎて花びらが黄色くなりかけたバラのような美しさがある。「何かご用？」女がきく。

ワーシャは唇をなめ、少年のワシーリー・ペトロヴィチらしく大きな声で堂々と答えた。

「馬に穀物と馬屋を、ぼくには食事と風呂をお願いします」

女が腕を組んで待っている。食事や風呂といった楽しみと引き換えに、こちらも何かあげないといけないんだった、とワーシャは気づき、ポケットに手を入れて銀貨を一枚出すと、女に手渡した。

すると、女は目を荷馬車の車輪のように丸くして、たちまち愛想がよくなった。ワーシャは多く渡しすぎたことに気づいたが、もう遅かった。宿屋の庭は急に活気づいた。ワーシャはソロヴェイを小さな馬屋に連れていった（ソロヴェイは馬丁をひとりも寄せつけなかった）。ソロヴェイはいやいや、ほかの馬と同じ柵につながれ、人々の目にさらされた。そして、ご機嫌取りにハチミツケーキをもうひと切れと、干し草を与えられた。どちらも、馬丁の少年がびくびくしながら運んできた。

「この馬に粥を一杯やってくれ。あたたかいのを頼む」ワーシャが少年にいう。「それ以外はそっとしておいてほしい」ワーシャは大股で、かなり自信たっぷりに馬屋をあとにしながら、「この馬、嚙むんだ」といった。

ソロヴェイが気をきかせて両耳を後ろに倒すと、少年は小さく悲鳴をあげて粥を取りにいった。

ワーシャは手入れの行き届いた台所でマントを脱ぎ、ペチカのそばの長椅子にすわって体をあたためた。ひと晩――いや三日くらい、ここに泊まってもいいかもしれない。先を急いでいるわけでもないし。

料理が次々に運ばれてきた。キャベツのスープにあたたかいパン、頭つきの魚の燻製、粥、肉入りパイ、かたゆでの卵。ワーシャは食べ続けた。無表情な宿屋の女も、育ち盛りの少年の食欲にあっけにとられている。女は、ミルクにハチミツを入れて長時間あたためたものを、大きな四角い器ごと、ジョッキ入りのビールといっしょに出した。

ワーシャがようやく食べ終えて長椅子でぐったりしていると、女に肩を軽くたたかれ、風呂の準備ができたといわれた。

風呂小屋は小さな部屋がふたつあるだけで、下は土のままだった。ワーシャは外側の部屋で服を脱ぎ、扉を押し開けて奥の部屋に入ると、あたたかい空気を思い切り吸いこんだ。その部屋の隅には、石でできた丸い形のかまどがあり、火が招くように燃えていた。ひしゃくで湯をすくって石にかけると、立ちのぼった蒸気にすっぽり包まれた。ワーシャはうれしくなり、長椅子にゆったりすわって、目を閉じた。

軽くひっかくような音が扉のあたりからきこえ、ワーシャは、はっとして目を開けた。扉のすぐそばに、小さな裸の男が立っていた。ひげが湯気のようにゆらゆらと、赤い頬を縁取っている。男がにっと笑うと、目がしわに隠れてみえなくなった。

ワーシャは用心深く男をみた。風呂小屋の精、バンニクにちがいない。バンニクは親切だが、怒りっぽいところもある。

「ご主人様」ワーシャが礼儀正しくいう。「お邪魔することをお許しください」ここのバンニクは妙に灰色っぽくて、その太った小さな体は肉体というより煙のようにみえた。

もしかしたら、バンニクは町ではよく思われてないのかもしれない。それとも、教会の鐘が一日に何度も鳴るせいで、人々は、バンニクなんているはずがない、とくり返し考えてしまうのかもしれない。そう思うと、ワーシャは悲しくなった。

しかし、このバンニクは何もいわず、小さな賢そうな目でワーシャをみつめている。そして、ワーシャは次にすべきことがわかっていた。立ち上がって、桶の湯をかまどに注ぎ、立派なカバノキの枝を折ってバンニクの前に置く。さらに、湯気を立てているかまどの石にもう一度湯をかけた。

チョルトのバンニクは黙ったままサーシャに笑顔を向けると、もうひとつの長椅子によじのぼり、なごやかな静けさの中で壁に寄りかかった。雲のようなあごひげが蒸気の中でゆれている。バンニクが何もいわないので、ワーシャはここにいていいのだと思うことにした。まぶたが重くなってきて、また目を閉じた。

十五分もすると、ワーシャはたっぷり汗をかき、蒸気は消えかけていた。冷たい水につかろうとしたとき、怒った雄馬のすさまじいいななきが、熱気でぼんやりしていたワーシャの感覚をゆり起した。続いて、何かがぶつかる大きな音がした。まるで、ソロヴェイが馬屋の壁に体当たりして突き破ったような音だ。ワーシャは息をのんで背筋をのばした。

バンニクは顔をしかめている。

外側の部屋の扉をひっかく音がして、宿屋の女の声がする。「ええ、大きな鹿毛《かげ》の馬を連れた男の子よ。でも、どうして――」

女が怒って金切り声をあげたと思うと、しんとなった。バンニクは灰色の歯をむいている。ワーシャは立ち上がり、扉に手をのばす。しかし、掛け金を持ち上げるより先に、外側の部屋の床に大きな足音が響いた。

ワーシャは裸のまま、小屋の中を必死に見回した。しかし、部屋に扉はひとつしかなく、窓もない。

大きな音をたてて扉が開く。その瞬間、ワーシャは髪の毛を振って、少しでも体が隠れるよう、前に下ろした。弱い日差しが、おびえた目に刺さる。ワーシャは裸のまま、汗まみれで立ちつくしていた。

扉を開けた男は、蒸気の中からワーシャをみつけるまで少し手間取った。男は一瞬、驚いたようだったが、すぐに間の抜けたうれしそうな顔になった。

ワーシャは扉の反対側の壁に体を押しつけた。恐怖とくやしさでいっぱいだ。宿屋の女の金切り声がまだ耳に残っている。外では、ふたたびソロヴェイがいななき、叫び声もきこえる。

ワーシャは必死で考えようとした。男の横を走り抜ければ逃げられるかもしれない。だが、外側の部屋から声がして、もうひとつの大きな人影がみえると、その望みは消えた。

「なんだ」もうひとりの男がいう。驚いた顔をしているが、まんざらでもなさそうだ。「こいつはガキじゃない、娘じゃないか――それとも水の精か。どっちか調べてみるか?」

「おれが先だ」初めにきた男が強く言い返す。ワーシャをじっとみている。「おれがみつけたんだ」

「なら、おまえがつかまえろ。もたもたするな。あのガキをさがさないといけないんだからな」

ワーシャは歯を食いしばった。手が震え、恐怖で頭の中は真っ白だ。

「こっちにこい」先に入ってきたほうの男が、犬でも呼ぶように指を小刻みに動かした。「ほら。落ち着け。やさしくしてやるよ」

ワーシャは逃げ出すきっかけをうかがいながら、考えていた。もし飛びかかったら、あの男はペチカに倒れこんでくれるだろうか。ソロヴェイがいる場所まで、たどり着かなければ。首のまわりに落ちかかっていた髪がわずかにゆれて、胸の上で宝石がきらりと光った。男がそれを目にとめて、舌なめずりをする。「いったいどこから盗んできた？　まあいい、それももらおう。さあ、こっちへこい」男が一歩、近づく。

ワーシャは飛びかかろうと身構えた。バンニクのことはすっかり忘れていた。

突然、どこからともなく湯が噴き出して、男は全身びしょ濡れになった。悲鳴をあげて後ずさり、赤く焼けたかまどにつまずく。頭を打ちつけ鈍い音を響かせると、全身の力が抜け、体が焼ける恐ろしい音がした。

もうひとりの男がぎょっとして、ものもいえずにいるうちに、また湯が噴き出してその男の顔を直撃した。男はよろけて後ずさり、悲鳴をあげ、カバの枝の鞭でしたたか打たれて風呂小屋から逃げ出した。鞭を振るっているのは、目にみえない手だ。

ワーシャは外側の部屋に駆けこむと、ズボン、シャツ、ブーツ、上着を大急ぎで身につけ、マントをまとった。汗まみれの肌に服がはりつく。出口でバンニクが待っていた。相変わらず無言だが、残酷な笑みを浮かべている。外では叫び声がいっそう激しくなっている。ワーシャは一瞬立ち止まり、バンニクに丁寧におじぎをした。

相手もおじぎを返した。

ワーシャは駆けだした。ソロヴェイも馬屋を飛び出していた。男が三人、ソロヴェイを取り囲んでいるが、恐れをなして近づけないでいる。「綱を取れ！」アーチ形の門のところにいる男が叫ぶ。「逃がすな。いま助けがくる」

ソロヴェイのまわりにはもともと四人の男がいて、ひとりはソロヴェイの首からたれている綱をつかもうとしたにちがいない。いまは地面にのびて、ぴくりとも動かない。頭が大きくへこみ、血が流れ出ている。

ソロヴェイはワーシャをみると、飛ぶように駆けてきた。男たちが叫んで身をかわす、その一瞬をついて、ワーシャはソロヴェイの背に飛び乗った。

外ではますます大勢の叫び声が響き、雪を蹴って走ってくる足音もきこえる。新たに数人の男が宿屋の庭に駆けこんできて、弓に弦を張った。

この騒ぎはすべて、わたしをつかまえるため？「なんてこと――」ワーシャは思わずつぶやいた。

風がうなりをあげ、ワーシャの服の中にまで吹きこんでくる。庭が一気に暗くなった。雲がたれこめ、太陽をさえぎったのだ。「走って！」ワーシャがソロヴェイに叫んだ瞬間、男のひとりが弓に矢をつがえた。

「止まれ！」男が叫ぶ。「さもないと殺す！」

しかし、ソロヴェイはもう走っていた。矢が風を切って飛ぶ。ワーシャはソロヴェイにしがみついた。いったい何を――頭の隅でぼんやりと、妙に冷静に考える。わたしが何をしたっていうの？　こんな騒ぎに巻きこまれるほどの……。だが同時に、胸に十本の矢を浴びて死ぬのはどんな感じだろう、と考えていた。ソロヴェイは頭を低くし、雪を蹴立てて走っている。もうふた跳びで通りに出る。そこには男たちがいた――すごく大勢、とワーシャは思った――が、ソロヴェイは男たちの不意をつき、その中に飛びこんで走り抜けた。

日が暮れて、通りはすでに薄闇に包まれている。雪が激しく降りだし、ワーシャとソロヴェイの姿を隠す。

ソロヴェイは黙々と真剣に走る。猛烈な速さで、ときおり足を滑らせながら、丸太の道に積もった雪の上を駆ける。ワーシャは、ソロヴェイがつまずきそうになっては重心を移そうとするのを感じ、自分も必死にバランスを取る。雪が目にまぶしい。後ろからひづめの音がきこえ、くぐもった怒鳴り声も混ざる。だが、追っ手はもう遅れを取っている。走りでソロヴェイにかなう馬などいない。

ふいに、黒いものが目の前にそびえた。白い雪が渦巻く世界に、幅の広いどっしりしたものが浮かび上がる。「門を通るぞ！」後ろから叫び声がかすかにきこえる。「門を閉めろ！」門の両側にふたつずつ、ぼんやりと人影がみえる。門衛だ。あわてて大きな門を押し、閉めていく。門が閉じる寸前、ソロヴェイは一気に加速し、わずかなすきまから飛び出した。ワーシャの片足が木の門をかすめ、ねじれたが、もう自由だ。町を囲む塀の上から叫び声が響き、矢がまた一本、風を切って飛んでくる。ワーシャはさらに前かがみになり、ソロヴェイの首に顔を近づける。振り返りはしない。雪がいっそう激しく舞う。

弓が届かなくなったあたりで、風は突然やみ、雲が晴れた。ワーシャが振り返ると、大きなあざのような青黒い吹雪が町の上空をおおっている。あの吹雪のおかげで町から脱出できた。でも、いつまで逃げていられる？

鐘の音が響いている。まだ追ってくるだろうか？　弓のしなる音と、矢が耳をかすめていったときの音を思い出す。きっと追ってくる。心臓がいまも激しく打っている。「は、走り続けて」ソロヴェイに声をかける。話そうとして初めて、自分が震えているのに気づいた。歯が鳴る。肌は濡れたままで、すでに体は冷えきっている。ワーシャはソロヴェイに向きを変えさせ、鞍と鞍袋を隠しておいた木のうろに向かった。「ここから逃げないと」

スミレ色の夕闇が頭上に広がっている。ワーシャの肌は風呂小屋を飛び出したときのまま、濡れていて、フードに押しこんだ髪も湿っている。それでも、ここで火をたくのと、逃げ続けるのと、どちらが危険か考えた結果、馬を進めることにした。脳裏に矢が、鋭くとがった矢尻の先が浮かぶ。落ち着きはらった、人間とは思えない目をした男が、その矢でねらいを定めていた。

8　ふたつの贈り物

ソロヴェイは、日が陰り、夜になるまで速駆けを続けた。普通の馬ならとっくにふらふらになり、足を止めていただろう。ワーシャは一度もソロヴェイを止めようとしなかった。恐怖が太鼓のように絶え間なく喉元で打ち続けていたからだ。スミレ色の最後の光が空から消え、あとは星の放つ光が新雪を照らすばかりだった。それでも疾駆するソロヴェイは、夜に飛ぶ鳥、そのものだった。

ワーシャとソロヴェイがようやく止まったのは、一月の冷たい満月が黒い木々の上にのぼったころだ。ワーシャは全身を激しく震わせ、鞍の上にじっとすわっていられないほどになっていた。ソロヴェイがつまずくように止まった。息を切らしている。ワーシャは滑り降り、鞍をゆるめ、マントを脱いで湯気をあげているソロヴェイの腹にかけた。凍える夜気が羊革の上着を突き抜け、湿ったシャツを冷やす。

「歩いて」ワーシャはソロヴェイにいった。「止まるのは危険よ。雪を食べちゃだめ。雪を溶かしてあげるまで、我慢してちょうだい」

ソロヴェイは首をうなだれた。ワーシャはその横腹をほとんど感覚の残っていない手ではたいた。「歩きなさいったら！」突き放すようにいう。語気が荒くなったのは、ワーシャ自身、ぞっとするほど疲れていたからだ。

ソロヴェイはぎくしゃく動きだした。これで筋肉が凝りかたまることはないだろう。

ワーシャは痙攣《けいれん》するように震えた。体がほとんどいうことをきかない。月が、戸口にやってきた物乞いのように少しだけ上空にとどまっていたが、もう沈み始めている。きこえるのは寒さの中できしむ木々の音だけ。両手はこわばり、指先の感覚がなくなっている。歯を食いしばって枝を集め、ろくに動かない手で火打ち石を取り出す。そして打つ。一回。二回。手がひどく痛む。石がひとつ、雪の上に落ちるが、拾い上げようとしても指が曲がらず、つかむことができない。

火口《ほくち》に火がついたと思うと、消えてしまう。

唇を嚙んでしまい、血が出ているが、痛みを感じない。涙が頰に凍りついているが、それも感じない。もう一回。火打ち石を打つ。待つ。感覚がなくなった唇からそっと火に息を吹きかける。今度は火口に火が移り、わずかなぬくもりが夜の中に漂う。

ワーシャはほっとして泣きそうになった。火種を絶やさないように気をつけて、ほとんど使いものにならない手で枝をくべていく。火は安定し、大きくなった。すぐに熱い炎となり、鍋の中の雪が溶けた。ワーシャが飲み、ソロヴェイが飲んだ。ソロヴェイの目が輝いた。

だが火を燃やし続け、どうにか服を乾かしても、鍋で沸かした湯を何杯飲んでも、体の芯は冷えきったままだ。眠りはなかなか訪れず、途切れがちだった。おびえる耳には、どんな音も追っ手のかすかな足音にきこえる。だがなんとか眠ることができたようだ。目が覚めると夜明けで、相変わらず寒かった。ソロヴェイはワーシャのそばにじっと立ち、朝のにおいをかいでいる。そしていった。

馬のにおいがする。それもたくさん、こっちにやってくる。屈強な男たちを乗せて。

ワーシャは全身の関節が痛かった。ひとつ大きな咳をして、やっとの思いで立ち上がる。気持ちの悪い汗のせいで、冷えた肌がべたべたしている。「あいつらのはずがない」ワーシャは勇気を絞り出そうとする。「そんなはず、絶対に――」

ワーシャの声が小さくなった。たしかに木の間から声がきこえてくる。ワーシャは、犬に追われる野生動物の恐怖にとりつかれていた。もうありったけの服を着こんでいる。急いで鞍袋をソロヴェイの背中にくくりつけ、出発した。

ふたたび長い一日、長い旅が始まる。ワーシャは移動しながら、雪を溶かした水を少し飲み、半分凍ったパンをだるそうにかじった。だが飲みこむたびに喉が痛み、恐怖で胃が締めつけられた。ソロヴェイは前日よりいっそう速く走ろうと懸命だったが、なかなか思うように走れないようだ。ワーシャはぼうっとしたまま、ソロヴェイの背中に乗っていた。雪――雪さえ降ってくれれば、そして足跡を消してくれれば。

ワーシャがソロヴェイから降りたのは、すっかり暗くなってからだった。その夜、ワーシャは眠らず、小さなたき火のそばにうずくまって震えていた。震えを止めることができない。咳はすっかり肺に居座ってしまった。頭の中に、マロースカの言葉が足音のように降りてくる。森のくぼ地で死にたいか?

あの言葉どおりになんかならない。なるもんか。そんなことをしきりに考えながら、ワーシャはようやく浅い眠りについたが、何度も目を覚ました。

その夜、雲が流れてきて、待ち望んでいた雪がついに降り始め、ワーシャの熱を帯びた肌の上で溶けた。これで安全だ。もう足跡をたどられる心配はなくなった。

夜が明け、目を覚ましたワーシャは、高い熱を出していた。

ソロヴェイが鼻息も荒くワーシャをつつく。ワーシャは起き上がり、ソロヴェイに鞍をつけようとするが、足元の地面がぐらりと傾く。「乗れない」ワーシャはソロヴェイにいった。頭が重く、目の前で震えている両手は別の人の手のようだ。「乗れないの」

ソロヴェイにぐいと胸を押され、ワーシャはよろよろと後ずさった。ソロヴェイが耳を寝かせていう。出発しなきゃ、ワーシャ。ここにずっといるわけにはいかない。

ワーシャは目の焦点を合わせようとする。頭がぼんやりして働かない。冬の森でじっとしていれば死ぬほかない。それはわかっている。もちろんわかっている。それなのに、不安は感じない。もうどうでもいい。横になって眠りたい。だが、すでにとんでもなく愚かなことをしてしまった。これ以上、ソロヴェイの機嫌を損ねたくない。

手がかじかんで腹帯を締められず、鞍をつけることができなかったが、なんとか鞍袋を引っ張り上げ、ソロヴェイの首と背中の間にのせることができた。舌をもつれさせて、ワーシャはいった。「わたしは歩く。すごく寒いから。たぶん、あなたに乗ったとしても落ちてしまう」

その日は雲がたれこめ、空は暗かった。ワーシャは重い足取りで根気よく歩いたが、ほとんど夢をみているようだった。一度、継母《ままはは》が死んだまま下草の中からみている気がして、驚いて正気に返った。あと一歩。もう一歩。やがて体が奇妙なほど熱くなり、ワーシャは服を脱いでしまいたくなって、はっとした。そんなことをしたら死んでしまう。

ふと、馬のひづめの音が、男たちの声が、遠くできこえた気がした。まだ追ってきている？ だが、どうでもいいという気持ちのほうが強かった。一歩。もう一歩。もう横になってもいいんじゃないかな……ほんの少しだけ……。

ワーシャは恐怖に震えあがった。だれかが横を歩いている。次の瞬間、なじみのあるはっきりした声が耳に飛びこんできた。「ほう、わたしの予想より二週間も長く生きのびたようだ。おめでとう」

振り返ると、冬を思わせる薄い青の目があった。ワーシャの頭は少しはっきりしたが、唇も舌もかじかんだままだった。「あなたがいったとおり」ワーシャはくやしそうにいった。「わたしは死にかけている。迎えにきたの？」

マロースカはあざけるように笑い、ワーシャを抱き上げた。その手は冷たくない。毛皮のマントを通しても熱いくらいだ。

「いや」ワーシャは抵抗した。「いやよ。あっちへいって。わたしは死んだりしない」

「死のうとしているようにしかみえないがね」マロースカは言い返したが、心なしか表情が明るくなった。

ワーシャは何かいいたかったが、いえなかった。世界がぐるぐるまわっているようだ。頭の上にあるのは薄青い空――ちがう――緑の木の枝だろうか。ふたりは大きなトウヒの木陰に身を寄せた。旅の最初の晩、根元に雪室《ゆきむろ》を作った木によく似ている。針葉を羽毛のように生やしたトウヒの枝がからみあっているので、細かい雪片だけがすりぬけて、鉄のようにかたい地面をわずかに白く染めていた。

マロースカはワーシャをおろし、木の幹に寄りかからせると、火をおこし始めた。ワーシャはぼんやりとそれをみていたが、まだ寒さは感じなかった。

マロースカの火のおこし方は、普通とちがっていた。トウヒの太い枝に近づき、手を添える。すると小枝が音をたてて折れ、太い枝から落ちた。マロースカは指に力をこめて枝を細く裂き、大きな山にした。

「木の下でたき火はできないのよ」よく心得ているワーシャはいった。唇の感覚がなく、ろれつがまわらない。「枝の上の雪が溶けて、火を消してしまうから」

マロースカはあざ笑うようにワーシャをちらりとみたが、何もいわなかった。

ワーシャはマロースカが何をしているのか、手を使ったのか、目を使ったのか、どちらも使わなかったのか、わからなかった。いずれにしても突然、どこからともなく火が現れ、雪のない地面の上で音をたて、赤々と燃えていた。

ワーシャはなんとなく胸騒ぎを覚えながら、あたたまった空気がゆらいでいるのをみていた。あたたかさにひかれ、寒さのせいで無関心という殻にこもっていた自分が引っ張り出されるのがわかった。だが、引っ張り出されたくない気持ちもあった。戦わず、心を煩わさず、寒さを感じずにいたい。闇がゆっくりと視界を陰らせ、このまま眠ってしまいそうな気がした……。

だがマロースカがそっと近づいてきてかがみこみ、両手でワーシャの肩をつかんだ。そのやさしい手とは不釣り合いな声でいう。「ワーシャ、こっちをみるんだ」

ワーシャはみようとしたが、闇の引っ張る力のほうが強い。

マロースカの表情がけわしくなった。「だめだ」ワーシャの耳元でいう。「寝るんじゃない」

「ひとりで旅をするんだと思ってた」ワーシャはまわらぬ口でいった。「ひとりだと――どうしてあなたがここにいるの?」

マロースカはワーシャをふたたび抱き上げた。ワーシャの頭が力なくマロースカの腕にもたれかかる。マロースカは答えず、ワーシャをたき火に近づけた。マロースカの雌馬が、トウヒの枝におおわれた避難所をのぞきこむ。その横でソロヴェイが心配そうに鼻を鳴らしている。

「離れていなさい」マロースカは馬たちにいった。

マロースカはワーシャのマントを脱がせ、たき火のそばにならんでうずくまった。

ワーシャがひび割れた唇をなめると、血の味がした。「わたし、死ぬの?」

「死ぬと思っているのか?」冷たい手が首筋に触れる。ワーシャは喉で細い悲鳴をあげるが、マロースカは銀の鎖を引っ張り、サファイアのペンダントを取り出した。

「もちろん、思ってない」ワーシャはむっとして答えた。「ただ、寒くて――」

「そうか。なら死なないだろう」マロースカはまるで当然のようにいったが、また心なしか表情が明るくなったようだった。

「どうして——」ワーシャはいいかけて息をのみ、黙りこんだ。サファイアが光を放ちだしたのだ。青い不思議な光がマロースカの顔の上で輝き、その光が恐ろしい記憶を呼び起こす。冷たく光る宝石、笑い声をあげて近づいてくる影。ワーシャは身をすくめる。

マロースカが腕に力をこめる。「落ち着くんだ、ワーシャ」

その声にワーシャはわれに返る。マロースカの声には、それまで感じたことのない響き、自然なやさしさがあった。

「落ち着くんだ」マロースカがもう一度いった。「傷つけたりしない」

それはまるで約束のようだった。ワーシャは震えながら目をみはってマロースカを見上げ、そして怖さを忘れた。サファイアの輝きといっしょにあたたかさが——激痛をともなうあたたかさ、命のあたたかさが——訪れ、その瞬間、自分がどれほど凍えていたかわかった。石はますます熱い光を放ち、ワーシャは唇を噛んで叫びたいのを我慢しなくてはならなかった。そして息を勢いよく吐き出すと、不快な汗が脇を伝った。熱が下がり始めていた。

マロースカはペンダントをワーシャの汚れたシャツの上にもどし、ワーシャといっしょにうっすらと雪の積もった地面に腰を落ち着けた。マロースカの肌は、冬の夜の冷たさをまとっているものの、あたたかい。マロースカは身につけていた青いマントで、ワーシャと自分自身をくるんだ。ワーシャは毛皮に鼻をくすぐられ、くしゃみをした。

ぬくもりがペンダントからあふれ、ワーシャの体じゅうに流れこんだ。汗が顔を伝う。マロースカは黙ったままワーシャの左手を、それから右手を取り、指を一本ずつなぞっていった。激痛がふたたびワーシャを襲い、今度は腕を駆け上がったが、それはうれしい激痛、麻痺《まひ》した感覚を取りもどしてくれる激痛だった。ワーシャの両手に、刺すような痛みとともに感覚がもどった。

「じっとして」マロースカはワーシャの両手を自分の片手で包んだ。「ゆっくり、あわてないで」マロースカがもう一方の手でワーシャの鼻から耳、頰、唇をなぞっていくと、焼けつくような痛みが走った。ワーシャは身を震わせたが、じっと耐えた。マロースカは凍傷になりかけていたところを治してくれたのだ。

ようやくマロースカの手が止まった。ワーシャの腰に腕をまわす。冷たい風が吹いてきて、ひりひりする痛みを和らげてくれる。

「おやすみ、ワーシャ」マロースカが小さな声でいった。「眠りなさい。今日はこれで十分だ」

「男たちが追ってきたの」ワーシャはいった。「あの人たちは――」

「ここにいれば、だれにもみつかることはない」マロースカはいった。「信じられないか?」

ワーシャはため息をついた。「信じるわ」もう、うとうとし始めている。「あなたが吹雪をよこしてくれたの?」

笑みのようなものがマロースカの顔をよぎったが、ワーシャはみていなかった。「おそらくな。おやすみ」

ワーシャのまぶたが震えながら閉じた。ワーシャにはきこえていなかったが、マロースカはひとりごとのように続けた。「そして忘れるんだ。忘れたほうがいい」

ワーシャが目を覚ますと、よく晴れた朝で——ひんやりとしたモミの木のにおいと、熱い火のにおいがした。トウヒの根元に太陽がまだらな影を落としている。ワーシャは自分のマントと巻き布団にくるまれていた。夜じゅう消えることのなかった火が、そばで心地よい音をたて、おどっている。ワーシャは長いこと横たわったまま、久しぶりの安心感を味わっていた。体は——何週間かぶりに——あたたかく、喉と関節の痛みも消えていた。

それから前夜のことを思い出し、起き上がった。

マロースカが火のむこう側に、脚を組んですわっている。ナイフを持ち、木片から鳥を削り出している。

ワーシャはこわばった体を起こした。頭がふらふらして、体に力が入らず、空腹だった。どのくらい眠っていたんだろう？ たき火のぬくもりが顔に気持ちいい。ワーシャはたずねた。「なぜ、木を削ってものを作ったりするの？ 手だけを使って、氷ですばらしいものを作ることができるのに」

マロースカが顔を上げた。「神のご加護を、ワシリーサ・ペトロヴナ」たっぷりの皮肉をこめていう。「というのが、朝のあいさつではないのか？ わたしが木を削るのは、努力して作ったものは、願っただけでできたものより心がこもっているからだ」

ワーシャは口をつぐみ、少し考えた。「わたしの命を救ってくれたの？」それからいった。

「また？」

ほんの一瞬、沈黙が流れる。「そうだ」マロースカが手元から目を離さずにいう。

「どうして？」

マロースカは木の鳥をじっくりながめる。「いけないか？」

ワーシャにはおぼろげな記憶しかなかった。やさしさと、光と、火と、痛みの記憶。ゆれるたき火ごしにふたりの目が合う。「あなたにはわかっていたの？」ワーシャはたずねた。「わかっていたのね。吹雪も、あなたがよこしてくれたに決まってる。ずっとわかっていたの？わたしが追われていることも、旅の途中で具合が悪くなったことも。そして三日目にやっときてくれた。わたしが自分の足で立ち上がることさえできなくなってから……」

マロースカはワーシャの声が小さくなり、消えるまで待っていた。「おまえが自由を望んだのだ」相手の傲慢《ごうまん》さに我慢ならないといいたげな口調だ。「おまえが世界をみたいといったのだ。もうわかっただろう。世界がどんなものか、死にかけるとはどういうことなのか。おまえには知る必要があった」

ワーシャは何もいわず、恨みがましそうな顔をした。

「だが」マロースカは続けた。「おまえにはわかった。そして死なずにすんだ。レスナーヤ・ゼムリャに帰りなさい。おまえに旅は向かない」

「いいえ。帰りません」

マロースカは木片とナイフを置いて立ち上がり、怒りに燃える目でワーシャをにらみつけた。

「わたしが好きこのんでおまえの愚かな行動の尻拭いをしていると思うか？」

「助けてほしいとお願いした覚えはないわ！」

「それはそうだ」マロースカが言い返した。「死ぬのに忙しかったからな！」ワーシャは体じゅうが痛み、目を覚ましたときに感じた平穏なひとときは、あっという間に消え去った。ワーシャをにらみつけている。生きていることを強く感じていた。マロースカが目を怒らせてワーシャをにらみつけている。その瞬間、マロースカもワーシャと同じくらい、生き生きしているようにみえた。

ワーシャはよろよろと立ち上がった。「予測できるはずがないでしょう、あの男たちに町で目をつけられたり、追われたりするなんて。あれはわたしのせいじゃない。わたしは旅を続けます」ワーシャは腕を組んだ。

マロースカの髪は乱れ、指はすすと木くずにまみれている。ひどくいらいらしているようだ。

「男というものは残酷で予測がつかない。わたしはそれなりに経験し、学んできた。おまえも学んだだろう。十分楽しみ、そのせいで死にかけた。家に帰るんだ、ワーシャ」

ふたりとも立っていたので、ワーシャはたき火の熱のゆらぎに邪魔されることなくマロースカの顔をみることができた。また、かすかな変化がマロースカの表情に感じられた。だが、どこがどう変わったのか……。「あなたは――」ワーシャはひとりごとのようにいった。「怒っているときのあなたは、まるで人間みたい。いま初めて気づいた」

マロースカの反応にワーシャは驚いた。背筋をのばし、無表情になり、あっという間によそよそしい冬の王にもどったのだ。マロースカは優雅に頭を下げてみせた。「夜にもどる。たき火は夜までもつだろう。おまえがここにとどまるのなら」ワーシャは途方に暮れた。マロースカを言い負かしてしまったような気がしたのだ。何かまずいことをいった？「あの――」

だが、マロースカはすでに雌馬の背に乗って去ったあとだった。ワーシャはひとり、たき火のそばでまばたきをくり返し、腹を立て、少しうろたえていた。「あの人には鈴をつけたらいいかもしれないわね」ワーシャはソロヴェイにいった。「橇《そり》を引く馬につけるみたいに。そうすればやってくるのがわかるでしょう」

ソロヴェイは鼻を鳴らしていった。きみが死ななくてよかったよ、ワーシャ。

ワーシャはまた霜の魔物のことを考えた。「わたしもそう思う」

さあ、粥《かゆ》をつくれる？　ソロヴェイが期待をこめてきいた。

さほど遠くないところで――人によっては、はるか彼方だと考えるかもしれないが――白い雌馬がこれ以上、速駆けするのを拒んでいた。馬はいった。あなたの気持ちをなだめるために、世界じゅうを駆けまわるのはごめんですよ。降りてください。それとも振り落としてほしいですか？

マロースカは馬から降りたが、とても機嫌がいいとはいえなかった。白い雌馬のほうは鼻を地面につけ、雪をひっかいて草をさがした。

馬に乗れなくなったマロースカは冬の地面を歩きまわった。北の空で雲がわき、マロースカと雌馬の上ににわか雪を降らせた。「家に帰るべきだ」マロースカは腹立たしげに、だれにともなくいった。「ばかげたことに飽きて、ペンダントとともに家に帰り、ペンダントを首にかけて、ときどき霜の魔物を、むこうみずだった娘時代を思い出して身を震わせればいい。娘を産み、いずれペンダントを託せばいい。いったい、いつまで——」

あなたを惑わすんでしょうね。雌馬が言葉を継いだ。やや辛辣《しんらつ》な口調で、雪から鼻も上げない。尻尾で横腹をぴしゃりとたたく。正直になりなさい。それとも、ワーシャのせいで人間に近くなったついでに、偽善者にまでなってしまったのですか？

マロースカは足を止め、雌馬をにらみつけた。

わたしもまぬけではありませんからね。雌馬は続けた。二本足の生きものにだってだまされませんよ。あなたがあの宝石を作ったのは、自分が消えないようにするため。でも宝石には効き目がありすぎた。そのせいで、あなたは生き生きとしている。手に入らないものを求め、理解すべきでないものを感じるようになってしまった。だからあなたは戸惑い、恐れている。あの娘のことは運命にまかせるべきなのに、それができなくなっている。

マロースカは唇を結んだ。木々が頭上でため息をついている。ふいに、マロースカの怒りが消えた。「わたしは消えたくはない」しぶしぶ認めた。「だが生き生きとしていたいわけでもないのだ。生き生きとした死神などいるだろうか？」マロースカは言葉を切った。声の調子が変わる。「あの娘を死なせることもできた。サファイアを取り上げ、もう一度やり直して、別の娘の記憶に残ることもできた。あの血筋の娘は、ほかにもいるのだから」

雌馬が耳を前後に動かした。

「だが、しなかった」マロースカはぶっきらぼうにいった。「できないのだ。そのうえ、あの娘に近づくたび、絆が強くなる。不死の存在に、命に限りのある人間の気持ちなどわかるはずもない。それでもあの娘のそばにいると、時がたつのを感じることができる」

雌馬はまた鼻を雪に深くつっこんだ。マロースカはふたたび歩きだした。

なら、娘をいかせればいい。雌馬はそっとマロースカの背中に声をかけた。自分で運命をみつけさせるのです。人を愛せば、あなたは不死ではいられなくなります。そんなことになってはいけません。あなたは人間ではないのですから。

ワーシャはその日、トウヒの根元をあとにしようと思いながら、結局離れなかった。「家には絶対に帰らない」ワーシャは喉を詰まらせながらソロヴェイにいった。「もう体はだいじょうぶ。どうしてこんなところでぐずぐずしているの？」

それは、トウヒの下が——文字どおり——あたたかかったからだ。たき火が音をたてて楽しげに燃えている。それにワーシャの体はまだ動きが鈍く、力が入らなかった。だからとどまり、粥を作り、それから鞍袋に入っていた干し肉と塩でスープをこしらえた。元気だったら罠をしかけてウサギをつかまえるのに、と思った。

火は、ワーシャが薪を足しても足さなくても、弱まることなく燃え続けた。ワーシャは不思議だった。どうして枝の上の雪は溶けないの？　どうしてトウヒの下にいても煙でいぶし出されないの？

魔法なんだ。――そう思うと、ワーシャは落ち着かない気持ちになった。もしかしたら自分も、魔法を身につけられるかもしれない。そしたらもう、罠にはまることも追われることも恐れずにすむ。

日が陰り、雪が青色のくぼみをみせ、たき火が外の世界より少しだけ明るくなったころ、ワーシャが顔を上げると、マロースカが火明かりの輪の端に立っているのがみえた。

ワーシャはいった。「家には帰りません」

「そのようだな」マロースカはいった。「あれほどいってやったのに。これから出発して、馬上でひと晩過ごすつもりか？」

冷たい風がトウヒの枝をゆらした。「いいえ」

マロースカは一度、そっけなくうなずいていった。「では火を強くしよう」

ワーシャは、今度は注意深くみていた。マロースカがトウヒの幹に手をあてると、樹皮と枝が乾いて崩れ、掌《てのひら》に落ちた。それでもワーシャにはマロースカが実際に何をしたかわからなかった。そこにあったはずの生の木が、次にまばたきするまでの間にたきつけに変わっていたのだ。ワーシャは、マロースカの人間そっくりの手が人間にはできないことをするのに慣れることができず、つい目をそらしてしまう。

たき火が勢いよく燃えだすと、マロースカはワーシャにウサギ革の袋を投げてよこし、白い雌馬の世話をしにいった。ワーシャは反射的に袋を受け取り、よろめいた。見た目より重い。

口ひもをほどくと、リンゴやクリ、チーズ、ライ麦パンが出てきた。ワーシャはうれしくて、子どものように大きな声をあげそうになった。

マロースカがトウヒの枝のカーテンをかき分けてもどってくると、ワーシャはベルトにさげていたナイフの腹でクリの殻を割り、汚れた指でもどかしそうに実をつつき出しているところだった。

「ほら」マロースカは苦笑まじりにいった。

ワーシャははっと顔を上げた。大きなウサギの死骸が、はらわたを抜かれ皮を剝がれて、マロースカの不釣り合いなほどほっそりとした指からぶら下がっている。

「ありがとう!」ワーシャは息をのんだが、最低限の礼儀だけは思い出した。すぐさまウサギをつかみ、焼き串に刺し、火にかざす。ソロヴェイが物珍しそうに枝の間から顔をのぞかせ、火にあぶられている肉をじろりとみて、むっとしたようにワーシャをにらむと、顔を引っこめた。ワーシャは知らん顔をしてパンをあぶり、肉が焼けるのを待った。パンがキツネ色になると、湯気をあげ、チーズが両側から溶け落ちそうになっているのを熱いままむさぼった。さっきまでは空腹を感じないほど感覚が麻痺していたが、チュドヴォの町であたたかい食事をとってからずいぶん時間がたっていることや、寒くきびしい日々に身を削られ、骨と皮と筋ばかりになっていることを体が訴え始めていた。ワーシャは飢えていた。

ようやくワーシャが顔を上げて息継ぎをし、指についたパンくずをなめたとき、ウサギはほぼ焼きあがっていた。マロースカが愉快そうにこちらをみている。「寒いとお腹がすくんです」

ワーシャはきかれてもいないのに言い訳した。こんなに晴れ晴れとした気分になったのは久しぶりだ。

「そうだな」

「どうやってウサギをつかまえたの？」ワーシャは手を脂でべとべとにしながら、器用に肉をひっくり返した。そろそろ食べごろだ。「どこにもあとがついていない」

マロースカの水晶のような目の中で炎がおどった。

ワーシャはぶるっと身震いし、それ以上何もたずねなかった。黙りこんだマロースカの横でワーシャは肉を食べた。そしてようやくゆったりすわり直すと、もう一度「ありがとう」といったが、恨みがましそうにつけくわえずにいられなかった。「でもどうせなら、わたしが死にかける前に命を救ってくれたらよかったのに」

「まだ旅を続けたいのか、ワシリーサ・ペトロヴナ？」マロースカの返事はそれだけだった。

ワーシャの頭に浮かんだのは、あの弓の名手のこと、矢が音をたてて耳をかすめていったこと、自分の体の汚れ、耐えがたい寒さ、森で病気と孤独におびえていたことだった。そして夕日と金色の塔、村と森だけではない世界だった。

「はい」ワーシャは答えた。

「いいだろう」マロースカはきびしい表情になった。「きなさい。食事はすんだのか？」

「はい」

「では、立ちなさい。これから短剣の使い方を教えよう。戦いのときの使い方を」

ワーシャは目をみはった。

「熱のせいで耳がきこえなくなったのか?」マロースカは腹立たしげにいった。「立ちなさい。旅を続けたいのだろう。ならば無防備なままいかないほうがいい。短剣で矢の方向を変えることはできないが、役に立つときもある。おまえが愚かなまねをするたびに助けにいくつもりはないからな」

ワーシャは当惑しながらゆっくり立ち上がった。マロースカが手を上げ、ずらりと木の枝から下がっているつららをひとつ折った。氷は柔らかくなり、マロースカの手に合う形になった。ワーシャは食い入るようにみつめ、自分にもあんな不思議なことができればいいのにと思った。

マロースカが指を動かすうちに、つららは長めの短剣になり、硬い、完璧な短剣ができあがった。刃は氷で、柄は水晶でできている。冷たく、ほとんど色のない武器だ。

マロースカはそれをワーシャに差し出した。

「でも——わたしは——」ワーシャは口ごもり、光る短剣をみつめた。女は武器には触れないもの。せいぜい台所で皮剝ぎ用のナイフを使ったり、小さな斧で薪を割ったりするくらいだ。しかもこの短剣は氷でできている。

「さあ」マロースカはいった。「おまえはもう旅人なのだろう」大きな青い森が、のぼった月の下に礼拝堂のように静かにたたずみ、黒い木々が信じがたいほど高くそびえ、曇り空と溶けあっている。

ワーシャは兄たちが初めて弓矢や剣の練習をしたときのことを思い出し、自分が自分ではないような不思議な気持ちになった。

「こう握る」マロースカは、ワーシャの手に自分の手を添えて握り方を教えた。マロースカの手は刺すように冷たく、ワーシャはびくりとした。

マロースカは表情を変えずに手を離し、後ろにさがった。氷の結晶が黒い髪にからみついている。その手にはワーシャのものと同じような短剣が、軽く握られている。

ワーシャはごくりと唾を飲んだ。口の中がからからに乾いている。短剣の重みで手が下がる。氷でできたものがこれほど重いはずがない。

「こうだ」マロースカがいった。

次の瞬間、ワーシャはうつぶせに倒れ、雪を吐き出していた。手がずきずき痛み、短剣はどこにもない。

「そんな持ち方では、子どもにだって奪われてしまうぞ」霜の魔物がいう。「さあ、もう一度」

ワーシャは短剣のかけらをさがした。たしかに粉々になったのだ。だが短剣は無傷で、無邪気に、そして残忍そうに、火明かりを反射している。

ワーシャは注意深く、マロースカに教わったように短剣を握り、ふたたびマロースカと向かいあった。

ワーシャは何度も挑んだ。その長い夜を徹して、あくる日もずっと、さらにその夜も。マロースカは相手の切っ先を自分の短剣でそらす方法や、相手に気づかれずに突く方法をいくつも教えてくれた。

　ワーシャは覚えがよく、すぐにこつをつかみ、身のこなしも軽やかだったが、子どものころから鍛錬を積んだ戦士の体力はない。すぐに疲れてしまう。マロースカは容赦しなかった。動くというよりも流れるように、刃をどこにでもやすやすと、突き出すことができた。

「どこで習ったの？」ワーシャははっと息をのみ、痛む指をさすった。また倒されたのだ。

「それとも、この世に生まれたときに、すでに知っていたの？」

　マロースカは答えずに、手を差しのべた。ワーシャはそれを無視してよろよろと立ち上がる。

「習った？」ようやくマロースカはいった。苦々しくきこえたのは気のせいだろうか？「どこで？　わたしは、生まれたときからこのとおりのわたしだ。変わることはない。大昔、人間たちが思い描いたとき、すでにこの手に剣があった。神々はたとえ影が薄くなっても、変わりはしない。さあ、もう一度」

　ワーシャはよくわからなかったが、短剣を拾い上げ、それきり何もいわなかった。

　最初の晩、ふたりがようやく稽古を中断したのは、ワーシャの腕が震え、感覚を失った指から短剣が落ちたときだった。ワーシャは太ももに両手をつき、荒く息をした。体があざだらけだった。ふたりを包む丸い火明かりの外の闇では、森が重くきしむような音をたてていた。

　マロースカがたき火にさっと視線を投げると、火が大きくなり、勢いを増した。ワーシャはほっとして、積み上げた大きな枝の上にすわり、手をあたためた。

「魔法の使い方も教えてもらえませんか？　目で火をおこす方法とか」

火が急に強くなり、マロースカの顔の骨格を浮かび上がらせた。「魔法などというものはない」

「でもさっき――」

「物はあるか、ないかのどちらかなのだ、ワーシャ」マロースカがさえぎっていう。「何かをほしがるのは、それを持っていないということ、それがここにあると信じていないということだ。それではけっして手に入らない。火も、あるか、ないかのどちらかなのだ。魔法というのは、世界を自分の思いどおりにすることなのだ」

ワーシャの疲れた頭が、理解しようとするのをやめる。ワーシャは顔をしかめた。

「世界を自分の望みどおりにする――そんなことが若者にできるはずがない」マロースカは続けた。「若者は求めすぎる」

「どうしてわたしの望みがわかるの？」ワーシャは考えるより先にたずねていた。

「それは」マロースカは腹立たしげに答えた。「わたしがおまえよりずっと年を取っているからだ」

「あなたは不死身なのでしょう」ワーシャは思い切っていった。「それ以上、望むものなどあるの？」

マロースカは急に黙りこんだ。それからいった。「あたたまったか？　では、また始めよう」

四日目の夜遅く、ワーシャはあざだらけでたき火のそばにすわっていた。体じゅうが痛くて、巻き布団をさがして眠りに慰めを求めるのもおっくうだった。「ひとつ、ききたいことがあるの」

マロースカは膝の上にワーシャの短剣をのせ、両手で刃をなでていた。ワーシャが目の端でその手元をとらえていたら、マロースカの指に氷の結晶がびっしりついていて、マロースカは刃を研いでいるところだとわかっただろう。

「ほう」マロースカは顔を上げずに答えた。「どんなことだ?」

「あなたはわたしの父を連れ去った、そうでしょう？　熊との戦いのあと、父を馬に乗せていくのをみたの」

マロースカの手が止まる。その顔つきは、ワーシャに黙って眠れときびしく告げていた。だがワーシャは黙っていられなかった。ずっとそのことばかり考えていた。長い夜の間、馬に乗っているときも、寒くて眠れないときも。

「いつもそうするの?」ワーシャは問い詰めた。「ルーシで人が死ぬたびに？　死んだ人を鞍の前に乗せて、連れ去るの?」

「そうだ――だが、ちがう」マロースカは言葉を選びながら答えた。「わたしはそこにいるともいえる。だが――呼吸のようなものなのだ。だれもが呼吸をするが、いつもそれを意識しているわけではない」

「あのときは意識していたの?」ワーシャはきつい口調でたずねた。「父が亡くなったときは?」

クモの糸のようなしわがマロースカの眉間に寄った。「いつもよりはな。だがそれはわたしが――わたしの意識が――近くにあったからだ。そして――」

マロースカは急に黙りこんだ。

「そして？」ワーシャが促す。

「なんでもない。意識が近くにあった、それだけだ」

ワーシャは疑わしそうな顔をした。「連れていかなくてもよかったのに。わたしが救うことだってできたはずよ」

「おまえの父親が死んだのは、おまえを守るためだ。それを望んでいたのだ。そして喜んで逝った。おまえの母親に会いたかったのだ。おまえの兄も、そのことはわかっていた」

「あなたにはどうでもいいことだったんでしょう？」ワーシャははねつけるようにいった。ワーシャを悩ませていたのは父が死んだことではなく、霜の魔物がどこまでも無関心なことだった。「きっと母のときもベッドのそばにいて、わたしたちのもとから母を連れ去ろうと待ち構えていた。そして父も奪って、連れていってしまった。いつかはアリョーシャがあなたの鞍に乗せられ、いずれはわたしも……。けれどあなたにとっては何もかも、息をするよりどうでもいいことなんだわ！」

「怒っているのか、ワシリーサ・ペトロヴナ？」マロースカの声は少しめんくらったような響きがあるものの、穏やかで泰然としていた。春のない国に降る雪のようだ。「人が死ぬのは、わたしが暗闇に連れていくからだと思っているのか？　わたしは年寄りだ。だが、世界はもっと年を取っている。わたしが初めて月がのぼるのをみたずっと前から、世界はある」

ワーシャはぞっとした。いつのまにか涙があふれていたのだ。マロースカに背を向け、両手で顔をおおって泣きだした。マロースカは自分からすべてを奪った。父と母を、乳母を、家を、子ども時代を失った悲しみに襲われていた。マロースカが憎かった。でも本当にそう？　マロースカは死神？　それともただの使者？　マロースカが憎かった。マロースカの夢をみた。どれも意味のないことだった。空を憎むのと――あるいは求めるのと――同じこと。それが何よりも憎かった。

ソロヴェイがトウヒの枝の間から顔をのぞかせた。だいじょうぶかい、ワーシャ？　鼻をゆがめ、心配そうな顔をしている。

ワーシャはうなずこうとするが、力なく頭を動かすだけで、顔をおおったままだ。

ソロヴェイがたてがみを振る。あなたのせいだ。耳を立て、マロースカにいう。ワーシャを元にもどして！

マロースカがため息をつき、歩きだす足音がきこえる。たき火をまわり、ワーシャの前に膝をつく。ワーシャは顔を上げようとしない。一瞬の間があって、マロースカが手をのばし、ワーシャの指を濡れた顔からそっとはがした。

ワーシャはにらむつもりで、涙をおさえようとまばたきをする。マロースカに何がいえる？　ワーシャの悲しみは、不死身のマロースカには理解できない。ところが――「すまない」マロースカはそういって、ワーシャを驚かせた。

ワーシャはうなずき、唾を飲んでいった。「とても疲れていて――」

マロースカはうなずいた。「そうだろう。だがおまえは勇敢だ、ワーシャ」マロースカはためらってから身を乗り出し、ワーシャの唇にやさしくキスした。

一瞬、冬の味がした。煙とマツの木ときびしい寒さ。それからあたたかさと、つかの間の信じられないほどの甘さもあった。

だがその瞬間はあっという間に去り、マロースカは身を引いた。しばらく、ふたりは互いの息で呼吸していた。「ゆっくり休みなさい、ワシリーサ・ペトロヴナ」マロースカは立ち上がり、火明かりの輪から出ていった。

ワーシャはあとを追わなかった。戸惑っていた。あざだらけの体が痛み、熱と恐怖を同時に感じていた。もちろん、あとを追うつもりだった。追いかけて、どういうつもりか問いただすつもりだった――が、氷の短剣を手にしたまま眠りに落ち、唇に残ったマツの味を最後に、意識が遠のいていった。

これからどうするのですか？　その夜遅く、もどってきたマロースカに雌馬はきいた。ふたりが立っているのは、トウヒの根元にたいた火のそばだ。残り火のゆらめく光が、眠るワーシャの顔を照らしている。ワーシャは体を丸め、まどろむソロヴェイに身を寄せている。ソロヴェイは、先ほどトウヒの枝をかき分けて入ってきて、ワーシャの横に猟犬のように身を横たえていた。

「わからない」マロースカはつぶやくようにいった。

雌馬は鼻先でマロースカをこづいた。しぐさが息子そっくりだ。話すべきですよ。すべて話すんです。魔女たちのことも、サファイアのお守りのことも、水辺の馬たちのことも。あの子は賢いし、知る権利があります。話さなければ、あの子をもてあそぶことになる。あなたはいにしえの冬の王。娘たちの心を利用してきたのでしょう。

「もう冬の王ではないというのか？」マロースカはたずねた。「冬の王であろうとしているではないか。黄金や魔法で娘をだまし、家に帰す。いまもそれに変わりはない」

本当に帰せるんでしょうかね。雌馬は冷たくいった。あの娘の懐かしい思い出になれるんですか？　それどころか、こんなところで足止めしているじゃありませんか。あなたが帰そうとしても、ワーシャは帰らないでしょう。あなたにはむりですよ。

「どちらにせよ」マロースカは乱暴に言い返した。「これで――これで最後にする」マロースカはもうワーシャをみなかった。「ワーシャは旅人になると決めたのだ。どう生きるかはあの子次第で、わたしの知ったことではない。ワーシャは生きている。生きている限り、あの宝石を身につけ、わたしのことを覚えていてくれればそれでいい。ワーシャが死んだら、別の娘に宝石を与える。それで十分だ」

雌馬は答えず、疑わしげにふっと白い息を闇に向かって吐き出した。

9 煙

翌朝ワーシャが目覚めると、マロースカと雌馬は出かけたあとだった。もしかしたら、ここにはいなかったのかもしれない。すべてが夢だったのだと思いかけたが、たしかに二組のひづめの跡が残り、つけ直された鞍の横には光を放つ短剣があり、鞍袋がはち切れそうなほどふくらんでいる。短剣の刃はもう氷にはみえず、青白い金属のようで、銀の留め具のついた革製のさやに納まっている。ワーシャは起き上がり、そのひとつひとつをじっくりみた。

マロースカがいってたよ。短剣の練習を欠かさないようにって。ソロヴェイがそういって近づいてきて、ワーシャの髪に鼻をこすりつけた。それから、短剣は、寒い間はさやにくっついたりしないって。武器を携える者は早死にすることが多いから、みえないように持ち歩けともいってた。

ワーシャはマロースカの手を思い出した。ワーシャの手に短剣を正しく握らせようと添えてくれた手。そしてマロースカの唇。ワーシャの頬が紅潮し、ふいに怒りがこみあげた。キスして贈り物までくれたのに、ひと言もいわずにいってしまうなんて。

ソロヴェイはワーシャの怒りなどおかまいなしだった。鼻を鳴らし、頭を振り上げ、早く出発したがっている。ワーシャは顔をしかめ、鞍袋に補充されていたパンを食べ、ハチミツ酒を飲むと、たき火に雪をかけ（長いこと燃えていたわりにはあっけなく消えた）、鞍袋をくくりつけて、鞍にまたがった。

旅は順調で、ワーシャは何日もソロヴェイに乗り続けるうちに体力を取りもどし、いろいろなことを思い出し――忘れようとした。だがある朝、太陽が木立よりはるかに高くのぼったころ、ソロヴェイがさっと頭を上げて脇に飛びのいた。

ワーシャはびっくりした。「どうしたの？」――そのとき、死体がみえた。

かつては大男だったのだろうが、いまはあごひげに霜がこびりつき、見開いた目はうつろに凍っている。死体の下の雪は血だらけで、踏み荒らされている。

ワーシャは気が進まなかったが、ソロヴェイから降りた。こみあげる吐き気をこらえながら、男の致命傷を目にした。剣か斧で、首と肩の間を切りつけられ、その傷が肋骨にまで達している。胃の中身がせりあがってくるのを、ワーシャは必死に押しもどした。

男の硬くなった手に触れる。一対のブーツの足跡が男の足元で終わっていて、男がここまで走ってきたことがわかる。

だが、殺したほうは？　ワーシャは前かがみになり、死んだ男の足跡をたどってみた。新しく舞った雪で、足跡は薄くなっている。ソロヴェイがついてきて、気づかわしげに鼻息を立てている。

突然、木々が途切れ、ふたりの目の前に収穫の終わった畑が広がった。畑の真ん中には村があり、村は焼き払われていた。

ワーシャはまた吐き気をもよおした。焼かれた村は故郷の村によく似ている。丸太でできた小さな家、納屋《イズバ》、風呂小屋、とがり杭《ぐい》の柵、刈り株のならんだ冬の畑。だが家々は焼かれ、くすぶっている。とがり杭の柵は横倒しになり、瀕死のシカのようだ。煙が広がり、森の上を漂っている。ワーシャは顔をマントのひだにうずめて息を吸った。嘆き悲しむ声がきこえる。

もういないよ、村を焼いたやつらは。ソロヴェイがいった。

でも、まだ遠くにはいっていないはず、とワーシャは思った。そこここに、小さな火がいまも燃えているのがみえる。消そうとする人もいなければ、燃えつきるほどの時間もたっていない。ワーシャはソロヴェイの背に飛び乗った。「近くにいってみよう」ソロヴェイにかけた声は自分にはきこえなかった。

ふたりはとがり杭の柵の残骸の近くまで木立の中を進んでから、そっと外に出た。ソロヴェイが、赤い鼻の穴を広げて柵を飛び越えた。生き残った村人が死体を小さな教会の焼け跡の前に積み上げているが、その人々もいつ死体になってもおかしくないほど動きがぎこちない。寒いので、死体はにおわなかった。血は傷口でかたまっている。目も口も開いたまま、澄みきった空をにらんでいる。

生きている者たちは、目を上げない。

一軒の家の陰で、黒髪を二本の三つ編みにした女が、死んだ男のそばに膝をついていた。女は両手を枯葉のようにもみしだき、背中を丸くしているが、泣いてはいない。

女の髪——ほっそりした背中に胆汁のように黒く流れ落ちる髪が、なぜかワーシャの記憶をくすぐった。ワーシャは、気づくとソロヴェイから降りていた。

女はよろよろと立ち上がったが、もちろんワーシャの姉ではない。ワーシャの知っている人ではない。農婦で、幾多の寒い日を生きてきたのだろう、顔にしわが刻まれていた。血が両手にこびりついているのは、男の致命傷の血を止めようとしたからにちがいない。汚れたナイフを手に握っている。女は後ずさりして、家の壁に背中を押しつけた。声が喉から絞り出される。「あんたの仲間はいっちまったよ」女はワーシャにいった。「もう何も残っちゃいない。あんたかあたしのどっちかが死ぬことになるから、坊や、あたしにさわるんじゃないよ」

「ち――ちがう」ワーシャは女が気の毒でたまらず、舌がもつれた。「盗賊の仲間なんかじゃない、ただの旅人です」

女はナイフをおろさない。「じゃあ、だれなんだい?」

「名前は――ワーシャ」ワーシャはよく考えてからいった。ワーシャという略称は、ワシリーという少年にも、ワシリーサという少女にも使われる。「教えてください、ここで何があったんです?」

女の怒りに満ちた笑い声がワーシャの耳に鳴り響いた。「あんた、どこからきたんだよ? そんなことも知らないなんて。タタール人がきたんだよ」

「おい、おまえ」きびしい声がした。「だれだ?」

ワーシャはさっと振り向いた。年老いた農民《ムジーク》が大股で近づいてくる。ひげにおおわれた顔は大きく、けわしい表情で、死人のように血の気がない。血にまみれた草刈り鎌を握った手の、指の付け根が切れて血だらけになっている。ほかにも五、六人、燃えている場所を避けながら集まってくる。だれもが斧や狩猟用ナイフなどの手近なものを手にしていて、顔から血を流している者も多い。「何者だ？」村人は口々に叫び、ワーシャを取り囲む。ひとりがいった。「馬に乗ってきたぞ。仲間とはぐれたんだろう。まだ若造だ。殺しちまえ」

ワーシャは気がつくとソロヴェイに飛び乗っていた。雄馬は大きな歩幅で速駆けし、すぐ近くにいた村人たちの頭を飛び越した。村人は血だらけの雪に倒れこみ、悪態をつく。ソロヴェイは木の葉のように軽やかに着地し、そのまま焼けた村から飛び出して森に入っていきそうな勢いだったが、ワーシャが座骨をソロヴェイの背に押しつけて止めた。ソロヴェイはかろうじてじっと立っているが、いまにも駆けだしそうだ。

気がつくとワーシャの目の前には、おびえ、怒りに燃えた顔がならんでいた。「みなさんを傷つけたりしません」ワーシャの心臓は激しく打った。「盗賊ではありません。ひとりで旅をしているだけです」

「どこからきた？」村人のひとりがたずねた。

「森から」まったくのうそというわけではなかった。「ここで何があったのですか？」

気まずい沈黙が流れ、激しい悲しみが感じられた。黒髪の女が口を開く。「盗賊だよ。火をつけて、矢と剣で襲ってきた。女の子たちをさらいにきたんだ」

「女の子たちを？　連れ去られたのですか？」ワーシャはたずねた。「どこへ？」

「三人だ」男がくやしそうに答えた。「女の子を三人。冬になってから、同じことが、このあたりのどの村でも起きている。盗賊がきて、気の向くままに火をつけ、気に入った子どもをさらっていきやがる」男は森のほうを身振りで示した。「女の子を──決まって女の子を。そこにいるラーダは」──男は黒髪の女を指した──「娘を連れていかれ、歯向かった夫を殺された。ラーダはひとりになっちまった」

「あたしのカーチャを連れてった」ラーダは血だらけの手をもみあわせた。「うちの人に、歯向かっちゃいけないっていったんだ、ふたりともいなくなるなんていやだって。でも、カーチャが引きずられていくのをみて、あの人は黙ってられなくて……」ラーダは声を詰まらせ、黙りこんだ。

ワーシャの口からいくつもの言葉が出かかったが、ひとつとして役に立ちそうな言葉はなかった。「お気の毒に」ワーシャはようやくいった。「きっと──」全身が震える。ワーシャはさっとソロヴェイの脇腹に触れた。ソロヴェイはくるりと向きを変え、駆けだした。背後で叫び声があがったが、ワーシャは振り向かない。ソロヴェイは倒れた柵を飛び越え、滑るように森の中に駆けこんだ。

ワーシャが口にする前に、ソロヴェイにはワーシャの考えがわかっていた。この件に目をつむって、旅を続けるわけにはいかないよね？

「もちろん」

ちゃんと短剣で戦えるようになっておいたほうがいいんじゃない、そいつらと戦う前に。ソロヴェイが心配そうにいった。白目をむいている。それでもワーシャが促すと、おとなしく従って、大男が死んでいた場所へふたたび向かった。

「力になりたいだけなの」ワーシャはいった。「ボガトィーリ（ルーシの叙事詩に登場する伝説の騎士）は馬で世界じゅうを駆けまわり、娘たちを救った。わたしにだってできるはずよ」自分で思っている以上に強がっている声だった。さやに納めた氷の短剣を持っているからには、それなりの責任を果たさなくては。ワーシャはまた、父と母と乳母を思い出していた。だれひとり、自分は救えなかった。

ソロヴェイは答えなかった。森はとても静かで、日に明るく照らされている。ソロヴェイとワーシャの呼吸ばかりが、静けさの中で大きくきこえる。「戦うつもりはないの。殺されたら、マロースカのいったとおりになるし、そんなのいやだもの。こっそりいきましょう、ソロヴェイ。こっそりね。ハチミツケーキを盗む女の子みたいに」ワーシャは勇ましい口調でいったが、本当は怖くてたまらず、いまにも震えそうだった。

死んだ男のところまでくると、ワーシャは地面に降り、足跡をさがした。だが襲った者たちはどちらにいったのか、手がかりは何もみつからなかった。

「幽霊じゃあるまいし」ワーシャはいらいらしてソロヴェイにいった。「足跡を残さないなんて、どんな連中なんだろう？」

ソロヴェイは不安げに尻尾を振ったが、何も答えなかった。

ワーシャは考えこんだ。「さあ、村にもどりましょう」

太陽は傾き始めていた。とがり杭の柵の近くの木々が、燃えた丸太の家に長い影を投げかけ、恐ろしい光景を少し隠している。ソロヴェイは森の外れで立ち止まった。「ここで待っていて」ワーシャはいった。「呼んだら、すぐにきてね。邪魔する人がいたら、蹴飛ばしたってかまわない。おびえる人たちのせいで死ぬ気はないもの」

ソロヴェイはワーシャの掌《てのひら》に鼻面を押しつけた。

村は不気味な静けさに包まれていた。村人たちはみな教会に集まり、火葬のために薪を積み上げている。ワーシャは影づたいに進んで柵を通りすぎ、ラーダの家の壁にぴたりと体を寄せた。ラーダの姿はみえないが、夫が引きずられていった跡が残っている。

ワーシャは唇を結び、そっと家に入る。隅にいたブタが金切り声をあげ、心臓が止まりそうになる。「しーっ」ワーシャはブタに声をかける。

ブタは用心深くワーシャをみつめている。

ワーシャはペチカに歩み寄る。むだかもしれない、でもほかに方法が思いつかない。手には冷えたパンのかけらがある。「わたしにはあなたがみえるの」ワーシャは穏やかに、冷えきったペチカの口に話しかける。「あなたの仲間ではないけど、あなたにパンを持ってきたわ」

しんと静まり返っている。ペチカの口に動きはなく、死んだような静けさが、主人を失い、子どもを奪われた家全体をおおっている。

ワーシャは歯ぎしりした。見知らぬ家に入って呼びかけても、ドモヴォイが応じてくれるはずがない。応じてくれると思うほうが愚かなのかもしれない。

しかし、ペチカの奥で何かが動く気配があり、小さくてすすだらけの、全身毛におおわれた生きものが、ペチカの口から顔を出した。小枝のような指を敷石に広げ、金切り声をあげる。

「あっちへいけ！　ここはわしの家だ」

ワーシャはドモヴォイをみてうれしくなった。しかもこのドモヴォイには、しっかりとした体がある。さんざんな目にあったあの町の風呂小屋の、煙のようにたよりない姿のバンニクとはちがう。ワーシャはパンをそっとペチカの前のれんがに置いた。「家が壊れてしまったわね」

ドモヴォイは、すすまじりの涙を目に浮かべ、ペチカの入口に腰をおろした。灰がふわっと舞い上がる。「わしは知らせようとしたんだ」ドモヴォイはいった。「『死がくる』とわしは叫んだ、ゆうべな。『死がくる』と。だが、あいつらには風の音としかきこえんかった」

「ラーダの子どものあとを追うわ」ワーシャはいった。「連れて帰るつもり。でもどうすればみつけられるか、わからないの。足跡が雪の上に残っていないのよ」話しながら顔を外に向け、足音がしないか耳をすます。「おじいさん」ワーシャはドモヴォイにいった。「わたしの乳母が教えてくれたの。家族が家を出るとき、ドモヴォイがついていくこともあるけれど、そのためにはきちんと頼まなくてはならないって。ラーダの子どもは頼めなかったけれど、わたしがかわりにお願いします。子どもがどこにいったか、知りませんか？　さがすのを手伝ってくれませんか？」

ドモヴォイは何もいわず、細くとがった指をくわえている。

期待しすぎちゃいけなかったのね、とワーシャは思った。

「この燃えさしを持っていけ」ドモヴォイの声は、燃え上がるのをやめた残り火のように穏やかになっていた。「これを持って、光の射すほうに進め。カーチャを連れ帰ってくれたら、わしらの仲間はみな恩に着る」

ワーシャはほっと息をつき、うまくいったことに驚いていた。「できる限りのことをするわ」ワーシャはミトンをはめた手をペチカの中に入れ、冷めて黒焦げになった木片をつかんだ。「光なんて、射していないけど」ワーシャは燃えさしをみつめ、困ったようにいった。

ドモヴォイは何もいわず、ワーシャが顔を上げたときにはもう、ペチカの中に消えていた。ブタがまた金切り声をあげる。村の反対側からかすかな声と、雪を踏みしめる足音がきこえてきた。ワーシャはゆがんだ床板に足をとられながら、戸口に走った。すっかり日が暮れて、あちこちに姿を隠すことのできる闇がある。

村の反対側では、火葬のための火が燃え上がっている。薄くなっていく光の中の目印のようだ。嘆き悲しむ声が煙とともにあがり、人々が死者たちを悼んでいる。

「神様がみんなを守ってくださいますように」ワーシャはつぶやくようにいうと、家を離れ、すがすがしい森の中にもどっていった。ソロヴェイが木の下で待っている。

ドモヴォイがくれた燃えさしは、夕闇のような灰色のままだ。ワーシャはソロヴェイにまたがり、半信半疑で燃えさしを見下ろした。「あっちやこっちに走ってみて、どうなるか試してみましょう」

暗くなってきた。ソロヴェイは耳を寝かせ、そんないいかげんなやり方はいやだといわんばかりだが、村の周囲をまわり始めた。

ワーシャは手の中の冷えた燃えさしを注意深く見守る。これは――？　「待って、ソロヴェイ」

ソロヴェイが止まった。ワーシャの手の中の燃えさしの端が、かすかに赤くなっている。間違いない。「あっちよ」ワーシャは小声でいった。

一歩進む。もう一歩進む。立ち止まる。燃えさしが明るくなり、熱くなる。分厚いミトンをつけていてよかった。「まっすぐ」ワーシャはいった。

少しずつ速度が上がり、並足から速足、そして地面をかすめるような駆け足になっていく。たしかにこの方向だとワーシャは確信した。よく晴れた夜で、月は満月に近かったが、寒さはこたえた。ワーシャは寒いのを忘れようとした。マントに顔をうずめ、光の射す方向に決然と進む。

ワーシャはたずねた。「わたしと三人の女の子をいっしょに乗せられる？」

ソロヴェイは自信なさそうにたてがみを振った。大柄な子どもがひとりもいなければ。だけど、乗せられたとして、どうするつもり？　ぼくらがどこにいったか、盗賊たちにわかってしまうよ。追われないようにするなんてできる？

「わからない」ワーシャは正直にいった。「とにかく子どもたちをみつけましょう」

燃えさしはますます明るく光り、闇に挑んでいるかのようだ。ミトンが焦げ始め、手をやけどしないように雪をすくおうかとワーシャが思っていると、ソロヴェイが突然立ち止まった。

木と木の間で火が燃えている。

ワーシャは息をのんだ。急に口の中がからからになった。燃えさしを落とし、手をソロヴェイの首にあてる。「静かにね」ワーシャは小声でいい、不安が声に出ていないことを願った。ソロヴェイが耳を前に、それから後ろに向けた。

ワーシャはソロヴェイを木立の中に待たせておき、森育ちならではの慎重さで火明かりの輪にそっと近づいていった。十二人の男が車座になり、話をしている。はじめ、ワーシャは自分の耳がおかしいのかと思った。それから、男たちが自分の知らない言葉で話しているのだと気づいた。知らない言葉をきくのは生まれて初めてだった。

とらわれた子どもたちは縛られ、車座の真ん中で身を寄せあっている。盗んできた雌鶏が火にあぶられて煙を上げ、肉汁をしたたらせ、男たちは大きめの革袋に入った酒をまわし飲みしている。みな、分厚い綿入りの外套を着ているが、頭頂部に大きな釘のようなものがついた兜《かぶと》は脱いで、横に置いていた。羊毛の裏地のついた革の帽子をかぶっている。手元には、手入れの行き届いた武器がある。

ワーシャは大きく息を吸い、じっくり考えた。普通の男たちにしかみえないが、足跡を残さない盗賊とはどんな者たちだろう？　見た目より危険かもしれない。

勝ち目はない、とワーシャは思った。相手の人数が多すぎる。自分はどうするつもりだったんだろう？　下唇をきつく嚙む。

三人の女の子は火のそばで身を寄せあっている。体は汚れ、おびえている。いちばん年上の子はおそらく十三歳くらい、いちばん年下の子は赤ん坊といってもよく、頰に涙の跡がついている。三人でくっつきあってあたたまろうとしているが、木の下からみているワーシャにも震えているのがわかる。

火明かりの輪の外では、木々が闇の中でゆれている。遠くから狼の吠え声がきこえてくる。ワーシャは音をたてないように火明かりから離れ、ソロヴェイのもとにもどった。ソロヴェイは首をのばし、鼻先をワーシャの胸に押しつけた。どうすれば子どもたちを火のそばから連れてこられるだろう？　どこかでまた狼の吠え声がした。ソロヴェイが頭を上げ、遠くのかん高い吠え声をきいている。その筋肉質の首や美しい頭の形、黒い目の優雅さに、ワーシャはあらためてはっとした。

ワーシャにある考えが浮かんだ。大胆で命知らずなやり方だ。息が詰まったが、立ち止まって考え直すつもりはなかった。「わかった」恐怖と興奮で息が苦しい。「考えがあるの。あのイチイの木までもどりましょう」

ソロヴェイはワーシャのあとから、節くれだった大きな古いイチイの木に近づいた。先ほど通りすぎた木だ。歩きながら、ワーシャは小声でソロヴェイの耳に話しかけた。

男たちが盗んだ雌鶏を頬張っている間、女の子たちはぐったりともたれあっていた。ワーシャは先ほどの木の下にもどった。雪の上にしゃがんで、息をひそめる。

ソロヴェイは鞍をつけず、火明かりの中に入っていった。背中と尻の筋肉が波打つ。胴体は教会のアーチ形天井のようにどっしりしている。

男たちはいっせいに立ち上がった。

ソロヴェイは音もなく火に近づき、耳をぴんと立てた。ワーシャは盗賊たちがソロヴェイを貴族《ボヤール》の持ち物と思いこむことを期待していた。縄をちぎって逃げ出した馬だと思ってくれますように。

ソロヴェイは頭をつんと上げ、自分の役を演じた。耳をぐるりとまわし、ほかの馬のほうに向ける。雌馬がいなないた。ソロヴェイが低く響く声でこたえる。

盗賊のひとりが、手に小さなパンのかけらを持っていた。ゆっくりかがみこみ、長い縄を拾い上げ、なだめるような声をあげながらソロヴェイに近づいていく。ほかの男たちは広がって、ソロヴェイを取り囲む。

ワーシャは笑い声を押し殺した。男たちはソロヴェイをみつめ、若い青年のようにうっとりしている。ソロヴェイは生娘のように恥ずかしそうにする。二度、男がソロヴェイの首に手が届きそうなほど近づいたが、そのたびにソロヴェイはさっと離れた。だが遠くにはいかない。相手があきらめるほど遠くには。

ゆっくり、ゆっくりと、ソロヴェイは男たちを火から遠ざけていく。とらわれた子どもたちからも、男たちの馬からも離れた場所へ。

ワーシャはタイミングを見計らい、音をたてないように馬たちに近寄った。馬の間を静かに歩きまわり、安心させるように小声で話しかけ、馬の体の間に隠れる。いちばん年上の雌馬が、用心深く、ワーシャの声に耳を傾ける。

「じっとしてて」ワーシャは小声でいった。

ワーシャはしゃがみこみ、馬たちを杭につないでいる縄をナイフで切った。ナイフを二回振っただけで、すべての馬が自由になった。ワーシャは木の間に駆けもどり、獲物をさがす狼の遠吠えをまねた。

ソロヴェイがほかの馬たちといっしょに前足を上げ、恐怖にいなないた。あっという間に、その場はおびえた馬で大混乱に陥った。ワーシャが雌狼のかん高い声をあげ、ソロヴェイが駆けだす。ほとんどの馬があとに続き、ほかの馬も取り残されまいと追いかける。一瞬のうちに、馬が残らず森に消え、野営地は大騒ぎになった。男たちの頭《かしら》らしき人物が、騒ぎに負けまいと大声をあげる。

男がひと声どなると、騒ぎは少しずつ収まっていった。ワーシャは雪の上に腹ばいになって、シダの茂みの後ろの暗がりに隠れ、息を殺していた。先ほどの騒ぎにまぎれて、馬がつながれていた杭を抜き、ふたたび木立の中に身をひそめていたのだ。馬のひづめの跡がワーシャの足跡を消してくれている。なぜ馬たちがあれほど簡単に自由になったのか、だれも疑問に思いませんように。

頭が次々と命令をがなり立てる。男たちは同意のような言葉をつぶやくが、ひとりは不満そうな顔をしている。

五分もすると、野営地にはほとんどだれもいなくなった。思っていたよりずっと簡単だった。ずいぶん不用心なのね、とワーシャは思った。不用心でも平気なんだ。足跡を残さずに動けるんだから。
男のひとり――不満そうな顔をしていた男――は、どうやら残って子どもたちを見張るよう命じられたようだ。不機嫌そうに丸太に腰をおろしている。

ワーシャは汗ばんだ手をマントで拭い、短剣を握り直した。胃が氷の塊のようだ。ここからのことは考えていなかった。見張りがいるのも想定外だ。

ラーダの顔、悲しみに呆然とした顔が目の前に浮かぶ。ワーシャは奥歯を噛みしめた。

ひとり残った盗賊は、ワーシャに背を向けて丸太にすわり、モミの木の実をたき火にほうりこんでいる。ワーシャはそっと近づいていく。

いちばん年上の女の子がワーシャに気づき、目を見開くが、ワーシャが唇に人差し指をあてると、叫び声を飲みこむ。あと三歩、あと二歩――自分に考える隙を与えず、ワーシャは鋭い刃を、見張りのうなじのくぼんでいるところに突き立てた。

ここだ、とマロースカがいっていた。ワーシャの首の後ろに冷たい指をあてて……。喉をかき切るよりたやすい。鋭い刃さえあればいい、と。

たやすかった。短剣はため息のようにすっと入った。盗賊はびくりと一回、体をひきつらせてから、くずおれた。首の穴から血が流れ出す。ワーシャは短剣を抜き、片手で口をおさえ、男が倒れるのを見守った。全身が激しく震える。うまくいった。こんなにも……。

一瞬、黒いマントの人影が死体に飛びかかったように思えたが、まばたきしている間にいなくなり、雪の上には死体がひとつあるだけで、おびえた三人の子どもがぽかんと口を開け、こちらを見上げていた。短剣を握っていた手が血だらけになっている。ワーシャは背を向け、踏み荒らされた雪の上にしゃがみこんで吐いた。大きく四回息を吸い、口を拭って立ち上がる。胆汁の味がする。でも、うまくいった。

「もうだいじょうぶ」ワーシャは子どもたちにいった。自分の声がかすれているのがわかる。「すぐに連れて帰ってあげる」

男たちは弓を火のそばに残していた。ワーシャは小さな斧を持っていてよかったと思った。盗賊の弓をたきつけのように折ってしまうことができたからだ。目に入った物を片っ端から壊し、包みを裂いて中身を森の奥深くに投げ捨てる。最後にたき火に雪をかけると、あたりは真っ暗になった。

ワーシャは身を寄せあっている子どもたちのそばに膝をついた。いちばん年下の子が泣いている。ワーシャはフードをかぶった自分の顔が月明かりの中でどのようにみえるか、想像するしかなかった。子どもたちはワーシャの血まみれの短剣をみて声をあげた。

「心配しなくていい」ワーシャは子どもたちをおびえさせないようにいった。「この短剣で縄を切るだけだ」――ワーシャは手をのばし、いちばん年上の子の縛られた両手をつかむ。縄は簡単に切れた――「あとは、ぼくの馬に乗って、家に帰ろう。きみがカーチャ？」ワーシャは年上の女の子にうなずきかけた。「お母さんが待っているよ」

カーチャはためらったが、ワーシャから目を離さずに、いちばん年下の子にいった。「だいじょうぶよ、アニューシカ。このお兄さんは、わたしたちを助けようとしてくれているみたい」

アニューシカは何もいわなかったが、ワーシャがその細い手首を縛っている縄を切る間、じっとしていた。全員が自由になると、ワーシャは立ち上がり、短剣をさやに納めた。

「いこう」ワーシャはいった。「馬が待っている」

カーチャは何もいわず、アニューシカを抱き上げた。ワーシャもしゃがんでもうひとりの子どもを抱えた。四人はそっと森に入っていった。子どもたちは疲れ切っていて、動きが鈍い。森の奥から、盗賊が馬を呼ぶ声がきこえてくる。

イチイの木までは、ワーシャの記憶より遠かった。雪が深くて、速く歩けない。ワーシャは、いまにも盗賊のひとりが木の下から飛び出してくるのではないか、たき火のところまでもどって騒ぎだすのではないかと気が気ではなかった。

何歩も歩き、何度も呼吸し、何度も心臓が打った。道を間違えたのだろうか？　ワーシャは腕が痛くなった。月が傾いて木の梢に近づき、巨大な影が雪の上に縞模様を作っている。

突然、大きな音が、雪をかぶった茂みからきこえた。子どもたちは手近な暗がりに身を寄せた。

雪を踏みしめる大きな音。カーチャまでが泣き声をもらしている。

「しっ」ワーシャはいった。「じっとして」

大きな生きものが木の下からぬっと出てきて、子どもたちはみな悲鳴をあげた。

「だいじょうぶ」ワーシャはほっとしていった。「だいじょうぶ。ぼくの馬だ、ソロヴェイだよ」ワーシャはソロヴェイの横に駆け寄ると、ミトンを外し、震える指をそのたてがみにうずめた。

「たき火のそばにきた馬ね」カーチャがゆっくりいった。

「そう」ワーシャはソロヴェイの首をなでた。「ひと芝居打ったんだ。きみたちを自由にするためにね」ソロヴェイのたてがみにうずめた両手に、かすかなぬくもりがもどってくる。

背丈がソロヴェイの膝くらいしかない小さなアニューシカが、ふいにふらふらと前に歩み出て、カーチャがあわてて背中をつかもうとする。「魔法の馬は、銀と金なんだよ」アニューシカが思いがけずワーシャに話しかけてきた。腰に両手をあて、ソロヴェイをしげしげとながめる。「これは魔法の馬じゃないね」

「ちがう?」ワーシャはアニューシカにやさしくたずねた。

「ちがうよ」アニューシカはいいながらも、小さな震える手を差し出した。

「アニューシカ!」カーチャが息をのんだ。「そんなことしたら――」

ソロヴェイが頭を下げ、親しげに耳を立てた。

アニューシカは目を丸くして飛びのく。ソロヴェイの顔は、アニューシカの体より大きいくらいだ。それから、ソロヴェイが動かなくなると、アニューシカはおずおずとぎこちなく手を上げ、なめらかな鼻をなでた。「みて、カーチャ」アニューシカはささやくようにいった。「この馬、あたしが好きなんだよ。魔法の馬じゃないけど」

ワーシャはアニューシカの横に膝をついた。「『うるわしのワシリーサ』のお話に出てくる魔法の馬は黒いんだ。夜を守り、バーバ・ヤガーに仕えている。この馬は魔法の馬かもしれないし、そうじゃないかもしれない。この馬に乗りたい？」

アニユーシカは答えなかったが、ほかのふたりも勇気を出して、月明かりの中に出てきた。ワーシャは鞍をつけ、鞍袋をくくりつけて、ソロヴェイに乗るしたくをした。

ところがそのとき、下生えをかき分けて動きまわる別の生きものの音がした。二本足の生きものだ。しかも――物音はひとつではない。それに馬の足音もする。ワーシャの髪の毛がそそけ立った。あたりはとても暗く、ときおり月明かりが射すだけだ。急いで、ワーシャ。ソロヴェイがいった。

ワーシャは腹帯を手でさぐった。子どもたちがソロヴェイに身を寄せる。ソロヴェイの陰に隠れようとしているかのようだ。ワーシャはぎりぎりのタイミングで腹帯を締め終えた。男たちの叫び声がどんどん近づいてくる。

一瞬、ワーシャは恐ろしさに息を詰まらせた。危ないところで追っ手をかわしたときのことを思い出したのだ。震える手で、年下のふたりをソロヴェイの首の付け根に押し上げる。声がさらに近づいてくる。ワーシャはふたりの後ろに飛び乗り、カーチャのほうに手をのばす。

「後ろに乗って。急いで！　ぼくにつかまるんだ」

カーチャは差し出された手を握り、半分飛び上がり、半分よじのぼるようにしてワーシャの後ろに乗った。カーチャがまだソロヴェイの尻に腹ばいになっているとき、盗賊の頭が暗がりからぬっと現れた。月明かりで顔が灰色にみえる。背の高い雌馬に鞍もつけずに乗っている。

こんな状況でなかったら、ワーシャは驚きと憤りをあらわにした男の顔をみて笑っていただろう。

タタール人の頭は、わざわざ言葉を口にしようともせず、馬で突進してきた。半月刀を片手に持ち、驚きと怒りに歯をむき出している。突進しながら、男は叫んだ。それにこたえ、あらゆる方向から叫び声が返ってきた。男の刀が月明かりに光る。

ソロヴェイが、嚙みつこうとしている狼のように体を回転させ、駆けだして、振り下ろされた剣をぎりぎりで逃れた。ワーシャは子どもたちをしっかり抱えた。前のめりになり、ソロヴェイに運命をまかせる。盗賊がもうひとり現れたが、ソロヴェイは速度を落とさず走り、跳ね飛ばした。そして猛然と暗闇の中に逃げこんだ。

ワーシャはこれまで何度となく、ソロヴェイの強い足に助けられてきたが、この夜は特にそうだった。ソロヴェイは木の生い茂る暗闇を、ためらうことなく一直線に疾走した。追っ手の足音が遠のいていく。ワーシャはまた息ができるようになった。

ワーシャはしばらくソロヴェイに並足をさせ、全員がひと息つけるようにした。「ぼくのマントをかぶるといい、カーチャ」ワーシャはいちばん年上の女の子にいった。「凍えないように」

カーチャはワーシャの狼の毛皮のマントにもぐりこみ、震えながらワーシャにしがみついた。

どっちにいけばいい？　どっちだ？　ワーシャにはもう村の方向がわからなくなっていた。雲が広がり、星が隠れ、がむしゃらに濃い闇の中を逃げてきたため、さすがのワーシャも混乱していた。子どもたちにたずねても、どの子もこれほど村から遠くにきたことがなかった。

ワーシャはいった。「よし、このまま――速駆けで――あと二、三時間進もう。あいつらにつかまらないように。そしたら止まってたき火をするんだ。明日には村をみつけられるだろう」子どもたちはだれも反対せず、震えて歯を鳴らしていた。ワーシャは巻き布団を広げて小さいふたりをくるんでやると、自分の体にもたれさせた。ワーシャにとってもソロヴェイにとっても快適ではなかったが、子どもたちが凍えることはないだろう。

ワーシャは子どもたちに貴重なハチミツ酒を少しとパンのかけら、魚の燻製《くんせい》を分けてやった。食べていると、重いひづめの音が木の間からきこえた。びっくりするほど近い。「ソロヴェイ！」ワーシャは息をのんだ。

ソロヴェイが動く前に、黒い馬が木の間から現れた。背中に乗っているのは、髪が白く、星のような目をした女だ。

「あなたですか」ワーシャは驚いて、礼儀も忘れていった。「こんなときに？」

「ごきげんよう」真夜中の精は、市場で偶然会ったかのように落ち着きはらっていった。「こんな真夜中の森に、小さな女の子たちを連れ出すなんて。いったい何をしているの？」

ワーシャの腰にまわしたカーチャの手が震えている。「だれと話してるの？」カーチャが小声でたずねた。

「怖がらなくていい」ワーシャは小さな声で答えながら、そうであればいいと願った。「追っ手から逃げているところです」今度は真夜中の精に向かって、そっけなく答える。「おそらくお気づきでしょうが」

真夜中の精は笑みを浮かべた。「この世から戦士はいなくなったの？　勇気のある男性はひとりも残っていないのかしら？　このごろは生娘を送り出して、英雄まがいの仕事をさせているのね」

「英雄などいなかったのです」ワーシャは腹立たしげに答えた。「いたのはわたしだけでした。そしてソロヴェイと」心臓がウサギのように速く打っている。耳をそばだて、追っ手の足音がしないか確かめる。

「まあ、少なくともあなたには勇気がある」真夜中の精はいった。輝く目でワーシャをまじまじとみる。暗い色の肌から、ふたつの目だけが明るく光っている。「これからどうするつもり？　あの連中をあなどってはだめよ。チェルベイの家来たちで、しかも大勢いるのだから」

だれの家来だって？「月が沈むまで速駆けして、隠れ場所をみつけ、たき火をしながら夜明けを待ちます。それから、この子たちの村に引き返します」ワーシャは答えた。「もっといい方法がありますか？　それに、あなたがここにいる本当の理由はなんですか？」

真夜中の精の笑みがこわばる。「いったでしょう、わたしはあなたの様子をみてくるようにいわれて、ここにきたの」目がいたずらっぽく光る。「でも、命令に逆らって、あなたに忠告してあげる。夜明けまで、まっすぐ走り続けなさい。まっすぐ西に向かって――」真夜中の精はその方角を指さした。「そこに救いがみつかるはずよ」

ワーシャは目の前のチョルトの無邪気な笑顔をじっとみた。真夜中の精は白い髪を、雲が月をよぎるように後ろに振り払い、ワーシャの視線をおおらかに受けとめている。

「信じていいんですか？」

「さあ、どうかしら」真夜中の精はいった。「でも、どうやらほかにまともな相談相手もいないようじゃない」かすかな悪意を含んだその声は大きく、まるで森が返事をするのを期待しているかのようだった。

あたりは静まり返り、女の子たちのおびえた息づかいだけがきこえる。

ワーシャは礼儀だけは忘れまいと頭を下げたが、ややおざなりだった。「それでは、お礼をいいます」

「速く走るのよ」真夜中の精はいった。「振り返っちゃだめ」

真夜中の精は黒い馬で去っていき、ワーシャと三人の少女だけが残された。

「いまの、何？」カーチャが小声でたずねた。「なぜ闇に向かって話してたの？」

「わからない」ワーシャはむっつりと、正直に答えた。

四人は星を頼りに西へ進んだ。真夜中の精の言葉どおりに。ワーシャはこの行動が愚かでないことを願った。ドゥーニャがきかせてくれたお話では、真夜中の精はあまりいいことをしていなかったのだ。

夜が更けていった。雲が広がっていたが、冷えこみがきびしい。気がつくとワーシャは大声で子どもたちに話しかけていた。子どもたちにしゃべったり動いたり足を動かしたりさせて、とにかくソロヴェイの背中の上で凍え死なないようにするためだ。

朝は永遠にこないような気がしてきた。こんなことなら、たき火をすればよかった、とワーシャは思った。こんなことなら……。

ほとんどあきらめかけたころ、夜が明けた。空が白み、一面の雪がみえてきた。ところが信じられないことに、ひづめの音がきこえてきた。どんなに若い不死身の馬であっても、四人を乗せていては、夜を徹して馬で走ってきた熟練の乗り手たちにかなうはずがない。ソロヴェイはひづめの音をききつけると前に飛び出し、耳を頭にぺたりとつけたが、さすがに疲れがみえる。ワーシャは子どもたちをしっかり抱え、ソロヴェイを駆りたてたが、もうだめかと思い始めていた。

黒い木々の梢が、暁の空にくっきりと浮かび上がったとき、ソロヴェイが突然いった。

煙のにおいがする。

また焼き払われた村があるのかしら、とワーシャはとっさに考えた。それとも、もしかしたら……。きれいにらせんを描いてのぼっていく灰色の煙は、ほとんど空の色に溶けこんでいる。あれは、黒くていやなにおいのする破壊の煙とはちがう。避難所？　そうかもしれない。カーチャがワーシャの肩に寄りかかってくる。寒さはもう限界だ。ここは運を天にまかせるしかない。

「あっちへ」ワーシャはソロヴェイにいった。

ソロヴェイが歩幅を広げた。あの、木々の上にみえているのは鐘楼《しょうろう》？　幼いふたりの子どもは、ワーシャに抱えられてぐったりしている。後ろのカーチャもずり落ちてしまいそうだ。

「しっかりつかまって」ワーシャは三人に声をかけた。ソロヴェイは森の外れまできた。たしかに鐘楼があり、大きな鐘が冬の朝を打ち破るように鳴り響いている。塀に囲まれた修道院の門の上に、見張りが立っている。ワーシャは、森の陰から出るところでためらった。だが、子どものひとりが寒さに震える子猫のようなぐずり声をあげたので、心が決まった。両脚でソロヴェイの横腹をぐっとはさむと、ソロヴェイはさっと前に飛び出した。

「門を！　開けてくれ！　追われている！」ワーシャは叫んだ。

「名を名乗れ」フードをかぶった人影が、修道院の塀の上から下をのぞいた。

「それどころじゃない！」ワーシャはどなる。「やつらの野営地に忍びこんで、この子たちを連れてきた」――ワーシャは三人の少女を指さす。「怒った盗賊に追われてる。ぼくはいいから、この子たちを中に入れてやってくれ。神に仕える人なんだろ？」

ふたり目の、剃髪《ていはつ》していない金髪の頭が、ひとり目の隣からのぞいた。「入れてやれ」金髪の男は、一瞬考えてからいった。

門の蝶番《ちょうつがい》がきしむ音をたてた。ワーシャは勇気を振りしぼり、門の隙間から馬を乗り入れた。中は広く、右手に礼拝堂があり、ほかにも小さな建物があちこちにあって、大勢の人が歩きまわっている。

ソロヴェイは横滑りしながら止まった。ワーシャは子どもたちをおろしてそばにいた人たちにあずけると、自分も滑り降りた。「この子たちは凍えている」ワーシャは急いでいった。「それにおびえている。三人いっしょに風呂小屋に――それか、ペチカであたためてやってくれ。

食べるものも必要だ」

「心配はいらない」別の修道士が進み出てきた。「盗賊をみたのか？　やつらはいまどこにいる？」

だが、その修道士は木にぶつかったかのように立ち止まった。次の瞬間、ワーシャは自分の顔がぱっと明るくなるのを感じた。喜びがこみあげてくる。「サーシャ！」ワーシャは大声をあげたが、サーシャにさえぎられた。

「驚いたな、ワーシャ」サーシャの声に恐怖がこもっているのを感じ、ワーシャは足を止めた。

「どうしてこんなところにいるんだ？」

第三部

10　家　族

雪が舞い、冬の朝を崩していく。ドミトリーは塀の後ろのはしごに立つ見張りに声をかけた。

「追っ手がみえるか？　どうだ？」大公の兵士たちは急いでたき火を消し、武器を集め始めた。やってきた少年のまわりに人だかりができる。女が数人、駆けつけてきて大声で質問する。男たちもその後ろから、じっとみている。

サーシャは自分の目が信じられなかった。青白い、薄汚れた顔をした目の前の少年が、自分の妹だとはとても思えない。

そんなはずがない。妹のワーシャはいまごろ結婚しているはずだ。父の領地に住む、真面目で地に足の着いた青年と。夫のある身となり、赤ん坊を抱いているにちがいない。間違っても、馬でルーシを旅して盗賊に追われるなんてあり得ない。絶対に。きっと、よく似た少年だ。ワーシャではない。妹が大型の猟犬のようにやせ細って背が高くなるわけがないし、みる者の心を乱すような優雅さを身につけるはずもない。それに、顔にこれほど深い悲しみとゆるぎない勇気が刻まれているのも、妹らしくない。

サーシャの目が少年の目と合う。サーシャにはわかった――なんということだ。今度こそわかった。間違いではない。自分が妹の目を忘れることなど、万にひとつもあるはずがないのだ。

驚きは恐怖に変わった。妹は駆け落ちをしたのだろうか？　いったいレスナーヤ・ゼムリャで何があったのだ？　妹がこんなところまでくるなんて。

村人たちが近づいてくる。有名な修道士がみすぼらしいひょろりとした少年を前に呆然として、ワーシャと呼ぶのをみて興味を持ったのだ。

「ワーシャ――」サーシャは周囲の状況も忘れ、ふたたび口を開いた。

ドミトリーの大声がそれをさえぎった。大公は塀のてっぺんからおりてきて、騒ぎをきいて駆けつけたセルギイの前に立った。「全員下がれ、ハリストスの名のもとに。修道院長がお越しだ」

人々は道をあけた。ドミトリーはまだ眠たげで、鎧もろくにつけておらず、やけに声が大きかったが、年老いた修道士に片腕を差し出し、そっと支えた。

「いとこどの、そこにいるのはだれだ？」大公は人だかりから出てきてたずねた。「塀のてっぺんの見張りは、追っ手などみえないといっている。いったい――」大公は言葉を切り、ゆっくりサーシャからワシリーサに、そしてふたたびサーシャに目をやった。「これは驚いた」大公はいった。「そなたにひげがなかったら、アレクサンドル修道士、この少年とそっくりではないか」

ふだんは言葉を失うことなどないサーシャが、何もいえなくなっている。セルギイは眉をひそめ、サーシャを、そしてその妹をみつめた。

先に口を開いたのはワーシャだった。「この子たちは夜じゅう馬に乗っていて、体が冷えきっています。すぐに風呂を用意してやってください、それからスープも」

ドミトリーははっとした。三人の青白くやせ細った子どもたちが、この興味深い少年のマントにしがみついていることに初めて気づいたのだ。

「たしかにそうだ」聖者、セルギイがいった。そしてサーシャをじっとみつめてからいった。「神がともにあらんことを、娘たちよ。わたしについてきなさい。こっちだ」

少女たちは自分たちを救ってくれた少年にいっそうしがみついたが、ワーシャはいった。

「さあ、カーチャ。きみが先にいくんだ。みんなを連れていってくれ。ずっと外にいるわけにいかないだろう」

カーチャはゆっくりうなずいた。年下の子たちは疲れ切ってしくしく泣いていたが、ようやくいわれたとおりに、食べ物と風呂と寝床のあるところへ連れられていった。

ドミトリーは腕組みをしている。「それで、いとこどの。その少年はだれなのだ？」

村を焼き払われて避難してきた人々の一部は自分の仕事にもどったが、まだ数人が無遠慮に耳をそばだてている。五人ほどの修道士もぶらぶらと近づいてくる。「だれなのだ？」ドミトリーがもう一度いった。

なんと答えよう？　サーシャは考えた。ドミトリー・イワノヴィチ、こちらは気のふれた妹のワシリーサです。女がくるべきではない場所にきて、はしたなくも男のなりをしています。父に逆らい、おそらく恋人と出奔《しゅっぽん》でもしたのでしょう。これは勇敢なカエルっ子、わたしの愛する妹です……。

サーシャが話すより前に、またワーシャが口を開いた。

「ぼくの名前はワシーリー・ペトロヴィチ」はきはきという。「サーシャの弟です――いいえ、弟でした。サーシャが神に仕えるようになるまでは。もう何年も、兄には会っていませんでした」ワーシャはサーシャをじっとみつめた。ちがうといえるならいってみろとでもいいたげだ。その声は、女にしては低かった。長めの短剣をさやに納めて腰から下げ、少年の服装をして堂々としている。いつからこの服を着ているのだろう?

サーシャは口をつぐんだ。ワーシャが少年ということにすれば、当面の問題は避けられる。たちまち恐ろしい騒ぎに発展することもないし、ドミトリーの兵士のなかで妹が深刻な危険にさらされることもない。だがそれは間違っている――やましいことだ。それにオリガが激怒するだろう。

「黙っていて申し訳ありません」サーシャはドミトリー・イワノヴィチにいい、ワーシャを同じくらい強い視線で見返す。「驚いたのです。こんなところに弟がくるなんて」

ワーシャが肩の力を抜いた。子どものころ、サーシャはいつもワーシャの賢さを認めてくれていた。大人になったワーシャは、落ち着いていった。「ぼくのほうこそ、驚きましたよ、兄さん」それから、好奇心に目を輝かせてドミトリーをみていった。「失礼ですが、兄を『いとこ』とお呼びになりましたね。ということは、モスクワ大公のドミトリー・イワノヴィチ様でいらっしゃいますか?」

ドミトリーは気をよくしたが、少しめんくらったようでもあった。「いかにも」ドミトリーは答えた。「いったいなぜそなたの弟がここにいるのだ、サーシャ?」

「まったくの幸運というしかないのです」サーシャはおもしろくもなさそうな口調でいい、妹をにらみつけた。それから、「何をぼんやりしているのだ?」と、そばでみている修道士や村人にいった。

集まっていた者たちは散っていったが、多くがちらちらと振り返った。

ドミトリーは意に介さず、ワーシャの背中を勢いよくたたいてよろめかせた。大きな声でサーシャに「それは奇遇だな!」といい、ワーシャにたずねる。「門の外で叫んでいるのをきいたが――追われていたのか？　だが塀の上の兵士は何もみていないといっているぞ」

ワーシャはほんの一瞬ためらってから答えた。「盗賊たちを最後にみたのは昨日の夜です。でも夜明けにひづめの音がしたので、逃げ場をさがしていたのです。陛下《ガスダール》、昨日、ぼくは焼けた村をみました」

「焼けた村なら、われわれもみている」ドミトリーはいった。「だが、盗賊の足跡やひづめの跡はみられなかった。それで――さっきの子どもたちがさらわれたのか?」

「はい」話し続けるワーシャを、サーシャは不安をつのらせて見守る。「昨日の朝、焼けた村をみつけ、盗賊の去った方角をさがして野営地をつきとめました。先ほどごらんになった三人の女の子がさらわれていたからです。そしてこっそり三人を連れ出しました」

ドミトリーは灰色の目を輝かせた。「どうやって居場所をつきとめたのだ？　どうやって子どもたちを無事に連れ出した?」

「盗賊たちのたき火を森の中でみつけたのです」ワーシャは兄と目を合わさないようにした。サーシャは、くやしいが、いとこのドミトリーと妹がどことなく似ていると思い始めていた。どちらも人を強く引きつける力と、むこうみずな激しさを持ち、それが魅力でもある。ワーシャが続けていう。「盗賊たちの馬の杭《くい》を抜き、馬を怖がらせて逃がしたのです。男たちが馬を追って森に入っていったので、見張りを殺し、子どもたちを助けました。でも、あやうくつかまりそうになりました」

サーシャがレスナーヤ・ゼムリャをあとにしてから、十年になる。十年前、見送ってくれた妹は、大きな目を見開いて、怒っていた。涙を流さず、勇ましく、悲しそうに、父の村の外れに立っていた。十年か……。サーシャはぞっとした。妹と再会して十分もたっていないのに、自分はもう追い払いたくなっている。

一方、ドミトリーは気をよくしていた。「すばらしい!」大きな声をあげる。「よくやった、いとこどの! 盗賊をみつけ、出し抜いたとは! 上首尾だ! おそらくわれわれでもそこまでできなかっただろう。詳しくききたいところだが、それはあとにしよう。盗賊どもに追いかけられたといったな? やつらはこの修道院をみて引き返したのかもしれない――それならあとを追わねばならない。どの道をきたか、覚えているか?」

「おそらく」ワーシャは自信がなさそうにこたえた。「でも、日の光のもとでは、景色がちがってみえるかもしれません」

「かまわん」ドミトリーはいった。「さあ、出発だ」早くも背を向けて、大きな声で命令を飛ばす――兵を集めろ、馬に鞍をつけろ、剣に油を塗れ。

「弟を休ませてやりたいのですが」サーシャは苦々しい思いで口をはさんだ。「夜を徹して走ってきたのですから」たしかにワーシャの顔は痛々しいほどにやつれ、目の下に隈《くま》ができている。それに、妹が盗賊狩りにいくなど、許せるはずがない。

ワーシャがふたたび、はきはきと話しだした。激しさを増した口調に、サーシャははっとした。「けっこうです。休む必要はありません。ただ――もしあれば、粥《かゆ》をいただけませんか。馬には干し草を――それと大麦を。水はあまり冷たくないものを」

馬はじっと立っていて、耳をそばだて、鼻先をワーシャの肩にのせていた。サーシャはそこで初めて馬に注意を向けた。妹の突然の出現に驚いて、それまで目に入らなかったのだ。サーシャは目をみはった。父のピョートルはいい馬を育てていたが、それでも所有する馬のほとんどを売らなければ、このような鹿毛《かげ》の雄馬を買えはしなかっただろう。家で大きな不幸が起きたから、妹は出てきたにちがいない。そうでもなければ父がこんなことを許すはずが……。

「ワーシャ」サーシャは話しかけようとした。

だが、その前にドミトリーが、ワーシャの細い肩に腕をまわしていった。「立派な馬だな！　これほどすぐれた馬を、あんな北の地で育てているとは思わなかった。粥を用意させよう――それにスープも。馬にもえさを。食事が終わったら出かけるぞ」

三たび、ワーシャは驚いて口をきけずにいる兄より先に口を開いた。その目は冷たく、遠くをみていて、まるでつらい記憶を生き直しているかのようだった。ワーシャは怒りもあらわにいった。「はい、ドミトリー・イワノヴィチ。急いですませます。盗賊をみつけなければ」

ワーシャは神経がまだ高ぶっていた。危険をくぐり抜け、必死に逃げ、人を殺すという悪夢のような衝撃を引きずり、兄との再会という思いがけない喜びもあった。いちどきにあまりにも多くの感情を経験してしまった。

ふと魔が差し、かん高い悲鳴をあげて何もかも忘れてしまおうかとも思った。継母《ままはは》がやっていたように。いっそ正気を失ったほうが楽だろう。そのとき頭によみがえったのは、最後にみた継母の姿だった。小さく体を丸めて、血に染まった地面に倒れていた継母。ワーシャはこみあげる吐き気をおさえた。次によみがえったのは、短剣が雨のようにすっと盗賊の首に入ったあの瞬間で、ワーシャはますます吐き気をおさえられなくなった。

めまいがする。もう丸一日、何も食べていない。ワーシャはよろめき、とっさにソロヴェイに手をのばしたが、そこにいたのは兄で、剣で鍛えた手でワーシャの腕を支えてくれた。「ここで気を失うな」兄が耳元でいった。

ソロヴェイが耳ざわりな声をあげて、ひづめで雪を踏みしめた。不安そうな声があがる。ワーシャははっとした。ひとりの修道士が端綱《はづな》を持ち、親切そうな表情で近づいてきたが、ソロヴェイはいやがっている。

「馬はぼくたちについてこさせましょう」ワーシャはかすれた声で修道士にいった。「この馬はぼくに慣れています。厨房《ちゅうぼう》の戸口の外で干し草を食べさせてもかまいませんよね？」

だが、修道士はもう馬をみていなかった。ぽかんと口を開けてワーシャをみており、その驚いた表情は滑稽《こっけい》でさえあった。ワーシャはじっと立ちつくした。

「ロジオン」サーシャがすかさずはっきりした口調でいう。「この少年は、わたしが神に仕えるようになる前に弟だった、ワシーリー・ペトロヴィチだ。レスナーヤ・ゼムリャで会っただろう」

「ああ」ロジオンはかすれた声で答えた。「あのときは――そう、たしかに会った」あのときのワーシャは少女だった。ロジオンはサーシャをじっとみた。

サーシャはほとんどわからないほどかすかに首を振った。

「では――馬にやる干し草を取ってきます」ロジオンはとっさにいった。「アレクサンドル修道士」

「では、のちほど」サーシャは答えた。

ロジオンはその場をあとにしながら、何度も振り返った。

「あの人はレスナーヤ・ゼムリャでわたしに会っている」ワーシャはロジオンがいなくなるのを待ちかねていった。呼吸が速くなっている。「もしかしたら――」

「ロジオンはわたしに確かめもせずに口外するようなことはしない」サーシャはいった。ドミトリーに劣らず堂々とした風格があるが、サーシャのほうが控えめだった。

ワーシャはありがたい気持ちで兄をみながら、思った。わたしは孤独だったんだ。いま、孤独でなくなって、ようやくそのことに気づいた。

「さあ、ワーシャ」サーシャがいった。「眠る暇はないが、スープを飲めば少しは元気になるだろう。ドミトリー・イワノヴィチは、本気ですぐに出発しようとしていたんだぞ。あのまま従っていたら、命を危険にさらすことになったかもしれない」

「命を危険にさらすのは、初めてじゃない」ワーシャは実感をこめていった。

修道院の冬の厨房は、ペチカの煙でかすみ、驚くほど暑かった。ワーシャは中に入ったとたんにむっとする空気を吸いこみ、立ち止まった。あまりにも暑く、あまりにも狭く、あまりにも人が多かった。

「外で食べていいですか?」ワーシャはあわてていった。「ソロヴェイのそばにいたいんです」あたたかさに包まれ、すわり心地のいい長椅子であたたかい食事を取ったりしたら、二度と立ち上がれなくなるのではないかという心配もあった。

「もちろん、好きにすればいい」思いがけず答えたのはドミトリーで、厨房の戸口から家の精のように飛び出してきた。「立ったままスープを飲んで、そのまま出かけよう。そこのおまえ! いとこたちにスープを持ってこい。急いでいるのだ」

ワーシャは待っている間にソロヴェイの鞍袋を外し、興味深そうな顔であたりを見回していた。サーシャも、妹が少年にしかみえないと認めないわけにいかなかった。どこからみても、ぎこちなさは少しもなく、動作も自然で堂々としていて、女らしいためらいなどまるでない。帽子の下につけている革のフードが髪を隠しているし、正体がわかるようなところはない。唯一あるとしたら（サーシャははらはらしながら考えた）、長いまつげに縁取られた目だろうか。目を伏せておけといいたかったが、そんなことをしたらかえって少女らしくみえてしまうかもしれなかった。

ワーシャはソロヴェイのひげについた氷を払い、ソロヴェイの足を調べ、何度か口を開いて何かいおうとしたが、そのたびに思いとどまった。そこに見習いの修道僧がスープとあたたかいパンとパイを持ってきたので、話す機会はなくなった。

ワーシャは両手で食べ物を受け取り、娘らしい礼儀などまったくみせずにかぶりついた。干し草を食べ終えたソロヴェイは愛嬌たっぷりにパンをねらうそぶりをみせ、あたたかい鼻息をワーシャの耳に吹きかけたので、ワーシャもしまいには笑いだし、パンをソロヴェイに食べさせた。そしてスープを飲みながら、獦子鳥《アトリ》のようにすばやく、塀やたくさんの建物、鐘楼《しょうろう》のある礼拝堂をながめた。

「生まれて初めて鐘の音をききました」ワーシャはサーシャに話しかけた。ようやく無難な話題を思いついたのだ。いえずにいることが目の中にあふれている。

「これからいくらでも好きなことができる、盗賊を始末したらな」ドミトリーがワーシャの言葉をききつけていった。厨房の壁に寄りかかり、雄馬に感心しているようにみせかけているが、本当はワーシャの力量をはかろうとしているのだろうとサーシャは思った。そう思うと落ち着かなくなった。だが、ワーシャをどう評価したにせよ、ドミトリーはそれを豪胆な笑みと革袋入りのハチミツ酒でおおい隠した。ドミトリーが口からしたたらせながら飲んだハチミツ酒は、あごひげと同じ色だった。

ドミトリー・イワノヴィチは忍耐強い男ではないが、ときおり、驚くほど沈着な態度を取る。ワーシャが食べている間、文句ひとついわずに待っていた。だがワーシャが椀を置いたとたん、大公の顔に浮かんでいた笑みが消え、一気に残忍な表情に変わった。「がつがつ食うのはそこまでだ、田舎の少年。さあ、馬に乗ろう。追われていた者が追う番だ。痛快ではないか?」

ワーシャは少し青ざめてうなずくと、あいた椀をそばにいた見習い修道士に渡した。「鞍袋は――?」

「わたしの部屋へ」サーシャが答えた。「見習いに持っていかせよう」

ドミトリーが大股で歩きだし、大声で指示を飛ばした。すでに兵士たちが修道院の門の前に集まっている。サーシャは妹とならんで歩いた。男たちが武装するところをみると、ワーシャの呼吸が速くなった。サーシャは顔を曇らせ、ワーシャの耳に顔を寄せて、早口でそっといった。「本当のことをいってくれ――おまえは盗賊をみつけたのか? もう一度みつけることができるのか?」

ワーシャはうなずいた。

「では、いっしょにきてもらうしかない」サーシャはいった。「まったく、こんなことになるとは。とにかく、わたしのそばを離れるな。話すのはどうしても必要なときだけにしろ。何かまた大胆なことを思いついても、すぐに忘れろ。何があったのか、最初から最後まで、もどってからきかせてくれ。それから、絶対に殺されるなよ」サーシャは言葉を切った。「けがをするな。つかまるな」どうにも信じられないという思いにふたたびとらわれ、サーシャはまるで訴えるように続けた。「まったくワーシャ、どうしておまえはここにいるんだ？」

「まるでお父さんみたい」ワーシャは悲しそうにいったが、それ以上何かいう暇はなかった。ドミトリーはもう馬に乗っている。ドミトリーの雄馬は興奮し、雪の上を駆けまわって、かん高い声でソロヴェイを威嚇《いかく》している。大公が大声でいった。「こい、いとこどの！　さあ、ワシーリー・ペトロヴィチ！　出発だ！」

ワーシャはそれをきいて、元気よく笑った。「出発だ」とくり返し、殺気だった笑みをサーシャに向け、「もう二度と村を焼かせない」というと、ソロヴェイの背に飛び乗る。それはじつにむだがなく、しとやかさのかけらもない動きだった。ソロヴェイには今も馬勒《ばろく》がついていない。ソロヴェイが前足を振り上げた。近くにいた兵士たちが喚声をあげる。ワーシャは英雄のようにソロヴェイにまたがり、目をぎらつかせ、青白い顔をしている。

サーシャは腹を立てると同時に感心せずにいられなかった。そして自分の雌馬をさがしにいった。

修道院の門の蝶番《ちょうつがい》は寒さで硬くなっていて、恐ろしい悲鳴をあげながら開いた。ドミトリーが馬に拍車をあてる。ワーシャが前のめりになり、あとに続く。

雪の中、駆け足の馬の足跡をたどるのは容易ではない。数時間雪がちらつき、足跡が半分埋まっていればなおさらだ。だがワーシャは迷うことなく先頭に立って進み、眉を寄せ、集中していた。ときおり、「あの古い岩に見覚えがあります――夜になると犬のようにみえるんです」「あそこ――あそこにマツの木立がある。こっちです」などという。

ドミトリーはワーシャのすぐあとに続き、獲物をさがす狼のような顔つきをしている。サーシャがその後ろで、気づかわしげに妹を見守っている。

細かい粉雪が馬の腹まで積もっていて、木の上からもきらきら光りながら落ちてくる。雪はやんでいた。雲間から太陽がのぞき、あたりは金色の光と降ったばかりの雪に包まれている。まだ盗賊の馬の足跡はみつからず、ソロヴェイのひづめの跡だけが、薄いが間違いようもなく、パンくずの筋のようについていた。ワーシャは迷うことなく一行を率いていった。昼になるとハチミツ酒を飲んだが、進む速度はゆるめなかった。

一時間、また一時間とすぎていく。跡はますます薄くなり、ワーシャの記憶も曖昧《あいまい》になっていった。このあたりは深い闇の中で走ったところで、ひづめの跡はほとんど消えている。それでも一行は進み続けた。一歩、また一歩と。

昼下がり、森の木がまばらになった。ワーシャは立ち止まり、あちこちに目をやった。「もうすぐです」ワーシャはいった。「たぶん。こっちです」

そのころには、サーシャの目にも、跡が消えていることは明らかだった。妹は暗闇でみた木の記憶を頼りに進んでいる。サーシャも感心しないわけにはいかなかった。

「賢いな、そなたの弟は」ドミトリーが考え深げにワーシャをみながらいった。「馬を乗りこなしている。しかも立派な馬だ。夜じゅう走ったというのに、今日も楽々とあの少年を乗せている。ワシーリーがあのように細いとはいえ、たいしたものだ。しかしワシーリーは細すぎるぞ。たらふく食わせてやろう。そなたの弟をモスクワに連れていこうと考えているところだ」

ドミトリーは言葉を切り、声を大きくした。「ワシーリー・ペトロヴィチ――」

ワーシャがさえぎった。「ここにだれかいます」顔をこわばらせ、耳をすましている。どこからともなく、あらゆるところから、激しい風が吹き始めた。「だれかが――」

次の瞬間、風が高く鋭い音をあげたが、それをしのいで、矢が飛んできてあたる音、背後で叫ぶ男の声が響き、突然、がっしりした馬に乗ったごつい男たちが四方八方から飛び出してきた。冬の斜めの日差しに、剣が光る。

「待ち伏せだ！」サーシャが叫び、ドミトリーが大声で「戦闘態勢をとれ！」と命じた。不意打ちに驚いた馬たちが棹立ちになり、さらに矢が飛んできた。風が猛烈な勢いで吹いていて――矢を射るには注意を要する状況だ――ワーシャは幸運に感謝した。大草原地帯の弓使いは恐ろしく腕がいい。

兵士たちがさっと集まって、大公を取り囲んだ。動揺している者はひとりもいない。みな熟練の兵士で、ドミトリーと馬に乗り、戦ってきた。

木々が生い茂り、視界が限られている。風が吹きすさんでいる。盗賊たちが大声をあげ、速駆けで大公の兵士たちに向かってくる。双方は真っ向からぶつかり、剣が音をたてる。サーシャはふと思った。剣？　そんな高価なものを盗賊が持ち歩くだろうか？

だがサーシャに考えている余裕はなかった。あっという間に陣形が崩れて一対一の戦いとなり、あぶみとあぶみがぶつかりあって、ドミトリーの軍勢は後退した。サーシャは槍を阻み、剣を振り下ろして相手の槍の柄を折り、敢然と斬りかかった。そして最初に向かってきた敵を倒した。愛馬トゥマーンが棹立ちになり、前足で空を蹴ると、トゥマーンより小さな馬に乗っていた三人の敵が退いた。「ワーシャ！」サーシャはきびきびと命じた。「離れていろ！ここはおまえには――」だが、妹は武器を何も持たないまま、歯をむき出し、笑顔にもみえる表情で、大公のそばにぴたりとついて退こうとしない。その目は盗賊をみたときから冷酷さを帯びていた。剣も槍も持っていないが、あったとしても使い方がわからないだろう。腰に下げた短剣を抜きもしない。馬上で戦うには短かすぎるのだ。

いや、ワーシャにはあの馬がいる。五人の兵士に匹敵する味方だ。ワーシャは馬の背にしがみつき、向かってくる敵にけしかけるだけでいい。ソロヴェイに蹴られた盗賊は落馬し、ひづめで頭蓋骨を割られる。ワーシャはけっしてドミトリーのそばを離れず、ソロヴェイの体当りで敵を寄せつけなかった。ワーシャの顔は蒼白になり、唇をきっと結んでいる。サーシャは妹を大公とは反対側から援護し、妹が馬から落ちないよう祈った。混乱の中で一度、サーシャは、背の高い白馬が妹の鹿毛の雄馬の隣にいるのをみた。白馬の乗り手が盗賊の刃からワーシャを守っている。だが次の瞬間、サーシャはそれがただの雪けむりだったことに気づいた。

ドミトリーが斧を振りまわし、勇ましい叫びをあげた。

最初の猛攻撃のあと、接近戦となり、激しいせめぎ合いになった。サーシャは前腕を剣で斬りつけられたことにも気づかず、斬りつけてきた相手の首をはねた。「いったい、盗賊は何人いるんだ？」ワーシャは大声でいい、戦いの興奮に目をぎらつかせた。ソロヴェイが前足を蹴り出して敵の脚を折り、敵の乗っていた馬を雪の上に倒れこませた。サーシャが別の敵の腹をえぐり、鞍から蹴り落とすと、トゥマーンはサーシャの動きに合わせて重心を移し、主人が落ちないようにした。

ドミトリーの兵士がひとり倒れた。そしてもうひとり。戦いはいっそう激しさを増していく。「ワーシャ！」サーシャが怒鳴った。「もしわたしか大公が倒れたら、おまえは逃げろ。修道院にもどれ。絶対に――」

ワーシャはきいていなかった。大きな鹿毛の雄馬は不思議な力で主人を守り、タタール人はもうだれひとり、ソロヴェイのひづめが届く場所に自分の馬を近づけようとしなくなった。それでも、槍でひと突きされればソロヴェイは倒れてしまう。まだ試そうとする者はいないが、万が一――。

突然、ドミトリーが大声をあげた。馬に乗った男の一団が森から飛び出してきたのだ。馬たちが力強いひづめで血だらけの雪をはねかす。盗賊ではない。それは明るい色の兜《かぶと》をかぶった大勢の戦士、イノシシ狩りの槍を持った戦士たちだった。背の高い、赤い髪の男が先頭に立っている。

盗賊たちは新たにやってきた一団をみて色を失い、武器を投げ捨てて逃げ出した。

11　だれもが領主の息子には生まれない

「よくきてくれた、カシヤン・ルートヴィチ！」ドミトリーが声をかけた。「待ちわびていたぞ」赤いしずくがドミトリーの片頬に飛び散り、金色のあごひげにもこびりついている。血は斧にも、馬の首にもついている。ドミトリーは目を輝かせている。

カシヤンは笑みを返し、剣を納めた。「もどるのが遅くなりました。どうかお許しを、ドミトリー・イワノヴィチ」

「今度だけは大目にみよう」大公が言い返し、ふたりは笑った。盗賊のうち、死んだ者と大けがを負った者だけがひと所に集められ、雪の上に転がされている。残りは逃げた。カシヤンの兵士たちが、負傷した盗賊の喉をかき切っている。ワーシャはぞっとして、みないようにした。自分の両手に神経を集中させて、兄の前腕に包帯を巻く。冷たい風が、まだあたりでかすかな音をたてている。盗賊たちが現れる直前、ワーシャはたしかにマロースカの声をきいた。ワーシャ、とその声はいった。ワーシャ。そして次の瞬間、風が金切り声をあげて吹きつけ、盗賊の矢をそらした。ワーシャは白い雌馬までみたような気がした。マロースカを背中に乗せ、ワーシャの間近に迫る刃を振り払っていた。

だが、もしかしたら気のせいだったのかもしれない。

風がやんだ。木の影が濃くなったようだ。ワーシャが振り向くと、彼がそこにいた。はっきりとはみえない。ぼんやりした、黒ずくめの骨ばった姿が、木がまばらになった場所に静かに歩み出てくる。その目に、不安になるほど親しみを感じる。

マロースカはワーシャの目の前で立ち止まった。それは霜の魔物ではない、別の、もっと昔のマロースカの姿で、黒いマントをまとい、色が白く、長い指をしている。死者を迎えにきたのだ。ふいに日差しが弱まったように思えた。マロースカの存在が、地面に流れる血の中に、顔に触れる冷たい空気の中に感じられる。それは古く、静かで、強い力を持っている。

ワーシャは深く息を吸った。

マロースカがゆっくりと頭を下げる。

「ありがとう」ワーシャは冷たい朝の空気につぶやきかけたが、だれにもきこえないくらい小さな声だった。

だがマロースカにはきこえた。目と目が合い、一瞬マロースカは——ほとんど——本当にそこにいるようにみえた。それからマロースカが背を向けると、もうそこには冷たい影があるだけだった。

ワーシャは唇を噛みしめ、兄の腕に包帯を巻き終えた。もう一度振り返ったとき、マロースカはいなくなっていた。死んだ男たちが自分の血だまりの中に倒れ、太陽が明るく照っていた。

よく通る声がきこえてきた。カシヤンだ。「あの少年はだれですか？　アレクサンドル修道士によく似ている」

「われわれの若き英雄だ」ドミトリーが答え、声をあげた。「ワーシャ！」

ワーシャはサーシャの腕に触れていった。「あとで傷口をきれいにしたほうがいい。お湯で洗って、ハチミツをつけて包帯を巻くのよ」そして振り向いた。

「ワシーリー・ペトロヴィチ」ドミトリーはいった。ワーシャは木がまばらになった場所を歩いていき、ふたりの男に頭をさげた。ソロヴェイが心配そうについてくる。ドミトリーがいう。「わたしのいとこ――父の妹の息子だ。こちらはカシヤン・ルートヴィチ。ここだけの話だが、われわれが勝ったのはそなたたちのおかげだ」

「前に会ったことがあるな」カシヤンがワーシャにいった。「大公のいとこだといわなかったではないか」驚いた顔をしているドミトリーに、カシヤンは説明する。「たまたま、ある町の市場で少し前に会ったのです。どこかでみたような顔だと思ったが――兄上にそっくりだ。なぜいわなかった、ワシーリー・ペトロヴィチ。喜んでラヴラに案内してやったのに」

カシヤンの詮索するような暗いまなざしは相変わらず鋭く、チュドヴォで会った日と変わっていなかったが、ワーシャは極度の疲れと衝撃に静かに包まれたまま、冷静に答えた。「家を飛び出してきたので、すぐにうわさになって家族に知られるのがいやだったのです。あなたのことを存じあげませんでしたし、旦那様《ガスパジン》。それに――」ワーシャは自分がいたずらっぽく笑っていることに気づいた。まるで酒にでも酔っているようで、喉元にこみあげてくる感情をはかりかねていた。笑いたいのか、泣きたいのか、自分でもわからない。「ぼくはちょうどよいときに、ラヴラに着いたようです。そうですね、ドミトリー・イワノヴィチ？」

ドミトリーは笑った。「いかにも。賢い少年だ。じつに賢い。簡単に信頼するのは愚か者のすることだ。特にひとりで旅をしているときにはな。まあ、仲良くやってくれ」

「もちろんです」カシヤンはワーシャと目を合わせたままいった。

ワーシャはうなずき、カシヤンがこんなに自分をみなければいいのにと思い、なぜみられるのか不思議だった。あのような深い赤色の髪にしてくださいと、生神女《しょうしんじょ》マリヤに祈る女の子もいるかもしれない。ワーシャは急いで目をそらした。

「サーシャ、けがはだいじょうぶか?」ドミトリーが声をかけた。

サーシャはトゥマーンの全身を見回し、切り傷がないか点検していた。「はい」と手短かに答える。「もっとも、盾を持つほうの手で剣を握らなくてはなりませんが」

「いいだろう」ドミトリーがいった。ドミトリーの去勢馬も脇腹に大きな深傷を負っている。大公は兵士の馬にまたがった。「これからもうひと仕事あるのだ、カシヤン・ルートヴィチ。盗賊どものねぐらをつきとめねばならん」ドミトリーは鞍にすわったままかがみこみ、けがをした兵士をラヴラに連れ帰る者たちに指示を与えた。

カシヤンが馬にまたがって一瞬動きを止め、ワーシャに目をやった。「この少年は休ませておやりなさい、アレクサンドル修道士」軽い口調でいう。「雪のように真っ白だ」

サーシャもワーシャをみて顔をしかめた。「おまえは負傷した者といっしょにもどったほうがいい」

「でも、ぼくは傷を負っていません」ワーシャは言い返したが、根拠のある反論になっておらず、兄を納得させることはできなかった。「最後まで見届けたいんです」

「それはもっともだ」ドミトリーが口をはさんだ。「さあ、アレクサンドル修道士、少年に恥をかかせるな。ワーシャ、これを飲め。そしたら出発だ。夕食までにかたをつけるぞ」

ドミトリーから受け取った革袋に入ったハチミツ酒を、ワーシャはぐっと飲んだ。心地よいあたたかさが感情を押し流していく。風はもうおさまっていて、死んだ男たちが、雪の上に身を寄せあうように倒れている。ワーシャは目をやったが、すぐにそらした。

ソロヴェイは激戦でまったく傷を負わなかったが、血のにおいに頭を高く上げ、目をぎらつかせている。

「いこう」ワーシャは雄馬の首をなでた。「まだ終わりじゃない」

こういうのは好きじゃない。ソロヴェイは足を踏み鳴らした。森を駆けまわろうよ。

「いまはだめ」ワーシャは小声でいった。「いまはだめなの」

ドミトリーとカシヤンが先頭に立った。ふたりは先になったりあとになったりしながら、ときおり小声で話し、ときおり黙って、壊れやすい信頼をさぐりあっているかのようだった。サーシャはソロヴェイの横にぴたりと馬を寄せ、ひと言も話さなかった。傷を負ったほうの腕をぎこちなく曲げて体につけている。

地面の雪は、盗賊の生き残りが逃げるときに踏みつけていったため、どこまでも血がまじり、まだらになっていた。ソロヴェイはおとなしくなったが、けっして落ち着いてはいなかった。

まっすぐ歩こうとせず、横に跳んだり、ほとんど駆け足になったりしては、耳をぐるりと動かしている。

一行は、全速力では進めなかった。疲れた馬たちを気づかったためで、その日はのろのろとすぎていった。速足で、木がまばらなところから密生したところへ、そしてまたまばらなところへと進むうち、乗り手たちの体はどんどん冷えていった。

そのうちようやく、傷を負った盗賊のひとりをつかまえた。

「ほかの者たちはどこだ?」大公が問いただし、カシヤンが男を雪の上にぐいと押さえつけた。

男は自分の国の言葉で何かいい、目をぎょろつかせる。

「サーシャ」ドミトリーが呼んだ。

サーシャがトゥマーンの背からさっと降り、男と同じ言葉で話し始めたので、ワーシャはびっくりした。

男は必死に首を振り、まくしたてる。

「この男によると、盗賊のねぐらはこのすぐ北にあるそうです。せいぜい一キロほどだと」サーシャの声は落ち着いていた。

「それだけきけば十分だ」ドミトリーは盗賊にいうと、一歩下がった。「苦しまないように殺してやろう。さあ、ワーシャ、そなたの手柄だ」

「いえ、ドミトリー・イワノヴィチ」ワーシャはドミトリーに剣を差し出されると喉を詰まらせ、カシヤンが盗賊を押さえつけているほうをもったいぶった身振りで示した。吐いてしまいそうだった。ソロヴェイはいまにも駆けだしそうにしている。「それはできません」

盗賊は話の内容を察したにちがいない。頭をたれ、唇を動かして祈っている。もう怪物でもなければ人さらいでもなく、おびえるひとりの男にもどって、最期のときを待っている。

サーシャはしっかり立ってはいるものの、傷を負い、血の気を失っている。息を吸い、何かいおうとしたが、カシヤンが先に口を開いた。「ワシーリーはまだろくに肉のついていない子どもですよ、ドミトリー・イワノヴィチ」カシヤンは盗賊から手を離さずにいった。「斬りそこなうかもしれません。今日はもうこれ以上、痛めつけられ、悲鳴をあげて死んでいく者の声を兵士たちにきかせるのは忍びない」

ワーシャはごくりと唾を飲みこんだ。その表情に、大公は納得したにちがいない。むっとしたように、男の喉に刃を突き刺した。そして一瞬肩で息をすると、機嫌を直し、血のりを拭き取った。「これでいいだろう。だが、モスクワにいったら、ワシーリー・ペトロヴィチ、たらふく食ってもらうぞ。そうすればじきに、イノシシを槍のひと突きでしとめられるようになるだろう」

盗賊たちのねぐらは小さく、質素なものだった。寒さをしのぐ小屋がいくつかと馬を入れる囲いくらいしかない。塀も、堀も、とがり杭《ぐい》の柵もない。盗賊たちは攻撃されるなど、思ってもいなかったのだ。

なんの音もせず、動きもない。料理の火から出る煙もなく、あるのは陰鬱《いんうつ》で悲しげな冷えきった静寂だけだった。

カシヤンが吐き出すようにいった。「逃げたのでしょう、ドミトリー・イワノヴィチ。生き残ったやつらも」

「くまなくさがせ」ドミトリーは命じた。

ドミトリーの兵士たちは小屋のひとつひとつに入っては出て、男たちが生活していたあとの汚れと闇と悪臭の中をさがしまわった。ワーシャの中にあった憎悪ははがれ落ちていき、かすかな吐き気だけが残った。

「だれもいない」ドミトリーは、最後の一軒までさがし終えるといった。「死んだか逃げたかだ」

「満足な結果ではないですか、陛下《ガスダール》」カシヤンがいった。兜《かぶと》を取り、もつれた髪を指ですく。「もう二度とわれわれを煩わすことはないでしょう」それから思いがけず、ワーシャのほうを向いた。「なぜそんなに不安そうな顔をしているのだ、ワシーリー・ペトロヴィチ？」

「一度も頭《かしら》をみていないのです」ワーシャはいい、もう一度、みすぼらしいねぐらを見回した。「森で盗賊たちを指揮していた男です。ぼくが子どもたちを奪い返したときに」

カシヤンは不意を突かれたような顔をした。「どのような男なのだ、その頭というのは？」

ワーシャは説明し、最後にこういった。「戦いの間も、さがしていたんです。死人のなかにもいないかと。簡単に忘れてしまえる顔ではありません。いったい、どこにいったのでしょう？」

「逃げたのだ」カシヤンが間を置かずにいった。「森で道がわからなくなり、飢えていることだろう、たとえまだ死んでいなくても。心配するな、少年。この場所は燃やしてしまおう。もしその頭が生きていても、もう一度手下を集め、悪さをするのは容易ではないだろう。すべて終わりだ」

ワーシャはゆっくりうなずいたが、納得したわけではなく、こういった。「さらわれた子どもたちは？　どこに連れていかれたのでしょう？」

ドミトリーは兵士たちに命じ、火をおこし、肉を分け、全員を休ませようとしていた。「子どもがどうした？」大公はきいた。「盗賊どもは片づけた。二度と村が焼かれることはない」

「でも、さらわれた子どもたちがいるのです！」

「それがどうした？　よく考えるのだ」ドミトリーはいった。「子どもたちがここにいないということは、死んだか、遠くにいるかのどちらかだ。疲れた馬たちに速駆けさせ、茂みを走りまわり、農民どもをさがすことはできない」

ワーシャが口を開き、怒って言い返そうとしていると、カシヤンの手がずしりと肩に置かれた。ワーシャは舌を噛み、さっとカシヤンのほうを向いた。

ドミトリーはすでに歩み去り、さらに指示を与えている。

「さわらないでください」ワーシャははねつけるようにいった。

「悪気はないのだ、ワシーリー・ペトロヴィチ」カシヤンはいった。夕闇がカシヤンの赤毛を濃く染めている。「大公を敵にまわすのはやめたほうがいい。我を通したいなら、ほかにいくらでもやり方はある。だがこの件に関しては、大公のいうとおりだ」

「いいえ、ちがいます」ワーシャはいった。「よい領主は民を大切にするものです」

兵士たちが燃えそうなものをかき集めている。木が燃えるにおいが、森の中に漂っていく。

カシヤンは鼻を鳴らした。カシヤンのおもしろがる表情をみていると、ワーシャは自分が田舎娘のワシリーサ・ペトロヴナとして扱われているようで、腹立たしくなる。自分はドミトリーの若き英雄、ワシーリーなのに。「だが、民とはどこの民のことだ？　たしかそなたの父親はどこかの田舎の領主だったな」

ワーシャは黙っていた。

「ドミトリー・イワノヴィチの領民はその千倍もいる」カシヤンは続けた。「兵力をむだに使うことは許されないのだ。子どもたちはいなくなった。今夜はもう英雄になろうなどと考えるな。立っていられないほど疲れているのだろう。正気を失った子どもの幽霊のような顔をしているぞ」カシヤンはソロヴェイに目をやる。ワーシャのかたわらに影のように離れずにいる。

「そなたの馬もあまり元気そうではないしな」

「ぼくなら平気です」ワーシャはそっけなくいって背筋をのばしたが、思わずソロヴェイのほうを心配そうにみた。「さらわれた子どもたちよりずっとましですから」

カシヤンは肩をすくめ、暗闇に目をやった。「奴隷として暮らすほうがましだと思うかもしれないぞ。少なくとも、奴隷商人はその娘たちに価値があると認めている。家族が認めていない価値が。一人前になっていない娘がもどってきても、家族が喜ぶと思うか？　寒い二月に、ひ弱で何もできない者の食いぶちが増えるだけだ。喜ぶまい。ペチカの上に横たわったまま、飢え死にするだけだ。南の奴隷市場に連れていかれる途中で死ぬ者もあるだろうが、少なくとも奴隷商人は、子どもが歩けなくなれば一撃で楽にしてやるだろう。そして強い者は——強い者は生きのびる。美しさや知恵があれば公に買われ、日のあたる大きな屋敷でぜいたくに暮らせる。ルーシの床板さえない貧しい家よりずっとましだ。ワシーリー・ペトロヴィチ、だれもが領主の息子に生まれるわけではないのだ」

大公の声が、ふたりの間に生まれた沈黙を破った。

「休めるときに休んでおけ」ドミトリーは一行に指示した。「月が出たら出発だ」

ドミトリーの兵士たちは盗賊のねぐらに火を放ち、銀色の月明かりが差す闇の中、ラヴラにもどった。真夜中にもかかわらず、多くの村人が修道院の門の陰に集まってきた。もどってきた一行を大声でほめたたえ、迎え入れる。「陛下《ガスダール》、ばんざい！」人々は叫んだ。「アレクサンドル・ペレスヴェート！　ワシーリー・ペトロヴィチ！」

ワーシャはほかの名前とともに自分の名が呼ばれるのをきくと、疲れでぼうっとしながらも力を振りしぼり、せめて馬上で背筋をのばした。

「馬のことはまかせてください」ロジオンが一行にいった。「きちんと手入れをしておきます」

若い修道士はワーシャをみないようにしている。「風呂小屋をあたためておきました」と少しぎこちなくつけくわえる。

ドミトリーとカシヤンはさっさと鞍から降り、肩をぶつけあうようにしながら、勝ち誇った様子で堂々と歩いていく。兵士たちもあとに続いた。

ワーシャはソロヴェイにかかりきりになり、なぜすぐにほかの者たちといっしょに入浴しないのか、怪しまれないようにした。

セルギイ神父の姿はどこにもなかった。ワーシャがソロヴェイの毛に櫛《くし》をかけていると、サーシャがセルギイをさがしにいくのがみえた。

ラヴラには風呂小屋がふたつあった。ひとつは生きている者たちのためにあたためてあった。もうひとつでは、その日の戦いで死んだモスクワ大公国の兵士たちがすでにセルギイの確かな手で清められ、布にくるまれていた。そこにサーシャが修道院長をさがしにやってきた。

「神父様、祝福を」サーシャはそういって、風呂小屋の暗がりに入っていった。そこは湯とぬくもりの秩序ある世界、ルーシの人々が生まれ、死んだのちに横たえられる場所だ。

「神の祝福があらんことを」セルギイはいい、サーシャを抱擁した。一瞬、サーシャは少年にもどり、年老いた神父のきゃしゃだがゆらぐことのない肩に顔を寄せた。

「うまくいきました」サーシャは気を取り直していった。「神のご加護のおかげです」

「うまくいったのは」セルギイはサーシャの言葉をなぞり、死んだ兵士たちの顔を見下ろした。ゆっくりと十字を切る。「そなたのあの弟のおかげだろう」

うるんだ年老いた目が、弟子の目と合う。

「そうです」サーシャは無言の問いに答えた。「あれはわたしの妹、ワシリーサです。ですが、今日は勇ましく振る舞いました」

セルギイは軽く笑った。「驚くことはない。男が最も勇敢だと思っているのは、少年か愚か者だけだ。男は子どもを産まないからな。だが、これは危険な道だぞ、そなたにとっても、妹にとっても」

「ほかに安全な道がみつかりません」サーシャはいった。「それに、もうこれ以上戦うことはないでしょう。妹の正体が明らかになれば恐ろしい騒ぎになるでしょうし、ドミトリーの兵士が秘密を知ったら、これ幸いと闇夜に襲うかもしれません」

「おそらくな」セルギイは重苦しい口調でいった。「だが、ドミトリーはそなたをとても信頼している。だまされたと知ったら気を悪くするだろう」

サーシャは黙りこんだ。

セルギイはため息をついた。「自分のすべきことをしなさい。そなたのために祈っていよう」修道院長はサーシャの両頬にキスした。「ロジオンは知っているのだな？　ロジオンと話してみよう。さあ、いくのだ。生きている者たちは、死んだ者たちよりもそなたを必要としている。そして慰めが必要なのは、生きている者のほうだ」

暗闇はラヴラの聖なる土地を異教の場に変え、影と奇妙な声で満たした。鐘がパヴェチェリエ（正教会における晩堂大課）の始まりを知らせたが、その音色さえ、闇も、戦いのあとの混乱も、サーシャの心の悩みも静めることはできなかった。

風呂小屋の外では、人々が雪の上に散らばっている。住む家や愛する者を失った村人たちが、神の慈悲にすがっているのだ。風呂小屋のそばでは女が口を開けて泣いている。「たったひとりの子どもだったのに」女はつぶやくようにいった。「たったひとりの、初めての子ども。わたしの宝物なのに。みつけられなかったのですか？　なんの手がかりもなかったというのですか、旦那様《ガスパジン》？」

ワーシャは驚くべきことにまだそこにいて、しっかり立っていた。まるで亡霊のように、生身の人間ではないかのように、嘆く女の前に立っている。「あなたの娘は安全な場所にいます」ワーシャはいった。「神のもとに」

女は両手で顔をおおった。ワーシャは打ちひしがれた顔で兄をみる。

サーシャは斬られた腕が痛んだ。「さあ」女に話しかける。「礼拝堂にいきましょう。娘さんのために祈るのです。生神女マリヤはすべてを受けとめてくださいます。あなたの子どもをわが子のように扱ってくださるようお願いしましょう」

女は顔を上げた。涙を浮かべた目は星のように光っているが、顔はしみだらけでむくみ、やつれきっている。「アレクサンドル・ペレスヴェート」ささやくような声に泣き声がまじっている。

ゆっくりと、サーシャは十字を切る。

サーシャは女と長いこと祈った。礼拝堂に慰めを求めにきた多くの人と祈った。すべての人が落ち着くまで祈った。なぜなら自分の務めはキリスト教徒のために戦うことであり、戦いの後始末をすることであると考えていたからだ。

　ワーシャは最後のひとりが出ていくまで礼拝堂にとどまった。ワーシャも祈ったが、声は出さなかった。ようやく村人がいなくなったとき、夜明けはそう遠くなかった。月はとうに沈み、ラヴラは星明かりに照らされていた。

「眠れそうか？」サーシャがワーシャにたずねた。

　ワーシャは一度だけ首を振った。サーシャはその表情に見覚えがあった。疲労を通りこし、異常なほど目がさえてしまった戦士の表情だ。サーシャが初めて人を殺したときも同じだった。

「わたしの部屋に簡易寝台がある。そこで眠ればいい」サーシャはいった。「眠れなければ、ふたりで神に感謝を捧げよう。そして、どうやってここにきたか、話してほしい」

　ワーシャは黙ってうなずいた。雪に靴底をきしませながら、ふたりはならんで修道院の敷地を歩いた。ワーシャは少し元気になったようだった。「本当にうれしかった、兄さんだってわかって」ワーシャは歩きながら、どうにか小さな声でいった。「もっと早く、そう伝えられたらよかったんだけど」

「わたしも会えてうれしかったよ、カエルちゃん」サーシャはいった。

　ワーシャがはっとしたように立ち止まったかと思うと、突然サーシャに飛びついた。サーシャが気づいたときには腕の中に妹がいて、すすり泣いていた。「サーシャ」ワーシャはいった。「サーシャ、会いたかった」

「よしよし」サーシャはワーシャの背中をぎこちなくさすった。「よしよし」

しばらくすると、ワーシャは落ち着いた。

「勇敢な弟、ワシーリーらしからぬ振る舞いだったわね」ワーシャは鼻水を拭った。ふたりはまた歩きだした。「なぜ一度も家に帰ってこなかったの？」

「それはどうでもいい」サーシャは答えた。「それより、おまえはなぜ旅などしているんだ？あの馬はどこで手に入れた？　家出をしたのか？　夫から逃げたのか？　さあ、本当のことを話してくれ、妹」

ふたりはサーシャの部屋に到着していた。その部屋は、立ちならぶ小さな建物のひとつにあった。建物はずんぐりしていて、薄暗がりの中であまり見栄えがしない。サーシャが部屋の扉を引いて開け、蠟燭《ろうそく》に火をともした。

ワーシャは背筋をのばしていった。「お父さんが死んでしまった」

サーシャは火のついた蠟燭を持ったまま、動きを止めた。修道士になったら家に帰ると約束していたのに、一度も果たさなかった。ただの一度も。

「いくなら、わたしと父子の縁を切る覚悟でいけ」ピョートルは怒ってそういった。あれはサーシャが修道院に出発する前のことだ。

父さん……。

「いつ？」サーシャはたずねた。まるで自分の声ではないみたいだ。「どうして？」

「熊に殺されたの」

暗くて妹の表情は読み取れない。

「中に入ろう」サーシャはいった。「最初から話してくれ。何もかも全部」

もちろん、それは真実ではなかった。真実を話せるはずがない。ワーシャは兄を心から愛していたし、ずっと会いたいと思っていたが、この肩幅の広い修道士、髪を剃って黒いあごひげを生やした人物は他人のようだった。だから話したのは――すべてではなかった。

ワーシャは話した。金髪の司祭がレスナーヤ・ゼムリャの人々をおびえさせたこと。きびしい冬がきて、火が勢いを失ったこと。そして少し笑いながら話したのは、婚約者がやってきて、結婚の話を進めたものの、結局ひとりで帰っていったこと。そのあと父親がワーシャを修道院に入れようとしたこと。乳母が死んだこと（だが、そのあとに起きたことは伏せておいた）、そして熊が現れたこと。ソロヴェイは父親の馬だと話したが、サーシャが納得したとは思えなかった。継母《ままはは》に真冬にパダスニェーズニクをさがしにいかされたことや、モミの木立のことは話さなかったし、もちろんあの冷たく、気まぐれで、ときどきやさしさをみせる霜の魔物のことも話さなかった。

ワーシャは話し終え、黙りこんだ。サーシャは眉をひそめた。ワーシャが口を開いたのは、サーシャの言葉ではなく表情にこたえるためだった。「そう、お父さんが森にさがしにいくことはなかった。もしわたしが森にいったりしなければ」ワーシャはつぶやくようにいった。「わたしがいけないの。わたしのせいなのよ、兄さん」

「だから家を飛び出したのか？」サーシャはたずねた。その声（大好きな、忘れかけていたが懐かしい声だった）には抑揚がなく、表情は落ち着いていたので、何を考えているのかワーシャにはわからなかった。「父さんを死なせてしまったから？」

ワーシャはぎくりとして、うなだれた。「ええ、そうよ。それにみんなが――村の人たちが、わたしのことを魔女じゃないかと疑っていたから。司祭様に魔女を恐れるようにいわれていて、みんなそれに従っていた。お父さんもいないし、守ってもらえなくなってしまったから、逃げ出してきたのよ」

サーシャは黙りこんだ。ワーシャは兄の顔をみることができず、ついには大声でいった。

「お願い、何かいって！」

サーシャはため息をついた。「おまえは本当に魔女なのか、ワーシャ？」

舌が急に重くなった。男たちの死の衝撃に、まだ体が震えている。ワーシャの中にはもう、うそもごまかしの言葉も残っていなかった。

「わからないのよ、兄さん。魔女がどんなものか、ちゃんと知らないの。でもこれまで一度だって、だれかを傷つけようと思ったことはない」

しばらくして、サーシャはいった。「ワーシャ、おまえのしたことが正しいとは思わない。女がそんななりをするのは罪深いことだし、父さんに逆らったのも悪いことだ」

そしてサーシャはまた黙りこんだ。ワーシャは思った。兄さんも、自分がお父さんに逆らったことを思い出しているのかな。

「だが」サーシャはゆっくり続けた。「おまえは勇敢だ。こんなに遠くまでくるとは。わたしはおまえを責めたりしない、ワーシャ。けっして責めたりしない」

また涙がこみあげてきたが、ワーシャはそれをおさえた。

「よし」サーシャはぎこちなくいった。「少しでも眠っておこう、ワーシャ。おまえはわたしたちといっしょにモスクワにいくことになっている。オーリャがこれからのことを考えてくれるだろう」

オーリャ。ワーシャの心が明るくなった。またオーリャに会える。ワーシャの幼いころの最初の記憶――やさしく触れてくれた手や笑い声――は、姉のものだった。

ワーシャは兄と向かいあい、粘土でできたペチカの横にある簡易寝台にすわっていた。サーシャが火をおこしてくれたので、部屋の中は少しずつあたたかくなってきていた。突然、ワーシャは何もかも投げ出して、毛皮を頭からかぶって眠ってしまいたくなった。

だが、最後にひとつだけ、きいておかなくてはならない。「お父さんは兄さんを愛していたわ。帰ってくるのを待っていたのよ。兄さんは帰ってくるって約束したのに、どうして帰ってこなかったの？」

返事はない。サーシャは火を燃やすのにかかりきりになっている。もしかしたらきこえなかったのかもしれない。だがワーシャは、沈黙がふいに重くなった気がした。兄が口にしない後悔の重みで。

ワーシャは眠った。冬のような眠り、病のような眠りだった。夢の中で、男たちがまた死んでいった。耐えながら、あるいは叫びながら、雪の上に黒い宝石のようなはらわたをさらけ出して。黒いマントの人影が近くに立っていて、冷静に、心得顔で、ひとりひとりの死を見守っている。

だがそこで、ぞっとするような聞き慣れた声が耳元でした。「ほら、気の毒な冬の王がこの場を支配しようとしている。だが戦場はおれの領分、あいつはおこぼれを拾いにきただけだ」ワーシャがさっと振り向くと、熊がすぐそばにいた。片目で、もの憂げな笑みを浮かべている。「やあ」熊はいった。「おれの仕事が気に入ったか?」

「いいえ」ワーシャは息を詰まらせた。「わたしは――」

そしてワーシャは駆けだした。大あわてで雪に足を滑らせ、何もないところでつまずき、どこまでも続く真っ白な穴に落ちていく。自分が叫んでいるのかどうかさえわからない。そのとき、「ワーシャ」という声がきこえた。

腕が、落ちていくワーシャをつかんで止める。長い指をした手の形やしぐさに見覚えがある。器用で貪欲な指。ワーシャは思った。わたしのところにきたんだ。わたしの番なんだ……。そして必死にもがいた。

「ワーシャ」耳元で声がした。「ワーシャ」その声の残酷な響き――そして冬の凪とくすんだ月の光。無骨なやさしささえ感じられる。

いいや。ワーシャは思った。いやよ、強欲な死神。やさしくしないで。

そう思いながらも、戦う気力はすっかり失せてしまった。自分が起きているのか、まだ夢をみているのかもわからないまま、ワーシャは相手の肩に顔を押しあて、激しく泣いた。夢の中で、腕がおずおずとワーシャを抱え、手が頭を支える。ワーシャの涙は記憶の膿《う》んだ傷口を切り開いた。しばらくしてワーシャは泣きやみ、顔を上げた。

ふたりが立っているのは月明かりに照らされた場所で、周囲の木々は眠っている。熊はいない——熊は縛られ、遠くにいる。寒さが空気を銀箔のように波立たせた。これは本当に夢？マロースカは夜の一部のようで、足には驚いたことに何もはいておらず、薄い青の目は不安そうだ。生者の世界の鐘やイコンや移ろう季節がここでは夢のように思え、霜の魔物だけが現実のように感じられた。

「わたしは夢をみているの？」ワーシャはたずねた。

「そうだ」マロースカが答える。

「あなたは本当にここにいるの？」

マロースカは何もいわない。

「今日——今日、みたの——」ワーシャは口ごもった。「あなたが——」

マロースカがため息をつくと、木々がゆれた。「何をみたか、わかっている」

ワーシャは両手を握りあわせたり、ほどいたりした。「本当にあそこにいたの？　あそこにいたのは死者のためだけ？」

マロースカは今度も答えなかった。ワーシャは後ずさった。

「モスクワにこいといわれているの」

「モスクワにいきたいのか？」

ワーシャはうなずいた。「姉に会いたいし、兄とも、もっといっしょに過ごしたい。でもずっと男でいるわけにはいかないし、かといって、女としてモスクワにいたいわけでもない。結婚しろといわれて、相手さがしが始まってしまうもの」

マロースカはしばらく黙っていた。その目には陰りがみられた。「モスクワには教会がたくさんある。教会だらけだ。わたしは――チョルトはモスクワでは力が出せない、もうむりなのだ」

ワーシャは後ろに下がり、胸の前で腕を組んだ。「それがどうかしたの？　わたしはずっとモスクワにいるわけじゃないし、あなたに助けてほしいといっているわけじゃない」

「ああ」マロースカはうなずいた。「そうだろうな」

「あの夜、トウヒの木の下で――」ワーシャは話しだした。ふたりのまわりに、雪がもやのように漂っている。

マロースカは気を引き締めるようなそぶりをみせ、それから笑みを浮かべた。それは冬の王の笑み、年老いて、公正で、謎めいた笑みだった。深い感情をうかがわせるような表情が浮かんでいたとしても、すでに消えていた。「それで、勇敢な娘」マロースカはいった。「わたしに頼みでもあるのか？　それとも怖いのか？」

「怖くなんかない」ワーシャはむきになっていった。

それは真実であり、うそでもあった。サファイアが服の下で熱を帯びている。光も放っていたが、ワーシャにはみえなかった。「怖くなんかない」ワーシャはくり返した。

マローースカの息がワーシャの頰を冷たくなでる。突き動かされるように、ワーシャは目が覚めていてはできないようなことを、夢の中でした。マローースカのマントの中に手を差し入れ、引き寄せたのだ。

マローースカはまたワーシャに驚かされた。喉で息が詰まっている。ワーシャの手をつかんだが、指をほどこうとはしなかった。

「なぜここにいるの？」

答えが返ってこないのではないかとワーシャが思い始めたころ、マローースカはしぶしぶ白状するようにいった。「おまえの泣く声がきこえたからだ」

「わたしは――あなたが――こんなふうにきてくれても、またいなくなってしまうのがつらいの。わたしの命を救ってくれたかと思えば、三人の女の子を抱えて暗闇をさまよっているときには放っておく。そしてまたわたしの命を救う？　あなたは何がしたいの？　ひどい――キスをして、いってしまうなんて――わたしはもう――」ワーシャは思いを伝える言葉をみつけられなかったが、マローースカがまとったつややかな毛皮に食いこんだワーシャの指が語っていた。

「不死身のあなたには、わたしなんてちっぽけな存在かもしれない」ようやくワーシャは激しい口調でいった。「でもわたしの人生はあなたのおもちゃじゃない」

マローースカがワーシャの手を痛いほど強く握り返した。それからマローースカは、ワーシャの指を一本ずつほどいていった。それでも手は離さなかった。一瞬、ふたりの目が合うと、ワーシャの目がぱっと輝き、光を放った。

ふたたび、風が古い木々をゆらした。「おまえのいうとおりだ。もう二度と会うまい」マロースカの短い返事は、以前、傷つけたりしないといったときと同じく、約束のように響いた。

「さらばだ」

ちがう。ワーシャは思った。そんなつもりじゃ——

だがマロースカの姿は消えていた。

12　勇者ワシーリー

朝課《ウトレンニヤ》の時刻を告げる鐘が鳴り、ワーシャはびくっとして目覚めたが、まだ半分夢の中でぼんやりしていた。重い上掛けに押しつぶされそうだ。罠にかかった動物のように、反射的にベッドから抜け出した。朝の冷たい空気に身震いして完全に目が覚める。

帽子とフードをかぶり、風呂に入りたいと思いながらサーシャの小屋を出る。外では、人々があわただしく動いていた。男も女も走っていったりきたりし、どなったり言い争ったりしながら——荷造りをしているんだと、ワーシャは気づいた。危険が去ったので、小作人たちは村に帰るのだ。鶏はかごに入れられ、牛は突き棒で追い立てられ、子どもたちはたたかれ、火は消される。

そうだ、みんな村に帰るんだ。すべてうまくいったのだから。盗賊の野営地をつきとめて、皆殺しにした——本当に？　ワーシャは、盗賊団の頭《かしら》の姿がみえなかったことを頭の中から追い払った。

朝食をとりにいくか、用を足しにいくか決めかねていると、カーチャが駆け寄ってきた。顔が真っ青で、頭に巻いたカーチフがゆがんでいる。

「おっと」ワーシャはそういって、カーチャを抱きとめる。カーチャの勢いに押され、あやうくいっしょに雪の上に倒れるところだった。「朝早くにそんなに走ってどうしたんだ、カーチャ。巨人でもみたか？」

カーチャの顔は興奮で赤くなり、鼻水がたくさん出ている。「お許しください。あなたをさがしていたんです」息を切らしていう。「どうか――旦那様《ガスパジン》――ワシーリー・ペトロヴィチ」

「どうしたんだ？」ワーシャが張りつめた声で聞き返す。「何があった？」

カーチャは首を横に振り、声を詰まらせる。「男の人が――イーゴリ――イーゴリ・ミハイロヴィチが――結婚してほしいって」

ワーシャはカーチャをしげしげとみつめた。目の前の少女はおびえているというより、戸惑っているようだ。

「結婚？」ワーシャは注意深くたずねた。「イーゴリ・ミハイロヴィチって、だれだ？」

「鍛冶職人です――自分の店を持っていて」カーチャはつっかえながら続ける。「イーゴリもイーゴリのお母さんも――わたしたち三人にやさしくしてくれていて――そうしたら、今日、結婚してほしいっていわれて――どうしよう！」カーチャは両手で顔をおおった。

「それで」ワーシャがいう。「カーチャは、その人と結婚したいのか？」

どうやらカーチャは、貴族《ボヤール》の息子、ワシーリー・ペトロヴィチからやさしく思慮深い質問をされるとは、思ってもいなかったらしい。釣り上げられた魚のように口をぱくぱくさせてから、小さな声でいった。「あの人のことは好きです。好きでした。でも、今朝あんなことをいわれて――なんて答えたらいいのかわからなくて……」いまにも泣きだしそうだ。

ワーシャは顔をしかめた。カーチャはそれをみて涙をこらえ、言葉を詰まらせながら最後までいった。「わたし――あの、イーゴリと婚約したいです。たぶん。いまじゃなくて、春になったら。でも、いまは村の母のところに帰りたい。母に同意してもらって、ちゃんと結婚の準備をしたいんです。アニューシカとレーノチカに、故郷の村に連れて帰るって約束したんです。だけど、ひとりではとてもむりです。だから、どうしたらいいかわからなくて――」

ワーシャは、カーチャが泣いているのをこれ以上みていられないと思った。妹のイリーナに泣かれるようなものだ。こんなとき、ワシーリー・ペトロヴィチならどうする？「その青年と話してみるよ、それがいいだろう」ワーシャが穏やかな声でいう。「そのあとで、村まで送ろう」ワーシャは少し考えて言い添えた。「修道士の兄にも、いっしょにいってもらう」そして、慎み深いサーシャの説得で、どうかカーチャの母親がこの結婚に同意してくれますように、と願った。

カーチャはふたたび言葉を詰まらせた。「本当に？　それは――本当ですか？」

「約束する」ワーシャがきっぱりという。「さて、朝食にいってくるよ」

ワーシャは人目につきにくい便所をみつけ、おびえながら急いで用を足すと、食堂に向かった。大股で、わざと胸を張って中に入っていく。天井の低い長方形の部屋は、修道院らしい静けさに包まれていた。ドミトリーとカシヤンが、湯気の立つ料理にパンを浸して食べている。ワーシャは、においをかいでごくりと唾を飲んだ。

「ワーシャ！」ドミトリーはワーシャの姿をみつけると、親しみをこめて大きな声で呼んだ。「こっちだ。すわって食べるといい。食べたら、奉神礼にいかないとな。勝利をもたらしてくれた神に感謝を捧げよう、それから――モスクワにもどるぞ！」

「今朝、小作人が話しているのをきいたか？」椀を受け取るワーシャにカシヤンがたずねる。「そなたのことを『勇者ワシーリー』と呼んで、極悪人どもから救い出してくれたとうわさしているぞ」

ワーシャはもう少しでスープにむせるところだった。

ドミトリーは声をあげて笑い、ワーシャの背中を勢いよくたたいた。「当然だ！」大きな声で続ける。「盗賊団の野営地をみつけ、あの雄馬に乗って戦ったんだからな――とはいえ、槍を扱う練習は必要だな、ワーシャ――じき、兄と同じくらい立派な戦士になるだろう」

「神のご加護がありますように」サーシャの声がする。話をきいていたようだ。両手を袖に入れて近づいてくる。その姿はまさに修道士だ。朝早くから、修道士の兄弟たちと祈りを捧げていたのだ。サーシャはきびしい声でいう。「わたしはそうなってほしくありません。勇者ワシーリーなどと。まだ若い弟には、荷の重すぎる呼び名です」しかし、灰色の目はうれしそうに輝いている。ワーシャはふと思った。兄さんは楽しんでいるのかもしれない。危険を承知でわたしを弟と偽り、人々の目を欺いていることを。わたしは間違いなく楽しんでいる――そう気づいて、ワーシャは少し驚いた。ここにいる身分の高い人たちと交わすひと言ひと言が、危険をはらんでいる。そのせいで、血管をワインが流れているような、暑い国で渇いた喉を水で潤しているような、爽快な気分になれる。もしかしたら、だからサーシャは家を出たのかもしれない。神に仕えるためでも、父さんを傷つけるためでもなく、道を曲がるたびに驚きがほしかったから。それはレスナーヤ・ゼムリャには絶対にない。ワーシャは、兄を初めてみるような気持ちでみつめた。

それから、もうひと口スープを飲んでいう。「モスクワへいく前に、小作人の娘を三人、村に送り届けてやらなければなりません。約束したのです」

ドミトリーは鼻を鳴らし、勢いよくビールを飲んだ。「なぜだ？　今日ここを出発する小作人たちがいる。娘たちはその連中といっしょに帰ればいいではないか。そなたが気にかけることではない」

ワーシャは黙りこむ。

ドミトリーは突然、にんまり笑ってワーシャの表情を読んだ。「いやなのか？　そなたの兄が、何か心に秘めていながら礼儀正しく振る舞っているときと、まったく同じ顔つきをしているぞ。あの年長の娘が好きなんだろう――娘の名はなんという？　おいサーシャ、そう取りすました顔をするな。小作人の娘を抱いたのはいくつのときだ？　まあ、いいだろう、ワーシャ、そなたには借りがある。美しい娘の前で英雄を気取らせてやるくらい、どうということはない。娘たちの村が、モスクワに向かう道から大きくそれているわけでもないしな。さあ、食べろ。明日、馬で出発するぞ」

ラヴラを発つ前日の夜、アレクサンドル修道士は師の部屋の扉をたたいた。

「入りなさい」セルギイが返事をする。

サーシャが部屋に入ると、年老いた修道院長はペチカの近くにすわって火をみつめていた。そばに置いてあるカップは手付かずのままで、パンの端はネズミに少しかじられている。

「神父様、祝福を」サーシャがいう。それから、寝台の下から出ていたネズミの尻尾を踏みつけると、拾い上げて首を折り、外の雪の上に捨てた。

「神のご加護がありますように」セルギイがほほえむ。

サーシャは部屋を横切って修道院長のところへいき、その前にひざまずいた。

「父が死にました」サーシャがさらりといった。

セルギイがため息をつく。「神よ、父上の魂が安らかでありますように」そういって、十字を切った。「何があったのだろうと、不思議に思っていた。そなたの妹は、なぜ村を出て荒野を旅することになったのだ?」

サーシャは何も答えない。

「話してくれないか、息子よ」

サーシャは、ワーシャからきいた話をゆっくりと語った。その間ずっとペチカの火をみつめていた。

話を聞き終えると、セルギイは眉をひそめた。「わたしは年を取っている。理解する力が衰えてきているのかもしれん。だが――」

「何ひとつ、真実とは思えないのです」サーシャが続きをいう。「妹からはそれ以上聞き出せませんでした。しかし、ピョートル・ウラジーミロヴィチはけっして――」

セルギイが椅子に深くすわり直す。「父といいなさい、サーシャ。自分の親を父と呼んだからといって、神が不快に思われることはない。わたしもそうだ。ピョートルは善良な人だった。息子と別れるのを嘆き悲しんでいたが、最初のひとことを除けば、わたしに怒りの言葉をぶつけることはなかった。そんな人はめったにいない。それに、愚かな人にもみえなかった。それで、妹をどうするつもりだ?」

サーシャは少年のように師の足元にすわり、膝を抱えていた。火明かりに照らされて、戦いや旅、長く孤独な祈りの跡がいくらか薄れてみえる。サーシャはため息をついていった。「モスクワに連れていきます。ほかに何ができるでしょう? 妹のオリガに、あの子をそっとテレムに連れていってもらいます。そうすれば、ワシーリー・ペトロヴィチは姿を消すことができるでしょう。もしかしたら、モスクワに向かう旅の間に、ワーシャが本当のことを話してくれるかもしれません」

「ドミトリーが知ったら、怒るだろうな」セルギイがいう。「もし妹が――もしワーシャがテレムに隠されるのをいやがったら、どうする?」

サーシャがはっとして顔を上げた。眉間にしわが寄っている。外の修道院の静けさの中で、ひとりの修道士が単旋聖歌をうたう声だけが響いている。村人たちはみな、すでに村へ帰っていて、あとに残った三人の娘は明日、ドミトリーの一行とともに出発する。

「あの子はそなたによく似ている」セルギイが続ける。「初めて会ったときから感じていた。自分なら、テレムで静かにしていられるか？　馬で駆けまわり、娘たちを助け、盗賊を倒したあとでそれができるか？」

サーシャは自分がテレムに閉じこめられているところを想像して、笑い声をあげた。「あれは女の子です。わたしとはちがいます」

セルギイが眉を上げる。「われわれはみな、神の子どもだ」穏やかにいった。

サーシャは顔をしかめて黙りこんだ。そして話題を変えた。「ワーシャの話をどう思われますか——盗賊団の頭をみたといっていました。いまとなっては、なんの手がかりもありません」

「そうだな、その頭は死んでいるか、そうでないかのどちらかだ」セルギイが冷静な口調でいう。「死んでいるなら、魂が安らかでありますように。そうでなければ、いずれ、われわれの耳に入るだろう」神父は穏やかな声で話しているが、その目は火明かりを受けてきらりと光る。人里離れた修道院にいながら、セルギイのところにはたくさんの情報が集まってくるようになっている。聖アレクセイは生前、セルギイにモスクワ府主教の座を継いでほしいといっていた。

「お願いがあります。もし、わたしがモスクワにもどったあと、盗賊団の頭のうわさを耳にされたら、ロジオンをモスクワに遣わしてください」サーシャはそうなってほしくない様子でいった。「それから……」

セルギイがにっこり笑う。歯が四本しかない。「ドミトリー・イワノヴィチが親しくなった赤い髪の領主は何者だ？　と思っているのだろう？」

「おっしゃるとおりです、神父様《バートウシカ》」サーシャは両手を体の後ろについたが、とたんに前腕の傷がうずき、低いうめき声をあげて急いで引っこめた。「カシヤン・ルートヴィチという名は、一度もきいたことがありません。ルーシじゅうを旅してまわったわたしが知らないのです。あの男は、ある日突然、森の中からやってきました。堂々とした態度で、見事な服に身を包み、立派な馬に乗って」

「わたしもあの男のことはきいたことがない」深く考えこんだ様子でセルギイがいう。「知っていてもよさそうなものだが」

ふたりの目が合い、互いに同じことを考えているのがわかった。

「ほかの者たちにもきいておこう」セルギイが続ける。「何かわかったらロジオンをモスクワへ向かわせる。しかし、それまでも気をつけておくように。どこからきたとしても、カシヤンは頭のいい男だ」

「頭がよくて、悪いことをしない男かもしれません」サーシャがいう。

「そうかもしれない。ともあれ、わたしは疲れた。神のご加護がありますように、サーシャ。妹を守ってやりなさい。それから、短気ないとこのことも頼んだぞ」

サーシャはセルギイに顔をしかめてみせた。「努力はします。あのふたりは、とても似ているところがあるのです。わたしは、世を捨ててここにいるべきなのかもしれません。荒野に暮らす聖職者として」

「もちろん、そうするべきだ。神はとてもお喜びになるだろう」セルギイが皮肉っぽくいう。

「わたしも、そなたを説き伏せられると思えば、ここに残るよう頼んでいる。さあ、もういきなさい。わたしは疲れた」

サーシャは師の手にキスをすると、部屋を出た。

13　約束を守った少女

ラヴラから娘たちの村まで、二日を要した。ワーシャはソロヴェイに娘たちを三人とも乗せた。自分もいっしょに乗って進むこともあったが、ソロヴェイのそばを歩いたり、ドミトリーの馬を一頭借りて乗ったりすることが多かった。野営をするとき、ワーシャは娘たちに注意した。「目の届かないところへいくなよ。ぼくか兄さんのそばにいるように」ひと呼吸置いて続ける。「それか、ソロヴェイの近くに」この雄馬は盗賊団と戦ってから活力がみなぎっていて、初めての勝利に味をしめた少年のようだった。

一日目の夜、たき火のまわりで食事をしているとき、ワーシャがふと顔を上げると、向かい側の丸太に腰かけたカーチャが泣きじゃくっている。

ワーシャは驚いてたずねる。「どうした？　母親のことを思い出したのか？　あと二、三日の辛抱だよ、カーチャ」

ふたりからそう離れていない、もっと大きなたき火のそばで、男たちが肘で突きあっている。サーシャはきびしい顔をしている。いらだっているときの表情だ。

「ちがうんです――男の人たちがふざけているのがきこえて」カーチャは小さな声でいった。「あなたがわたしといっしょに寝るつもりだって――」声を詰まらせ、気持ちを落ち着けてまた続ける。「それが、わたしたちを助け、村まで送り届けることへの報酬だって。わたしは――わかっています。でも、申し訳ありません、ご主人様《ガスダール》。怖いんです」

ワーシャはぽかんと口をあけた。口があいていることに気づき、煮こみ料理を飲みこんでいった。「なんてことを」男たちは声をあげて笑っている。

カーチャはうつむき、両膝をぴたりとつけている。

ワーシャはたき火の反対側にいき、カーチャの隣にすわった。火の近くにいる男たちに背を向けさせ、小さな声でいう。「カーチャ、いままで勇敢にがんばってきたじゃないか。こんなところで失礼なやつらに負けるのか？　きみたちを安全に送り届けるって、約束しただろ？」

一瞬ためらったが、なぜか自分でもわからないまま、こういっていた。「何があっても、わたしたちは男の報酬になったりはしない」

カーチャが顔を上げる。「わたしたち？」そういって、息をのむ。視線がワーシャの体を滑り下りていく。毛皮を着こんでいるため、その輪郭《りんかく》ははっきりしない。カーチャのいぶかしげな視線がワーシャの顔にもどってきた。

ワーシャはかすかにほほえんで、唇に人差し指をあてていう。「さあ、もう寝よう。小さい子たちが疲れている」

ようやく四人の娘たちは眠りについた。満足そうな表情で、四人そろってワーシャのマントと巻き布団の中で身を寄せあっている。ふたりの幼い少女は年上のふたりの間で押しつぶされ、きゅうくつそうに身をよじらせながら眠った。

三日目――最後の日――に娘たちは、強盗団の頭が振り下ろす剣を逃れた日と同じように、四人いっしょにソロヴェイに乗って進んだ。ワーシャはアニューシカとレーノチカを自分の前に乗せて抱きかかえ、カーチャは後ろからワーシャの腰に手をまわしていた。

村が近づくと、カーチャがささやいた。「本当の名前を教えて」

ワーシャが体をこわばらせ、ソロヴェイはさっと頭を上げ、少女たちは短く声をあげた。

「お願い」ソロヴェイが落ち着くと、カーチャがあきらめずに続けた。「迷惑をかけるつもりはないの。あなたのために祈るときに、正しい名前で呼びたいから」

ワーシャはため息をつく。「ワーシャっていう呼び名は本当よ。ワシリーサ・ペトロヴナ。でも、これは絶対に秘密」

カーチャは何もいわない。ほかの者たちを乗せた馬は少し先を走っている。その姿が木立に隠れてみえなくなった一瞬の間に、ワーシャは鞍袋に手を入れ、銀貨をひとつかみ取り出すと、カーチャの服の袖にすべりこませた。

カーチャが怒った声でいう。「これは――口止め料ってこと？　あなたはわたしの命を救ってくれたじゃない」

「いや――まさか」ワーシャはぎょっとして続ける。「ちがう。そんなふうに思わないで。これは、カーチャに結婚の持参金として使ってほしいの。それから小さいふたりにもね。必要なときまで取っておいて。素敵な布や――牛を買うのに使って」

カーチャはしばらくの間、ずっと黙っていた。ワーシャが後ろを振り向いて、先を走る馬に追いつくようソロヴェイの腹を軽く蹴ったとき、ようやくカーチャが口を開いた。ワーシャの耳元に小さな声でいう。「大切にする――ワシリーサ・ペトロヴナ。あなたの秘密も守る。そして、これからもずっとあなたを愛してる」

ワーシャは娘の手を取り、強く握りしめた。

一行が最後の木立を抜けると、村が目の前に広がった。屋根が冬の終わりの陽光を浴びてきらめいている。人々は盗賊団に略奪された村を片づけ始めていた。壊されずに残っていた煙突から煙が立ちのぼり、もう黒焦げの荒れ果てた村ではなくなっている。

ひづめの音をきいて、カーチフをつけた頭がぱっと上がる。もうひとり、またもうひとりと顔を上げていく。朝の村に悲鳴が響き、ワーシャにつかまっているカーチャの腕に力がこもる。そして、だれかが叫んだ。「いや――静かに――馬をみろ。盗賊じゃない」

村人たちは家から急いで出てくると、集まって目をこらしている。「ワーシャ！」ドミトリーが大声で呼ぶ。「近くにこい、いっしょに走るぞ」

ワーシャは一行の後ろのほうを走っていたが、ドミトリーの言葉に思わず笑顔になった。「しっかりつかまって」カーチャに声をかける。前に乗っている少女たちを抱える手に力をこめ、ソロヴェイの腹を軽く蹴る。雄馬はうれしそうに全速力で駆けだした。

カーチャの村に続く道を、ワシリーサ・ペトロヴナはモスクワ大公とならんで全速力で馬を走らせた。一行が村に近づくにつれて、村人たちの叫ぶ声は次第に大きくなっていった。そして、ひとり離れて立ちつくしていた女が大声で叫んだ。「アニューシカ！」一行の馬は、片づけ途中のとがり杭《ぐい》の柵の残骸を飛び越えたとたん、村人たちに囲まれた。

ソロヴェイは、ふたりの少女が馬から降ろされ、泣いている女たちの腕の中に引き渡されるまで、じっとしていた。

祈りの言葉が一行に雨のように降り注いだ。人々は叫び声をあげ、祈りを唱え、大声でいった。「ドミトリー・イワノヴィチ」「アレクサンドル・ペレスヴェート」

「この方は勇者ワシーリーよ」カーチャが村人にいう。「わたしたちを助けてくれたの」

人々がワーシャの名前を口々に叫んだ。ワーシャがにらむと、カーチャはにっこりと笑ったが、ふいに凍りついたように固まった。一行を取り囲む人々に加わらず、離れたところに立ってこちらをみている女がいる。その姿は、小さな家《イズバ》の陰に隠れてほとんどみえない。

「お母さん！」カーチャが消えそうな声でいう。それをきいて、ワーシャの胸を思いがけない痛みが貫いた。カーチャはソロヴェイの横腹を滑り下り、走っていく。

女は両手を広げ、娘を抱きしめた。ワーシャは目をそらした。みるのがつらかった。ふたりの姿ではなく、家の玄関の扉をみつめていた。戸口に、小さいがたくましい体つきのドモヴォイが立っている。目はペチカの燃えさしのようで、指は小枝のようで、にやりと笑う顔はすすで汚れている。

ほんの一瞬だった。すぐに大勢の人が押し寄せ、ドモヴォイの姿は消えてしまった。しかしワーシャには、こちらに向かって小さな手が上がったようにみえた。

14　川にはさまれた街

「やれやれ」ドミトリーが楽しそうにいう。カーチャの村が森の奥にみえなくなり、一行はふたたび足跡ひとつない雪の上を馬で進んでいた。「ワーシャ、あの娘たちの前で英雄になれてよかったな。しかし、子どもたちを甘やかすのはここまでだ。先を急がなければ」ひと呼吸置いて続ける。「そなたの馬もそう思っているようだぞ」

ソロヴェイは機嫌よく、背を曲げて跳ね上がるように駆けている。一週間雪が降り続いたあとの日差しを浴びて、気持ちよさそうにしている。背中から三人分の体重がなくなってうれしそうだ。

「そのようですね」ワーシャが息を切らしながら返事をする。「まったく、手に負えない」そしてソロヴェイに向かって怒った声でいう。「そろそろ普通に歩いてくれないか？」

ソロヴェイは残念そうに速度を落としたが、そのかわり今度は、前足で跳ねたりして踊るように歩いた。そのうち、ワーシャが身を乗り出し、頑固そうな目をにらみつけて「いいかげんにしろ」といった。そのやりとりをみて、ドミトリーは声をあげて笑っている。

その日は、暗くなるまで馬に乗って進んだ。その後一週間、進む速度はあまり上がらなかった。男たちは夜の闇の中でパンを食べ、夜明けとともに馬に乗り、闇が木々を飲みこんでしまうまで走り続ける。一行は木こりが作った道を進み、ときには細い小道を切り開くこともあった。雪の表面は硬いが、下には粉のような雪が深く積もっていて、進むのに骨が折れた。一週間もすぎると、馬のなかでソロヴェイだけが生き生きと目を輝かせ、軽い足取りで歩いていた。

モスクワに着く前の日、あたりが暗くなったのは、モスクワ川沿いの、雨風をしのげる木立の中を進んでいるときだった。ドミトリーは一行に止まるように命じ、広々とした川を見下ろした。空には欠けた月がかかり、荒天を予感させる雲が星をおおっている。「ここで野営をするのがいいだろう。明日は楽だ。午前中にはわが家に帰れる」大公はそういって馬から滑り下りた。身のこなしは軽く、まだ疲れた様子はないが、この長い旅の間に痩せていた。「今夜はハチミツ酒をたくさん飲むぞ」そして大声で続ける。「われわれの戦う修道士が、ウサギを捕まえてきてくれるかもしれん」

ワーシャは、ほかの兵士たちと同じように馬から降り、ソロヴェイの細いひげについた氷を払ってやった。「明日はモスクワよ」ワーシャはソロヴェイにささやいた。心臓がどきどきして、手は冷たい。「明日！」

ソロヴェイはのんびり首を曲げ、鼻でワーシャを軽く押した。まだパンはある？　ワーシャ。

ワーシャはため息をついて、鞍を外し、櫛《くし》をかけてパンの皮をやった。そして雪の下に草を求めてにおいをかぐソロヴェイをそっとしておいた。これから、木を切って薪を作り、地面の雪を削り取り、火をおこし、浅い溝を掘って寝床をこしらえなくてはならない。いままでは、兵士たちみんなからワーシャと呼ばれていた。兵士たちはそれぞれ野営の準備をしながら、ふざけてからかってくる。驚いたことに、ワーシャは荒っぽい冗談に負けず応酬していた。

サーシャが狩りからもどったとき、男たちはみな声をあげて笑っていた。サーシャは片手に死んだウサギを三羽ぶら下げ、肩には弦を外した弓をかけている。男たちはいっせいに歓声をあげ、感謝を伝えると、煮こみ料理にウサギの肉を入れる準備を始めた。たき火は大きく燃え上がり、兵士たちは革袋に入ったハチミツ酒をまわし飲みしながら、夕食ができるのを待っている。

サーシャは、浅い溝を掘って寝床を作っている妹のところへいった。「困っていることはないか?」少しぎこちない口調でたずねる。本当は妹である「弟」にどんな口調で話しかけたらよいのか、まだ決められずにいた。

ワーシャは兄にいたずらっぽい笑顔を向ける。サーシャが戸惑いながらも、なんとしても妹の身を守ろうと努力してくれたおかげで、孤独感にさいなまれることが減っていた。「ペチカの上のベッドで寝たい。それに、だれかが作ってくれた煮こみ料理を食べたい。だけど、わたしはだいじょうぶよ、兄さん」

「よかった」男たちの冗談がきこえてくると、サーシャもかたい表情を崩し、わずかに染みのついた包みを妹に手渡した。ワーシャが開けてみると、ウサギの生の肝臓が三羽分入っていた。赤黒い血の色をしている。

「神のご加護がありますように」ワーシャは口早に唱えて、ひと口かじった。甘辛く金属のような命の味が、舌に広がっていく。その後ろで、ソロヴェイがかん高い声でいななく。血のにおいがきらいなのだ。ワーシャはきこえないふりをした。

ワーシャが食べ終えないうちに、サーシャは静かに去っていった。ワーシャは兄の後ろ姿を、指をなめながらみつめる。どうすれば、心配ばかりしている兄さんを安心させられるだろう。

ワーシャは溝を掘り終えると、たき火の近くの丸太に腰を下ろした。拳《こぶし》にあごをのせ、たき火のむこうにいる兄をじっとみる。サーシャは兵士たちのために祈り、肉に感謝し、ハチミツ酒を飲んでいる。その表情は何を考えているのかよくわからない。サーシャは食事の祈りを終えたあとも、ずっと黙っている。ドミトリーさえも、ラヴラ以降、アレクサンドル修道士が無口なことに気づき始めている。

ワーシャは思った。兄さんを困らせている。当然だ。わたしは少年の格好をして、盗賊団と戦い、兄さんは大公にうそをついている。でも、そうするしかなかった、兄さんは――

「そなたの兄には頭が下がる」カシヤンの声が、ワーシャの頭の中に割りこんできた。カシヤンは隣に腰かけ、ハチミツ酒の入った革袋を差し出している。

「はい」ワーシャが少しとげのある声で返事をする。「本当に」カシヤンの口調にはどことなく――はっきりとはいえないが――あざ笑っているような響きがあった。ワーシャはハチミツ酒を受け取らなかった。

カシヤンはミトンの上からワーシャの手をつかみ、革袋を持たせた。「まあ、飲め。ばかにするつもりはない」

ワーシャはためらっていたが口をつけた。この男の秘密めいた目や突然あげる笑い声に、まだ慣れていない。その顔は一週間続いた旅で少し青白くなっていたが、そのせいで髪や目の色がますます鮮やかにみえる。ときおり、こちらをみるカシヤンと目が合うと、赤くならないように注意した。とはいえ、ワーシャはこれまでも作り笑いをするような少女ではなかった。ときどきふと考える。この人はどんな反応をするだろう。わたしが女の子だと知ったら、どう思うだろう。

そんなこと考えちゃだめ。絶対に知られてはいけないんだから。

ふたりとも黙ったまま時間がすぎたが、カシヤンは立ち去るそぶりをみせなかった。ワーシャは沈黙を破り、カシヤンにたずねる。「以前にモスクワを訪れたことはありますか、カシヤン・ルートヴィチ」

カシヤンの唇がぴくりと動いた。「今年に入ってまもなく、大公のお力をお借りできないか、お願いにきた。それより前にモスクワを訪ねたのは一度きり。ずいぶん昔のことだ」そっけない口調の裏に、ある種の感情が潜んでいるようにきこえた。「愚かな若者がみな、心から望むものをさがし求め、この街にやってくる。わたしはあの日以来、ここにもどってくることはなかった。この冬までは」

「あなたの心からの望みはなんだったのですか、カシヤン・ルートヴィチ」

カシヤンは穏やかな、からかうような表情でワーシャをみる。「なんだ、わたしの祖母にでもなったつもりか？　まだ若いな、ワシーリー・ペトロヴィチ。なんだと思う？　わたしには愛する女がいたのだ」

たき火ごしに、サーシャがこちらをみた。

ドミトリーは冗談をいい、ネズミの巣穴の前にいる猫のように煮こみ料理をじっとみていたが（よそい分けられた量では足りなかったようだ）、ふたりの会話がきこえると、まっ先に割りこんできた。「それは本当か、カシヤン・ルートヴィチ」興味津々にたずねる。「モスクワの女か？」

「いえ」カシヤンが答え、今度は聞き耳を立てているみんなにも聞こえるように話す。その声は穏やかだ。「その人の故郷は遠く離れた土地でした。とても美しい人だった」

ワーシャは下唇を噛んだ。カシヤンはいつも自分のことを話さない。ドミトリーとはならんで馬を走らせたり、なごやかに酒を飲んだりするようだが、ふだんは話をするより、黙っていることのほうが多い。男たちはみな、カシヤンの話に耳を傾けている。

「その女はどうしたのだ？」ドミトリーがたずねる。「さあ、話を聞かせてくれ」

「わたしはその人を愛していました」カシヤンが言葉を選びながらいう。「その人もわたしを愛してくれていた。しかし、姿を消してしまったのです。わたしの領地、バーシニャ・カステイに連れていって妻にするはずだった日に。それきり、会っていません」ひと呼吸置いてはっきりという。「その人はもう死んでいます。話はこれで終わりです。煮こみ料理を持ってきてくれ、ワシーリー・ペトロヴィチ。大食漢たちに食べつくされてしまわないうちにな」

ワーシャは立ち上がり、煮こみ料理をよそいにいった。しかし、さっきのカシヤンの様子が気になっていた。死んでしまった恋人を思って話す声は、昔を懐かしむようで愛情がこもっていた。しかし――最後に一瞬だけ――その口調におさえた激しい怒りを感じて、ワーシャはぞっとしたのだ。ソロヴェイの隣でスープを飲みながら、カシヤン・ルートヴィチのことはもう考えないと心に決めた。

冬はまだダイヤモンドのように硬質で、植物の葉は霜で黒くなり、物乞いがあちこちで凍え死んでいた。しかしその日、降り積もって固まった雪は解ける気配をみせ始めた。馬に乗ってモスクワにもどっていくドミトリー・イワノヴィチの隣にいるのは、ふたりのいとこ、修道士のアレクサンドル・ペレスヴェートと少年のワシーリー・ペトロヴィチだ。カシヤンとその家臣たちもいっしょにきている。ドミトリーがカシヤンたちに、ぜひモスクワに寄るようにと勧めたのだ。

「どうだ、カシヤン――モスクワにこないか。マースレニツァ祭（大斎の前の三日間に行われる、「冬を送る祭り」）にわたしの客として招待するぞ」ドミトリーがいう。「モスクワには、そなたの古びた『骨の塔』よりも大勢、美しい娘がいるぞ」

「そうでしょうとも」カシヤンは皮肉たっぷりに返事をする。「ですが、わたしからの貢納品がお目当てなのではありませんか、陛下《ガスダール》」

ドミトリーは歯をむき出していう。「そうだとも。いけないか？」

カシヤンは声をあげて笑っただけだった。

その朝、目を覚ますと細かい雪がはらはらと降っていて、もやの中にいるようだった。一行は、ゆったり流れる川に沿って、モスクワの街に向かった。黒っぽい丘の上に白い冠のようにみえる街は、吹きつける雪のむこうにかすんでいる。石灰のにおいがする色あせた城壁、空を突くようにそびえるたくさんの塔。サーシャはその光景を目にするたび、胸の高鳴りをおさえられなくなる。

隣にいるワーシャの眉に雪がのっている。ワーシャの笑顔をみると、サーシャまでつられてほほえんでしまいそうだった。「ついに今日よ、サーシカ」ワーシャがいう。最初の一群の塔が、灰色と白の世界を突き破るようにみえてきた。「今日、オリガに会える」ソロヴェイは乗り手の気持ちを感じ取り、歩いているというより踊っているようだ。

ワシーリー・ペトロヴィチの「役」は、肌のようにワーシャになじんでいた。ソロヴェイに乗って技をやってみせれば兵士たちは歓声をあげ、槍を手に取ればドミトリーが不恰好な動きに大笑いして、稽古をつけてやると約束してくれる。何かきけば、だれもが答えてくれる。表情の豊かなワーシャの顔に、ためらいがちな喜びもみえ始めた。それだけに、サーシャはうそをついていることをいっそう後ろめたく思い、どうすればいいかわからなくなっていた。

ワーシャを気に入ったドミトリーはすでに、剣と弓、立派な外套をやると約束していた。「宮廷に役職を用意しよう。しかるべき年齢になったら会議に出席し、軍隊を指揮してくれ」

ワーシャはうなずき、うれしさに頬を赤らめる。一方、サーシャは妹をみつめ、歯を食いしばっていた。神よ、どうすべきかオリガがわかっていますように。わたしはもう、わからなくなりました。

顔に門の影が落ち、ワーシャは城壁を見上げて思わず息をのんだ。モスクワの街の門は鉄を貼ったオーク材でできていて、ワーシャの背丈の五倍ほども高さがあり、上にも下にも衛兵がいる。さらに驚くのは、城壁そのものだ。森の中の街、モスクワにドミトリーは父親の金と兵士の血を注ぎこみ、この石の壁をつくった。土台の部分についたいくつもの焦げ跡は、若き大公の先見の明をたたえているかのようだ。

「あれがみえるか?」ドミトリーが焦げ跡のひとつを指さしていう。「三年前、リトアニア大公のアルギルダスが兵を率いて攻めてきたときにできた跡だ。街を包囲され、あやうく戦闘に突入するところだった」

「リトアニア軍は、また攻めてくるでしょうか」ワーシャが城壁の焦げ跡をみつめながらたずねる。

大公は声をあげて笑う。「やつらが賢ければ、二度とこないだろう。わたしはニジニ・ノウゴロド公国（ルーシ東部の公国。十三世紀半ばからはスーズダリ大公国に併合されていた）の君主の長女と結婚した。なかなか世継ぎを産んでくれず、困っているがな。ニジニ・ノウゴロド公とモスクワ大公に同時に戦をしかけようというのなら、アルギルダスは愚か者だ」

門がうなるような音をたてて開くと、城壁に守られた街が空をおおうように姿を現した。ワーシャがそれまで話にきいた、どんなものより大きい。一瞬、逃げ出したくなった。

「勇気を出せ、田舎の少年」カシヤンがいう。

ワーシャは感謝をこめてカシヤンのほうをみてから、ソロヴェイの腹を軽く蹴って進ませた。ソロヴェイは主人のいうとおりに進んだが、耳を寝かせているので喜んでいないのがわかる。一行は門をくぐり抜けた。色あせたアーチ状の門に人々の声が反響する。

「大公様！」

その声は次第に大きくなり、モスクワの街の狭い道を駆けめぐる。「モスクワ大公様！　神のご加護がありますように。ドミトリー・イワノヴィチ！」なかには、こう叫ぶ者もいた。「わたしたちに祝福を！　戦う修道士！　光をもたらす戦士！　アレクサンドル修道士！　アレクサンドル・ペレスヴェート！」

人々の叫び声はさざ波のように、遠ざかったかと思えばもどり、ばらばらになったかと思えばひとつにまとまる。まるで嵐に舞う木の葉のようだ。人々があちこちの通りから駆け寄ってきて、クレムリンの城壁の門のまわりに人だかりができた。ドミトリーは長旅で着衣こそ汚れているものの、威厳に満ちた態度で応じている。サーシャは手を下にのばして人々の手を取り、その頭上で十字を切っている。老女の目に涙が光り、少女が震える手をサーシャに差し出す。

叫び声に混じって、普通の会話がワーシャの耳に飛びこんできた。「あそこにいる鹿毛《かげ》の雄馬をみろよ。あんな立派な馬、みたことあるか？」

「馬勒《ばろく》をつけてないな」

「それにあの——乗り手はまだほんの子どもじゃないか。立派な馬に乗るにしては羽根のように軽そうだな」

「あの子は何者だ？」

「何者なんだ？」

「勇者ワシーリーだ」カシヤンが口をはさみ、低く笑う。

集まった人々はそれをきいてくり返した。「勇者ワシーリー！」

ワーシャはカシヤンに顔をしかめてみせた。カシヤンのほうは肩をすくめ、あごひげに笑みを隠している。身を切るような冷たい風が吹いてきて、ワーシャは助かったと思った。これで堂々と、マントのフードや帽子を深くかぶることができる。

「兄さんは英雄なのね」ワーシャがいう。ちょうど、サーシャが馬で追いついて、横にならんだところだった。

「わたしは修道士だ」そう返事をするサーシャの目は輝いている。トゥマーンはサーシャを乗せて軽快な足取りで進み、頭を下に向けている。

「修道士はみな、兄さんみたいな名前をもらえるの？『光をもたらす者』とか」

サーシャが居心地の悪そうな顔をする。「できることなら、そう呼ぶのをやめさせたい。キリスト教徒にふさわしい名ではない」

「なぜそう呼ばれるようになったの？」

「迷信さ」そっけない言葉が返ってくる。

ワーシャは、教えて、といおうとしたが、ちょうどそのとき、服をあたたかく着こんだ子どもの集団がふざけて飛び出してきて、あやうくソロヴェイに踏まれそうになった。ソロヴェイは滑るようにして止まり、半ば棹立ちになり、だれにもけがをさせまいとした。「気をつけろ!」ワーシャは子どもたちに注意してから、ソロヴェイに向かってなだめるようにいう。「だいじょうぶ。すぐにここを抜けるから。さあ、よしよし、いい子だ――」

ソロヴェイはわずかに落ち着いた。ようやく、四本の足すべてを地面につけて、ワーシャにいう。この街、好きじゃない。

「きっと好きになる」ワーシャが返事をする。「すぐにね。オリガの旦那さんの馬屋にいけば、きっとおいしいカラスムギを出してもらえる。ハチミツケーキも持っていってあげる」

ソロヴェイは両耳をぴくぴく動かし、疑わしげにつぶやく。空のにおいがしない。

ワーシャはどう答えていいかわからなかった。一行は、立ちならぶ小さな民家、鍛冶場、倉庫、店などの前を通りすぎたところだった。このあたりは、いってみればモスクワの外側の輪だ。さらに進むと、街の中心にたどり着いた。生神女《しょうしんじょ》就寝大聖堂、聖天使首修道院、そしてモスクワ大公の宮殿がみえる。

ワーシャはじっと見上げた。その日は塔に反射した光で輝いている。モスクワじゅうの鐘がいっせいに鳴り始めた。大きな音に、ワーシャは自分の歯が震えているように感じた。ソロヴェイが足を踏み鳴らし、身を震わせる。

ワーシャはソロヴェイの首にそっと手を置いてやったが、言葉が出てこなかった。喜びと驚きを言葉にできない。人間がこれほど美しいもの、これほど大きなものを造れるとは。

「大公様がおもどりだ! 大公様!」群衆の叫び声がますます大きくなる。「アレクサンドル・ペレスヴェート！」

人々がせわしなく動きまわり、鮮やかな色があふれている。こちらに足場が組まれ、布がかけてあるかと思えば、あちらでは解けかけた雪の中にならぶ巨大なかまどから煙が立ちのぼっている。どこも新しいにおいでいっぱいだった。香辛料や甘いにおい、鍛冶場の火の、鼻をつくにおい。男たちが十人ほど集まって、雪で滑り台をつくっている。雪の塊を陽気にショベルですくい上げては落とし、固めていくうちに、滑る面ができていく。背の高い馬や、色を塗られた橇《そり》、あたたかく着こんだ人々が、大公の一行のために道をあけた。一行は立派な屋敷の木の門をいくつか通りすぎた。門の奥には大きな邸宅がみえる。塔や渡り廊下は無秩序に色を塗られ、雨にさらされて黒ずんでいる。

どの屋敷よりも大きな門の前で一行が止まると、門は勢いよく開いた。馬に乗ったまま、宮殿の建物の前の広い庭に入る。周囲をゆきかう人の数がさらに多くなった。召使い、馬丁、大声で呼びかけてくる取り巻き連中。貴族《ボヤール》たちの姿もみえる。色染めされたカフタンを着た体格のよい男たちが、満面の笑みを浮かべている。だが、その目は笑っていない。ドミトリーは大きな声で呼びかけに応じた。

人々が、もっと近く、もっと近くにと押し寄せてくる。

ソロヴェイが怒ったように目をむき、前足を上げた。

「ソロヴェイ！」ワーシャがいう。「ほら、落ち着け、落ち着けったら。まわりの人を踏み殺すところだったじゃないか」

「下がれ！」カシヤンの声がした。自分の去勢馬の上から、人々にきびしく命じる。「下がれ、おまえたちはばかか？　あれは雄馬だぞ、しかも若い。首を折られるぞ」

ワーシャは礼をいいたい気持ちでいっぱいだったが、ソロヴェイを落ち着かせようとまだ苦戦していた。サーシャがそばにやってきてトゥマーンの体を割りこませ、容赦なく群衆を押しのける。

群衆はぶつぶついいながら少し離れた。ワーシャは、好奇の目が自分に集まっていることに気づいた。ようやくソロヴェイが落ち着いてきた。

「ありがとう」ふたりにいう。

「わたしは馬丁の気持ちを代弁しただけだ、ワーシャ」カシヤンが軽い口調でいう。「そなたの馬があの者たちの頭を割るのをみたいなら、余計なことだったが」

「そんなの、みたくありません」ワーシャがいう。感謝の気持ちは早くも消えていた。

カシヤンはワーシャの表情が変わったことに気づいたようだ。「いや、わたしはただ――」

ワーシャはすでに馬を降り、警戒心をあらわにした人々に囲まれていた。ソロヴェイは落ち着きを取りもどしたものの、両耳を前に後ろにせわしなく動かしている。

ワーシャはあごの下の柔らかい部分をかいてやりながら、小声でいう。「しばらくモスクワにいるつもり――姉さんに会いたいから。でもあなたは――ついてこなくてもいい。森に連れていこうか。むりしてここにいることは――」

ワーシャがここにとどまるなら、ぼくもそうする。ソロヴェイが最後まできかずにいう。そのくせ、体を震わせ、尻尾を横腹に鞭のように打ちつけている。

ドミトリーは手綱を馬丁に放り投げると、馬を降りた。大公の馬は主人と同様、群衆に囲まれても動じる様子はない。だれかが大公の手に杯を渡した。大公は中身を一気に飲み干すと、人々を押しのけてワーシャに近づいていった。「思ったよりうまくやったじゃないか。門をくぐったとたん、馬を逃してしまうかと思ったぞ」

「ソロヴェイが逃げ出すと思っていらしたのですか?」ワーシャは腹を立てて聞き返す。

「もちろんだ。この雄馬は馬勒をつけていないし、そなた同様、群衆に慣れていないだろう。そう怒るな、ワシーリー・ペトロヴィチ。結婚初夜の娘のような顔をしているぞ」

ワーシャは首が熱くなるのを感じた。

ドミトリーはソロヴェイの横腹をぴしゃりとたたいた。ソロヴェイが不機嫌そうな顔になる。

「この馬をわたしの雌馬たちと番《つが》わせよう。三年もすれば、サライのハンはわたしの馬屋をうらやむようになるだろう。これほど見事な馬はみたことがない。なんといっても、この気質――炎のように激しいが、主人への忠誠心は厚い」

ソロヴェイは穏やかに片耳をくるりとまわす。ほめられるのが好きなのだ。「すぐに放牧場へ連れていくんだな」ドミトリーが実際的な口調で言い添える。「さもないと、この馬に馬屋を蹴り壊されてしまいそうだ」大公は家臣にいくつか命じると、ワーシャにいった。「さあ、自分で馬を連れていけ。馬丁がそいつに端綱《はづな》をつけられるとは思えんだろう。そのあとは風呂に入って、旅の汚れを流すといい」

ワーシャは自分が青ざめるのがわかった。何か返事をしなければ。馬丁が綱を持ってそっと近づいてきた。

ソロヴェイが歯を嚙み鳴らすと、馬丁はあわてて後ずさりした。

「この馬に端綱はいらないよ」ワーシャはいったが、それは馬丁の目にも明らかだった。「ドミトリー・イワノヴィチ、一刻も早く、姉に会いにいきたいのです。もうずいぶん長く会っていません。幼いころに、姉が結婚して家を出たので」

ドミトリーは顔をしかめる。その間、ワーシャは考えていた。もし、ドミトリーに風呂に入っていくように勧められたらどうしよう。体のどこかが変に曲がっているからみられたくないといって断ろうか。どこが曲がってるといえばいいか――？

そこへサーシャがきて、助け舟を出してくれた。「セルプホフ公妃は弟に会えるのを心待ちにしているでしょう。弟が無事にモスクワに着いたことに感謝を捧げたいと思うはずです。お許しいただけるなら、ワーシャの馬はセルプホフ公の屋敷の馬屋に入れたいと思うのですが、ドミトリー・イワノヴィチ」

ドミトリーはまだ顔をしかめている。

「姉と弟だけで再会する時間が、必要かもしれません」カシヤンがいう。カシヤンはすでに手綱を馬丁に渡し、すました顔で立っていた。その姿はまるで、周囲の騒ぎをものともしない、毛並みのいい猫のようだ。「ワーシャの馬を雌馬に番わせる時間はいくらでもあります。体を休ませるのが先です」

大公は肩をすくめた。「いいだろう」その口調にはいらだちがにじんでいる。「だが、姉と再会したら、わたしのもとにくるように、ふたりともだぞ。そんな顔をするな、アレクサンドル修道士。ここまでいっしょに馬で長い旅をしてきたというのに、モスクワの門をくぐったとたん、修道士らしくひとりの時間がほしいというのか。いきたいのなら修道院にいってくればいい。自分をきびしく罰し、天に祈りを叫ぶがいい。だが、それが終わったら宮殿にこい。旅の感謝を捧げたあとは、やるべきことが山ほどある。長い間、宮殿をあけていたからな」

サーシャは黙っている。

「もどってまいります、陛下《ガスダール》」ワーシャが急いでかわりに返事をした。

大公とカシヤンは話をしながら宮殿に入っていく。ふたりの後ろに召使いが続き、貴族たちがわれ先にと大公を追いかける。扉の前でカシヤンが振り返り、ちらりとワーシャをみて、薄暗い宮殿の中に消えていった。

「ワーシャ、こっちだ」サーシャの声で、ワーシャはわれに返った。

ふたたびソロヴェイの背に乗った。ワーシャが合図をするとソロヴェイは歩きだしたが、その尻尾はまだ落ち着きなく左右にゆれている。

宮殿の門を出て右に曲がったとたん、にぎやかな街に飲みこまれた。ふたりを乗せた二頭の馬が横にならんで進む。立ちならぶ屋敷は木々よりも高くそびえ、足元の地面はぬかるんでいる。道の端に泥混じりの雪が寄せてある。ワーシャはあちこちみるのに忙しく、首がもげてしまいそうだった。サーシャがいう。

「ワーシャ、おまえときたら——継母《ままはは》の気持ちがわかる気がするよ。ドミトリー・イワノヴィチとの夕食を、体調がすぐれないといって断ることもできただろうに。モスクワもレスナーヤ・ゼムリャと変わりないと思っているのか？　大公を取り囲む男たちは、少しでも大公に好かれようと競いあっている。大公のいとこであるおまえを快くは思わないだろう。取り巻きの貴族たちよりもはるかに気に入られているとなれば、なおさらだ。おまえを挑発し、酒を飲ませようとするに決まっている。まったく、少しは黙っていられないのか？」

「大公の誘いは断れなかった。ワシーリー・ペトロヴィチなら断らないはずだから」ワーシャは言い返しながらも、うわの空だった。屋敷はどれも天から落ちてきたかのように立派で、すごく大きい。そびえる四角い塔には雪が降り積もっているが、明るい色が透けてみえる。貴婦人たちが通りすぎていった。列になって歩き、ベールで顔の大半をおおい、前後には護衛の男が付き添っている。そうかと思えば、青白い唇をした奴隷が息を切らして走っていく。タタール人が、気の荒そうなずんぐりした馬に乗っていく。

　やがて、セルプホフ公邸の木の門の前に着いた。ドミトリーの宮殿の門よりは質素だ。門番がサーシャの顔を覚えていたのだろう、すぐに門が開き、ふたりは静かな庭に入った。手入れの行き届いた屋敷だ。

　門の外は騒がしいのに、ワーシャは屋敷のたたずまいをみると、なぜかレスナーヤ・ゼムリャを思い出した。思わず、「オーリャ」とつぶやく。

地味な身なりの執事が近づいてきた。眉ひとつ動かさずに、薄汚れた少年と修道士と、二頭の疲れた馬を出迎え、「アレクサンドル修道士」といっておじぎをする。

「この者はワシーリー・ペトロヴィチといって――」サーシャがいう。声に少しいやそうな気持ちがにじんでいる。うそをつくのに心底うんざりしているのだろう。「わたしがハリストスの兄弟になる前の弟です。弟の馬は放牧場に放してやってください。それから、この子の姉に会わせてやりたいのですが」

「こちらに」執事は一瞬驚いてためらったが、そういって歩きだした。

ふたりは執事のあとをついていく。セルプホフ公の公邸にはひととおりの設備が整っていて、その点はレスナーヤ・ゼムリャの父親の屋敷と同じだが、こちらのほうが立派で、ぜいたくに作られていた。パン焼き小屋、ビールの醸造所、風呂小屋、台所がみえる。大きく横に広がる母屋のすぐそばには、小さな燻製《くんせい》小屋がある。屋敷の下の階は半地下になっていて、上の階には外階段からしか入れないようになっていた。

執事に連れられて、屋根の低い、こぢんまりした馬屋の前を通ると、中から馬のいいにおいとあたたかい空気が流れてきた。馬屋の裏に、高い柵で囲われた雄馬用の小さな放牧場がある。馬は一頭もいない。雪をしのぐための小さな四角い小屋があって、飼い葉桶も置いてある。

ソロヴェイは放牧場のすぐ外で立ち止まり、気に入らない様子でみている。

「いやならここにいなくてもいいのよ」ワーシャが小さな声でいう。

たくさん会いにきて。だけど、ここに長くいるのはいやだ。ソロヴェイがいう。

「長くはいない」ワーシャが返事をする。「あたりまえでしょ」

ワーシャもソロヴェイ同様、モスクワに長くいるつもりはない。世界をみるために旅をしているのだ。しかし、いまはここ以外のところにはいきたくない。たとえ、金や宝石を差し出されても。モスクワの街が目の前に広がり、たくさんの驚きが自分を待っているのだ。それに、姉もすぐそばにいる。

いつのまにか三人の後ろにきていた馬丁が、執事に急かされ、放牧場の入口に渡してある横木をおろす。ソロヴェイは綱を引かれるまま、しぶしぶ中に入った。ワーシャはソロヴェイの鞍を外し、ふたつの鞍袋を自分の肩にかけた。

「これは自分で持ちます」執事に向かっていう。旅の間、この鞍袋はワーシャの命も同然だった。この美しい、恐ろしい街で、大切な鞍袋を知らない人に手渡すことなどできない。

少し悲しそうにソロヴェイがいう。気をつけて、ワーシャ。

ワーシャはソロヴェイの首をなでてささやく。「柵を飛び越えないで」

飛び越えないよ。一瞬、間を置いて言い添える。カラスムギを出してくれたらね。

ワーシャは体の向きを変え、執事にきこえるようにいう。「また会いにもどってくるからな」

それから、ソロヴェイだけにいう。「すぐにね」

ソロヴェイはあたたかい息を主人の顔にかけた。

ワーシャたちは放牧場をあとにした。ワーシャは兄の後ろを小走りでついていく。一度だけ後ろを振り返った。もう少し歩いたら、馬屋にさえぎられて放牧場がみえなくなってしまう。

去っていくワーシャをみつめるソロヴェイの姿が、白い雪を背景にくっきり浮かび上がっている。ワーシャは違和感でいたたまれなくなる。ソロヴェイが柵の中に、普通の馬みたいに立っているなんて……。

やがて、ソロヴェイの姿は馬屋の湾曲した木の壁に隠れてみえなくなった。ワーシャは不安を振り払い、兄の後ろ姿を追いかけた。

15 うそつき

ドミトリーの一行がモスクワに帰還したという知らせは、オリガの耳にも届いていた。というより、いやでもわかってしまった。街じゅうの鐘が鳴るせいで床が震え、鐘の音に続いて口口に叫ぶ声もきこえてくる。「ドミトリー・イワノヴィチ！　アレクサンドル・ペレスヴェート！」

兄の名前がきこえると、今回も、心配で張りつめていた胸の痛みが和らいだ。しかし、オリガは安心したそぶりをみせなかった。自尊心がそれを許さないし、そんな余裕もない。マースレニツァ祭が迫っていて、頭の中はその準備のことでいっぱいだった。

マースレニツァ祭は三日間かけて行われる太陽の祝祭で、モスクワ公国に最も古くから伝わる祝日のひとつだ。キリスト教の鐘や十字架よりもはるかに歴史が古く、それらと入れ替わりに消えても不思議はなかったが、いまも続いている。ただし、異教の精神を隠すためにキリスト教的な意味がつけくわえられた。今日――祭りの前日――が終わると、復活大祭まで肉を断たなければならない。夫のウラジーミルはまだ領地のセルプホフからもどっていないが、オリガは家族と客人のためにごちそうを準備していた――ウサギ肉の煮こみ料理や、野生のイノシシ、雄のキジ、魚などの料理だ。

これから数日間は、バター、ラード、チーズといった脂肪分の多いものを食べることが許されているため、台所では暴食の日々に備えて何百個という大量のパンケーキ（マースレニツァ祭の期間によく食べる、ブリヌイと呼ばれる薄いパンケーキをさすと思われる）が作られていた。

女たちはオリガの仕事部屋に集まり、話したり食べたりしていた。みなベールをつけドレスを重ね着して、繕い物をしている。部屋は大勢の体温で心地よくあたたまり、女たちはおしゃべりに花を咲かせている。通りに出ている人々の声が大きくなり、オリガのいる静かな塔にも押し寄せてくるように思えた。

マーリャは興奮して飛びまわり、大声をあげている。オリガは忙しいときでも娘のことを気にかけていた。幽霊の話をしたあの夜以来、マーリャは夜中に悲鳴をあげて目を覚ましては、乳母を起こすことが多かった。

オリガはせわしなく動きまわっていたが、少しの間、ペチカのそばに腰をおろし、まわりの女たちと儀礼的な言葉を交わすと、マーリャを呼んで様子をみた。ペチカの反対側では、ダーリンカがさっきからずっと話し続けている。オリガは、この頭痛が少しでもおさまってくれるといいのだけど、と思った。

「コンスタンチン神父様のところへ告解をしにいったの」ダーリンカが大きな声でいう。その声は、ささやくように話す女たちの声とは対照的に、かん高い。「神父様が修道院で休養される前のことよ。コンスタンチン神父様――ほら、金色の髪の司祭様よ。とても敬虔な方のように思えたから。実際にその通り、わたしを正しい道に導いてくださったわ。魔女のことをたくさん教えてくださったの」

だれも顔を上げない。女たちは急いで針仕事を進めなければならないのだ。祭りの盛り上がりが最高潮に達すると、モスクワの街は花嫁のようにきらびやかに飾りつけられ、女たちはみな教会に——一度だけでなく、祭りの期間中は何度も——出かけなければならない。美しい服を着て、ベールで顔を隠して出かけるのだ。それに、ダーリンカがこの司祭の話をするのはこれが初めてではなかった。

マーリヤもダーリンカの話をきいたことがあったし、母親にあれこれ心配されるのにもうんざりしていたので、ペチカのそばを離れ、部屋を脱け出した。

「神父様のお話では、魔女に生まれついた者たちが、わたしたちのなかにまぎれこんでいるそうよ」ダーリンカは続けるが、だれもきいていない。あまり気にしていないようだ。「それで、正体がわかったときにはもう遅いんですって。魔女は、善きキリスト教徒の男たちを呪うの。すると、呪いをかけられた男たちは、そこにはないものをみたり、奇妙な声——悪魔の声——をきいたりするそうよ」

オリガは、その司祭が魔女を憎んでいるといううわさを耳にしたことがあった。そのうわさをきくと、オリガは不安になった。あの方だけが知っているんだわ。ワーシャが……。

いいかげんになさい。オリガは自分に言い聞かせる。ワーシャは死んだ。そして、コンスタンチン神父様はいま修道院にいる。気にすることないわ。オリガは、祭りの直前の目がまわるような忙しさに感謝した。おかげで、美男の司祭が語るわけのわからない話から、女たちの気をそらすことができる。

ワルワーラが静かに仕事部屋に入ってきた。その後ろには息を切らしたマーリヤがいる。ワルワーラが何もいわないうちに、マーリヤがまくしたてる。「サーシャおじさんがきた！　アレクサンドル修道士がきたの」マーリヤはいい直す。母親が顔をしかめたのがみえたのだ。でもいわずにいられない、という調子で続ける。「男の子もいっしょなの。ふたりともお母さんに会いたいんですって」

オリガは眉をひそめる。マーリヤの絹の帽子は斜めにゆがみ、サラファンは破れている。そろそろ乳母を替えたほうがよさそうだ。「わかったわ」オリガがいう。「ふたりに上がってきてもらって。すわりなさい、マーシャ」

乳母が肩で息をしながら、一足遅れて部屋に入ってくる。マーリヤが意地の悪い目つきでちらりとみると、乳母はたじろいだ。「おじさんに会いたい」マーリヤが母親にいう。

「おじさんといっしょに男の子もきているのですよ、マーシャ」オリガは疲れた表情で答える。「あなたはもう大きな女の子なのだから、会わないほうがいいわ」

マーリヤは怒った顔になる。

オリガは疲れ切った表情で、ペチカのまわりにいる女たちに目をやった。「ワルワーラ、わたしの部屋にふたりを通してちょうだい。それから、あたたかいワインを用意してね。マーシャ、乳母のいうことをききなさい。おじさんにはあとで会えますよ」

昼の間、オリガの部屋は、人が大勢集まる仕事部屋ほどあたたかくはなかったが、静かだという利点があった。ベッドはカーテンで仕切られているし、この部屋でだれかと会うのはごく普通のことだ。オリガが椅子にすわると、ちょうど足音がきこえてきた。そして、部屋の入口に、旅からもどったばかりの兄が姿をみせた。

オリガは身重の体でゆっくり立ち上がり、声をかける。「サーシャ、追っていた盗賊は掃討したの？」

「ああ」サーシャが答える。「もう村が焼かれることはないだろう」

「神のお恵みね」オリガは十字を切ると、兄を抱きしめた。

すると、サーシャがなぜか憂鬱《ゆううつ》そうな声で「オーリャ」といい、一歩、脇にどいた。

サーシャの後ろ、扉の近くに、ほっそりした体つきの、緑色の目をした少年が隠れている。柔らかそうな革のフードをかぶり、狼の毛皮のマントをまとい、肩には鞍袋をふたつかけている。少年はオリガをみて青ざめた。鞍袋が鈍い音をたてて床に落ちる。

「どなたかしら？」オリガは反射的にたずねてから、驚いて息を鋭く吐いた。

少年の口が動く。大きな目がきらりと光る。「オーリャ」ささやくようにいう。「わたし、ワーシャよ」

ワーシャですって？　いえ、ワーシャは死んだ。この子はワーシャじゃない。男の子だわ。それに、ワーシャは団子鼻の子どもだった。でも、でも……。オリガはもう一度少年をみる。この緑色の目……。「ワーシャ？」オリガは息をのむ。膝に力が入らない。

サーシャの手を借りて椅子にすわり、前かがみになって、両手を膝の上に置いた。少年はどうしたらいいかわからず、扉のあたりでうろうろしている。「いらっしゃい」オリガはまだ動揺している。「ワーシャ、信じられないわ」

少年のふりをしていた少女は扉を閉め、姉たちに背を向けると、震える指でフードのひもを解いた。

つややかな黒髪の太い三つ編みをたらして、ワーシャはふたたびペチカのほうに顔を向ける。帽子を外したところで、オリガはやっと、目の前にいるのは成長した妹なのだと確信した。あの奇妙で世話の焼ける子が成長して、奇妙で世話の焼ける娘になった。死んでなどいなかった。生きていて――ここにいる……。オリガは息が止まりそうだった。

「オーリャ」ワーシャがいう。「オーリャ、ごめんなさい。とても顔色が悪いわ。オーリャ、だいじょうぶ？　あっ！」緑色の目が輝き、両手をぎゅっと握りしめる。「お腹に赤ちゃんがいるのね。いつ――？」

「ワーシャ！」オリガがさえぎる。ようやく声が出るようになったのだ。「ワーシャ、生きてたのね。どうしてここに？　それにその格好……兄さん、すわって。あなたもよ、ワーシャ。明るいところで顔をよくみせて」

サーシャは珍しく、おとなしく妹にいわれたとおりにした。

「さあ、すわって」オリガがワーシャにいう。「そこじゃなくて、こっちに」

ワーシャは真剣な、少しおびえた表情を浮かべて、姉にいわれた椅子にしなやかな身のこなしですわった。

オリガは少女のあごに手をあて、その顔を光のほうに向ける。この子は本当にワーシャなの？　妹は醜い子だった。いま目の前にいる娘は醜くはない――けれど、美しいというにはあまりにはっきりした顔立ちをしている。大きな口に大きな目、それから長い指。司祭のコンスタンチンが話していた魔女そのものといってもいいほどだ。

ワーシャの緑色の目には、悲しみ、勇気、恐ろしいほどの繊細《せんさい》さがあふれている。オリガは妹の目をけっして忘れてはいなかった。

ワーシャがためらいがちにいう。「オーリャ？」

オリガ・ウラジーミロワは、ふと気づくと笑顔になっていた。「会えてうれしいわ、ワーシャ」

ワーシャは脚の力がぬけて膝をつき、オリガの膝に顔をうずめて子どものように泣いた。「さ、寂しかった」舌をもつれさせていう。「すごく寂しかったんだから」

「しーっ」オリガが妹をなだめる。「泣かないで。わたしも会えなくて寂しかったわ、ワーシャ」妹の髪をなでながら、オリガは自分も泣いていることに気づいた。

ようやくワーシャが顔を上げた。唇が震えている。あふれる涙を拭い、息を整え、姉の両手を握って語りかける。「オーリャ、オーリャ、お父さんが死んでしまった」

オリガは、心の中に冷たい場所ができて広がっていくのを感じた。目の前のむこうみずな少女に対する怒りと愛情が入り混じる。言葉が出てこない。

「オーリャ」ワーシャがいう。「きこえた？　お父さんが死んだのよ」

「知ってるわ」オリガが答え、十字を切る。心に生じた冷たさが口調ににじみ出ている。そんなオリガをサーシャがちらりとみて、いぶかしげな顔をする。「お父さんの魂が安らかでありますように。コンスタンチン神父様がすべて教えてくださったわ。あなたは村を逃げ出したといっていた。死んでしまっただろう、って。わたしも、あなたは死んだと思っていた。あなたを思って泣いたのよ。どうやってここまできたの？　その――格好はどうしたの？」どこかあきらめたような表情でもう一度、まじまじと妹をみる。三つ編みにしたつややかな黒髪は乱れ、ズボンとブーツをはき、短い上着を着ている。野生の生きもののようにしなやかで、みていると不安になる。

「答えるんだ、ワーシャ」サーシャがいう。

ワーシャはどちらの言葉にも答えず、さっと立ち上がった。「あの人がここに？　いま、どこで何をしているの？　コンスタンチン神父はなんといっていた？」

オリガは言葉を選びながらいった。「お父さんが亡くなったのは、あなたの命を助けたからだとおっしゃったわ。熊に襲われた、と。あなたは――ああ、ワーシャ。こんなことといわないほうがいい。それより、どうやってモスクワにきたの？」

一瞬、沈黙が流れ、ワーシャの中の激しい感情がすべて、流れ出したかのようだった。ワーシャはまた椅子にすわった。「わたしが死ぬはずだった」低い声でいう。「でもお父さんが死んでしまった。オーリャ、こんなはずじゃ……」次第に声が小さくなる。「あの司祭のいうことを信じないで。あの人は――」

「それはもういいわ、ワーシャ」オリガがきっぱりという。そして、いらだった口調で続ける。

「どうして村から逃げ出したの？」

「あれが真実のすべてではないんじゃない」しばらくしてから、オリガはサーシャにたずねた。ふたりはオリガの屋敷内の小さな礼拝堂にいた。ここなら、声をひそめて会話をしてもおかしくないし、立ち聞きされる心配も少ない。ワーシャの世話はワルワーラにまかせ、だれにも気づかれないよう、風呂に連れていかせた。「司祭様の話も、あの子の話もほとんど同じだった――でも、かみあわない部分もあった。司祭様からきいたときには、とても信じられなかったわ。なぜ、あの子はあんなことをしているの？　おかしくなってしまったのかしら」

「いや」サーシャが疲れ切った口調でいう。頭上のイコンにはハリストスの聖人たちが立ちならび、こちらをみつめている。オリガの礼拝堂には美しいイコノスタスがあった。「何かあったのだろう――そして、わたしたちがまだ知らないことがある。ワーシャは話そうとしない。だが、あの子がおかしくなったとは思えないんだ。むこうみずで慎みに欠けるところはあるし、ときどきあの子の魂が心配にもなる。しかし、ワーシャは自分に正直なだけだ。おかしくなどなっていない」

オリガはうなずき、唇を噛む。そして思わずつぶやいた。「もし、あの子がいなければ、お父さんは死なずにすんだのかもしれない。それに、お母さんだって――」

「そんなことをいうのは」サーシャが強い口調でさえぎる。「残酷だ。判断するのはもう少し待ってからにしよう、オリガ。その司祭様に話をききにいく。ワーシャが話してくれないことを聞き出せるかもしれない」

オリガはイコンを見上げる。「これから、あの子をどうしたらいいのかしら。サラファンを着せて、夫をさがしてやるべき？」オリガの心に新たな疑問が浮かんだ。「わたしたちの妹は少年の格好をして、はるか遠くの村から馬に乗ってここまできたのよね？　そのことを、ドミトリー・イワノヴィチにはどう説明したの？」

気まずい沈黙が流れる。

オリガは疑わしげに兄をみる。

「それはわたしが――いや――」サーシャがきまり悪そうにいう。「ドミトリー・イワノヴィチは、あの子のことをわたしの弟、ワシーリーだと思っている」

「なんですって？」オリガは礼拝堂にふさわしくない非難の声をあげる。

サーシャは覚悟を決めて静かな口調でいう。「あの子自身が、ワシーリーと名乗ったんだ。わたしもそのほうがいいと判断した」

「うそでしょう？」オリガは声をおさえて聞き返す。「大公に正直にいえばよかったのよ。あの子はかわいそうな頭のおかしい子どもなんです、とんでもないばかで、自分でも何をいっているかわかってないんです、って。そしてすぐに、だれにもみつからないようにわたしのところに連れてくるべきだった」

「そのとんでもないばか者が、三人の娘を盗賊団から救い出し、いっしょに馬に乗ってラヴラへやってきたんだ」サーシャが言い返す。「それに、盗賊の野営地をみつけだしたのもあの子だ。わたしたちが二週間さがしてもみつけられなかったのに。それだけのことを成し遂げたというのに、大公にあの子の行いをわび、あの子の身を隠すべきだったというのか？」

これはセルギイにたずねられたことだった。それを自分が口にしたことに、サーシャは少し戸惑っていた。

「そうね」オリガが力なくいう。「兄さんはモスクワがどういう街か知らない。わかってないのよ——終わったことはもういいわ。弟のワシーリーには、すぐに村に帰ってもらいましょう。わたしはその間、あの子をテレムに隠します。人々からワシーリーの記憶が消えてしまうまでね。それから、あの子の結婚相手をさがすわ。相手は立派な家柄の人じゃなくていい——大公の注意を引かないように——きっと気づかれてしまうだろうけど」

サーシャは、いつになくじっとしていられない自分に戸惑いながら、たくさんの蠟燭《ろうそく》の火がゆらめいてできる光と影の中をいったりきたりしている。蠟燭の明かりがサーシャの黒い髪に陰影をつける。オリガとワーシャも同じ髪をしていて、それは死んだ母親から受け継いだものだ。「いまはまだ、ワーシャをテレムに閉じこめることはできない」そういって、落ち着かない気持ちをおさえ、歩くのをやめる。

オリガは腹の上で腕を組む。「どうして？」

「旅を続けるうちに、ワーシャはドミトリー・イワノヴィチに気に入られたんだ」サーシャが慎重に返事をする。「村々を襲った盗賊団をみつけ、大いに大公の役に立った。大公はワーシャに、名誉の印や馬を与え宮廷に役職を用意すると約束した。マースレニツァ祭が終わるまで、ワーシャが姿を消すことは許されない。大公に失礼になる」

「失礼ですって？」オリガがいらだった声でささやく。ふたたび、礼拝堂にふさわしくない、きつい口調になり、サーシャに顔を近づけていう。「その勇敢な少年が女だったと知ったら、大公はどう思うかしら」

「怒るだろうな」サーシャがそっけなくいう。「大公に知られてはいけない」

「それに、わたしはこのうそをつきとおさなければならないの？　妹がドミトリー様の取り巻きの貴族《ボヤール》といっしょにモスクワの街を馬で駆けまわるのを、みていろというの？」

「みなければいい」

オリガは何も答えなかった。十四歳で結婚してから毎日、政治的な駆け引きをしながら暮らしてきた。その年月はサーシャよりも長い。駆け引きは必要だった。自分の子どもたちの人生が、モスクワ大公や諸公の気まぐれに左右される。オリガもサーシャも、ドミトリー・イワノヴィチの怒りを買うことは許されない。しかし、もしワーシャのことを知られたら――。

さっきよりは穏やかな声でサーシャがいう。「いまは、ほかに方法がない。祭りの間、できる限りのことをしてワーシャの秘密を守ろう」

「ワーシャがまだ小さいうちに、わたしのもとに呼び寄せておけばよかった」オリガは心から後悔している様子でいう。「もっと早く呼び寄せていれば……。継母《ままはは》はあの子をきちんとしつけられなかったんだわ」

サーシャが顔をしかめる。「あの子をいま以上にしつけるなんて、だれもできなかったと思う。さて、長居しすぎてしまった。修道院へいって、新しい情報を聞き出さなければ。その司祭様と話をしてくる。ワーシャを休ませてやってくれ。少年のワシーリー・ペトロヴィチが姉と一日過ごしてもおかしくはないだろう。だが、夜になったら大公の宮殿にいかせるように」

「少年の格好で？」オリガがたずねる。

サーシャはきっぱりという。「そう、少年の格好で」

「夫にはなんて説明すればいいの？」

「ああ、それは――」サーシャは扉に向かいながら返事をする。「オリガの判断にまかせる。ただ、セルプホフ公がもどってきても、ワーシャの秘密はなるべく話さないほうがいいと思う」

16　サライからの使者

アレクサンドル修道士はセルプホフ公邸をあとにすると、すぐに聖天使首修道院に向かった。この修道院は塀に囲まれてひっそりと建っており、大公の宮殿や諸公の公邸から離れたところにある。修道院長のアンドレイ神父は、心からサーシャの帰還を喜んだ。「まず、神に感謝を捧げよう。それから、わたしの部屋で何もかも話してくれ」

アンドレイは禁欲主義の信奉者ではなく、聖天使首修道院はモスクワの街と同じように豊かに発展していた。それは、南部の地域から税として納められる銀と、蠟《ろう》、毛皮、カリ（草木灰から得られる炭酸カリウム。肥料や石鹼の原料）を使った交易のおかげだった。アンドレイの部屋は快適にしつらえられていた。部屋の一隅の壁に無秩序に掛けられた多くのイコンが、銀や小粒の真珠《しんじゅ》におおわれて、こちらを見下ろしている。寒々とした昼の光が高い窓から差しこみ、ペチカの火を白っぽく、揺れ動く幽霊のようにみせている。

サーシャは祈りを捧げ、勧められるまま椅子に腰かけると、フードを外し、両手を火にかざした。

「夕食にはまだ早い」アンドレイがいう。この修道院長は、若いころに南へ旅してサライにいったことがあり、いまでも、ハン国の宮廷で食べたサフランや胡椒《こしょう》で味つけされた料理を懐かしく思い出すことがあった。「しかし」とサーシャをみて続ける。「荒野からもどったばかりの男がいるとなれば、例外も認められる」

　その日、修道士たちは牛の臀部《でんぶ》の大きな肉を料理していた。大斎《おおものいみ》の節食に備えて力をつけておくためだ。焼きたてのパンや、かたくて味の薄いチーズも用意されていた。料理が運ばれてくると、サーシャは夢中で口に運んだ。

「旅はうまくいかなかったのか?」アンドレイがいって、食事をするサーシャをみつめる。

　サーシャは料理を口に頬張ったまま首を横に振った。それから口の中のものを飲みこんで返事をする。「いえ。盗賊をみつけて、みな殺しにしました。ドミトリー・イワノヴィチは旅の成果を喜んでおいでです。いまは宮殿にもどられ、少年のようにはつらつとしていらっしゃいます」

「では、なぜ――」アンドレイは一瞬沈黙した。表情が変わる。「ああ、そうか」ゆっくりと話しだす。「父上の知らせをきいたのだな」

「父のことはききました」サーシャはうなずくと、木の椀をペチカの前の床に置き、手の甲で口を拭った。それから、眉をひそめてたずねる。「神父様もすでにご存じのようですね。あの方からきいたのですか?」

「ああ、すべてきいた」アンドレイも顔をしかめる。スープのたっぷり入った椀を持っていて、スープの表面には、夏に入手して残りわずかになった脂が浮いている。しかし、残念そうに椀を置くと、椅子から身を乗り出した。「おぞましい話だった。そなたの妹が魔女で、父親のピヨートル・ウラジーミロヴィチをむりやり冬の森に連れ出した。そして妹自身も死んでしまった、ときいた」

サーシャの顔色が変わる。修道院長は、サーシャの表情をみて的外れの推測をした。「妹のことはきいていなかったか？　悲しい思いをさせてしまって申し訳ない」黙ったままのサーシャに向かって、急いで続ける。「もしかすると、妹は死んでしまってよかったのかもしれない。善良な者と邪悪な者が、同じ家系に生まれることもある。少なくとも、そなたの妹はさらなる害を及ぼさないうちに死んだのだ」

サーシャは、灰色の朝に馬に乗って現れたワーシャの生き生きとした姿を思い出し、何も答えなかった。アンドレイが立ち上がる。「あの司祭――コンスタンチン神父――を呼びにやろう。ここにきて以来、部屋に閉じこもり、ずっと祈りを捧げている。だが、そなたがきたといえば、会って何もかも話してくれるだろう。じつに信心深い男のようだが……」アンドレイは最後までいわなかった。そして口ぶりから、コンスタンチン神父への賞賛と疑念の間でゆれているのがわかった。

「その必要はありません」サーシャはいきなりそういうと、自分も立ち上がった。「その神父様がいらっしゃる部屋を教えてください。わたしが参ります」

修道院はコンスタンチンにひとり用の部屋をあてがっていた。狭いがこぎれいな、ひとりきりで祈りを捧げたい修道士のために用意された部屋のひとつだ。サーシャはその扉をたたいた。返事はない。

やがて、中からためらいがちな足音がきこえたかと思うと、扉が勢いよく開いた。司祭はサーシャをみると青ざめ、じきに赤くなった。

「神のご加護がありますように」サーシャが、神父の反応をいぶかしく思いながらいう。「わたしはアレクサンドル修道士です。荒野で倒れているあなたを連れてきた者です」

コンスタンチンは感情をおさえて返事をする。「神のご加護がありますように、アレクサンドル修道士」その彫りの深い顔からは、なんの感情も読み取れず、先ほど、とっさにひどくおびえた様子をみせたのがうそのようだ。

「世を捨てるまで、わたしはピョートル・ウラジーミロヴィチの息子でした」サーシャの声が冷ややかなのは、一抹の疑念のせいだ。だが、この司祭は本当のことをいっているのかもしれない。うそをつく理由がどこにあるというのだ?

コンスタンチンは、驚いた様子もなくうなずいた。

サーシャがいう。「妹のオリガからききました、あなたはレスナーヤ・ゼムリャからいらしたと。父が死ぬところに居合わせたそうですね」

「いや、ちがう」神父が背筋をのばして答える。「わたしがみたのは、父上が、気のふれた娘を馬で追っていく姿と、家に運ばれたときの無残に傷ついた姿だ」

サーシャのあごがひきつったように動いたが、ひげに隠れて神父からはみえなかった。「覚えていることをすべて話していただけませんか――神父様《バートウシカ》」サーシャがいう。

コンスタンチンはためらったが、「望みのままに」といった。

「では、中庭の回廊を歩きながら、きかせてください」サーシャは急いでいった。不快なにおい——恐怖のにおい——が神父の狭い部屋から流れてきて、ふと思う。コンスタンチン神父はなんのために祈っていたのだろう。

もっともらしい。きわめてもっともらしいが——司祭の話はワーシャの話とかみあわないところがあった。ふたりのうち、どちらかがうそをついている。サーシャはもう一度考えた。いや、ふたりともうそをついているのかもしれない。

ワーシャは継母《ままはは》について、死んだとしかいわず、サーシャもいままでその点には疑問を感じなかった。人はあっけなく死んでしまう。だが、ワーシャは、アンナ・イワノヴナがピョートルといっしょに死んだとはいっていなかった……。

「そういうわけで、ワシリーサ、ワシリーサ・ペトロヴナは死んだ」コンスタンチンの声にはわずかに悪意がこもっている。「ワシリーサと、父上と、義理の母上の魂が安らかでありますように」サーシャとコンスタンチンは回廊をゆっくり歩きながら、雪の積もった灰色の中庭をながめる。

コンスタンチン神父は妹を嫌っていたらしい。サーシャはそう思い、はっとする。いや、いまでも嫌っている。ふたりを会わせてはならない。ワーシャが少年の格好をしていても、この司祭の目はだませないだろう。

「ところで」サーシャがふいにたずねる。「父の馬屋に立派な雄馬はいましたか？　鹿毛《かげ》で、たてがみが長く、額に白星のある馬です」

コンスタンチンはそんなことをきかれるとは思ってもいなかったようで、怪訝《けげん》そうな顔をしたが、しばらくして答えた。「いや――ピョートル・ウラジーミロヴィチはたくさん馬を持っていたが、そのような特徴の馬はみなかった」

いや、ちがう。金髪の狡猾《こうかつ》な司祭よ、いま何か思い出しただろう。あなたは真実にうそを織りまぜて話している。

ワーシャもそうなのだろうか？

なぜふたりとも真実をいわない？　父がなぜ死んだのか知りたいだけなのに！

サーシャは神父の痩せこけた青白い顔をのぞきこみ、これ以上、新しい情報は得られないと悟った。「ありがとうございます、神父様《バートウシカ》」そっけなくいう。「わたしのために祈ってください。もういかなければ」

コンスタンチンはおじぎをして、十字を切った。サーシャは屋根のついた回廊を大股で歩み去った。心に、ねばねばしたものにさわったときのようないやな気持ちが残った。なぜ、哀れな信心深い司祭に怖れを感じたのだろう。司祭は、こちらがきいたことすべてに答えてくれた。悲しそうに、誠実な態度で、低く美しい声で話してくれた。

ワーシャは、オリガの侍女のワルワーラに手際よく風呂に入れられ、毛穴まできれいになった。ワルワーラは主人のオリガから絶対の信頼を置かれていて、何があっても動じることがない。ワーシャがつけているサファイアのペンダントをみても、冷ややかに鼻を鳴らしただけだ。

ワーシャは、ワルワーラの顔をみていると、なぜか懐かしく感じた。もしかすると、きびきびした働きぶりが乳母のドゥーニャと重なるのかもしれない。ワルワーラはワーシャの汚れた髪を洗い、風呂小屋のかまどの勢いよく燃える火のそばで乾かした。「切ってしまったらどうです？——坊ちゃん」乾かした髪を三つ編みにまとめながら、そっけなくいう。

ワーシャは顔をしかめる。心の中の固くしこった部分に、いつも継母のかん高い声が響いている。「痩せこけて、不器用で、不細工な子」そのアンナ・イワノヴナでさえ、ワーシャの赤味を帯びて輝く黒髪のことは一度も悪くいわなかった。しかし、ワルワーラの口調はどこかさげすんでいるようだった。

「ペチカの火もあらかた消えた、真夜中のような色ですね」子どものころに世話をしてくれていた乳母のドゥーニャは、ワーシャの黒髪をそんなふうにいった。しかしドゥーニャは年を取ってから、ワーシャの髪を好きになってくれた……。それからワーシャは、マロースカの家のペチカのそばで髪をとかしたときのことを思い出した。ワーシャが髪をとかす間、霜の魔物はこちらをみないようにしていた。

「髪はだれにもみせない」ワーシャがワルワーラにいう。「フードをずっとかぶっておくから。それと帽子も。冬だからだいじょうぶよ」

「むりだと思いますけどね」

ワーシャは肩をすくめ、聞き入れなかった。すると、ワルワーラは何もいわなくなった。

ワーシャが風呂から出ると、服を着るのを手伝いにオリガがやってきた。唇を固く結び、青ざめた顔をしている。ドミトリーから届いたカフタンは緑と金の刺繍《ししゅう》入りで、若い公子が着るような立派なものだった。オリガはそれを片腕にかけて持ってきた。「大公との食事の席で、ワインを飲んではだめよ」セルプホフ公妃はあたたかい風呂小屋にいきなり入ってくると、ワーシャにいった。「飲むふりだけにしなさい。だれとも話をしてはだめ。サーシャのそばから離れないこと。できるだけ早く帰ってくるように」オリガがカフタンを広げると、ワルワーラが新しいシャツとズボン、急いで汚れを落としたワーシャのブーツを出してくれた。

ワーシャは張りつめた表情でうなずく。ちがう状況で姉さんに会いにこられたらよかったのに。そうすれば、昔みたいにいっしょに笑いあって過ごせた。姉さんが怒ることもなかった。

「オーリャ――」ワーシャは恐る恐る声をかける。

「あとにして、ワーシャ」オリガがいう。ワルワーラといっしょに、てきぱきと機械的にワーシャの服を整えている。

ワーシャは口をつぐむ。思い出の中のオリガは鶏にえさをやっていて、三つ編みにした髪はほつれていた。しかし、目の前にいるこの女性は公妃にふさわしい美しさがあり、堂々としていてよそよそしい。見事な服や頭飾り、身重の体をみると、いっそう遠い人のように感じる。「時間がないのよ」オリガはさっきよりもやさしくいって、ちらりとワーシャをみる。「許してね、ワーシャ。わたしにはこれ以上のことはできないの。日が暮れたらマースレニツァ祭が始まるから、屋敷の切り盛りをしなければならない。これから一週間、あなたのことはサーシャが面倒をみてくれる。この屋敷の男性の部屋がある階に、あなたの部屋を用意してあるわ。

その部屋以外では寝ないこと。部屋にいるときは、扉にかんぬきをかけてね。髪は隠しておくのよ。いつも慎重に行動してね。女たちのだれとも目を合わせないように。勘の鋭い人に気づかれたくないの。あとから、わたしの妹としてテレムに連れていくつもりだから。祭りが終わったら、また話しましょう。ワシーリー・ペトロヴィチはできるだけ早く故郷の村に帰りましょう。さあ、もういって」

最後のひもが結ばれ、ワーシャはモスクワの若き公子の姿になった。毛皮で裏打ちされた帽子を眉毛の下まで深くかぶり、帽子の下には革のフードをつけて髪を隠している。

オリガの計画が正しいのはわかるが、同時に冷たさも感じた。ワーシャは傷つき、何かいおうと口を開いたものの、姉の有無をいわせないまなざしを受け、黙って部屋を出た。

部屋に残ったオリガとワルワーラは、しばらく顔を見合わせていた。オリガがいう。

「レスナーヤ・ゼムリャに使いをやって。だれにも気づかれないようにね。兄と弟に、妹のワーシャは生きていてわたしのところにいると、知らせてちょうだい」

夕方、セルプホフ公の屋敷の門の前で、ワーシャはサーシャと落ちあった。ふたりは向きを変え、坂をのぼり始める。クレムリンは丘の上に築かれており、大聖堂と大公の宮殿はその頂上にある。

通りは轍《わだち》だらけで、曲がりくねり、雪が深く積もっていた。ワーシャは汚いものを踏まないよう、足元に注意しながら進む。そのうえ、サーシャに置いていかれないように急いで歩かなければならない。ソロヴェイのいったとおりだ、とワーシャは人とぶつからないようによけながら思った。みんな一様に先を急いでいて、少し怖い。前にいったあの町は、ここにくらべれば本当に小さかった。

さらに考えると悲しくなった。わたしはテレムでは暮らさない。女の子にもどされないうちに逃げ出そう。姉さんに何年かぶりで会えたけど、これでもう一生会えないのかな？　怒らせたまま、別れてきてしまった。

ドミトリーの宮殿に着くと、門番がふたりに敬礼をした。サーシャとワーシャは門をくぐり、庭――オリガの庭より大きく、立派で、騒々しく、汚い――を横切って階段をのぼり、次々に部屋を通りすぎていく。宮殿の中はおとぎ話のように美しかったが、いやなにおいがしたり、埃が積もっていたりするのは予想外だった。

ふたつ目の階段をのぼりだすと、街の喧騒がきこえ、たくさんの煙突から立ちのぼる煙がみえた。ワーシャはおずおずと兄にたずねる。「サーシャ、わたしは兄さんとオーリャを困らせてる？」

「そうだな」

ワーシャは思わず立ち止まる。「なら、すぐに出ていく。ソロヴェイに乗って今夜、出発する。そして、兄さんたちには二度と迷惑をかけない」しっかりした口調でいったつもりだったが、わずかに声を詰まらせたのを兄に気づかれてしまった。

「ばかをいうな」とサーシャ。歩く速度はゆるめず、ほんの少しワーシャのほうに顔を向ける。

怒りをこらえているのが表情から見て取れる。「モスクワを出て、どこへいくというんだ？マースレニツァ祭が終わるまでその姿で切り抜けたら、ワシーリー・ペトロヴィチとはお別れだ。さあ、もうすぐ大公たちのいる部屋に着く。なるべく口をつぐんでいろよ」ふたりは階段のいちばん上に着いた。大きな扉には彫刻がほどこされ、蠟が塗られてつやつやしている。扉の前に、見張り役の兵士がふたり立っている。兵士たちは十字を切り、敬意をこめて会釈をした。「アレクサンドル修道士」

「神のご加護がありますように」サーシャが返す。

扉が勢いよく開き、ワーシャは気がつくと、天井が低くて煙たい、豪華な大広間にいた。部屋の端から端まで、男たちが埋めつくしている。

扉の近くにいる男たちがまず気づいて、こちらを向く。ワーシャは、まるで犬の群れに囲まれた雄鹿のように戸口で動けなくなった。裸になったように感じ、大勢の男のうち少なくともひとりは、大声で笑ってこんなことをいいだすだろうと覚悟した。「みろよ！　娘がきたぞ、少年の格好をしている！」しかし、言葉を発する者はいなかった。男たちの汗のにおい、油や料理のにおいで、すでにこもり気味の空気が余計息苦しく感じられる。ワーシャは、こんなに大勢の人間がひとつの部屋に集まれるとは、思ってもみなかった。

そこへ、きちんとした服装のカシヤンが寄ってきて、穏やかにいった。「ようこそ、アレクサンドル修道士、ワシーリー・ペトロヴィチ」宝石で身を飾った人々のなかにいても、カシヤンは目立っていた。髪は火の鳥のように赤く、服には真珠が縫いこまれている。ワーシャはカシャンが声をかけてくれたことに感謝した。カシャンがいう。「また会えたな。大公が、祭りの間、宮殿に部屋を用意してくださった」

そのときワーシャは気づいた。部屋を埋めた男たちはみな、自分よりも有名な兄に注目している。ほっと息をついた。

ドミトリーが、一段高くなっている席から大声で呼ぶ。「いとこどの！　こっちだ、ふたりともこっちにこい」

カシヤンは少し頭を下げてから、大公のいるほうを指した。貴族《ボヤール》たちは互いに押しあいながら壁に寄り、ふたりが通れるように道をあけた。

ワーシャは兄に続いて部屋の奥に進んだ。背後で人々の話し声がわき起こる。色とりどりの宝石やカフタン、鮮やかな色に塗られた壁――ワーシャは頭がくらくらした。つとめて堂々と歩き、サーシャのあとをついていく。床には絨毯《じゅうたん》や毛皮が乱雑に敷いてある。部屋の四隅には、従者が無表情に立っている。窓は小さく、細長いすきまがあいているだけで、新鮮な空気は少ししか入ってこない。

ドミトリーは群がる貴族の中心で、はめこみ細工と彫刻のほどこされた椅子にすわっている。風呂から出たばかりらしく、血色がよく上機嫌で、話し続ける貴族たちの真ん中でくつろいでいる。しかしワーシャには、大公の目が不安そうに曇っているようにみえた。表情がどこかけわしく、暗いように思える。

ワーシャの隣で、サーシャがかすかに身じろぎした。やはり大公の様子に気づいたのだろう。

「ドミトリー・イワノヴィチ、弟を紹介いたします」サーシャの歯切れのよいあらたまった声が、人々の話し声をしのいで響く。サーシャは両手を袖の中に入れている。緊張して震えているのがワーシャにまで伝わってくるようだ。「ワシーリー・ペトロヴィチです」

ワーシャは深くおじぎをしながら、帽子が落ちませんようにと祈っていた。

「そなたを歓迎しよう」ドミトリーがサーシャと同じくらいあらたまった口調で答える。それから大公は、驚くほど大勢のいとこやはとこにワーシャを紹介した。ワーシャがたくさんの名前に目がまわりそうになっていると、大公はふと思いついたようにいった。「紹介はこれくらいで十分だろう。腹は減っているか、ワーシャ。では――」貴族たちのほうをちらりとみる。「軽く食事をしながら、友人同士の話でもするか。こっちだ」

大公が立ち上がると、その様子をじっとみていた貴族たちがおじぎをした。ワーシャとサーシャが案内された別の部屋には、幸いだれもいなかった。ワーシャはほっと息をつく。

ペチカと窓の間にテーブルがひとつ置かれていて、ドミトリーが手を振って合図すると、召使いがパンケーキやスープ、大皿に盛られた料理を次々と運んでくる。ワーシャはその様子をじっとみていた。腹が満たされているときがどんな感じだったか、もうほとんど思い出せなくなっていたのだ。旅の間は、何を食べても寒さに栄養を奪われてしまった。オリガの屋敷の風呂小屋で、浮き出たあばら骨の数をかぞえたほどだ。

「まあ、すわれ」ドミトリーがいう。上着には銀糸が織りこまれ、宝石や、銅を混ぜた金がちりばめられていて重そうだ。ドミトリーは髪もひげもきれいに洗い、油を塗って整えていた。

豪華な服に身を包むと、遠征中とはまたちがう威厳が感じられた。頭が切れ、厳格で、少し怖い感じがする。しかし、いまも丸い頬をほころばせてほほえみ、そんな一面を隠している。ワーシャはサーシャといっしょに細長いテーブルについた。いいにおいのするあたたかいワインの杯が、手元に置いてある。テーブルの中央には見事なパイが用意され、そのまわりにキャベツや卵、魚の燻製《くんせい》がならんでいる。

「今夜、貴族たちが訪ねてくる」大公がいう。「ごちそうでもてなさなければならない。どいつもこいつもよく食べる。たらふく肉を食べてぼうっとしてきたところで家に帰す。みな、大斎の節食が始まるまでに、十分肥えておかなければならないからな」ドミトリーはワーシャをちらりとみる。テーブルにならんだ大皿料理を食い入るようにみつめるワーシャに、大公の表情が少し和んだ。「だが、ワーシャは夕食の時間まで待てないだろうと思ってな」

ワーシャはうなずき、唾を飲みこみ、なんとか返事をした。「旅に出て以来、いつも腹が減っているのです、ドミトリー・イワノヴィチ」

「それでいい！」ドミトリーが大声でいう。「そなたはもっと大きくならねば。さあ、ふたりとも食べて飲んでくれ。若いいとこと、戦う修道士にワインを――それとも、もう節食を始めたか、サーシャ」そういっていたずらっぽい視線をサーシャに向け、ワーシャのほうへパイの皿を押しやった。

「ワシーリー・ペトロヴィチにパイをひと切れやってくれ」ドミトリーが召使いに命じる。

パイが切り分けられ、ワーシャは大喜びで食べ始める。酢キャベツに濃厚な味の卵、塩辛いチーズ……。ワーシャは夢中で口に運び、食べたもので腹が重くなると、緊張がほぐれてきた。パイをたいらげると、まるで犬のように、煮こんだ肉をがつがつ食べ、長時間あたためたミルクをがぶがぶ飲んだ。

しかし、サーシャはドミトリーの手厚いもてなしにも惑わされることはない。「何があったのです、いとこどの」食べ続けるワーシャを横目に大公にたずねる。

「じつは、よい知らせと悪い知らせがある」ドミトリーがいう。椅子の背にもたれ、指輪をはめた手を組みあわせ、ゆっくりと満足げな笑みを浮かべた。「愚かな妻が、泣いたり、幽霊をみたと口走ったりしても、許してやろうと思う。子どもができた」

ワーシャは勢いよく顔を上げた。サーシャは「神がおふたりをお守りくださいますように」といって、いとこの肩をつかむ。ワーシャもたどたどしく祝福の言葉を述べた。

「神が世継ぎを授けてくださった」ドミトリーはそういって、ワインをあおる。杯の中身が減るにつれて、ドミトリーを包んでいたうれしそうな気楽な空気はゆっくりと消えていった。ドミトリーがふたたび顔をこちらに向けたとき、ワーシャは初めて本当の顔をみたような気がした。そこには、ともに旅をした快活ないとこではなく、若さにそぐわぬ試練に耐え重い責務を負って生きてきた男がいた。大公は何千人もの命を、その手に預かっているのだ。

ドミトリーは口を拭って話し始める。「次は悪い知らせだ。サライのハンの宮廷から、特使がきた。弓を携えた騎馬隊を従えてな。ハン国からの使者が使う屋敷に滞在していて、わが国が滞納している税をすぐに払えと要求してきた。それだけではない。ハンは、これ以上の滞納は認めないといっているそうだ。そして、もしわれわれが税を払わないなら、ママイ将軍（一三六〇～七〇年代にキプチャク・ハン国を実質的に支配していた軍人）が軍隊を率いてヴォルガ川の下流から攻めてくる、とはっきりいった」

とっさに、サーシャは言葉が出なかった。

「脅しているだけかもしれません」一瞬の沈黙のあと、サーシャがいう。

「その点はなんともいえない」ドミトリーが答える。皿の上の料理をつつきまわすばかりで、口に運んでいない。ナイフを置いていう。「ママイは南部を支配している将軍のトフタムイシ（チンギス・ハンを遠祖に持つ軍人）と敵対しているときいた。トフタムイシも王位をねらっている。もし、ママイがトフタムイシを倒すために戦いをしかけるとしたら――」

沈黙が流れ、三人は顔を見合わせる。「ママイはまず、われわれから税を徴収しにきますね」ワーシャが突然、大公の言葉を引き取っていう。自分でも驚いていた。大公の話を夢中できいていて、すっかり遠慮がなくなっていたのだ。「トフタムイシとの戦いに必要な資金を調達するために」

サーシャがきびしい表情でワーシャをにらみ、黙っていろ、と伝えてきた。ワーシャはそしらぬ顔をする。

「賢い子だ」ドミトリーはうわの空で返事をすると、けわしい表情で続ける。「この二年、ハン国に税を納めていないが、だれにも気づかれなかった。ハン国に気づく者がいるとは思わなかった。王族は身内の争いで忙しく、みな、自分か、自分の丸々と太った息子が王位につけるよう躍起になっていたからな。だが、将軍たちは王位をねらう連中ほど愚かではなかったということか」また沈黙が流れる。ドミトリーがサーシャと目を合わせる。「もし、かりに滞納した税を払うことに決めたとして、いま、どこにそんな余裕がある？　この冬、ワーシャが盗賊団の根城をつきとめるまでに、どれだけの村が焼き払われた？　人民は食べていくだけでも大変で、新たな戦のために税を納めるなどむりだろう」

「人民の苦悩は、いまに始まったことではありません」サーシャが皮肉をこめていう。テーブルを囲む三人の空気とは対照的に、宮殿の外からは陽気な声がきこえてきて、妙な感じがした。

「ああ、だがタタール人はいま、ふたりの将軍のもとで分裂している。われわれにとっては、タタールのくびきから解放される、つまり最後の抵抗をする好機かもしれない。貢ぎ物を載せた荷馬車を南へ送るたび、ルーシは衰弱していく。なぜ、われわれの税でサライの宮廷を裕福にしてやらねばならん？」

サーシャは黙ったままだ。

「ママイ軍を徹底的にたたけば、すべてを終わらせることができる」ドミトリーがいう。

ワーシャは話に耳を傾けながら、昔からの議論が蒸し返されているだけのような気がした。

「いや」サーシャが反論する。「そうはいかないでしょう。タタール人が負けたまま引き下がるとは思えません。キプチャク・ハン国の実態が以前と同じではないとしても、彼らの自尊心が許しません。戦って、われわれが勝利すれば時間を稼ぐことはできますが、新たに君主となった者がふたたび攻めてくるはずです。そのときは、ルーシを制圧するだけではなく、こらしめようとするでしょう」

「もし、税を徴収するとしたら」大公がゆっくり話し始める。「そなたが救った小作人たちの一部が飢えることになるのだぞ、ワーシャ。しかし、サーシャ」大公は修道士に向かって続ける。「そなたのいうことも一理ある。いっておくが、わたしはもう、うんざりなのだ。いつまでもあの異教徒どもの犬になっているのは」「犬」という言葉が割れた氷のように鋭く響き、ワーシャはたじろいだ。「だが」――ドミトリーはひと呼吸置き、声を落としていう――「わたしの息子に、焼き払われたモスクワの街を遺すわけにはいかない」

「あなたは頭の切れる方です、ドミトリー・イワノヴィチ」サーシャがいう。

ワーシャは、モスクワ大公国の村に暮らす何百人ものカーチャのような娘が腹をすかせている姿を思い浮かべた。飢えの原因は、モスクワ大公がタタール人の君主に税を納める義務を負っていることだ。娘たちの村を焼き払った盗賊と同じ民族の君主に。

ワーシャはふたたび口を開こうとしたが、テーブルごしにサーシャにぎろりとにらまれ、今度は言葉を飲みこんだ。

「とにかく、訪ねてきた特使に会わねばならん」大公がいう。「もてなしが足りなかったといわれては困るからな。食事をすませてしまいなさい、ワーシャ。ふたりともわたしといっしょにきてくれ。それから、カシヤン・ルートヴィチも同席させる。あの男は押し出しがよく、服装も立派だ。タタール人の使者を懐柔するなら、徹底的にやらねば」

街の中心から少し外れたクレムリンの南東の端に、小さいが見事なつくりの屋敷が建っている。その屋敷を囲む塀はひときわ高い。外観のせいか、あるいは場所のせいか、どこか人を寄せつけない空気が漂っていた。

ワーシャ、サーシャ、カシヤン、ドミトリーの四人は、宮殿の有能な家臣を数人従え、街外れのその屋敷に歩いて向かった。護衛役の兵士も何人か同行し、街の詮索好きな人々が近づきすぎないよう、目を配っている。

「歩いていけば、謙虚にみえる」ドミトリーが皮肉っぽく笑ってワーシャにいう。「馬に乗っていくと、偉そうにみえる。サライからの使者に高慢だと思われたが最後、殺されて、この街を焼かれ、息子の公位継承権を奪われかねないからな」

ドミトリーは、自分が生まれるよりはるか昔の悲惨な戦に思いをはせていた。百五十年ほど前、チンギス・ハンの戦士がルーシに攻め入り、教会を襲い、人々を強姦したり虐殺したりしたあげく、黙従させたことがある。

ワーシャはうまい返事を思いつけなかったが、痛ましそうな顔をしていたのだろう、大公がぶっきらぼうにいった。「そなたが気に病むことではない。大公である以上、もっといやなこともしなければならない。属国の大公となれば、なおさらだ」

そう語る大公は、いつになく暗い表情だ。ワーシャは大公の笑い声を思い出した。長い旅の間、雪の降りしきる道なき森を進みながら、幾度となく耳にした……。「ぼくにできることならなんでもいたします、ドミトリー・イワノヴィチ」ワーシャはつい、勢いでいった。

ドミトリーが一瞬、足を止め、サーシャが体をこわばらせる。ドミトリーが答える。「そなたの力を借りることになるかもしれない」気取らない自然な口調は、十六歳で君主の座についた人ならではのものだ。「神のご加護がありますように」大公はそういうと、ワーシャのフードをかぶった頭にそっと手を置いた。

四人はまた歩きだした。ドミトリーが低い声でサーシャにいう。「これから会うサライの特使に取り入るのはかまわないが、それでわが国の財源が増えるわけでもない。そなたの助言はもっともだが――」

「いずれにせよ、謙虚に振る舞えば、納税の期限を延ばせるかもしれません」サーシャも小声で返事をする。「そしてトフタムイシは、予想外に早くママイを攻撃するかもしれません。少しでも引き延ばせば、時間稼ぎになります」

ワーシャは聞き耳を立てて兄のすぐ後ろを歩きながら考えた。サーシャがレスナーヤ・ゼムリャの家に一度も帰ってこなかったのも、不思議ではない。大公にこれほど必要とされていたら、帰れるわけがない。それから、ワーシャは胸騒ぎを覚えた。でも、サーシャはうそをついている。わたしのために、大公にうそをついた。わたしがいなくなったら、大公とサーシャの関係はどうなるんだろう?

めざす屋敷の門に着いた。中に入ることを許され、護衛兵と別れたあと、一行は、ワーシャがそれまでみたことのないほど美しい部屋に案内された。

ぜいたくとは何か、ワーシャはわかっていなかった――かろうじてその言葉を知っているだけだ。あたたかいだけでも、ワーシャにとってはぜいたくだった。清潔な肌や乾いた靴下、腹が満たされていることも。しかし——その部屋にいると、本当のぜいたくとはどういうものか、なんとなくわかる気がして、ワーシャはうっとりと部屋を見回した。

床はきれいに板が張られて磨きこまれ、その上には模様入りの絨毯が敷かれ、埃ひとつ落ちていない。絨毯の模様は初めて目にするもので、歯をむいていがみあう猫が鮮やかな色の糸で織りこまれている。

部屋の隅のペチカはタイル張りで、木々や緋色の鳥が描かれ、中では火が赤々と燃えている。じきに、ワーシャは暑くなり、背中を大粒の汗が伝うのがわかった。壁際には男たちが、彫像のようにならんで立っている。明るい赤の長い上着を着て、つばのある見慣れない形の帽子をかぶっている。

この人たちの街、サライをきっとこの目でみよう、とワーシャは思った。上品で美しい部屋の中で、自分のカフタンは豪華だが派手すぎ、仕立ても雑なように思えてきた。遠くへいこう、ソロヴェイといっしょに。ふたりでサライの街をみるんだ。

息を吸いこむと不思議なにおい(没薬《もつやく》のにおいだが、ワーシャには何かわからなかった)がして、鼻がかゆくなった。くしゃみを必死でこらえていると、みんなが立ち止まったので、あやうくサーシャにぶつかりそうになった。数歩先に一段高くなったところがあり、絨毯が敷いてある。ドミトリーがひざまずいて、頭を床につけた。

ワーシャはくしゃみを我慢したせいで涙がこみあげ、段の上にいる特使がかすんでみえた。

静かな声が、モスクワ大公に頭を上げて立つようにと告げる。ワーシャは、ドミトリーがハンへのあいさつを特使に伝える声に耳を傾けた。

いつもは大胆な大公がサライからの特使に向かって小さな声で謝罪し、頭を下げたあと、貢ぎ物を従者に手渡すのをみて、まるで別人みたいだとワーシャは思った。あいさつは、「ご子息、ご令室、みなさまに神のご加護がありますように」と続いたが、ふいにドミトリーの口調が変わり、ワーシャは驚いて注意を向けた。「村が次々に」ドミトリーは礼儀を失しないように努めながらも語気を強める。「襲われ、焼き払われました。ルーシの民は冬を越すのに精一杯で、税を納める余裕はありません。秋の収穫まではきびしいと思われます。ハン国を軽んじているわけではありませんが、お互い、ひとつの世界に生きる身、なにとぞご理解を――」

タタール人の特使が自分の国の言葉で、きびしい口調で返事をする。ワーシャは眉をひそめた。うつむいているので、通訳のむこうの、壇上にいる特使の姿まではみえない。しかし、その声はどこか聞き覚えがあるような気がして、少しだけ目を上げた。

ワーシャはぞっとして立ちすくむ。

顔をみて思い出した。暗闇の中、荒々しく半月刀を振り下ろしたあの男だ。襲撃の叫びをあげて部下を呼び集めた、あの声だ。

絹ビロードとクロテンの毛皮を身にまとい、派手な出で立ちをしているが、あの広い肩や角張ったあご、刺すような目つきを見間違えるはずがない。男は落ち着いた声で通訳に何か話している。しかし、ほんの一瞬、そのタタール人の特使――盗賊団の頭《かしら》――はワーシャに目を向け、口元に憎しみのこもった笑みを浮かべた。

謁見室を出たとき、ワーシャは怒りと恐怖に駆られ、自分の目と耳が信じられなかった。あり得ない。あの男のはずがない。あの男は盗賊だ。高貴な身分のタタール人でもないし、ハンの特使になるわけがない。きっと自分の見間違いだ。あの夜は、松明《たいまつ》の火に照らされた顔をみただけ。いまも部屋は暗かった。確信はない。

本当に？　簡単に忘れられる？　刀を振りかざして迫ってきた男の顔、自分を殺そうとした男の顔を。

特使はキプチャク・ハン国とモスクワ大公国との協調関係についてうわべだけの言葉をならべ、ドミトリーのハン国への謝意が足りないと非難した。しかし、あの男の手はルーシの人々の血で染まっている……。

ちがう。あの男じゃない。そんなはずがない。でも……盗賊が宮廷に仕えるなんてあり得る？　それとも、あの特使は偽者？

ドミトリーの一行は、きた道をもどり、足早に街をつっきる。あたりには祭りの始まりを楽しむ人々の陽気な声が響いていた。笑い声、叫び声、途切れ途切れにきこえる歌声。人々は、大公が通ると道をあけ、口々にその名を叫んだ。

ワーシャはすばやく決断し、こわばった顔でサーシャの手首をつかむ。「話したいことがある。いますぐに」

ドミトリーの宮殿の門がみえてきた。すでに松明がいくつかともっている。カシヤンが詮索するような目でこちらをみている。ワーシャとサーシャは額を寄せあうようにして歩いた。

「わかった」サーシャが少しためらってから答える。「なら、セルプホフ公の屋敷にもどろう。ここではみんなが聞き耳を立てている」

ワーシャが唇を噛んで待つ間に、サーシャが、いったんセルプホフ公邸にもどりたい理由を、いぶかしげな顔をするドミトリーに伝えた。そのあと、ワーシャは兄の後ろについて宮殿をあとにした。

日暮れが近づいてきた。金色の夕日に照らされて、モスクワの街にそびえるたくさんの塔が松明のようにみえ、宮殿や屋敷の下に影が広がる。骨にしみる寒風が建物の間を吹き抜けていく。ワーシャは、人であふれる通りを転ばないように進むのがやっとだ。たくさんの人が急ぎ足で道をゆきかう。笑い声をあげたり、顔をしかめたり、体を丸めたりして歩いている。雪の滑り台はランプの光と熱した鉄のこてでなめらかになり、脂でパンケーキを焼くおいしそうな音がきこえる。ワーシャは一度だけ振り返り、祭りに浮かれる街をみて思わずほほえんだ。雪玉が飛び交い、地面に落ちる音がする。日が暮れて、空がたちまち赤く染まっていく。

ふたりでオリガの屋敷にもどり、庭の静かな片隅にある放牧場に着くころには、ワーシャはまた腹をすかせていた。ソロヴェイはワーシャをみるとすぐ、額に白星のある顔を上げた。ワーシャは柵をよじのぼって越え、ソロヴェイのそばにいく。あちこちさすってやり、たてがみを指ですいて、両手に鼻をすりつけさせる。その間ずっと、なんといったら兄にわかってもらえるか考えていた。

サーシャが外側から柵に寄りかかっていう。「ソロヴェイの相手はそのくらいでいいだろう。話したいこととはなんだ？」

美しい紫に染まった空に星々が輝き始め、不規則にそびえる塔の上に淡い銀色の弓のような月がかかっている。

ワーシャは大きく息を吸って話しだした。「盗賊を追っていたとき——盗賊団が見事に鍛えられた剣を使い、立派な馬に乗っているのはおかしいって、兄さんいってたでしょ。やつらの野営地にハチミツ酒やビールや塩があるのも妙だって」

「ああ、そういった」

「その理由がわかったの」ワーシャは早口になる。「盗賊団の頭——カーチャとアニューシカとレーノチカをさらった男——は、さっき会った、チェルベイと呼ばれている人だった。間違いない。ママイ将軍から遣わされた特使だっていってるけど、じつは盗賊で——」

ワーシャは少し息を切らし、言葉を切った。

サーシャが顔をしかめる。「まさか」

「間違いない。あの夜、あの男はわたしの顔に剣を振り下ろそうとした。信じてくれないの？」

ゆっくりとサーシャがいう。「暗い夜のことだ。おまえもおびえていたし、たしかではないだろう」

ワーシャは身を乗り出す。感情が高まり、きしむような声になる。「確かじゃないことを兄さんに話すと思う？　間違いないんだってば」

ワーシャは考えこんでひげを引っ張っている。

ワーシャはたたみかけるようにいう。「あの人、モスクワ大公はハン国への謝意が足りないって非難していたけど、自分はルーシの女の子をさらって儲けてるのよ。だから——」

「だから、なんだというんだ？」サーシャは最後まできかず、ふいに辛辣《しんらつ》な皮肉をこめて言い返した。「ハン国の軍の有力者たちには、汚れ仕事をさせる家臣などいくらでもいるだろう。軍の使者が盗賊団を率いて、馬で田舎を走りまわる必要がどこにある？」

「でも、この目でみたの。あの男は軍の有力者ですらないのかもしれない。モスクワではだれも、あの男を知らない」

「わたしもおまえを知らない」サーシャが切り返す。柵にのぼり、猫のようにひらりと内側に飛び下りた。ブーツをはいた修道士の足が雪に着地すると、ソロヴェイがさっと顔を上げる。

「おまえは、いつもわたしに本当のことを話しているか？」

「わたしは――」

「教えてくれ」サーシャがいう。「その馬はどこから連れてきた？　おまえの立派な鹿毛の雄馬はだれにもらった？　父さんか？」

「ソロヴェイのこと？　ううん――この子は――」

「なら、もうひとつ。継母《ままはは》はなぜ死んだ？」

ワーシャは息をのんだ。「コンスタンチン神父の話をきいたのね。でも、そのことと盗賊の頭は関係ない」

「そうか？　わたしは真実を教えてくれといっているんだ、ワーシャ。コンスタンチン神父が、父さんが死んだときのことをすべて話してくれた。おまえのせいで死んだといっていた。残念ながら、神父はうそをついていた。だが、おまえも同じだ。神父はおまえを嫌っている理由を教えてくれなかった。おまえも、神父から魔女と呼ばれている理由を話そうとしない。だれにその馬をもらったのかもいわない。それから、なぜ、熊の冬眠している穴に迷いこむなんておかしなことをしたのかも話さない。なぜ、父さんがおまえを追いかけて森に入ったりしたのかも。父さんがそんな愚かなことをするなんて、とうてい信じられなかったが、おまえといっしょに馬で一週間旅をして、おまえの話も信じられなくなったのだ、ワーシャ。何もかも、うそばかりじゃないか。本当のことだけを教えてくれ」

　ワーシャは何も答えない。夜になったばかりの闇の中で目を大きく見開いている。ソロヴェイは体をこわばらせて主人に寄り添い、ワーシャは雄馬のたてがみを落ち着きなく指に巻きつけたりほどいたりをくり返している。

「ワーシャ、本当のことを教えてくれ」

　ワーシャはごくりと唾を飲み、唇をなめながら考えた。死んだ継母からわたしを救ってくれたのは霜の魔物で、馬も彼からもらった。そして、たき火の火明かりの中で霜の魔物にキスをされた。そんなことといえる？　修道士の兄に？　「すべては話せない」ワーシャは小声でいう。

「自分でもよくわかってないの」

「それなら」サーシャがそっけなくいう。「コンスタンチン神父の話が正しいのか？　おまえは魔女なのか、ワーシャ」

「わたしは――わたしにはわからない」痛々しいほど正直にワーシャが答える。「話せることはすべて話したわ。それに、これまでうそはついてない。これまで、ずっと。いまだって本当のことを話してる。ただ――」

「ルーシの森をひとり、少年の格好で旅していた。わたしがみたこともないような立派な馬に乗って」

ワーシャは唾を飲み、言葉をさがした。いつのまにか、ものすごく口の中が乾いていた。

「おまえが持っている鞍袋の中には、旅で必要なものがたくさん入っている。銀貨まで――ああ、中身をみたとも。持ち手が輪になったナイフを持っているな。あれはどこで手に入れたんだ、ワーシャ？」

「やめて！」ワーシャが叫ぶ。「わたしが望んで村を出たと思う？　いまのこの状態を少しでも望んでいたと思う？　こうするしかなかったのよ、兄さん、こうするしか」

「だから、なんだ？　わたしに話せないこととは、なんなのだ？」

ワーシャは無言で立ちつくす。精霊《チヨルト》たちや、歩きまわる死人のこと、マロースカのことを考えた。言葉は出てこなかった。

サーシャは小さく声をあげ、嫌悪感をあらわにした。「もういい。おまえの秘密は守る――だが、わたしもつらいのだ、ワーシャ。わたしはいまでもピョートル・ウラジーミロヴィチの息子だが、もう二度と父さんに会うことはかなわない。わたしはおまえの話を信じなくていいし、その気まぐれな行動を許す必要もない。タタール人の特使は盗賊ではない。おまえはこれ以上、大公にお仕えする約束をしてはいけない。やむをえない場合をのぞいて、これ以上うそをつかず、黙っているべきときは口を開くな。そうすれば、これからの一週間、女であることを知られずに乗り切れるかもしれない。いまはそのことだけを考えろ」

サーシャは放牧場の柵を軽々と飛び越えた。

「どこへいくの？」ワーシャは呆然として、声を張り上げる。

「おまえをオリガの屋敷に連れて帰る。話は終わったし、ひと晩には十分すぎるくらい話して、好きなことをして、いろいろみただろう」

ワーシャはついていくのをためらった。兄に反対する言葉を口に出しそうになる。しかし、背筋をのばして歩く兄の後ろ姿をみて、いやだといっても聞き入れてくれないだろうと思った。そこで、あきらめて大きく息をつき、ソロヴェイの首に触れて別れを告げると、兄のあとを追った。

17　マーリャの冒険

セルプホフ公邸の男性用の階に用意されたワーシャの部屋は、狭いがあたたかく、ドミトリーの宮殿のどの部屋とくらべてもはるかに清潔だった。ペチカの上ではワインが常にあたためられ、その横の皿に何枚か積まれているパンケーキは、怖いもの知らずのネズミに少しだけかじられている。

サーシャは妹を扉の前まで連れていくと、「神のご加護がありますように」とだけいって、立ち去った。

ワーシャはベッドに腰をおろした。祭りでにぎわうモスクワの街の喧騒が、細い窓ごしにきこえてくる。今日まで何週間も、一日じゅう馬に乗って旅をする日々が続いた。その間に盗賊と戦い、風邪で死にそうになり、疲れ切っていた。ワーシャは扉にかんぬきをかけ、マントとブーツを脱ぎ捨て、あたたかいワインをろくに味わいもせずに飲むと、何枚も重なった毛皮の上掛けの中にもぐりこんだ。

毛皮はあたたかく、ペチカの火は燃え続けていたが、ワーシャは震えが止まらず眠れなかった。何度も何度も、自分がついたうそを思い出し、コンスタンチン神父がよく響く声でもっともらしく、サーシャやオリガにほぼ本当の話を語る声が頭の中に響く。盗賊の頭《かしら》が襲いかかってきたときの叫び声がきこえ、刀が月光にきらめくのがみえる。華やかで騒がしいモスクワの街で、どうしたらいいのか、何が真実なのか、自分でもわからなくなっていた。

ようやく眠りについたが、はっと目覚めた。真夜中を少しすぎたところで、あたりはしんとしている。部屋には濡れた羊毛と香の強いにおいが立ちこめていて、ワーシャは途方にくれ、闇に浮かぶ天井の梁《はり》をじっとみつめた。すがすがしい冬の風が部屋に吹きこんできたらいいのに、と考える。

次の瞬間、ワーシャは息をひそめた。どこからともなく、泣き声がきこえてきたのだ。泣き声は足音とともに、次第に近づいてくる。むせび泣く声が針のようにセルプホフ公邸の壁を貫いて響いてくる。

ワーシャはいぶかしげに眉を寄せ、ベッドを出た。もう足音はしなくなっていて、しゃくりあげるような声だけがきこえる。

さっきよりも近い。

泣いているのはだれ？　足音も、衣ずれの音もきこえない。女の人が泣いている。ここにくる女の人なんている？　この部屋は男性専用の階にあるのに。

さらに近づいた。

泣き声は部屋のすぐ外で止まる。

ワーシャは息が止まりそうだった。レスナーヤ・ゼムリャで死者がもどってきたときと同じだ。生ける屍が、家の中に入れてくれ、外は寒い、といって泣いていた。でも、あり得ない。

ここに生ける屍がくるわけがない。熊は縛られたのだから。

ワーシャは勇気を振りしぼって、氷の短剣を構え、部屋をつっきると扉を少しだけ開けた。

顔が見返してくる。扉の枠に押しあてられた顔は青白く、さぐるような目つきで、歯をむき出している。

「あなた」その顔が喉を鳴らすような声でいう。「出ていくのよ、早く――」

ワーシャは力まかせに扉を閉め、急いでベッドにもどった。心臓が恐ろしい速さで打っている。自尊心からか――あるいは、直感的に騒がないほうがいいと思ったせいか――悲鳴はあげなかったが、呼吸が激しくなる。

かんぬきをかけなかった扉が、きしみながらゆっくりと開く。

いない――扉のむこうにはだれもいなかった。闇に包まれ、どこからか月の光がもれているばかりだ。いまのはなんだったの？　幽霊？　夢？　神のご加護がありますように。

ワーシャはしばらくみていたが、動くものはなく、静寂を破る音もしなかった。ふたたび勇気を出して立ち上がり、部屋をつっきって扉を閉めた。

ベッドにもどり、また眠りに落ちるまで長い時間がかかった。

翌朝、目を覚ましたワシリーサ・ペトロヴナは体がこわばり、空腹だった。後悔と怒りを感じながら目を開けると、大きな黒い目がふたつ、こちらを見下ろしていた。

ワーシャはまばたきをし、体を丸めて狼のように警戒する。

「はじめまして」黒い目の主がいたずらっぽくいう。「おばさん、わたしはマーリャ・ウラジーミロヴナよ」

ワーシャはぽかんと口を開けて目の前の子どもをみてから、怒っている青年らしい威厳のある態度で話そうとした。髪はまとめてフードの中に隠したままだ。「こんなところにきてはいけない」断固とした口調でいう。「ぼくはきみのおじ、ワシーリーだ」

「いいえ、ちがうわ」マーリャはそういって、一歩下がると、腕を組んだ。小さなブーツには緋色のキツネの刺繍《ししゅう》がほどこされ、銀の輪飾りがついたヘアバンドが黒髪によく映えている。その顔はミルクのように白く、黒い目はたき火で雪に開いた穴のようだった。「昨日、こっそりワルワーラのあとについて礼拝堂にいったの。そして、お母さんがサーシャおじさんに話してること、全部きいちゃった」マーリャはそういって、ワーシャをじろじろながめ、指をくわえた。「あなたは不細工なワシリーサおばさんでしょ。わたしのほうがきれいね」こともなげに言い添える。

もしマーリャの顔色がよくて、これほどやつれていなかったら、幼い子どものなかではきれいだといえるかもしれない。

「たしかに」ワーシャがいう。おもしろいと思う気持ちと、うろたえる気持ちとの間でゆれていた。「あなたはきれいだけど、『イワン王子と火の鳥と灰色狼』のお話に出てくる、うるわしのエレーナ姫には負けるわ。そう、わたしはおばのワシリーサよ。でも、これは絶対に秘密なの。だれにもいわないって約束できる？」

マーリャはあごを上げ、スカートを気にしながらペチカのそばの長椅子にすわる。「だれにもいわない。わたしも男の子になりたいんだもの」

朝のこんな早い時間にするような話じゃない、とワーシャは思った。「でも、娘がいなくなったらお母さんはなんていうかしら、マーシャ」少し焦ってそうたずねた。

「きっと、なんとも思わないわ。お母さんは息子がほしいんだから。それにわたしは家を出ていかなくちゃいけないの」マーリャは強がって答える。

「たしかに、お母さんは息子がほしいと思っているかもしれない」ワーシャはマーリャの言葉を認める。「だけど、それと同じくらいあなたのことも大切なのよ。なぜ家を出ていかなければならないの?」

マーリャはごくりと唾を飲む。その表情が初めて陰った。「話しても、きっと信じてもらえない」

「信じる」

マーリャは自分の両手に視線を落とす。「幽霊がわたしを食べにくるの」小さな声でいう。

ワーシャは片眉を上げていう。「幽霊が?」

マーリャがうなずく。「お母さんが心配するからその話はしちゃいけない、って乳母がいうの。だからしないようにしてるけど、怖くって」声がますます小さくなる。「幽霊はいつもわたしのことを待ってる。夜、眠るときに。わかるの。あの女の人はわたしを食べようとしてる。だから、このお屋敷を出ていかなくちゃいけないの」ふいに力強く、きっぱりという。「わたしにも男の子の格好をさせて。さもないと、おばさんが本当は女の子だって、みんなに話しちゃうから」精一杯の脅し文句を口にしたが、ワーシャがベッドから出ると、身をすくめて後ずさった。

ワーシャは姪の前に膝をついてしゃがみ、穏やかな声でいう。「あなたの話を信じるわ。わたしもその幽霊をみたの。昨夜」

マーリャは驚いて目を見開く。「怖かった？」少しして、ようやくたずねる。

「ええ。でも、たぶん、幽霊もわたしたちと同じようにおびえていると思うの」

「あの人、きらい！」マーリャが突然、大きな声でいう。「幽霊はきらい。わたしにかまわないでほしいのに」

「次に出てきたら、どうしてほしいのかきいてあげるといいかもね」ワーシャはやさしくいう。

「むだよ。わたしが、あっちにいってといったって、きいてくれないもん」

ワーシャは姪をじっとみる。「マーシャ、いままでに、お母さんや弟にはみえないものをみたことはない？」

「ない」マーリャがひどく警戒した表情で答える。

ワーシャは黙って待った。

少女はうつむいて話し始める。「風呂小屋に男の人がいる。ペチカの中にも。怖い。お母さんにいわれたの。そんなことだれにもいっちゃいけません、お嫁にいけなくなりますよ、って。お母さんは――怒ってた」

ワーシャの心に、自分がみている世界が現実には存在しないといわれたときの、どうしようもない戸惑いが鮮明によみがえってきた。「風呂小屋の男の人は、本当にいるのよ。マーシャ」ワーシャはきっぱりといって少女の両肩をつかむ。「その人を怖がらないで。あなたの家族を守ってくれてるの。その人にはたくさんの仲間がいて、庭を守ってくれている人もいれば、馬屋を守ってくれる人、ペチカを守ってくれる人もいる。その人たちがいると、悪いものは近寄れないの。その人たちはあなたと同じように、この世界にちゃんといるのよ。自分が感じることを疑ってはだめ。みえるものを恐れないで」

マーリャはいぶかしげな顔をする。「おばさんにもみえるの?」

「そうよ」ワーシャが返事をする。「いまからみせてあげる」ひと呼吸置いて続ける。「わたしが女だってことをだれにもいわないって、約束するならね」

少女の顔がぱっと明るくなる。一瞬、考えてから、公女らしい口調で答える。「だれにもいわないと誓います」

「わかった」とワーシャ。「まずは着替えさせてちょうだい」

太陽がのぼる前の世界は、神秘的で平らで灰色をしている。清らかな、何かを待ちわびているような静寂がモスクワの街を包み、動いているものといえば煙だけだ。らせんを描いて空にのぼっていく煙は、ひとりで踊っているようにも、愛情をこめて街をおおい隠しているようにもみえる。オリガの屋敷の庭や階段はしんとしているが、台所やパン焼き小屋、醸造小屋、燻《くん》製《せい》小屋では、すでに召使いたちが働き始めている。

パン焼き小屋はすぐにわかった。おいしそうな朝食のにおいが漂ってきたからだ。ワーシャは、チーズを塗ったパンを思い浮かべながら大きく息を吸いこみ、マーリャのあとを急いで追いかける。マーリャはというと、外からみえないように目隠しのついている廊下を、風呂小屋に向かってまっしぐらに走る。

マーリャが掛け金をつかむ寸前に、ワーシャが背中のマントをつかんで止めた。「中にだれもいないか、確かめないと」たしなめるようにいう。「考えてから行動しなさい、って教わらなかった?」

マーリャが身をよじって答える。「教わらなかった。みんな、ただ静かにすわっていなさい、っていうの。でも、わたし、こうしたいって思うと我慢できないの。乳母が真っ赤になって怒ることもあって――すごくおもしろい」マーリャは肩をすくめたが、ふいにしょんぼりした。「でも、ときどきお母さんに、あなたのことが心配でたまらないっていわれるのは悲しい」マーリャはまた元気になって、ワーシャから身を振りほどいた。煙突をさしていう。「煙が上がってないから、だれもいないわ」

ワーシャは少女の手を強く握ってから、掛け金を持ち上げて外し、暗く肌寒い小屋の中に入った。マーリャはワーシャの陰に隠れ、マントにしがみついている。

ワーシャが昨日ここにきたときは、大急ぎで風呂に入り、したくを整えたので、まわりを見回す余裕がなかった。しかし、いまは刺繍がほどこされたクッションや、つややかなオークの長椅子をうっとりとながめる。レスナーヤ・ゼムリャの家の質素な風呂小屋とは大違いだ。ワーシャは暗がりに向かって声をかける。「バンニク、ご主人様、おじいさん。わたしたちと話をしてくださいませんか」

返事はない。マーリャが恐る恐るワーシャの後ろから顔をのぞかせる。寒い小屋の中で息が白い。

そして――「あそこよ」ワーシャがいう。

そういったものの、ワーシャは眉をひそめる。

もしかしたら指さした先にあるのは、燃えさしの火に照らされたひとすじの湯気かもしれない、と思ったのだ。しかし、そちらに顔を向けると、年老いた男がいた。クッションの上にあぐらをかいてすわり、首をかしげている。背はマーリャより低く、髪の毛は雲のようで、遠くをみるような不思議な目をしている。

「あの人よ！」マーリャが叫ぶような声でいう。

ワーシャは黙ったままだ。このバンニクは、チュドヴォの町でみたバンニクより弱っていて、カーチャの村の涙ぐんだドモヴォイよりもはるかに弱々しい。湯気や燃えさしの火と見分けがつかないほどだ。コンスタンチン神父が村人たちを脅してチョルトを追い払わせようとしたとき、ワーシャは自分の血でレスナーヤ・ゼムリャのチョルトたちをよみがえらせた。しかし、ここのバンニクが弱っているのは暴力的な力が原因ではないだけに、衰弱を止めるのは難しそうだ。

いつか終わりがくる、とワーシャは思った。不思議なものたちがいる世界、風呂小屋の湯気が予言をするおじいさんになるような世界は、いつか、鐘の音や教会の聖歌に消されてしまう。チョルトはただの霧になり、記憶になり、夏の大麦畑にそよぐ風になってしまう……。

ワーシャはマロースカを思った。寒さを思いのままに操れる冬の王。あの人は、消えるはずがない。

ワーシャはそんな思いを頭から追い払い、桶からひしゃくいっぱいに湯をすくった。それを、ポケットに入れていたパンの皮、部屋の隅にあるカバノキの枝といっしょに、いまにも消えてしまいそうなバンニクの前に置く。

バンニクの姿がさっきよりも少し濃くなった。

マーリャが息をのむ。

ワーシャは姪の肩を軽くたたき、しがみついていた手をマントから離させた。「おいで、あの人は何もしないわ。話すときは礼儀正しくね。バンニクっていうのよ。『おじいさん』と呼んで。バンニクはおじいさんだから。それか、『ご主人様』と呼びかけて。それが呼び名だから。カバノキの枝とお湯とパンをお供えするのよ。バンニクは、わたしたちの未来を教えてくれることもあるの」

マーリャはバラ色の唇をすぼめ、かしこまって、わずかに震えながら、小さな声でいった。

「おじいさん」

バンニクは黙ったままだ。

マーリャはためらいながら近づき、少しつぶれたケーキのかけらを差し出す。

バンニクがゆっくりとほほえむ。マーリャは震えながらも、そこから動かない。バンニクが、もやのようにゆらめく手でケーキをつかむ。「おれのことがみえるのか」その声は、燃えている薪に水を注いだときの音のようだ。「ずいぶん、しばらくぶりだ」

「みえるわ」マーリャはそういって、バンニクに近寄る。子どもらしく、怖い気持ちは忘れてしまったらしい。「もちろんみえている。どうして、いままで話しかけてくれなかったの？ お母さんに、あなたは本当はいないっていわれて、怖かったのよ。未来のことを教えてくれるの？ わたしはだれと結婚する？」

どこかの公国の気難しい王子に嫁がされるのよ、女になったとたんに。ワーシャは自分の身に起こったことを思い出し、暗い気持ちになる。「もう十分よ、マーシャ。こっちにきなさい。未来のことは知らなくていいわ――まだ結婚しないでしょう」

バンニクの笑顔に、意地悪な表情がかすかに混じる。「なぜ知らなくてよい？ ワシリーサ・ペトロヴナ。おまえは自分の未来をすでにきいているだろう」

ワーシャは返事をしない。レスナーヤ・ゼムリャのバンニクは、ワーシャの未来をこんなふうに予言していた――真冬にパダスニェーズニクを摘み、自ら死を選んで、早夜《サヨ》鳴鳥《ナキドリ》のために泣くだろう。「あのとき、わたしはもう大きかった。マーリャはまだ子どもなのよ」ワーシャはようやく返事をした。

バンニクが、もやのような歯をみせてにやりと笑う。「おまえの未来を予言しよう、マーリヤ・ウラジーミロヴナ。おれの姿がひとすじの煙のようにはかないのは、おまえの家族が教会の鐘や壁にかけたイコンを信じているせいだ。だが、これだけはわかる。おまえはここから遠く離れた地で大きくなるだろう。冬が終わったら、母親よりも鳥を愛するようになるだろう」

ワーシャは体をこわばらせる。マーリャは怒りで顔を真っ赤にした。「鳥……？」そうつぶやいたかと思うと、突然、「うそよ！　うそばっかり！」と叫んで拳《こぶし》を握りしめた。「そんな予言、取り消して！」

バンニクは肩をすくめ、わずかに悪意のにじんだ笑みを浮かべている。

「取り消してよ！」マーリャがかん高い声で叫ぶ。「取り――」

しかし、バンニクは聞き入れる様子もなくワーシャのほうに視線を向ける。燃えるような目の奥がぎらりと光る。「マースレニツァ祭が終わる前に……われわれはみな、みているぞ」

ワーシャはマーリャのかわりに怒っていう。「なんのこと？」

しかし、ワーシャの声はだれもいない部屋の隅に響いただけだった。バンニクは姿を消していた。

マーリャは動揺している。「あの人、きらい。さっきいったことは本当なの？」

「予言だから」ワーシャがゆっくりという。「本当かもしれない。でも、そうだとしても、実際に起こることは、あなたが思っているのとは全然ちがうかもしれない」

マーリャは下唇を震わせ、黒い目を大きく見開いて、不安そうな顔をした。そんなマーリャをみてワーシャが誘う。「まだみんなが起きるには早いわ。ふたりで馬に乗って出かけるのはどう?」

マーリャの顔が、太陽がのぼったように明るくなる。「いく」すぐに返事をした。「うれしい、連れていって。いますぐ」

人目を気にしながらも浮き浮きしているマーリャをみれば、馬に乗って街を駆けまわることは許されていないのだとすぐにわかった。誘わないほうがよかったかも、とワーシャは思った。しかし、自分が子どものころ、兄といっしょに馬に乗り、顔に風を感じるのが大好きだったことをいまでも覚えている。

「おいで」ワーシャがいう。「絶対にわたしから離れないでね」

ふたりは風呂小屋からそっと外に出た。朝の空は、煙のようなくすんだ灰色からハトのような灰色に変わっていた。紺色の闇が薄くなり始めている。

ワーシャは勇敢な少年にみえるように大股で歩こうとするが、なかなか思うように歩けなかった。マーリャがワーシャの手を放そうとしないのだ。おてんばなマーリャが屋敷の外に出るのは、教会にいくときだけだ。しかも、まわりには常に母親の侍女たちがいる。乳母や侍女の付き添いなしで庭を歩くだけでも、いけないことをしているような気がしてしまう。

ソロヴェイは、放牧場でうれしそうに朝のにおいをかいでいた。一瞬、ワーシャには、あごひげを生やした手足の長い何かが、馬のたてがみをとかしつけているようにみえた。そのとき、朝課《ウトレンニャ》の時を告げる修道院の鐘がいっせいに鳴り響き、ワーシャがまばたきをすると、もうそこにはだれもいなかった。

マーリャが急に立ち止まる。「うわあ。あれがおばさんの馬？　とても大きいのね」
「そうよ」ワーシャが答える。「ソロヴェイ、わたしの姪があなたに乗りたがっているの」
「いまはそうでもない」マーリャはそういって、緊張した顔で雄馬をみる。

ソロヴェイは小さい人間を気に入ったようだ。あるいは、自分よりはるかに小さな生きものに戸惑っただけかもしれない。小さな歩幅で気取って柵に近づいてくると、マーリャの顔にあたたかな鼻息をかけ、頭を下げて、その小さな指に口をあてた。
「わあ」マーリャが驚いて声をあげる。「すごく柔らかいのね」そういって、ソロヴェイの鼻をなでる。

ソロヴェイが耳を前後に動かし喜んでいるのをみて、ワーシャはほほえむ。

この子に、ぼくを蹴らないようにいっておいてよ。ソロヴェイがいう。マーリャは髪をソロヴェイにそっと噛まれて、くすくす笑っている。それから、たてがみを引っ張らないように。

ワーシャはソロヴェイの言葉を伝えると、マーリャを抱き上げて柵の上にのせた。
「鞍はつけないの？」マーリャが柵をつかんで心配そうにきく。「お父さんの家来が馬に乗って出かけるのをみたことがあるけど、みんな鞍をつけてたわ」
「ソロヴェイは鞍が好きじゃないの」ワーシャが答える。「ほら、乗って。わたしがしっかり支えるから落ちたりしないわ。それとも怖いの？」

マーリャは、つんと上を向く。スカートをはいているため、ぎこちなく片脚を上げてまたぐと、ソロヴェイの首と背中の間にドスンと音をたててすわった。「いいえ、怖くなんかない」

しかし、ソロヴェイが大きく息を吐き体をゆらすと、悲鳴をあげてしがみついた。ワーシャはにっこり笑って柵にのぼり、姪の後ろにまたがった。

「どうやってここから出るの?」マーリャは落ち着いた声でたずねる。「放牧場の門を開けなかったでしょ」次の瞬間、マーリャがはっと息をのむ。「うわあ!」

マーリャの後ろでワーシャが声をあげて笑っている。「ソロヴェイのたてがみにつかまって。でも、なるべく引っ張らないようにね」

マーリャは返事をしなかったが、小さな両手でソロヴェイのたてがみに必死につかまるのがみえた。ソロヴェイがくるりと向きを変える。マーリャの呼吸が速くなる。ワーシャは前かがみになった。

マーリャは、ソロヴェイが全速力で走りだすと短い悲鳴をあげた。一歩、二歩、三歩と進み、次の一歩で高く飛び上がり、木の葉のように軽々と柵を越える。

ソロヴェイが着地すると、マーリャは笑い声をあげ、大声でいう。「もう一回! もう一回!」

「次はもどってきたときにね」ワーシャが約束する。「これから街をみてまわるのよ」

セルプホフ公邸を出るのは、驚くほどたやすかった。ワーシャがマントの中にマーリャを隠し、まだ薄暗い空の下で少し待っていると、門番があわててやってきて門のかんぬきを外した。何しろ、門番の仕事は屋敷から人々を締め出すことなのだ。

門を出ると、街はちょうど目覚めたところだった。朝の静けさを震わせて、パンケーキを脂で焼く音がきこえ、においが漂ってくる。夜明け前のスミレ色の街で、幼い男の子たちが雪の滑り台で遊んでいる。この時間なら、年上の少年たちに追い払われずに楽しめるのだ。

近くを通りすぎるとき、マーリャは男の子たちをみていう。「昨日、グレブとスラヴァがうちの庭に雪の滑り台を作ってくれたの。乳母は、滑り台なんて小さな子が遊ぶものですよ、っていうけど、お母さんは遊んでいいっていってくれるかも」マーリャがあきらめきれない様子で言い添える。「ここの滑り台で遊んではだめ？」

「お母さんはいい顔をしないと思うわ」ワーシャは残念に思いながらいった。

頭上では、銅でできた輪のような太陽がクレムリンの城壁からほんの少し顔を出した。日の光が、モスクワじゅうの立派な教会から鮮やかな色を引き出す。灰色の光は消え、街は緑や緋や青に輝き始める。

顔を出したばかりの太陽に照らされ、マーリャの顔もほのかに輝く。そこにいるのは、元気をもてあまして母親のいる塔の中を走りまわる、世話の焼ける子どもではない。穏やかで喜びに満ちた少女だ。黒い目は日差しを受けてきらきらと輝き、街にあるものすべてをうっとりとみつめている。

ソロヴェイは、人々が目覚めだした街の中を並足や速足、駆け足で走り抜ける。パン屋、ビールの醸造所、宿屋の前を通りすぎ、橇《そり》をいくつか追い越した。露店のかまどの前を通りかかると、女の料理人がパンケーキを焼いていた。ワーシャは空腹に促されるまま、ソロヴェイから滑り降りる。ソロヴェイもケーキが好きなので、自分ももらえるのではと期待しながら、主人のあとをついていく。

女は火から目を離さずに、においをかいでいるソロヴェイの鼻先にスプーンを突き出した。ソロヴェイは怒って一歩後ろに下がったが、前足を上げれば小さな乗り手が落ちてしまうと気づいて、止まった。

「食べるんじゃないよ」女がソロヴェイにいって、スプーンを振ってみせる。女の背丈は、ソロヴェイの首元よりもずっと低い。「あんたみたいなでかい馬は、腹が減ってれば山ほど食べちまうに決まってるんだから」

ワーシャは笑みを隠して女にいう。「こいつを許してやってくれ。ここのケーキがとてもいいにおいだったから」そして、脂をたっぷり含んだケーキをたくさん注文した。

女は気をよくして、何個かおまけしてくれた。「もっと太ったほうがいいですよ、お若いだんな。その子どもには食べさせすぎないほうがいいけどね」そして、急に態度を和らげ、自分の手からソロヴェイにケーキを食べさせた。

ソロヴェイも女に腹を立てるのはやめて、差し出されたケーキをそっとくわえて食べ、女のカーチフに鼻を寄せてにおいをかいだ。しまいに女は声をあげて笑いだし、ソロヴェイの顔を押して遠ざけた。

ワーシャはふたたびソロヴェイにまたがって進みながら、マーリャといっしょにケーキを食べた。脂で手がべとべとになる。ときおり、ソロヴェイが期待をこめたまなざしで後ろを振り向くと、マーリャがひと切れ食べさせる。三人はゆっくり進みながら、街が目を覚ましていく様子をながめた。

ゆくてにクレムリンの城壁がそびえてくると、マーリャは身を乗り出し、口をぽかんと開け、脂まみれの両手をソロヴェイの首について体を支えながらいった。「いままで、遠くからみるだけだったから、こんなに大きいなんて知らなかった」

「わたしも。昨日、初めてみたの。もっと近くにいってみましょう」

クレムリンの門を通り抜けると、次はワーシャが驚いてため息をつく番だった。門の外にある大きな広場に、ちょうど市が立つところで、商人がそれぞれの露店を準備している。男たちは大声であいさつをしたり、手に息をかけてあたためたりしている。子どもたちは走りまわり、ムクドリのような声で騒いでいる。

「すごい」マーリャはつぶやき、せわしくあちこちに視線を向ける。「ほら、みて、あのお店では櫛《くし》を売ってる！　あっちは布よ！　骨でつくった針や、鞍もある！」

そんな調子で市場の中を進んでいくと、いろんな店であらゆるものが売られていた。ケーキやワイン、銘木《めいぼく》、銀器、蠟燭《ろうそく》、毛織物、タフタ（光沢のある、やや硬い平織の絹織物）、塩レモン。塩レモンを買ったワーシャは、においをかいで顔を輝かせ、ひと口かじった瞬間、あっと驚いた表情になり、あわててマーリャにレモンを渡した。

「このままは食べないのよ。小さく切ってスープに入れるの」マーリャは楽しそうにレモンのにおいをかぎながらいう。「この人たちは、長い旅をしてここにやってくるんだって。サーシャおじさんがいってた」

マーリャは、好奇心旺盛なリスのようにまわりを見回し、心ひかれるものをみつけては声をあげる。「緑の布よ！」――「みて、あの櫛、眠ってる猫みたいな形をしてる！」

ワーシャはレモンにかじりついたことをまだ後悔していた。ふと、広場の南側をみると、囲いの中に馬が何頭もいるのが目にとまった。ワーシャはもっと近くでみようと、ソロヴェイの脇腹を軽く蹴って進んだ。

一頭の雌馬がソロヴェイに向かっていななく。ソロヴェイは首を曲げ、うれしそうにしている。「ケーキの次は、雌馬に囲まれて遊びたくなった？」ワーシャが小さな声でいう。

馬の仲買人はワーシャをまじまじとみていう。「お若いだんな、雄馬をそんなに近づけないでくださいよ。うちの馬たちが興奮してしまいます」

「この馬はおとなしくしているだろう」ワーシャは、裕福な貴族《ボヤール》らしく横柄な態度で応じてみる。「おまえの馬がどうなろうと、知ったことではない」しかし、囲いの中の馬は明らかに落ち着きがなくなっていたので、ワーシャはソロヴェイを後ろに下がらせ、雌馬をながめた。仲買人の馬はどれもよく似ていたが、ソロヴェイに向かっていなないた馬だけは見た目がちがっていた。栗毛で、脚先は靴下を履いているように色が変わっていて、ほかの馬よりも背が高い。

「あの子が好き」マーリャが栗毛の馬を指さしていう。

ワーシャもそう思った。そのとき、とんでもない考えが頭をよぎった――馬を買ってみる？

ワーシャはレスナーヤ・ゼムリャの家を出るまで、何かを買うということを一度もしたことがなかった。しかし、いま、ポケットの中にはひとつかみの銀貨があり、モスクワまでの旅で生まれた自信が、体じゅうを血のようにめぐっていた。「あそこにいる若い雌馬をみせてくれ」ワーシャがいう。

仲買人は、細身の若者を疑わしげな目つきでみた。

ワーシャは偉そうに馬にまたがったまま、男が答えるのを待つ。

「仰せのままに、旦那《ガスパジン》」男は口の中でいう。「すぐに連れてきましょう」

仲買人の男が栗毛の馬を引っ張ってきた。綱をつけられた馬は落ち着かない様子だ。男は雪の積もった広場で馬を速歩で駆けさせ、ワーシャたちの前をいったりきたりさせた。「健康そのものです」男がいう。「もうすぐ三歳になるところで、軍馬にうってつけです。どんな乗り手でも英雄になれるでしょう」

栗毛の馬は四本の足を順に上げて走る。ワーシャは近寄って体をなでたり、脚や歯をじっくりみたかったが、マーリャを人目につくソロヴェイの背中に置いていきたくはなかった。

そばにいって触れるかわりに、ワーシャは話しかける。こんにちは。

雌馬が足を止める。耳を前に向け、怖がっているが興奮はしていない。こんにちは……？

雌馬が恐る恐るこたえる。鼻をいぶかしげにゆがめている。

そのとき、クレムリンのアーチ形の門のあたりから、別の馬のひづめの音がきこえてきた。雌馬はびくっとして後ずさり、棹立ちになりかける。仲買人が悪態をつきながら綱を引いて静めると、雌馬は前足を高く上げ、跳ぶようにして囲いの中にもどった。

ワーシャ。ソロヴェイがいう。

ワーシャが振り返ると、三人の男がひづめの音を響かせて広場に入ってきた。三人とも、胸のがっしりした馬に乗っていて、ひとりを先頭に、あとのふたりが両脇を少し遅れて進んでくる。先頭の男は丸い帽子をかぶり、高貴な雰囲気をまとっている。チェルベイだ、とワーシャは気づいた。盗賊団の頭で、ハン国からの特使を騙《かた》っている。

チェルベイがこちらを向くと、馬が止まった。ほかのふたりも向きを変え、まっすぐ馬の囲いのほうへ向かってくる。チェルベイは強いなまりのあるルーシ語で大声で謝りながら、人混みの中を強引に進む。おびえた顔や怒った顔の人たちが、三人のタタール人を目で追う。

太陽は空高くのぼっていた。冷たく白っぽい日差しが凍った川を照らし、タタール人たちが身につけた宝石にも反射している。

ワーシャはマントを前でかき合わせてマーリャを隠すと、小声でいった。「静かにしてるのよ。ここを離れないと」ワーシャはソロヴェイをゆっくり歩かせ、クレムリンの門に向かった。マーリャは静かにしていたが、鼓動が速まるのがワーシャにも伝わってきた。

もっと早く広場を出たらよかった、とワーシャは思った。タタール人たちが巧みな手綱さばきでぱっと広がったかと思うと、ソロヴェイは三人に囲まれてしまった。ソロヴェイが怒って棹立ちになる。ワーシャはソロヴェイを落ち着かせ、マントの中のマーリャをしっかりと抱えた。タタール人たちが慣れた手つきで馬を止まらせると、まわりでみていた人たちの間からささやきあう声があがった。

チェルベイはずんぐりした体つきの雌馬に優雅にまたがり、笑みを浮かべている。一見、おおらかに思えるその雰囲気は、どこかドミトリーに似ているとワーシャは思った。闇の中、怒りをたぎらせた顔で刀を振り上げ襲ってきたあの男と、同じ人物とは思えない。やはり見間違えたのだろうか……。

「お急ぎか?」チェルベイがワーシャに声をかけ、とても品よくおじぎをする。チェルベイの視線がマーリャをとらえる。少女の姿はワーシャのマントから見え隠れしており、きゅうくつそうに身をよじらせている。チェルベイはその様子を興味深そうにながめている。「引き止めるつもりはないが、以前にそなたの馬をどこかでみた気がするのだ」

「ワシーリー・ペトロヴィチといいます」ワーシャは答え、ぎこちなく首を傾ける。「そうおっしゃられても、見当もつきません。先を急いでおりますので」

ソロヴェイが進みだすと、チェルベイの家臣ふたりが剣に手をかけ道をふさいだ。

ワーシャはできるだけ平然とした態度で引き返そうとするが、だんだん怖くなってきた。

「通してください」ワーシャがいう。広場の人たちがみな、動きを止めてみている。太陽はさらに高くのぼっていた。もうすぐ街がにぎわい始める時間だ。ワーシャとマーリャはセルプホフ公邸にもどらなければならない。ところが、ぞっとすることに、タタール人は脅すような笑みを浮かべていた。

「いや、間違いない」ひとしきり考えてチェルベイがいう。「前にその馬をみたことがある。今日、ひと目みて気づいた」何か思い出したふりをする。「そうだ」豪華な服の袖から、ちりをはじき飛ばす。「その馬のほうからこちらにやってきたのだった。夜遅く、森の中でな。あんな場所で雄馬に出くわすとは奇妙だった。しかも、あの馬は手綱も何もつけていなかった。そなたの馬とうりふたつの雄馬だ」

大きく見開いた黒い目にじっとみられて、ワーシャは、やはりあの男だと思った。「暗い夜にみたのでしょう」ワーシャはなんとか言葉を返す。「暗闇の中で一度みただけの馬がどうしてわかるのです？　森でみたのは別の馬でしょう――これはぼくの馬です」「わたしの記憶はたしかだ」チェルベイはそういって、ワーシャの手をまじまじとみる。「きっとお互い同じだろう」

ふたりの家臣が馬でじりじりと近づいてくる。チェルベイはわたしが気づいていることを知っている。これは警告だ。

ソロヴェイはタタール人の馬よりも大きいし、すばやく動けそうだ。押しのけて通れるかもしれない。しかし、男たちは弓を持っている。マーシャの身の安全も考えなければ……。

「その馬を買いたい」チェルベイがソロヴェイをみていう。

ワーシャは驚いて、思わず声をあげた。「なんのために？」そういって詰め寄る。「この馬が、あなたを乗せるはずがない。乗りこなせるのはぼくだけだ」

チェルベイはかすかに笑みを浮かべる。「そう思うか？　いや、そのうち、わたしを乗せて走るようになる」

ワーシャのマントの中できゅうくつな思いをしていたマーリャが、苦しそうに声をもらすのがきこえた。「だめだ」チェルベイに答えるワーシャの声が広場に響く。怒りでほかの言葉が出てこない。「だめだ。この馬は売らない。どんなものを差し出してもむだだ」

ワーシャの声は広場じゅうの商人にきこえていた。商人たちの顔色が変わる。動揺している者もいれば、ワーシャに同意する者もいる。

チェルベイは大きくにやりと笑う。こちらが怒って言い返すことを見越していたのだと気づき、ワーシャは恐怖で身震いした。たったいま、チェルベイが剣を抜いて自分を殺《あや》めたとしても、あとからドミトリーに申し開きができる完璧な口実を与えてしまった。しかし、チェルベイが動くよりも早く、川のほうから大声でぼやく声がきこえてきた。「やれやれ」その声は続ける。「モスクワでは、人にぶつからずに全速力で馬を走らせることはできないのか。そこをどいてくれ――」

チェルベイの顔から笑みが消える。ワーシャの頬は火がついたように熱くなる。

カシヤンが威厳に満ちた態度で人々の間を通り抜け、近づいてきた。緑の服に身を包み、体格のよい去勢した雄馬に乗っている。カシヤンはワーシャとタタール人たちを見くらべていった。「子どもをいじめなくてもいいでしょう、チェルベイどの」

チェルベイは肩をすくめる。「この田舎町で、ほかに何をすればいい？　カシヤン・ルートヴィチ」

チェルベイの親しげな話し方にワーシャは少し違和感を覚えた。カシヤンは自分の馬を促してワーシャの横にならぶと、冷ややかにいった。「ワシーリーはわたしといっしょにきてもらう。そろそろ帰らないと、この子のいとこが心配するだろうからな」

チェルベイはすばやくあたりを見回す。まわりに集まった人たちは黙ったままだが、カシヤンの味方だということは明らかだ。「なるほど」そういっておじぎをする。「馬を売りたくなったら、袋いっぱいの金貨で買ってやる」

ワーシャは、チェルベイから目をそらさずに首を横に振った。

「金をもらっておいたほうが身のためだぞ」チェルベイは声を低くして言い添えた。「そうすれば、われわれの間にあったことは忘れてやる」その顔は笑みを浮かべていたが、目をみれば、こちらを脅しているのだとすぐにわかった。

「さあ、いくぞ」カシヤンが急かすように声をかけると、三人のタタール人をよけて、クレムリンの門に向かって進みだした。

そのとき、なぜあんなことをしたのか、ワーシャは自分でもわからなかった。朝の光がまぶしく降り注ぐなか、かっとなってすばやく、いちばん近くにいたチェルベイの家臣の馬にソロヴェイを向けた。ソロヴェイが一歩進むと、家臣はワーシャが何をしようとしているのか気づき、毒づいて鞍から飛び降りた。次の瞬間、ソロヴェイは高く跳ね上がり、タタール人の馬を飛び越えた。ワーシャはマーリャを両手でしっかり抱きかかえている。ソロヴェイは鳥のように着地して、カシヤンの馬に追いついた。

ワーシャが振り返ると、家臣は立ち上がっていた。泥まじりの雪で服が汚れている。チェルベイは野次馬といっしょになって笑い声をあげていた。

カシヤンは何もいわずに馬を走らせた。ゆきかう人々でひしめく入り組んだ道にさしかかるまで、ひと言も発しなかった。そしてカシヤンの最初の言葉は、ワーシャに向けられたものではなかった。「マーリャ・ウラジーミロヴナだな？」顔を前に向けたまま、マーリャにいう。「会えて光栄だ」

マーリャは大きく見開いた目でカシヤンをみる。「男の人と話してはいけないって、お母さんにいわれているの」マーリャはかすかに震えていたが、必死でおさえている。「どうしよう、絶対にお母さんに怒られる」

「ふたりとも叱られるだろうな」カシヤンがいう。「なんとばかなことをしたんだ、ワシーリー・ペトロヴィチ。チェルベイはそなたを刺し殺し、あとで大公に許しを請うつもりだった。なぜセルプホフ公の娘を馬に乗せて連れ出したりした？」

「この子には、どんな危害も絶対に寄せつけません」ワーシャがいう。

カシヤンが鼻を鳴らす。「もし、サライの使者が剣を抜いていたら、子どもを守るどころか自分の命があやうかった。それに、マーリャは姿をみられてしまった。それだけで十分、危険だ。この子の母親にきくといい。いや、すまん、その件では間違いなく、この子の母親からさんざん説教されるだろう。それとは別に――チェルベイに歯向かうとはな。あの男は笑っていたが、このことはけっして忘れないだろう。サライの宮廷では、みなにこやかにしている――だがそのうち、気に入らない相手の喉元に歯を突き立て、息の根を止める」

カシヤンの声はワーシャの耳にほとんど届いていなかった。ワーシャはマーリャのことを考えていた。屋敷のテレムを抜け出して広い世界をみたとき、マーリャは喜びと、新しいものをもっとみたいという切望の入り混じった表情をしていた。「マーシャが姿をみられると、まずいのですか?」やや気色ばんでたずねる。「いっしょに馬に乗って街をみてまわっていただけです」

「わたしがいくっていったの!」マーリャがふいに割りこんできた。「街をみたかったの!」

「好奇心の強い娘は災難に見舞われる」カシヤンが説教めいた口調でいい、皮肉っぽく笑って続ける。「バーバ・ヤガーもそういっている。知りたがりは早く老いていくものだ」

セルプホフ公の屋敷が近くなってきた。カシヤンがため息をついていう。「やれやれ、今日は祭りだったな? こんな日に、貞淑な少女たちをうわさ話から守るはめになるとはな」急にとげとげしい口調になる。「その子をマントの中に隠せ。屋敷についたら、その子を連れてまっすぐ放牧場に向かい、そこで待つように」カシヤンは馬を前に進めると、執事を呼んだ。指輪が太陽の光を受けて輝いている。「カシヤン・ルートヴィチだ。若きワシーリー・ペトロヴィチとワインを飲みにきた」

祭りの朝を祝って、門のかんぬきはすでに外されていた。門番があいさつをする。カシヤンがワーシャを後ろに従え、馬に乗って敷地に入ると、執事があわててやってきた。

「わたしの馬を頼む」カシヤンが落ち着いた声で命じる。勢いよく馬から降り、執事に有無をいわせず手綱を持たせた。「ワシーリー・ペトロヴィチは自分で馬を連れていくそうだ。では、またあとでな、少年」そういうと、カシヤンは屋敷のほうへ大股で歩いていく。あとには、カシヤンの馬の手綱を持たされていらいらしている執事が残された。ワーシャのほうをろくにみもしない。

ワーシャはソロヴェイの脇腹を軽く蹴って放牧場に向かう。屋敷に入ったカシヤンが何をしたかはわからないが、ソロヴェイがふたりを乗せて柵を飛び越え、マーリャを喜ばせたところへ、ワルワーラがあわてて駆け寄ってきた。青ざめ、怒りをおさえたその表情をみて、ワーシャもマーリャもたじろいだ。ワーシャは急いでマーリャを抱きかかえ、ソロヴェイの背中を滑り降りる。ワルワーラがいう。

「いらっしゃい、マーリャ・ウラジーミロヴナ。中に入るのよ」

マーリャはおびえた表情を浮かべたが、ワーシャに向かっていう。「わたしはおばさんと同じくらい勇敢よ。家にもどりたくない」

「わたしよりずっと勇敢だわ、マーリャ」ワーシャは姪にいう。「でも、いまはもどって。いい？　覚えておいて。次に幽霊をみたときは、何をしてほしいのかきくのよ。その女の人はあなたを食べたりしないから」

マーリャがうなずき、小さな声でいう。「馬に乗って街を散歩できて楽しかった。お母さんに怒られても平気。それから、あのタタール人を飛び越えたのもおもしろかった」

「わたしもよ」とワーシャ。

ワルワーラがマーリャの手をきつく握り、屋敷に向かって歩き始める。そして振り向きざまにいう。「あなたは礼拝堂にくるようにと公妃様がおっしゃっています、ワシーリー・ペトロヴィチ」

ワーシャはワルワーラにいわれたとおり、礼拝堂に向かった。セルプホフ公邸の礼拝堂は丸屋根がいくつもついていて、すぐにみつかった。ワーシャは中に入り、何枚ものイコンに描かれた聖人の非難するような視線に耐えながらオリガを待った。

オリガはすぐにやってきた。身重の体でゆっくりと歩く。その姿から、お産の近いことがわかる。オリガは十字を切り、イコノスタスの前で頭を下げると、妹のほうに向き直った。

「ワルワーラからきいたわ」前置きなしに切り出す。「夜明けに馬で街に出かけて、わたしの娘を連れまわしたんですって？　本当なの？　ワーシャ」

「ええ」ワーシャが答える。オリガの激しい口調に身がすくむ。「マーリャと馬で出かけたわ。でも――」

「なんてこと、ワーシャ！」オリガがいう。白い顔から血の気が引いていく。「そんなことをしたら、あの子に悪いうわさがたつと思わなかったの？　ここはレスナーヤ・ゼムリャじゃないのよ！」

「悪いうわさ？」ワーシャが聞き返す。「もちろん、ちゃんと気をつけたわ。マーリャはだれとも話をしていないし、外出にふさわしい格好をして、髪も隠していた。いま、わたしはマーリャのおじさんなのよ。馬に乗せて街をみせて何がいけないの？」

「なぜって――」オリガは言葉を切って、息を吸いこんだ。「マーリャはテレムにいなくてはいけないの。生娘がテレムの外に出ることは許されていないのよ。あの子は部屋でじっとしていることを学ばなくてはならないの。あなたがここにひと月もいて、あの子を刺激し続けたら、下手をするとあの子の人生が台無しになるかもしれない」

「テレムの部屋にずっといるってこと？　この屋敷の塔の中に？」ワーシャは思わず、よろい戸のおりた細い窓や、壁に何列にもかかっているイコンに目をやった。「一生？　でもマーリャは勇敢で賢い子よ。本気でいってるわけじゃ――」

「もちろん本気よ」オリガが冷ややかに言い返す。「もう、二度とあの子にかまわないで。もし今度何かしたら、ドミトリー・イワノヴィチにあなたの秘密をいいますからね。そしたら、あなたは女子修道院いきよ。もういいわ。いきなさい。ひとりで好きに過ごしていてちょうだい。起きてからまだ一時間もたっていないのに、もうあなたにはうんざり」オリガは扉に向かって歩いていく。

傷ついたワーシャは、考えるよりも先に、ふと頭に浮かんだ疑問を口にする。その痛烈な調子にオリガは足を止める。「姉さんも、ここにいなくちゃいけないの？　塔から出てどこかにいくことはないの？　オーリャ」

オリガの肩がこわばる。「いまの生活に満足しているわ。わたしは一国の公妃なのよ」

「でも、オーリャ」ワーシャは姉に歩み寄る。「本当にずっとここにいたいの？」

「子どもみたいなことをいわないで」オリガは激しい怒りをワーシャにぶつける。「わたしたち女がどうしたいかなんて、関係ないのよ。突然、村を飛び出して旅をしたり、あなたのむこうみずで慎みのない行動のひとつでも――大目に見てあげられると思う？」

ワーシャは口をつぐんで身をこわばらせ、姉をじっとみている。

「わたしはあなたの母親じゃない」オリガは続ける。「むこうみずな行動を寛大な心で許すことはできないの。あなたはもう子どもじゃないでしょ、ワーシャ。考えてみて。もしあなたが、みんなのいうことをきいていたら、お父さんが死ぬことはなかったんじゃない？　それを忘れないで。そして、おとなしくしていてちょうだい！」

ワーシャは何かいおうとしたが、すぐに言葉が出てこなかった。礼拝堂の壁のむこう、遠いところをみるように、村での出来事を思い出しながら、なんとか言い返す。「わたしは――みんながわたしを追い出そうとしたのよ。父さんはいなくて、怖かった。けっして父さんを――」

「もうたくさん！」オリガがきつい口調でさえぎる。「いいかげんにして、ワーシャ。そんな子どもの言い訳でしょ。あなたはもう大人の女なのよ。してしまったことは取り返しがつかない。でも、これからは行動をあらためて。マースレニツァ祭が終わるまで、おとなしくしていて。お願いだから」

ワーシャは唇が冷たくなるのがわかった。子どものころ、美しい姉がお屋敷で、おとぎ話に出てくるオリガ姫のように鷹の王子と幸せに暮らしている姿をよく想像した。ところが、子どもの夢はしぼみ、オリガは気高く、孤独に、閉ざされた塔の中で暮らし、老いていこうとしている。娘を立派な淑女に育て上げようとしているが、そのせいで犠牲になるものがあることを考えようとしない。

一方、オリガはワーシャの顔をのぞきこみ、妹が何を考えているか知ってうんざりした。

「ほらほら」オリガがいう。「現実の世界を生きていると、おとぎ話よりいいこともあれば、つらいこともあるのよ。そろそろわかってちょうだい。マーリャにもわかってもらわないと。さあ、翼を切られた鷹のような顔をしないで。マーリャなら大丈夫。幸い、ひどいうわさが流れるにはまだ幼いし、今日、あの子に気づいた人はいないかもしれない。もう少しすれば、あの子も自分の立場を理解して、幸せになれるでしょう」

「本当にそう思う？」

「もちろん」オリガがきっぱりと返事をする。「あの子はきっと幸せになる。あなたもね。ワーシャ、あなたのことを大切に思っているのよ。わたしにできる限りのことをするわ。あなたもいずれ、子どもを産んで、召使いたちを取り仕切るようになれば、このたびの不幸な出来事など忘れてしまうでしょう」

ワーシャはほとんどきいていなかった。礼拝堂の四方の壁に押しこめられている気がして、息苦しかった。まるで、オリガの過ごしてきた、息の詰まりそうな長い日々が壁に形を変え、香りを放ち、オリガの居場所を形作っているようだった。なんとかうなずいてみせる。「ごめんなさい、オリガ」ワーシャはそういうと、姉の横を通り抜け、礼拝堂の外に出て階段をおりていった。外は、祭りにはしゃぐ人々の声で騒がしい。オリガが妹を呼び止めたとしても、その声は届かなかった。

18　馬使い

門のそばにカシヤンがいた。

ワーシャがいう。「ワシーリー・ペトロヴィチとワインを飲みにきたのではなかったのですか」

カシヤンが鼻を鳴らす。「やあ、きたか」さらりという。「ワインは街で買えばいい。酒を飲みたそうな顔をしているな」黒い目がワーシャの目をのぞきこむ。「さて、ワシーリー・ペトロヴィチ。姉に会って頭に鉢でも投げつけられたか？　貞淑な少女の評判を汚した償いに、姪とすぐに結婚するよう命じられたか？」

ワーシャは、カシヤンが冗談をいっているのか本気なのか、確信が持てなかった。「いえ」短く返事をする。「ただ、姉はすごく怒っていました。あの――マーリャを家に帰す手助けをしてくださって、ありがとうございました。おかげで執事や門番にあの子の姿をみられずにすみました」

「とにかく飲もう」とカシヤン。ワーシャの感謝の言葉には、たいしたことではないとでもいうように肩をすくめてみせた。「とことん飲もう。そうすれば気分が晴れる。腹が立つがだれに怒りをぶつければいいかわからない、といったところだろう」

ワーシャはただ、歯をみせて短く笑った。自分でつかみとった自由をひしひしと感じ、「案内してもらえますか、カシヤン・ルートヴィチ」といった。あちこちからかん高い声や笑い声がきこえ、モスクワの街はまるで煮立っているやかんのようだ。

カシヤンも、固く結んだ秘密めいた唇をわずかにほころばせた。ふたりはオリガの屋敷の前のぬかるんだ道を曲がり、すぐに祭りの歓びに満ちた街にのみこまれた。脇道から音楽がきこえてきて、みると、娘たちが輪を使って踊っていた。祭りの行列がこちらに近づいてくる。藁《わら》でできた女の人形が棒にささっていて、それを人々が笑いあいながら高くかかげている。一頭の熊が、刺繡《ししゅう》のほどこされた襟をつけ、犬のように縄で引っ張られている。頭上で鐘が鳴り響く。この時間になると、雪の滑り台のまわりにはたくさんの人が集まっている。互いに押しあいながら順番を待ち、滑り台の後ろに落ちたり、転がって頭から滑り下りたりしている。カシヤンが足を止めてワーシャに話しかけた。「あのタタール人の使者、チェルベイだが」慎重に言葉を選んでいる。

「あの人がどうかしたのですか？」

「そなたのことを知っているようだった」

少し先の道が騒がしくなった。「なんだろう」ワーシャはつぶやき、カシヤンの質問には答えない。ふたりの前にいる人たちが、波が引くように後ずさってくる。次の瞬間、どこからか逃げ出した馬が全速力で駆けてきた。目を血走らせてこちらに向かってくる。

朝、市場でみかけた雌馬だ。ワーシャが心をひかれ、ほしくなったあの若い雌馬だ。白い靴下を履いたような足で泥まじりの雪を蹴って走ってくる。人々は悲鳴をあげ、身をすくめて道をあける。ワーシャは両手を広げ、馬の前に立ちはだかった。

雌馬は身をかわしてよけようとしたが、ワーシャはすばやい動きで引き綱をつかんだ。「止まれ、いい子だ。いったいどうした？」

雌馬はカシヤンをみると後ずさりして棹立ちになり、人だかりにおびえている。「下がって！」ワーシャが集まった人々にいう。人々が少し離れたかと思うと、三頭の馬の規則正しいひづめの音がきこえ、チェルベイと家臣ふたりが速歩で通りをこちらに向かってきた。

チェルベイはワーシャをみて驚き、うんざりした顔になる。「またおまえか」

マーリヤが無事で家にいるとわかっているいま、ワーシャは大胆になった。片眉を上げていう。「買った雌馬に逃げられたのですか？」

チェルベイは落ち着いている。「いい馬は元気がありあまっているからな。わたしのために馬をつかまえてくれるとは、じつに感心な坊やだ」

「馬が元気すぎるからといって、怖がらせていいことにはなりません」ワーシャが言い返す。「それから、坊やと呼ぶのはやめてください」雌馬は引き綱をワーシャにつかまれ、ほとんど震えているといってもいいほどおびえていた。新たな脅威から逃げ出そうと、頭で綱を引っ張っている。

「カシヤン・ルートヴィチ」チェルベイがいう。「この子をどうにかしてくれ。さもないと、生意気な口をきいた罰として鞭打ちの刑にし、馬を取り上げるぞ。かわりにこの雌馬をやる」

「もし、ぼくがこの馬を買っていたら」ワーシャは後先を考えずに話し始める。「正午の鐘が鳴る前に乗りこなしていたでしょう。怖がらせて馬を逃がし、モスクワの街じゅう追いかけまわすようなことはしない」

ワーシャにとって腹の立つことに、盗賊はおもしろがっているような顔をしてみせた。「子どものくせに大きな口をたたくやつだ。さあ、わたしの馬を返せ」

「ぼくの馬を賭けてもいい」ワーシャが身じろぎもせずにいう――ワーシャはカーチャのことを考えていた。ドミトリーが新たな戦のために人々から税を徴収しなければならないせいで、飢えに苦しんでいるカーチャの姿だ。さらに、チェルベイに対する怒りが、もともとむこうみずなワーシャの感情をかきたてた。「三時課(午前九時)の鐘が鳴るまでに、この雌馬に乗ってみせる」

カシヤンが口をはさもうとする。「ワーシャ――」

ワーシャはそちらを見向きもしない。

チェルベイは声をあげて笑う。「おまえが? これから?」そういって、興奮しやすい、おびえた馬をまじまじとみる。「なら、やってみるか? われわれを驚かせてくれ。しかし、失敗すれば必ずおまえの馬をもらうぞ」

ワーシャは勇気を振りしぼって答える。「もしぼくが勝てば、この雌馬を譲ってください」

カシヤンがとっさにワーシャの腕をつかんだ。「ばかな賭けはよせ」

「坊やが自分の実力にうぬぼれ、馬を手放したいというのなら」チェルベイはカシヤンにいう。

「勝手にすればいい。さあ、さっさと始めろ。この馬に乗れるものなら乗ってみろ」

ワーシャは何も言い返さず、おびえきった馬をみつめた。雌馬は、綱を引っ張って踊るように動きまわり、ワーシャの手を力一杯引っ張っている。こんな調子では、とても乗りこなせるとは思えない。

「十分な高さの柵がある放牧場を使わせてください」しばらくして、ワーシャがいった。

「おまえが使えるのはモスクワの街と人だかりの囲いだけだ」チェルベイがいう。「賭けをするときは、先に条件を確かめるんだな」

チェルベイの顔から笑みが消え、話しぶりは明確に、態度は真剣になった。

ワーシャは少し考えていう。「なら、市の立っている広場で。あそこはもう少し広い」

「まあ、いいだろう」チェルベイが恩着せがましくいう。

「この騒ぎがそなたの兄の耳に入っても、わたしは取りなしはしないぞ、ワシーリー・ペトロヴィチ」カシヤンが小さな声でいう。

ワーシャはきこえないふりをした。

広場に向かうワーシャたちのあとに、見物人が続く。その様子はまるで行列のようだった。うわさが行列より先に、街じゅうに広がっていく。ワシーリー・ペトロヴィチがタタール人の貴族、チェルベイと賭けをするそうだ。広場に集まれ。

しかし、ワーシャにはきこえていなかった。雌馬の息づかいしか耳に入ってこない。ワーシャは馬のすぐそばを歩き、綱を振りまわしている馬に話しかけた。ほとんどが意味のないことばかりで、馬をほめたり、愛の言葉だったり、頭に浮かんだことをなんでも口にした。そして、馬のいうことにも耳をすませた。逃げたい。馬の頭に浮かんだのはこれだけだった。頭と耳と震える体を使ってささやいた言葉はそれだけだった。逃げたい、逃げなくちゃ。仲間といい草地と静けさがほしい。走って逃げよう。

ワーシャは馬の声に耳を傾けながら、救いようもないほど愚かなことをしているような気がした。

チェルベイは異教徒だが、ルーシの人々は場の盛り上げ方を心得ている人間が好きだ。チェルベイはすぐに持ち前の演出のうまさを発揮した。見物人からほめられると、おじぎをして指にたくさんつけた荒削りの宝石をみせびらかした。どこからか野次が飛んでくると、大声で応酬して観衆を笑わせた。

広場に着くと、チェルベイのふたりの家臣がすぐに広い場所を確保し始めた。商人たちに文句をいわれながら、ようやく準備が整った。タタール人のずんぐりした馬たちはじっと動かずに、尻尾を鞭のように振りながら、蹴爪《けづめ》を雪の中に埋めて立ち、群がる人々を近づけないようにしている。

チェルベイは観衆に、たどたどしいルーシ語で賭けの条件を説明する。広場には高位の聖職者も何人かいたが、見物人はどちらが勝つか賭けを始め、ますます盛り上がった。子どもたちは露店の屋根にのぼって見物している。できたばかりの人の輪の中心に、ワーシャとおびえた馬が立っている。

カシヤンは見物人の輪の一歩内側にいた。嫌悪と好奇の入り混じった表情をして、その目は外に向いていない。何か必死に考えているようだ。人だかりが次第に大きく、騒がしくなっていくが、ワーシャは雌馬に集中している。

「いい子だからおいで」ワーシャは馬の言葉でいう。「いやなことはしないから」

雌馬は全身をこわばらせたまま、何も答えない。

ワーシャはよく考えて大きく息をすると、危険をかえりみず、広場じゅうの人の視線を感じながら、馬に近づき端綱《はづな》を外した。

おさえた驚きの声があちこちからあがる。

雌馬は一瞬動きを止めた。まわりでみている人たちと同じくらい驚いている。そのすきをねらって、ワーシャが小声で怒ったようにいった。「なら、いってしまえ！　逃げろ！」

雌馬をけしかける言葉は必要なかった。近くにいたタタール人の馬に向かって駆けだし、くるりとまわると、二頭目の馬のところまで走る。そしてまた走りだす。止まろうとすると、ワーシャはけしかけてまた走らせた。というのも、馬の背中に乗るためには、まず人間に従わせなければならない。いまのところ、この雌馬は逃げろという命令にしか従わないだろう。

いってしまえ。この言葉には別の意図もあった。レスナーヤ・ゼムリャでワーシャが大好きだった雌馬のムィシュは、いうことをきかない子馬がいると、しばらくその馬を群れの外に出していた。ワーシャまで、ムィシュにいうことをきかない子馬と同じように扱われて、くやしい思いをしたことがある。これは、若い馬にとって最も恐ろしい罰だった。群れの中にいることがすべてなのだ。

目の前の若い雌馬に対して、ワーシャは群れの中の雌馬――賢い、年を取った雌馬――のような態度で接した。いま、若い雌馬は考えている――それは耳の動きにも表れていた――もし、この二本脚の生きものがわたしのことをわかってくれたら、もしかすると、わたしはもうひとりぼっちじゃなくなるかもしれない。

ワーシャと雌馬を取り囲む人々は、息をこらして見守る。

歩きまわっていたワーシャが突然、ぴたりと止まると、同時に雌馬が駆けるのをやめた。観衆がため息をもらす。雌馬の目はワーシャをじっとみている。あなたはだれ？　ひとりぼっちはいや。雌馬がワーシャにいう。怖い。ひとりぼっちはいや。

ならおいで、ワーシャはそういって雌馬に向き直る。こっちにおいで、もう絶対にひとりぼっちにはしないから。

雌馬は唇をなめ、耳をぴんと立てた。そして、群衆から驚きの小さな叫びがあがるなか、一歩、前に進む。それから二歩、三歩、四歩と続けて歩き、ワーシャの肩に鼻をのせた。

ワーシャは笑顔になる。

あちこちからきこえてくる叫び声は気にもとめず、馬と馬がするように、雌馬の首と背中の間や脇腹をかいてやった。

あなたは馬みたいなにおいがする、雌馬が半信半疑の様子でワーシャのにおいをかぎながらいう。

「残念だけど、わたしは馬じゃない」ワーシャがいう。

ワーシャはぶらぶらと歩きだす。雌馬がその後ろをついていく。鼻はワーシャの肩にのせたままだ。少し先まで。もう少し離れたところへ。端までいったら引き返す。

止まって。

ワーシャが止まると、雌馬も止まる。

いつもならワーシャはここで馬から離れ、しばらく好きに走らせたあと落ち着かせて、怖がらなくていいよ、と言い聞かせる。しかし、今回はソロヴェイがかかっている。あと、どのくらい時間が残っているのだろう。

人々は小さな声で口々に話しながらみつめている。ワーシャは、謎めいた表情のカシヤンをちらりとみた。「これから背中に乗るよ」ワーシャが馬にいう。「ほんの少しの間だけ」

雌馬は、どうしよう、と迷うような表情をしている。ワーシャは馬が動くのを待った。

すると、雌馬が唇をなめ、頭を下げた。しぶしぶといった感じだ。信頼は生まれたが、いつ消えても不思議ではない。

ワーシャは雌馬の首と肩の間に寄りかかり、体重をかけた。雌馬はぶるっと体を震わせたが動きはしない。

心の中で祈りながら、できるだけ体重をかけずに飛び上がり、片脚を振り上げ、馬の背中に乗った。

雌馬は棹立ちになりかけたがおとなしくなり、かすかに震えている。両耳が何かを訴えるようにワーシャのほうを向いている。変な動きをしたら——呼吸ひとつでも間違えば——雌馬がすぐに逃げ出して、また始めからやり直しだ。

ワーシャは背中に乗って、じっとしていた。雌馬の首をなでてみる。小さな声で話しかける。そのうち、緊張が少し——ほんのわずかに——和らいだのを感じ、片足のかかとを馬の脇腹に軽くあて、歩けといった。

雌馬がいわれたとおりに歩きだした。まだ動きはぎこちなく、両耳は後ろに寝かせている。数歩歩いて止まった。生まれてまもない子馬のように、脚をこわばらせている。

もう十分だ。ワーシャは馬の背中から滑り下りた。

広場は静まり返っている。

次の瞬間、歓声に包まれた。「ワシーリー・ペトロヴィチ!」人々が叫ぶ。「勇者ワシーリー!」

ワーシャは圧倒され、めまいを感じながら、観衆に向かっておじぎをした。チェルベイの表情をみるといらだっているのがわかったが、口元にはむりやり笑みを浮かべている。

「この馬はいただきます」ワーシャがチェルベイにいう。「やはり、馬に乗るときには馬の同意が必要なんです」

チェルベイはしばらく何もいわなかったが、突然、声をあげて笑いだしたので、ワーシャは驚いた。「不思議な坊やの魔法に負けるとは思わなかった。たいしたものだ、魔法使い」チェルベイは馬に乗ったまま、ワーシャに上品に頭を下げてみせた。

ワーシャは頭を下げない。背筋をぴんとのばし、チェルベイにいう。「心が狭い人には、きっとどんな技も魔法にみえるのでしょう」

観衆から笑い声があがる。チェルベイは口元の笑みを崩さなかったが、もう笑い声をあげることはなかった。「なら、こっちにきてわたしと決着をつけろ」低い声でいう。「これまでの無礼を償ってもらう」

「今日はだめだ」カシヤンがきっぱりといって、ワーシャのそばにやってきた。

「よかろう」チェルベイが表面だけ穏やかな口調でいう。家臣のひとりに手を振って合図すると、美しい刺繍のほどこされた端綱が運ばれてきた。「敬意をこめてあの馬を譲ろう。そなたの幸せを願っているぞ」

チェルベイの目をみると、心からの言葉ではないとすぐにわかった。

「端綱は使いません」ワーシャは堂々とした態度で、後先考えずに返事をした。チェルベイに背を向け歩き出すと、雌馬がついてくる。不安げに、鼻をワーシャの肩にのせている。

「騒ぎを起こす天才だな、ワシーリー・ペトロヴィチ」カシヤンがあきらめたようにいって、ワーシャの隣を歩く。「やっかいな敵をつくったものだ。しかし――馬を乗りこなす才能がある。じつに見事だった。馬の名前は決めたのか?」

「ジマー」ふと思いついた名前をいう。ルーシの言葉で「冬」という意味だ。この雌馬の、繊《せん》細《さい》な美しさや白い模様にぴったりだ。ワーシャは馬の首をなでる。

「新しい馬を手に入れて、飼育でも始めるつもりか?」とカシヤン。

雌馬が耳元でうなるように息を吐いたので、ワーシャは驚いて振り向き、鼻梁に白の入った顔をみた。馬の飼育? そうだ、この雌馬が自分のものになった。いつかは子馬を産むだろう。金の糸を織りこんだカフタンは大公からの贈り物だ。脇のさやに納めてある氷の短剣は霜の魔物にもらった。胸の上でひんやりと冷たいサファイアのペンダントは父親にもらった。たくさんの贈り物が宝物になった。

新しい名前もある。ワシーリー・ペトロヴィチ。観衆が声高らかに叫んでいた。勇者ワシーリー。ワーシャは誇らしい気持ちになった。まるで、それが自分の本当の名前のように思えた。その瞬間、ワーシャは自分がだれであってもおかしくない気がした。本当の自分以外ならだれでも。ワシリーサ、ピョートルの娘、はるか北の森で生まれた少女。いったい、わたしはだれ? ワーシャは頭がくらくらした。

「いくぞ」カシヤンがいう。「このことは日暮れまでにモスクワじゅうに知れ渡るだろう。これからは、馬使いのワシーリーと呼ばれるぞ。兄より通り名が多くなりそうだな。この雌馬は放牧場にソロヴェイといっしょに入れて、ソロヴェイに元気づけてもらうといい。さあ、そろそろ酒が飲みたくなっただろう」

ワーシャはそれよりもいい考えが浮かばず、カシヤンについて少し前に通った道をもどっていく。雌馬の首に手を添えて、ふたたび騒がしい街の中を歩いていく。

ソロヴェイは本物の雌馬を前にして、喜んでいるというより戸惑っているようだ。雌馬のほうも、鹿毛《かげ》の雄馬をじっとみてはいたが、それ以上のことは起こらなかった。二頭の馬は両耳を後ろに向けて互いをみる。ソロヴェイが思い切って、なだめるように低い声で鳴いたが、雌馬はかん高くいななき、飛ぶように離れてしまった。最後には、二頭は放牧場の端と端でにらみあっていた。

仲良くなりそうにない。ワーシャは拳《こぶし》の上に手を重ね、放牧場の柵にもたれて、二頭の様子をみていた。つかの間、心のどこかで夢見ていた。ソロヴェイの血を引く子馬を育て、自分の馬で群れをつくり、自由に使える土地を持てたらどんなにいいだろう。

一方で、ワーシャの中の思慮深い部分が、絶対にむりだと根気強く忠告していた。

「飲め、ワシーリー・ペトロヴィチ」カシヤンがいう。ワーシャの隣で柵にもたれている。カシヤンは革袋を差し出した。中にはセルプホフ公邸にもどる道で買った濃い黒ビールが入っている。ワーシャは勢いよく飲み、革袋を口から離すと短く息をはいた。「まだ理由をきいていなかったな」カシヤンが革袋を受け取りながらいう。「なぜ、チェルベイはそなたのことを知っているような口ぶりなのだ？」

「話しても信じてもらえません」ワーシャが答える。「兄も信じてくれなかった」

カシヤンは軽く息を吐く。「わたしに話してみろ、ワシーリー・ペトロヴィチ」皮肉っぽくいうと、ビールをひと口飲んだ。

信じてもらえるとは思えなかったが、ワーシャはカシヤンの顔をじっとみて、チェルベイのことを話した。

「ほかにこのことを知っている者は？」カシヤンが、話し終えたワーシャにきびしい口調でたずねる。「ほかにはだれに話した？」

「兄以外に？　だれにもいってません」ワーシャが不機嫌な声で返事をする。「いまの話、信じてくれるのですか？」

沈黙が流れる。カシヤンはワーシャから目をそらし、ぼんやりとした表情で煙をながめている。たくさんの煙突から、煙がらせんを描くようにして澄んだ空にのぼっていく。「ああ、信じる」カシヤンはいった。

「どうすればいいでしょう？」ワーシャがたずねる。「なぜ盗賊の頭《かしら》がハン国の特使に？」

「タタール人は盗っ人の民族で、盗っ人の子孫だからだ。ほかにどんな説明ができる？」

ワーシャには、ただの盗賊が使者を泊めるための豪華な屋敷を建てられるとも、盗っ人に生まれついた者がチェルベイのような優雅な立ち振る舞いを身につけられるとも思えなかった。しかし、それはいわないことにした。「そのことを大公様に伝えたかったのですが、兄に止められました」

カシヤンは人差し指で歯を軽くたたき、考えこんだ。「まず、そなたの話を裏づける確かな証拠をみつけなければ。ドミトリー・イワノヴィチのもとにいくのはそのあとだ。これから、焼かれた村に家来をやって調べさせる。盗賊をみた司祭や村人がいるだろう。そなた以外の者の、盗賊の頭をみたという証言が必要だ」

ワーシャは感謝の気持ちでいっぱいになった。カシヤンは話を信じてくれ、次にどうするべきかもわかっている。頭上で鐘が鳴っていた。二頭の馬は雪を鼻でどけて乾いた草をさがし、頑なに互いを無視している。

「では、待ちます」ワーシャは自信を取りもどしていう。「でも、そう長くは待てません。じきにドミトリー・イワノヴィチ様に話してみるつもりです。証言が得られても得られなくても」

「わかった」カシヤンは静かにいうと、ワーシャの肩をたたいた。「風呂に入ってさっぱりしろ、ワシーリー・ペトロヴィチ。教会にいかなければ。そのあとは宴会だ」

19　マースレニツァ祭

太陽が空を紫と緋に染めて沈み、頭上に星がまたたきだしたころ、ワーシャは夜の奉神礼に出かけた。いっしょに大聖堂に向かうのは、黙りこんでいる兄とドミトリー・イワノヴィチ、それに大勢の貴族《ボヤール》とその妻たちだ。特別な日に限り、女たちはベールをつけて薄暗い道を歩き、家族といっしょに教会での奉神礼に出席することが許されている。

出産を目前にひかえているオリガは教会にいかず、マーリヤも母親とテレムに残ることになった。しかし、モスクワのほとんどの貴婦人は、轍《わだち》のついた道をゆっくり歩いて教会に向かった。刺繍《ししゅう》のほどこされたブーツをはき、足取りはぎこちない。召使いや子どもたちといっしょに歩くその姿は、冬の牧草地に咲く花のようで、顔は驚くほど完璧にベールに隠されている。

ワーシャは押しあいながら進むドミトリーの取り巻き貴族の中で息苦しく感じながら、色鮮やかに装った人々を好奇と恐怖の入り混じった目でみていたが、そのうちだれかに脇を肘で突かれた。貴族の少年がばかにしたようにいう。「そんなにじろじろと知らない人をみないほうがいいぞ、よそ者。結婚相手をさがしているか、頭を叩き割られたいなら別だが」

ワーシャは笑うべきなのか、むっとするべきなのかわからず、目をそらした。

大聖堂の一群の塔が沈みゆく太陽の光に照らされ、まるで魔法の火が燃えているようにみえる。青銅の鋲《びょう》を打った両開きの扉は、大人の男の二倍ほどの高さがある。玄関廊を通り抜け、声のよく響く広い身廊に足を踏み入れると、ワーシャは思わず口を開けて立ちつくした。

これまでにみたどんな場所よりも美しい。大きさだけでも圧倒されるが、香のにおいと……金をふんだんに使ったイコノスタス、色を塗った壁、アーチ形の青い天井に輝く星々……集まった大勢の人の声……。

ワーシャはつい、身廊の左側、女たちが奉神礼に臨む場所にいきそうになったが、いまの自分は少年の姿をしていることを思い出した。そして、大聖堂の荘厳さに目をみはりながら、大公の後ろの貴族たちに混ざった。

しばらくぶりに、ワーシャはコンスタンチン神父に同情した。あの人はレスナーヤ・ゼムリャにきて、これを失ったんだ。あの人の信じる天国に通じる大切な場所。祈りを捧げ、愛される場所。それを失って気難しくなり、人々を脅し、ついには身を滅ぼした。むりもない。

奉神礼は厳粛に進む。ワーシャは、これほど長い奉神礼に出たのは初めてだった。祈りのあと、神父の説教が始まり、続いて聖歌が歌われる。ワーシャはその間ずっと夢見心地で立っていた。ふと気づくと、大公と取り巻きが大聖堂を出るところだった。そのころになると、ワーシャは美しいものをながめるのにも飽きていたので、喜んであとに続いた。三時間の厳かな奉神礼が終わり、人々は恐ろしいほど自由な夜に解き放たれていった。

大公たちが宮殿にもどっていく。曲がりくねった道を進む一行に、主教たちが十字を切る。

その一行に、道のむこうからやってきた別の行列がぶつかった。自然にできた行列らしく、雪の積もった道を、藁《わら》で女の姿に作ったマースレニツァ人形を高く掲げて進んでくる。ふたつの行列がぶつかる大混乱の中、若い貴族の一団がワーシャに近づいてきて取り囲んだ。

全員、金髪で目が離れており、指には宝石のついた指輪をはめ、飾り帯がゆがんでいる。彼らもまた遠い親戚にちがいない。ワーシャは腕を組んだ。その一団はまるで犬の群れのようにワーシャにぶつかってきた。

「大公にたいそう気に入られているらしいな」若い貴族のひとりがいう。瘦せて骨ばった顔に、あごひげが申し訳程度に生えている。

「気に入られない理由がないからな」ワーシャが返事をする。「ワインを勧められればこぼさずに飲むし、馬を乗りこなす腕はきみたちより上だ」

若い貴族のひとりがワーシャを押そうと手をのばした。ワーシャは軽く身をかわし、よろけもしなかった。「今夜は風が強いな」ワーシャはいう。

「ワシーリー・ペトロヴィチ、われわれなどおまえの足元にも及ばないといわんばかりの態度だな」別のひとりがいう。にやりと笑うと虫歯だらけの歯がのぞく。

「そうかもな」ワーシャが返事をする。ワーシャのむこうみずな性格は、子どものころには押さえつけられていた。しかし、知らず知らず足を踏み入れたきびしい世界で、その性格はより顕著になり、一気に勢いを増していた。目の前の若い貴族に笑いかけながら、ちっとも怖くない、と思った。

「足元にも及ばないだと?」貴族たちがあざけるような口調でいう。「ただの田舎領主の息子のくせに。名もない田舎者、成り上がり者。祖母さんも身分の低い女なんだろう」

ワーシャがうまく機転を利かせて応酬すると、いとこの貴族たちは笑ったりうなったりしたあげく、競走に加わらないかと誘ってきた。ドミトリー・イワノヴィチの宮殿のまわりを走って二周。賞品はワインをひと瓶。

「そっちの気がすむのなら」そう答えたワーシャは、子どものころから足がとても速かった。まずは頭の中を空っぽにした。盗賊のこと、よくわからないこと、失敗したことを全部忘れて、この夜を楽しむことにした。「どれくらい遅れて走りだせばいい？」ワーシャはたずねた。

勝ち取ったワインの瓶をしっかり握り、すでにほろ酔いのワーシャは、新しくできた友だちの波に乗ってドミトリー・イワノヴィチの大広間に流れこんだ。胸に抱えていた不安は少し、勝利の喜びにかき消されていたが、宮殿の薄暗い大広間に入っていくと、自分のうそから始まった物語の登場人物がほとんどそろっていた。

ドミトリーはもちろん、いちばん奥の席にいる。その隣には、肩の部分が大きく横に張り出したドレスを着た女の人が、丸い顔に不機嫌でわがままそうな表情を浮かべてすわっていた。モスクワ大公妃かな……。

カシヤンもいる――ワーシャは眉をひそめた。カシヤンはいつものように落ち着いていて、上等な服を着ているが、考えこんでいるような深刻な表情で、赤毛の眉の間にしわを寄せている。ひょっとして悪い知らせでも耳にしたのだろうかと考えていると、近づいてきたサーシャに腕をつかまれた。

「今朝のこと、きいたのね」ワーシャはあきらめていう。

サーシャは妹を広間の隅に連れていった。いちゃついている男女をいらいらと追い払ったので、むっとされた。「オリガにきいたぞ。マーリヤを街に連れていったって？」

「ええ」

「それから、チェルベイと賭けをして馬を勝ち取ったというのは本当か？」

ワーシャがうなずく。サーシャが怒って歯ぎしりする音がきこえるようだ。「ワーシャ、いいかげんにしてくれ。恥をさらし、同じ道にあの子を引きこむつもりか？　おまえは――」

「何よ」ワーシャがきつい口調で言い返す。兄の澄んだ瞳や、父親に似た力強い手が大好きだっただけに、余計腹が立った。「ひっそりと夜の道を歩いてオーリャの屋敷の鍵のかかる部屋に帰り、すぐにベッドを整え、朝になれば祈りを捧げ、なけなしの魅力をかき集めて若い貴族の男の気を引けとでもいうの？　放牧場に入れられて、寂しくて元気がなくなってるソロヴェイを放っておいて？　わたしがテレムに閉じこめられている間に、ソロヴェイを売るつもりなんでしょ。それとも、自分の馬にするつもり？　兄さんは修道士でしょ？　なのになぜ修道院にいないの？　アレクサンドル修道士。菜園の手入れをして、聖歌をうたい、休むことなく祈りを捧げるべき身ではないの？　でも、兄さんはここにいる。モスクワ大公が最も信頼を寄せる相談役として。なぜ？　どうして、兄さんはよくてわたしは許されないの？」ワーシャは肩で息をした。言葉がほとばしるように出てきたことに自分でも驚いていた。

サーシャは何も答えない。そのとき、ワーシャは気づいた。兄さんは静かな修道院の中で、いまわたしがきいたのと同じことを自問したことがあるんだ。ああでもない、こうでもないと考えて、やはり答えが出なかったんだ……。サーシャは妹をみつめていた。そのまなざしは、偽りがなく、悲しそうで、ワーシャは後ろめたい気持ちになった。

「いやなの」ワーシャは兄の手に触れる。ほっそりとしているが力強く、ワーシャの腕を毛皮のマントの上からつかんでいる。「兄さんならわかってくれるはずよ。わたしはもうテレムでは暮らせない。本物の男の子にそれができないのと同じように。いまいる場所で、これからも生きていく。それとも、みんなの前で、わたしたちふたりともうそをついていましたって話すつもり？」

「ワーシャ、ずっとその格好のままではいられないだろう」

「わかってる。いつかやめる。約束するわ、サーシャ」ワーシャの口がゆがんで暗い表情になる。「でも、いまはどうしようもないの。今夜はごちそうを楽しみましょう、兄さん。うそをつきとおすの」

その言葉にサーシャはたじろいだが、ワーシャは何かいわれる前に急いで兄のもとを離れた。顔を上げて歩きながら、怒りが消えていくのを感じる。こめかみにも、帽子の下につけたフードにも汗がにじみ、目に涙がこみあげる。兄は子どもころのワーシャを愛してくれていた。だが、いつまでもあのころのまま、むこうみずで怖いもの知らずの妹を愛せるわけがない。

街を出なければ。突然、はっきりとワーシャは思った。マースレニツァ祭が終わるまで待てない。わたしのせいで兄さんはひどく傷ついている。わたしのためにうそをつかなきゃならないから。もう、この街を出よう。

明日――ワーシャは心の中でつぶやいた。兄さん、明日には出ていくから。

ドミトリーがこっちにこいと手招きしている。いつもの笑みを浮かべ、まったく酔っていないその表情をみると、大公は案外、見た目ほどくつろいではいないのかもしれない。街でも、大公の取り巻きの貴族たちの間でも、うわさが飛び交っている。タタール人の特使がモスクワに居座り、税を納めるように要求しているらしい。大公は心では戦をしかけたいと思っているが、頭が待てといっているにちがいない。心と頭、どちらに従うにしても資金が必要だが、いまモスクワにはそれだけの金がない。

「チェルベイから馬を勝ち取ったそうじゃないか」ドミトリーはワーシャと会話を始めると、いつものようにその顔から憂《うれ》いを消した。

「はい」ワーシャが答え、息をのんだ。運ばれてきた料理の大皿が背中にあたったのだ。すでに一品目の料理がテーブルにならび始め、玄関前の庭を横切るときについた雪がほんの少し皿の上に残っていた。肉はないが、小麦粉やハチミツ、バターに卵、ミルクなどを使った、ありとあらゆる料理が出される。

「よくやった、ワーシャ」大公がいう。「表立って認めてやれないのが残念だ。どんな人物であれ、チェルベイは客人だからな。しかし、男というのはいつだって無謀なことに挑戦したくなるものだ。それに、タタール人の貴族なら、若い馬をもっとうまく乗りこなせてもよさそうだがな」ドミトリーは、ワーシャに片目をつぶってみせた。

ワーシャはそれまで、兄が大公にうそをつかなければならないことに胸を痛めていたものの、自分がついているうそに後ろめたさを感じたことは一度もなかった。しかし、大公に仕えると約束したことを思い出し、良心がうずいた。

そうだ、少なくとも秘密のうち、ひとつは打ち明けることができる。「ドミトリー・イワノヴィチ」ワーシャは突然切り出した。「お話ししたいことがあるのです——賭けの相手のことです」

カシヤンがワインを飲みながら聞き耳をたてていて、ワーシャが話しだすと立ち上がり、赤い髪を後ろに払いのけた。

「祭りの間に余興はないのですか?」カシヤンは、酔っぱらったような大声で広間じゅうの人にきこえるように問いかけた。ワーシャの声はかき消された。「何も楽しみがないと?」

ワーシャのほうを向き、笑いかける。何を始めるつもりなんだろう。

「わたしからひとつ提案があります」カシヤンが続ける。「今日、みなさんがごらんになったとおり、ワシーリー・ペトロヴィチはすばらしい馬の乗り手です。そこでわたしは、ワシーリーに速さで勝負を挑みたい。明日、わたしと競走してくれないか、ワシーリー・ペトロヴィチ? モスクワじゅうの人がみている前で。いまここで、そなたに勝負を申し出る。ここにいる全員が証人だ」

ワーシャは驚いて言葉が出ない。馬で競走? なぜそんなことを——?

場が盛り上がって、ざわめきが広がる。カシヤンは妙に鋭いまなざしをワーシャに向けている。「その勝負、お受けします」ワーシャは戸惑いながらも反射的に返事をしていた。「大公のお許しがあれば」

ドミトリーは椅子にくつろいだ様子で腰かけ、満足そうな表情を浮かべている。「その勝負に反対はしない。だが、カシヤン・ルートヴィチ、そなたの馬のなかにソロヴェイと互角に戦えそうな馬は見当たらないぞ」

「それでも、勝負したいのです」カシヤンは笑顔で答える。

「なら、許す！」ドミトリーが大声でいう。「明朝、行うとしよう。さあ、みなの者、料理を楽しみ、神に感謝を捧げよう」

広間は、人々の話し声や歌声、音楽で騒がしくなった。「ドミトリー・イワノヴィチ――」ワーシャがまた話しだす。

しかし、カシヤンがよろめきながらやってきて、ワーシャの隣に深々と腰かけると肩に腕をまわしてきた。「そなたが軽はずみなことをしそうだと思ったものでな」ワーシャの耳元でつぶやく。

「うそをつくのはもう疲れました」ワーシャが小さな声で返事をする。「ぼくの話を信じるかどうかは、ドミトリー・イワノヴィチが決めることです。あの方は大公なのだから」

カシヤンとは反対の隣の席では、ドミトリーが生まれてくる息子に声高に乾杯している。杯を持っていないほうの手で、こわばった笑みを浮かべた妃の肩を抱き、足元の犬に向かって軟骨を放り投げている。真夜中が近づくにつれ、ペチカの火はますます赤く激しく燃えている。「うそをつけとはいっていない」カシヤンがいう。「時を待てといっているだけだ。真実は花と同じで、摘み取るにふさわしい時期を待たねばならない」ワーシャの肩にまわされたカシヤンのごつい腕に力がこもる。「酒が進んでいないようだな、もっと飲め」カシヤンはそういうと、杯にワインを勢いよく注ぎ、ワーシャに差し出す。「さあ――これを。明日の朝、そなたはわたしと馬で競走をする」

ワーシャは杯を受け取るとひと口飲む。その様子をみていたカシヤンがにやりと笑う。「だめだ。もっと飲め。そうすれば、わたしはたやすく勝てるかもしれないからな」ワーシャに顔を近づけ、秘密を打ち明けるようにいう。「もし、わたしが勝ったら、何もかも話してくれ」低い声で続ける。赤い髪がワーシャの顔にかかりそうだ。ワーシャは身じろぎもせずにすわっている。「何もかもだぞ、ワーシャ。そなたのこと、そなたの馬のこと――それから、腰にさしているその立派な青い短剣のこともな」

ワーシャは驚いて口をぽかんと開けた。カシヤンは自分の杯についだワインを一気に飲み干す。「わたしは前にもきたことがあるのだ、この宮殿に。ずいぶん昔のことだ。あのときはさがしものをしていてな。あるものを失くした。失ったのだ。わたしのもとから消えてしまった。しかし、完全に消えたわけではない。そのさがしものはみつかると思うか、ワーシャ？」カシヤンの目はぼんやりとしているが、その奥には光るものがあり、遠くをみているようだ。カシヤンはワーシャの肩を抱き、近くに引き寄せた。ワーシャは心に不安が広がるのを感じた。

「あの、カシヤン・ルートヴィチ――」ワーシャは何かいおうとする。カシヤンの体がこわばり、耳をそばだてるのがわかったが、ワーシャの話に耳を傾けているわけではなさそうだ。ワーシャは口をつぐみ、そのうちある種の静けさに気がついた。昔からの小さな静けさが、祭りに浮かれるにぎやかな話し声や物音の下に集まってきて、その静けさに冬の風が穏やかに吹きこみ、ゆっくりとふくらんでいく。

カシヤンのことはすっかり頭から消えていた。まるで、目にはりついていた膜がはがれ落ちたような感覚。きついにおいと煙が立ちこめる、モスクワの貴族たちの騒がしい宴会に、ひそかに別世界の住人がまぎれこみ、いっしょにごちそうを楽しんでいる。

テーブルの下では、腹が出ていて長い口ひげのある生きものが、豪華な布きれを身にまとい、パンくずをせっせとほうきで集めている。ドモヴォイだ、とワーシャは思った。ドミトリーの宮殿にいるドモヴォイだ。

ふわふわの髪をした小さな女が、ドミトリーのテーブルの上に立って、皿の間をスキップしたり、ときには不注意な貴族の杯を蹴ってひっくり返したりしている。キキーモラだ。妻のいるドモヴォイもいるらしい。

頭上で翼の音がきこえ、ワーシャがそちらをみると、一瞬、女の目がまばたきもせずこちらをみていたような気がした。それはすぐに、天井近くに立ちこめた煙の中に消えてしまった。ワーシャはぞっとした。女の顔を持つこの鳥は、人々に予言を告げる。

姿がみえていてもいなくても、別世界の者たちの視線が体にのしかかってくるようにワーシャには感じられた。あの人たちはわたしたちをみていて、何かを待っている——なぜ？

ふと広間の入口に目をやると、マロースカがいた。松明《たいまつ》のほの暗い火明かりの下に立っている。マロースカの後ろでは火明かりが夜の闇に溶けこんでいる。マロースカの姿や顔色をみるかぎり、本当は人間の男なのかもしれない、と思う。しかし、帽子をかぶっておらず、その顔にひげはない。あたたかい部屋にいるのに、服に積もった雪は溶けていない。冬の薄暮のような青の服に身を包み、霜におおわれ、縁取られている。黒い髪はマツのにおいのする風に吹き上げられ、乱れている。マロースカとともにマツのにおいの風が大広間に吹きこみ、わずかに煙を外に出してくれた。

新しい曲が演奏される。男たちは長椅子にすわったまま姿勢を正すが、マロースカの姿がみえている者はいないようだ。

しかし、ワーシャは別だ。ワーシャは幻でもみるように、霜の魔物をみつめていた。チョルトたちがマロースカのほうを向く。女の顔をした鳥は大きな翼を広げ、ドモヴォイはパンくずを集める手を止め、妻のキキーモラも動きまわるのをやめる。チョルトたちは時が止まったかのように動かなくなった。

ワーシャは大広間の真ん中を通って扉に向かう。貴族たちが浮かれ騒ぐテーブルや、こちらをみつめているチョルトの間を通り抜け、マロースカのもとにいく。マロースカはワーシャが歩いてくる姿を、口元をかすかにゆがませてみていた。

「どうやってここにきたの？」ワーシャがささやくようにたずねる。近くに寄ると、雪と、長い年月と、澄みきった荒々しい夜のにおいがした。

マロースカはこちらをみているチョルトたちに向かって片眉を上げた。「わたしが宴会に参加してはいけないのか？」

「でも、なぜ参加したいの？　ここに雪はないし、森の中でもないわ。あなたは冬の王でしょう？」

「太陽の祭りはこの街より古いが、わたしはその前からこの世界にいるのだ。かつて、人々はこの祭りの夜に娘たちを雪の中で絞め殺した。わたしを呼び出して追い出し、夏を迎えるためだ」マロースカはワーシャを品定めするようにみている。「いまはもう、いけにえの娘たちはいない。しかし、わたしはときおり、こうやって宴会にくることもある」その目は星々より薄い青で、はるか遠いところにあるようだったが、部屋を埋めている男たちの赤い顔に冷たく穏やかなまなざしを向けていた。「この者たちは、まだわたしの力を信じている」

ワーシャは何も答えなかった。おとぎ話の中で殺された娘たちのことを考えていた。凍える夜に子どもたちにきかせる寓話には、血に染まった過去が隠されている。

「この宴会で人々は、わたしの力が弱まっていることを祝うのだ」マロースカは静かに続ける。「じきに春がやってきて、わたしは雪が解けることのない自分の森に帰る」

「絞め殺された娘を迎えにきたの？」ワーシャはおびえた声でたずねる。

「なぜそんなことをきく？　これからいけにえになる娘がいるのか？」マロースカがいう。

一瞬、沈黙が流れ、ふたりはみつめあった。やがてワーシャが、ぎこちない雰囲気を押しのけるようにいった。「この途方もない街では、何が起きてもおかしくないわね」マロースカの目に浮かぶ長い年月は、もうみないようにする。「春になれば、あなたはいなくなるのでしょう？」

マロースカは黙ったまま、ワーシャから視線を外し、不機嫌そうな目で大広間を見渡す。ワーシャはマロースカの視線を追う。その視線の先で、カシヤンがこちらをみているような気がした。しかし、目をこらしてみると、カシヤンの姿はみつからなかった。

マロースカはため息をつき、星明かりのような目をそらした。「なんでもない」ひとりごとのようにつぶやく。「何かの影をみたような気がしてな」またワーシャをみていう。「そうだ、わたしはおまえの前からいなくなる。春になると、ここにはいられなくなるからな」

マロースカの顔に、懐かしいかすかな悲しみが浮かんだ。ワーシャはその表情に心を動かされ、あらたまった口調でたずねた。「今夜、いちばん奥の一段高い席にすわりませんか、冬の王？」だが、いわなくてもいいことを言い添えて効果を台無しにしてしまった。「この時間になると、貴族たちはみんな長椅子からずり落ちているから、席はたくさんあるわ」

マロースカは声をあげて笑ったが、少し驚いているようにワーシャにはみえた。「人間たちが宴会をする大広間をふらりと訪ねたことは何度もあるが、招待されたのはもうずっと昔――はるか遠い昔――のことだ」

「それなら、わたしがあなたを招待するわ」ワーシャがいう。「この大広間はわたしのものではないけれど」

ふたりはいちばん奥のテーブルをみた。ワーシャのいったとおり、男が何人か長椅子からずり落ち、床に横になっていびきをかいている。一方で、姿勢よく椅子に腰かけ、呼び寄せた女をかたわらにすわらせている者もいる。貴族の妻たちはみな大広間を出て、いまごろ眠りについているだろう。大公は両方の腕にひとりずつ女を抱いている。その大きな手で片方の女の胸をつかむのがみえて、ワーシャは顔が熱くなった。ワーシャの隣で、マロースカが笑いをこらえながらいう。「やれやれ、宴会に参加するのはまた今度にしよう。そのかわり、わたしと馬に乗って出かけないか、ワーシャ」

部屋には音楽が鳴り響き、きついにおいが充満し、大きな、ほとんど叫んでいるような歌声があふれていた。ワーシャはふいに、モスクワの街にいるのが息苦しくなった。もう、うんざりしていた。かびくさい宮殿、きびしい視線、欺瞞《ぎまん》、失望……。

あちこちでチョルトがこちらをみている。「いくわ」ワーシャが答える。

マロースカが優雅に扉を示し、ワーシャが先に立って、ふたりは夜の中に出ていった。

セルプホフ公邸の放牧場に近づくと、ソロヴェイがふたりの姿をすぐにみつけ、力強くいないた。ソロヴェイのそばにはマロースカの白い雌馬が、雪の上に青白く浮かび上がる幽霊のように立っている。若い雌馬のジマーは柵に体を寄せて縮こまり、新しくやってきた者たちをながめていた。

ワーシャは身をかがめて柵をくぐり、ジマーに小声で話しかけて安心させると、上等な服を汚すことなど気にもかけず、慣れ親しんだソロヴェイの背中に飛び乗った。

マロースカも白い雌馬にまたがり、片手を馬の首にそえる。

まわりは放牧場の高い柵に囲まれている。ワーシャはソロヴェイを柵のほうに向けた。ソロヴェイは柵を跳び越え、白い雌馬も一歩後ろに続いた。上空では、さっきまで残っていたもやのような雲が風に流され、星がまたたいている。

セルプホフ公邸の門を亡霊のように通り抜けた。道を下っていくと、クレムリンの門が祭りの夜を祝ってこの時間でもまだ開いていた。門の外に広がる城外居住区《バサート》（クレムリンの外の商工業地区。交易の中心地）は、火桶の火の赤い光と酔っぱらいたちの歌声であふれていた。

しかし、ワーシャは火明かりや歌声には見向きもしない。人間たちよりもずっと古い世界の清らかな美しさ、不思議さ、残忍さに夢中になっていた。ふたりはだれにも気づかれることなくクレムリンの門をくぐると右に曲がり、たっぷりのごちそうがならぶ家の間を全速力で駆け抜けた。そのうち、ひづめの音が変わり、ほどいたリボンのような川が目の前に現れた。街の煙は背後に遠ざかり、あたりは一面雪におおわれ、透き通った月明かりが満ちている。

ワーシャは夜の澄んだ空気を全身に浴びても、まだあまり酔いが覚めていなかった。大声で叫ぶと、ソロヴェイの歩幅が広くなり、モスクワ川に沿って疾走した。二頭の馬が氷と銀色の雪の上を競うように駆ける。ワーシャは声をあげて笑い、風が歯にあたるのを感じた。

その隣でマロースカが馬を走らせている。

ふたりは長い時間、全速力で馬を進めた。やがて、ワーシャは走るのに満足してソロヴェイを歩かせたが、ふと思いつき、雪だまりに笑い声をあげながら飛びこんだ。何枚も着こんだ服の下で汗をかいていたので、帽子とフードをはぎ取って、乱れた黒い髪を夜風にさらした。マロースカが馬を止めた。ソロヴェイは立ち止まり、凍った川にそっと下りていく。マロースカは、馬を走らせている間はワーシャに劣らず楽しそうだったが、いまは少し心配そうな表情になっている。「ところで、いまおまえは貴族の息子ということになっているらしいな」ワーシャの心の中で、つかの間の気楽さがしぼんでいく。起き上がり、体についた雪を払った。「貴族の息子でいるのが気に入ってるの。なんで女の子に生まれたのかしら」マロースカの伏せた目がかすかに青く光る。「おまえは娘の姿でもそれほど悪くはない」ワーシャは、宮殿で飲んだワインがまわって――ほかに理由なんてない――顔が熱くなるのがわかった。ワーシャの口調が変わる。「わたしに残された道はそれしかないの？　幽霊のように生きて――この世にいるのかいないのかもわからないだれかになることしか？　わたしは若い貴族の男でいるのが好き。モスクワに残って大公にお仕えできたらどんなにいいか。馬を調教し、家臣を従え、剣を振って戦いたい。でも絶対にかなわない。いつかはばれてしまう」

ワーシャはマロースカに背を向けた。星明かりがその瞳を照らす。「もし、貴族の男になれないなら、旅人でもいい。ソロヴェイがいっしょにいってくれるなら、世界の果てまで旅をしたい。夕日のむこうにあるという、緑の生い茂る島をみたい。その島は――」

「ブヤーンか？」マロースカがワーシャの後ろからつぶやく。「岩だらけの海岸に波が打ち寄せ、冷たい石とオレンジの花の香りの風が吹くあの島にいきたいのか？　白鳥に姿を変える、海のような灰色の目をした娘たちが治めるあの島に？　おとぎ話の国に？　おまえがしたいのはそんなことか？」

ワインと遠乗りで熱くなった体は次第に冷えていき、あたりは夜明けの風が吹き始める前の、すべてのものが死んだような静けさに包まれていた。ワーシャはぶるっと体を震わせて、狼の毛皮のマントをかき合わせた。黒髪は乱れたままだ。「こんなことのために、あなたはここにきたの？」ワーシャは背を向けたままたずねる。「モスクワから誘い出すために？　それとも、この街で女の子の格好をして結婚したほうが幸せになれる、というために？　なぜチョルトが宴会にきていたの？　なぜガマユーンが天井の近くで待ち構えていたの？　あの鳥がどういうものかは知ってるわ。これから何が起きるの？」

「われわれが、人間といっしょに宴を楽しんではいけないのか？」

ワーシャは何もいわずに歩きだした。檻に入れられた猫のようにいったりきたりする。まわりには氷と森がどこまでも続き、頭上には空が大きく広がっているというのに。「わたしは自由がほしい」しばらくしてようやくいった。ほとんどひとりごとのような声だった。「でも、自分の居場所や生きる意味もほしい。どちらか片方だって手に入れられるかどうかわからないのに、両方なんてむりかもしれないけど。それと、うそをついて生きるのはもういや。そのせいで兄さんと姉さんを傷つけている」ワーシャは突然、言葉を切ってマロースカに向き直った。「いったいどうしたらいいの？　教えて」

マロースカは片眉を上げた。

夜明けの風が吹いて、馬の足元に小さな雪の渦ができた。「わたしの言葉は神のお告げか?」マロースカが冷ややかにいう。「ただ宴会を楽しみ、月明かりの下で馬を走らせることはできないのか、ルーシの娘の悩みをきかされたりせずに。おまえがちっぽけなことで悩もうが、おまえの兄の良心が痛もうが、わたしにはどうでもいい。さあ、きけ、これがわたしの答えだ。おとぎ話を信じてはいけない。いいか、一度しかいわないぞ。この世界では、おまえの望みなど、みんなどうだっていいのだ」

ワーシャは唇を固く結んだ。「姉さんも同じことをいった。でも、あなたは?　やはり、わたしの望みなどどうだっていいの?」

マロースカは押し黙った。空には雲が集まってきている。雌馬が全身を大きく震わせた。

「ばかにして笑えばいいわ」ワーシャが続ける。怒ってマロースカにじりじりと近づいていく。「でも、あなたは永遠に生きるのよ。もしかしたら、あなたは何も望んでいないし、すべてどうでもいいのかもしれない。それでも――あなたはここにいる」

マロースカは何も答えない。

「みんなにうそがばれて修道院に入れられるまで、貴族の男と偽って生きるべきなの?」ワーシャは詰め寄る。「それとも、逃げ出すべき?　村に帰る?　もう兄さんたちには二度と会えないの?　わたしがいるべき場所はどこ?　わからないの。もう、自分がだれなのかわからない。あなたの家で食事をごちそうになって、その腕の中で死にかけた。そして、今夜はいっしょに馬を走らせた。あなたなら答えを知っているかもしれないと思った」

言葉にすると、いかにも愚かな質問にきこえた。ワーシャは唇を嚙む。沈黙が流れる。

「ワーシャ」

「やめて。どうせ、真剣に答えてくれないんだから」ワーシャはそういってマロースカから離れる。「あなたには永遠の命がある。だから、こんなのただの気晴らしで――」

マロースカは言葉では答えなかったが、かわりに両の手で伝えたのかもしれない。ワーシャの首の両側で脈打っている血管に指先を添えた。ワーシャは動かない。マロースカの目は冷たく静かで、薄青の星のようにワーシャを迷わせる。「ワーシャ」もう一度、耳元でマロースカがいう。その声は低く、ほとんどかすれている。「この世界で長い年月を生きてきたわりに、わたしはおまえが思うほど賢くないのかもしれない。おまえがどの道を選ぶべきなのか、わたしにはわからない。どちらかひとつの道を選ぶたびに、選ばなかったもうひとつの道を思いながら生きることになるだろう。選ばなかったほうの人生を――。自分が正しいと思う道に進むがいい。どちらの道にも、苦しみや幸せは同じようにある」

「そんなの答えになってない」ワーシャがいう。風が吹き、ワーシャの髪がマロースカの顔にかかる。

「わたしにわかるのはそれだけだ」マロースカはそういうと、ワーシャの髪に指を滑らせ、キスをした。

ワーシャはすすり泣くような声をあげた。心の中には怒りと、このままでいたいという気持ちが入り混じっていた。しばらくして、ワーシャは腕をマロースカの体にまわした。

ワーシャはいままで、こんなキスをしたことがなかった。長く、やさしいキスは初めてだった。どうしたらいいかわからなかったが、マロースカが教えてくれた。言葉は使わずに、その口で、指先で、言葉にならない感情で。密やかで繊細《せんさい》な指先がワーシャの肌を滑り、呼吸をしているようだった。

ワーシャはマロースカにしがみついた。体に力が入らず、全身で冷たい炎が燃えているようだった。兄さんたちでさえ、いまのわたしをみれば、おまえは大ばか者だというでしょうね。ワーシャはそう思ったが、まったく気にならなかった。柔らかな風がひとつ残さず雲を運び去り、星々がふたりを澄んだ光で包んでいた。

ようやくマロースカが体を離したとき、ワーシャは目を見開いた。顔が真っ赤で、燃えるように熱かった。マロースカの目は輝き、完璧で、炎の芯のように青かった。人間なのかもしれない、と思わせるほどだ。

突然、マロースカがワーシャから手を離す。

「だめだ」

「どういうこと?」ワーシャは手で口をおさえた。体は震え、マロースカの鞍の前に乗せられたあの日のように警戒していた。

「だめだ」マロースカはそういって、自分のくせのある黒い髪を手ですく。「こんなつもりでは――」

ワーシャはマロースカの言葉にこめられた意味に傷つき、腕を組んだ。「こんなつもりじゃなかった？　なら、ここにきた本当の理由は？」マロースカが歯ぎしりをする。顔をそむけ、両手を握りしめる。「伝えておきたいことがあったのだ――」いったん言葉を切り、ワーシャの顔をのぞきこむ。「いま、モスクワは影におおわれている。だが、よくみようとするたびに、はじかれてしまう。何が原因なのかわからない。まさか、おまえが――」

「わたしが何？」ワーシャがきしむような声でたずねる。その声があまりにも痛ましくて自分がいやになる。

マロースカが黙りこむ。その目の中で燃える青い炎が濃くなる。「いや、なんでもない」マロースカが答える。「だが、ワーシャ――」

その瞬間、何かいいかけたマロースカの表情は、秘密を吐き出そうとしているようにみえた。しかし、ため息をつき、口を閉ざした。「ワーシャ、気をつけろ」しばらくして、マロースカがいう。「どの道を選ぶにしても、慎重にな」

ワーシャはきいていなかった。その場に立ちすくみ、体は冷え、心は張りつめ、怒りに燃えていた。だめ？　何がだめなの？

もし、ワーシャがもう少し年を重ねていたら、マロースカの目に浮かんだ葛藤に気づいていただろう。「わかったわ。忠告をありがとう」ワーシャはそういうと、くるりと背を向け、ソロヴェイにゆっくり歩み寄り、その背中に勢いよくまたがった。

ワーシャは馬に乗ると、さっさと走り去ってしまったので知らなかったが、マロースカは遠ざかっていくワーシャの姿をずっとみつめていた。

そのあと、ずいぶん時間がたってから、肌を刺すように冷たい夜明け前の空気の中で、燃え上がる火のような赤い光がモスクワの空に流れた。それをみた者は、不吉なことが起こる前触れだといった。しかし、この光をみた者はほとんどいなかった。みんな眠って、夏の太陽の夢をみていた。

カシヤン・ルートヴィチはその光をみて、笑みをうかべた。そして、ドミトリーの宮殿に用意された自分の部屋を抜け出し、庭におりると、最後の準備を整えた。

マロースカなら、なんの光かわかっただろう。しかし、マロースカもみていなかった。ひとり馬に乗り、森の中を疾走していた。きびしい表情で孤独な夜を見据え、心を閉ざしていた。

20　火と闇

翌日、黄色がかった淡い陽光が小さな部屋に差しこんでいた。ワーシャは遠慮がちな日差しを感じて目を覚まし、寝返りを打ってベッドから出る。頭がずきずき痛んで、心から後悔した。昨日の夜、あんなに叫んだり、走ったり、飲んだり、泣いたりするんじゃなかった。

「今夜」という言葉が、頭の中で太鼓のように鳴り響く。今夜、ドミトリーに、チェルベイについて自分が知っていることや、疑っていることを話そう。オリガとマーリャにお別れをいおう。ただし、ささやくように小さな声で。ふたりにきこえないくらいの声でいえば、呼びもどされることもない。そして、出発する。南へ――空気があたたかくて、夜、霜の魔物に悩まされることのないところへ。はるか南へ。世界は広い。もうこれ以上、家族を苦しめたくない。でもまずは――カシヤンとの馬乗り競走だ。

ワーシャはすばやく着替えをすませた。古いシャツと短い上着、内側に羊毛が縫いつけられたズボンを身につけて、マントをはおり、最後にブーツをはく。そして、日の光の中に走り出た。かすかにあたたかい風が空から吹いてきて、ワーシャは太陽に顔を向ける。もうじき、人目につかない場所でパダスニェーズニクが咲いて、冬が終わる。

夜明けに降ったにわか雪が庭に積もっていた。ワーシャはブーツで雪を踏みしめながら、まっすぐにソロヴェイのいる放牧場に向かう。

雄馬は目を輝かせ、突撃前の軍馬のように息を荒くしている。そのそばに、若い雌馬のジマーが静かに立っている。

「あまり差をつけて勝っちゃだめよ」ワーシャは、ソロヴェイが闘志を燃やしているのをみていう。「馬に魔法をかけたといって責められるのはいやだから」

ソロヴェイはたてがみを振り、雪の積もった地面を前足でかいただけだった。

ワーシャはため息をついていう。「それと、今夜出発するからね。マースレニツァ祭の騒ぎがいちばん盛り上がってる時間をねらって。だから、競走で体力を使い切っちゃだめ——明日、朝がくるまでにこの街から遠く離れるんだから」

それをきいて、ソロヴェイは少し落ち着いた。ワーシャはソロヴェイの毛に櫛《くし》をかけながら小さな声で、暗くなったあと、鞍袋をつけてふたりで街を抜け出す計画を話した。

クレムリンの城壁の上に赤い太陽の縁が見え始めたころ、カシヤンがオリガの屋敷の庭にやってきた。銀と灰色と薄茶の服、少し上向いたつま先に刺繍《ししゅう》がほどこされたブーツ。カシヤンは放牧場の柵の前で馬を止めた。ワーシャがちらりと顔を上げると、カシヤンがこちらをみつめているのがわかった。

ワーシャは、カシヤンにみられても平然としていられた。昨晩、マロースカにみつめられたあとでは、どんな視線にも耐えられると思った。

「ここにいたか、ワシーリー・ペトロヴィチ」カシヤンがいう。こめかみにかかった髪が汗で巻き毛になっている。カシヤンは緊張しているのかもしれない、とワーシャは思った。ソロヴェイと自分の普通の馬を競わせることになって緊張しない人なんているだろうか。そう考えると、笑みがこぼれそうになった。

「すがすがしい朝ですね」ワーシャはそういっておじぎをする。

カシヤンは視線をソロヴェイに移す。「馬の手入れは馬丁がしてくれるだろう。なぜ服や手を汚す？」

「ソロヴェイは馬丁に世話をされるのをいやがるのです」ワーシャがそっけなく返事をする。

カシヤンは首を横に振る。「いや、責めているわけではないのだ、ワーシャ。互いに気心の知れた仲ではないか」

そうだった？　とワーシャは思いながらもうなずいた。

「そなたは幸運だな」カシヤンはそういって、ふたたびソロヴェイをちらりとみる。「それほどまでに馬から愛されるとは。なぜだと思う？」

「粥《かゆ》です」ワーシャがいう。「ソロヴェイは粥に目がないんです。何か話があっていらしたのではありませんか、カシヤン・ルートヴィチ」

すると、カシヤンが顔を寄せてきた。ワーシャは片腕をソロヴェイの背中にかけた。ソロヴェイの鼻の穴が広がり、不安そうにわずかに体を動かす。カシヤンはワーシャの目をみつめ、視線をそらさずにいった。「わたしはそなたが好きだ、ワシーリー・ペトロヴィチ。そなたをみた瞬間に好きになった。そなたが何者か、知るより先にな。春になったら、南にあるバーシニャ・カステイにきてくれ。わたしの屋敷には、草の葉ほどたくさん馬がいる。どの馬にでも乗ってくれ」

「ぜひそうしたいです」ワーシャは答えたが、春がくるころには、はるか遠くを旅しているだろう。「もし、大公からお休みをいただけたら」一瞬、本当にそうなればいいのに、と思った。草の葉ほどのたくさんの馬……。

　カシヤンはワーシャをまじまじとみた。まるで、そうすればワーシャの魂に入りこみ、秘密を盗み出すことができるかのように。「ともにバーシニャ・カステイに帰ろう」カシヤンの低い声には、新たな感情がこめられていた。「そなたが望むものはなんでもやろう。これだけはいっておかなくてはならないのだが——」

　カシヤンは何をいいたかったのだろう。話し終える前に、数頭の馬がひづめの音を響かせてセルプホフ公邸の門の中へ駆けこんできた。乗り手たちは叫びながら、玄関前の庭をものすごい速さでつっきり、こちらへやってくる。その後ろを怒った執事が追ってくる。

　ワーシャは、カシヤンの話の続きが気になった。いっておかなくてはならないこととは？

　そこへドミトリーの取り巻きの若い貴族《ボヤール》たちが馬に乗って現れ、ワーシャとカシヤンを囲んだ。昨夜、ワーシャに失礼な言葉を浴びせたあげく、競走しようと誘ってきた連中だ。後ろ足を上げて跳び上がろうとする馬の胴を、毛皮つきのズボンをはいた膝でおさえ、落ち着かせると、戦場にでもいるように、はみやあぶみが派手に鳴った。「おい！」貴族たちが大声でいう。「狼の子！　ワーシャ！」そして、大声で下品な冗談を飛ばす。ひとりが馬の上からカシヤンを肘で小突くといった。ずいぶん年下の少年に打ち負かされるのはどんな気分だ、あいつの上着は洗濯物みたいに肩からずり落ちてるし、馬に馬勒《ばろく》もつけてないんだぞ。

それをきいてカシヤンは声をあげて笑う。ワーシャは、その笑い声に生の感情を聞き取ったような気がした。

ようやく、若い貴族たちを追い払うことができた。雪の積もった放牧場の外で、屋敷の門の外で、モスクワの街が体を震わせて目を覚ます。頭上の塔から悲鳴がきこえたが、その直後に平手で打つ音と、きびしい口調で何かいう声がして静かになった。薪が燃えるにおいと、大量のケーキを焼くにおいが漂ってくる。

カシヤンが放牧場を出ていく様子はなく、赤い眉の間にはしわが刻まれている。「ワーシャ」カシヤンはふたたび口を開いた。「昨晩――」

「馬の様子をみにいかなくていいのですか？」ワーシャがとげとげしい口調でたずねる。「いまはお互い、敵同士です。なのに、秘密を打ち明けあおうとでも？」

カシヤンは口をゆがめ、少しの間、ワーシャの顔をみつめた。「そなたは――」

しかし、今度も訪問者にさえぎられた。この人物はスズメのように質素な身なりをしている。寒さよけにマントのフードをかぶり、表情はきびしい。ワーシャは息をのみ、その人物に向き直っておじぎをした。「兄さん」

「お許しください、カシヤン・ルートヴィチ」サーシャがいう。「ワーシャとふたりだけで話をさせてください」

サーシャの顔は、昨夜遅くまで起きていたか、一睡もしていないようにみえる。

「神のご加護がありますように」ワーシャはカシヤンに礼儀正しく別れのあいさつをした。

カシヤンは一瞬、驚いた表情でワーシャをみると、冷たく奇妙な声でいう。「わたしの言葉にもっと耳を傾けるべきだったと、後悔するぞ」そして腹立たしげに去っていった。

カシヤンが放牧場を出ていったあと、しばらく沈黙が続いた。

あの人、変なにおいがした。ソロヴェイがいう。

「カシヤンのこと？」ワーシャがたずねる。「どんなにおい？」

ソロヴェイはたてがみを振って答える。土のにおい。それから稲妻のにおい。

「カシヤンはなぜあんなことをいったのだ？」サーシャがたずねる。

「わからない」ワーシャは正直に答えると、兄の顔をのぞきこむ。「兄さんは何をしてたの？」

「わたしか？」サーシャは疲れた様子で柵に寄りかかった。「あのチェルベイとかいう、ママイが送りこんできた特使のうわさをきいた者がいないか、さがしていたんだ。貴族の男が突然、森の中からやってくるはずがない。この街のどこかに、あの男についてきいたことのある者がひとりくらいはいるはずだ。人づてにきいた話でもかまわない。だが、高貴な身分にもかかわらず、あの男の情報が何もつかめないのだ」

「それで？」ワーシャがたずねる。その緑の目とサーシャの灰色の目があう。

「チェルベイはママイからの手紙を持って、馬に乗り、家臣を従えてやってきた」サーシャがゆっくりという。「しかし、だれもあの男のことを知らないようだ」

「なら、いまは、あの特使が盗賊かもしれないと疑ってる?」ワーシャが子どもっぽい口調でたずねる。「やっとわたしの話を信じてくれた?」

サーシャはため息をつく。「もし、あの男が本当に特使だと説明できる事実がこれ以上みつからなければ、そのときはおまえの話を信じる。盗賊が特使になりすますなど、きいたこともないが」サーシャは少し間を置いて、ほとんどひとりごとのように続けた。「盗賊が――何者であれあの男が、こうも完璧にわれわれを欺いているとしたら、だれかの手を借りているにちがいない。いったいどこで、金や代筆者、手紙に使う紙、馬や立派な服を手に入れて、高貴なタタール人になりすましているのか? そもそも、ハンがそんな男をモスクワに遣わすだろうか。そんなはずない」

「あの男に手を貸す人なんていると思う?」ワーシャがたずねる。

サーシャがゆっくりと首を横に振る。「カシヤンとの勝負が終わって、ドミトリー・イワノヴィチが耳を貸してくれそうだったら、おまえから何もかもお話ししろ」

「何もかも?」ワーシャが聞き返す。「証拠が必要だって、カシヤンはいってたけど」

「カシヤンは利口すぎて信用できない」サーシャが鋭く切り返した。

ふたたびふたりの視線がぶつかる。

「カシヤンを疑ってるの?」ワーシャは兄の目をみていう。「あり得ない。カシヤンは盗賊団に自分の領地の村を焼かれたのよ。そして、ドミトリー・イワノヴィチのところへ助けを求めにきた」

「ああ」サーシャがゆっくりと返事をする。まだ戸惑った表情をしている。「そのとおりだ」

「知っていることを全部、ドミトリー様に話す」ワーシャが急いでいう。「でも——そのあとは——モスクワを出ていこうと思ってる。そのために兄さんの助けが必要なの。わたしがいなくなったら、あの雌馬——かわいいジマー——の世話をしてほしいの。やさしくしてやって」

サーシャは身をこわばらせ、妹の顔をのぞきこんだ。「ワーシャ、ほかにいくところなどないだろう」

ワーシャがにっこり笑う。「世界じゅう、どこにだっていけるわ。わたしにはソロヴェイがいる」

サーシャが何もいわないので、ワーシャはつらい気持ちを隠すため、わざといらだたしそうに話しだす。「兄さんはわたしが正しいってわかってるはずよ。わたしは修道院には入らないし、だれとも結婚しない。モスクワで貴族の男として生きることはできないけど、塔の中で暮らす生娘にもならない。わたしは遠くにいく」

ワーシャは兄の目をみることができず、ソロヴェイのたてがみに櫛をかけた。

「ワーシャ」サーシャが声をかける。

ワーシャはまだ兄のほうをみようとしない。

サーシャはいらいらと歯ぎしりすると、柵の横に渡した棒の間をくぐって放牧場に入ってきた。「ワーシャ、そんなこと——」

ワーシャは兄に向き直っていう。「できるわ。やってみせる。邪魔をしたいなら、わたしを部屋に閉じこめればいい」

サーシャが驚いている。そして、ワーシャは自分が涙ぐんでいるのに気づいた。

「普通じゃない」そういったサーシャの声は、先ほどまでとはちがっていた。

「わかってる」ワーシャは心を決めたような、きっぱりとした口調で苦しそうにいった。「ごめんなさい」

ワーシャの声に大聖堂の鐘の大きな音が重なった。カシヤンとの勝負の時間がきたことを告げている。「本当のことを話すわ」ワーシャがいう。「父さんの死のこと、それから熊のこと。モスクワを出る前にすべて話す」

「あとにしよう」一瞬の沈黙のあと、サーシャはひと言だけいった。「話はあとだ。罠に気をつけろ、ワーシャ。できるだけ慎重にな。わたしは――おまえのために祈っている」

ワーシャはほほえんだ。「カシヤンのところに、ソロヴェイと互角に戦える馬がいるはずないわ。でも、兄さんがわたしのために祈ってくれるのはうれしい」

ソロヴェイが鼻を鳴らし、頭をつんと上げると、サーシャのきびしい表情が和らいだ。そして、兄と妹は強く抱きあった。ワーシャは子どものころからよく知っている兄のにおいに包まれた。涙のにじんだ目を兄の肩でこっそり拭う。「神とともに歩め、ワーシャ」サーシャは妹の耳元で小声でいうと、一歩離れ、片手を上げて妹とその馬に祝福を与えた。「曲がるときは速度を落とすように。それから、負けるなよ」

放牧場の柵の前の人だかりに、新たな観客が加わった。オリガの屋敷に仕える馬丁たちだ。

ワーシャはソロヴェイの背中に飛び乗った。賢い者は脇に寄って道をあける。まぬけな者は口をぽかんと開けて立ちすくみ、ワーシャがソロヴェイを柵に向かって走らせるのをみている。ソロヴェイが跳び上がる。それでも数人の観客が道をあけなかったので、ソロヴェイは頭をいくつか跳び越えなければならなかった。サーシャも勢いよくトゥマーンの鞍にまたがる。兄と妹はいっしょに速足で屋敷の門を通り抜けた。

門を出るとき、ワーシャが振り返ると、気品に満ちた人物が塔の窓からこちらをみているような気がした。その人物のスカートには小さな人影がしがみつき、憧れるような目で太陽をみつめている。ワーシャは兄とともに通りに出た。

大勢の人々がふたりの後ろに続く。ワーシャは人々の歓声をきいて胸が高鳴った。群衆に向かって片手を上げると、歓声が返ってくる。「ペレスヴェート！」だれかが叫ぶ。「勇者ワシーリー！」

宮殿の方角からモスクワ大公が、後ろに貴族と従者を従えて姿を現し、群衆の歓声に迎えられた。「準備はいいか、ワーシャ」ドミトリーはそういうと、ワーシャたちのそばで馬を止め、その背中から降りた。大公の取り巻きは少し後ろに下がった。モスクワじゅうの身分の高い貴族たちが、見物しやすい場所を求めて押しあいへしあいしている。「そなたの勝ちに大金を賭けたからな」

「いつでも始められます」ワーシャが返事をする。「少なくともソロヴェイの準備は完璧です。ぼくはソロヴェイの首にしがみついて、この子の顔に泥を塗らないようにがんばります」

ワーシャの言葉どおり、ソロヴェイはまぶしい朝の光の中で輝いていた。黒い鏡のような毛並み、毛足の長いたてがみ、馬勒をつけていない頭。大公はソロヴェイをみて愉快そうに笑った。「ワーシャ、そなたにはつける薬がなさそうだな」その声には愛情が感じられた。

後ろの貴族たちはうらやましそうにワーシャをみた。器用に馬を乗りこなすこの少年は、ドミトリーに気に入られている。

「もし、そなたが勝てば」ドミトリーがワーシャにいう。「金貨をひと袋やろう。それから、そなたの子どもを産む美しい妻をみつけてやる」

ワーシャはごくりと唾を飲みこみ、うなずいた。

歓声が止む。ワーシャが振り返って雪の積もった道をみると、カシヤンが馬に乗ってこちらにやってくるところだった。ひとりで、丘をおりてくる。

ドミトリー、ワーシャ、サーシャ、貴族たちは、しんとなった。

ワーシャはこれまで、雪の上を得意げに走るソロヴェイや、夜明けの光の中で棹立ちになるマロースカの白い雌馬の姿をみていた。しかし、カシヤンが乗っている金色の馬ほど立派な馬は、みたことがなかった。

その雌馬の毛並みは燃える火のような色に輝き、脇腹に斑点がある。たてがみは首と肩に沿って流れ、色は体の毛よりも少しだけ明るい。脚や胴は長く、筋肉に張りがあって、ソロヴェイよりも大きそうだ。

雌馬の頭には金色の馬勒、金色のはみがつけられ、金色の手綱につながっている。カシヤンはそれらの馬具を操って、雌馬の頭を、胸に鼻がつくほど下げさせていた。雌馬は、乗り手が手綱を握っていなければ逃げ出してしまいそうだ。どんな動きも申し分なく美しく、ふいに横を向いて銀色がかった金のたてがみをゆらす様子も完璧だった。

はみのぎざぎざした部分が馬の口から突き出ている。ワーシャはその馬勒をひと目みて、ぞっとした。

雌馬は集まった人々にひるんだが、カシヤンが馬の脇腹を蹴って前進させた。馬はしぶしぶ主人の指示に従い、尻尾を鞭のように振りながら歩く。棹立ちになろうとしたが、乗り手がおさえて、さらに進むよう促した。

人々は、カシヤンと金の馬が近づいてきても歓声をあげず、その場に立ちつくしたが、軽やかで耳に心地よいひづめの音にはうっとりと聞き入った。

ソロヴェイの両耳が前に傾く。あの馬は速いぞ。そういって地面を前足でかいた。

ワーシャはソロヴェイの上で背筋をのばした。穏やかな、決然たる表情をしている。カシヤンの雌馬は、ソロヴェイと同様、普通の馬とちがっている。カシヤンはどこであの馬をみつけたのだろう？

いずれにしても、とワーシャは思った。いい勝負になりそうだ。

金色の馬が止まり、カシヤンが笑顔でおじぎをする。「神のご加護がありますように、ドミトリー・イワノヴィチ——アレクサンドル修道士——ワシーリー・ペトロヴィチ」カシヤンは楽しそうで、いたずらな子どものような表情を浮かべている。「わたしの雌馬です。名はザラターヤ、黄金といいます。ぴったりでしょう？」

「そうですね」ワーシャがいう。「なぜ、いままでこの馬に乗らなかったのですか？」

カシヤンは笑顔を崩さなかったが、目の奥が暗くなる。「この雌馬は――わたしの宝物でね。だから、いつもはちがう馬に乗っている。だが、そなたのソロヴェイと競わせるのならこの馬だと思ったのだ」

ワーシャはうわの空でおじぎをして、何もいわなかった。昨夜とは別の、小さくてか細いドモヴォイが、一軒の家の屋根にすわっているのがちらりとみえた。頭上で鳥がはばたく気配がしたかと思うと、女の顔を持つ鳥が塔のてっぺんにとまって、こちらを見下ろしていた。奇妙な感覚が背骨を伝いおりていく。

一瞬の沈黙のあと、ワーシャの隣でドミトリーがいう。「さあ、勝負を始めようではないか」そしてワーシャの背中をたたく。

ワーシャがうなずき、貴族たちが声をあげて笑い、あっという間に緊張した空気が和らいだ。冬のきらめく日差しに満ちたマースレニツァ祭の最終日、モスクワじゅうの人々が家の外に出て、ふたりに声援を送っていた。みんなでにぎやかに歩きだし、クレムリンの門に向かう。カシヤンがワーシャの横に馬をならべた。人々は口々に叫び、金色の馬と鹿毛《かげ》の馬を励ます。

一行はクレムリンの門を通り抜け、パサートに入っていく。街じゅうの人々が城壁の上に、河岸に、積もった雪が輝く野原に集まっている。怖いもの知らずの少年たちは対岸の木にのぼり、下でみている人たちに溶けかけた雪を落とした。「あの子の勝ちだ！」だれかがいう。「あの男の子をみろよ！　羽根みたいに軽そうだ。馬にまたがってても乗ってないみたいなもんだ――あのでかい鹿毛が、あの子を乗せて逃げきるに決まってる」

「いいや！」ほかの声が大声で答える。「いやいや！　あの雌馬をみてみろ。みごとな体をしているぞ！」

雌馬は頭を振り、ゆっくり走っている。口からは泡が飛び散り、その動作のひとつひとつをみているだけで、ワーシャの心は打ち砕かれそうだった。

二頭の馬を先頭にした行列は、市の立っていない広場を通りすぎ、川岸におりた。「幸運を祈っているぞ、ワーシャ」ドミトリーがいう。「ひたすらに走れ、いとこどの」

そう言い残して、大公は競走の終着点へ馬を走らせた。サーシャも、心配そうにワーシャをみながら大公のあとに続いた。

ソロヴェイと金色の雌馬は静かにゆっくりと、出発点に向かう。乗り手がぴたりと横にならぶと、二頭の馬の体高はほぼ同じだった。ソロヴェイは片耳を傾け、金色の雌馬に穏やかな息を吹きかける。雌馬は両耳を寝かせて嚙みつこうとしたが、金色の馬勒のせいでできなかった。どこまでも続く凍った幅の広い川が、日の光を浴びてまぶしく輝く。対岸に競走の出発点と終着点があり、貴族や主教が集まっている。毛皮やビロードを身にまとい、ふたりの競走者が近づいてくるのをながめている。色鮮やかな装いが、雪の積もった川に宝石のように映える。

「勝負に何か賭けないか、ワーシャ」突然、カシヤンがきいてきた。熱心な表情につられて、ワーシャの気持ちも高まってくる。

「賭けるんですか?」ワーシャは驚いて聞き返し、ソロヴェイを促して金色の雌馬から離した。あまり近くにいると、雌馬の闘志が陽炎になってみえるのではないかと思うほどだった。

カシヤンが不敵な笑みを浮かべている。その目は勝利を確信しているのを隠そうともしない。

「そうだ。そなたが賭け事を好きなことは、昨日でわかっているからな」

「もしぼくが勝ったら」ワーシャは思いつくままに答える。「その馬をください」

ソロヴェイの両耳がワーシャのほうに傾き、金色の雌馬は片耳をぴくりと動かした。

カシヤンは唇をまっすぐに結んだが、その目はまだ笑っている。「最高の賞品だな。じつにすばらしい。そなたは馬を集めて飼育でも始めるつもりのようだな、ワーシャ」柔らかな、親しみのこもった声で名前を呼ばれ、ワーシャは思わず固まった。「いいだろう」カシヤンは続ける。「そなたが勝てばこの馬をやろう。わたしが勝ったら結婚してくれ」

ワーシャは驚いて目をみはり、カシヤンの顔をみる。

カシヤンは雌馬の首に体を寄せ、鼻を鳴らすほど大笑いした。「われわれがみな、大公と同じように何も気づかないと思ったか?」

まさか――ワーシャは必死に考えた。認める? ちがうと否定する? この人はわたしが女だと気づいていた? しかし、ワーシャが何も答えられないでいるうちに、カシヤンは雌馬を出発点に向けて促した。無情な笑い声が、穏やかな朝の空気に乗っていつまでもきこえてくる。

二頭の馬は重いひづめの音をたてて氷の上に降り立つと、開始の合図を目を輝かせて待つ人人のほうに頭を向けられた。走路はすでに決まっている。モスクワの街のまわりを二周したあと、川に沿って走り、大公が待つこの場所にもどってくるのだ。ワーシャの薄く開いた唇から白い息がもれる。カシヤンは知っている。どうするつもりなんだろう?

ソロヴェイはワーシャの下で体をこわばらせていた。頭を上げ、背中に力が入っている。ワーシャの心に激しい衝動が湧き上がってくる。逃げ出して、絶対にみつからない場所に身を隠そう。いや、だめだ。立ち向かわないと。もし、あの人が何かひどいことをするつもりなら、逃げても何も変わらない。だが、ソロヴェイにはきびしい口調でささやいた。「わたしたちは勝つ。何が起きても勝たなくちゃ。もしこっちが勝てば、あの人がわたしの秘密をみんなに話すことはない。だって、あの人は男だから、女に負けたなんて絶対に認めたくないはずよ」

ソロヴェイは両耳を後ろに倒して返事をした。

二頭の馬が幅の広い凍った川をさらに中ほどまで進むと、喚声や賭けをする声が次第に消えていく。静寂の中で、動いているものは、らせんを描いて澄んだ空にのぼっていく煙だけになった。

話をする時間はもうない。出発点には粗い雪に線が引いてあり、寒さに唇を青くした主教が、縁のない帽子をかぶり黒い服に身を包んで、十字架を手に、この競走に神の加護を祈ろうとしている。背後には清らかな空が広がっている。

祈りの言葉が唱えられると、カシヤンはワーシャに向かって歯をむき出し、くるりと馬をまわして離れていった。ワーシャもソロヴェイの脇腹を軽く蹴って、カシヤンと反対の方向に向かう。二頭の馬はそれぞれ円を描いて歩き、また横にならんで出発点についた。ワーシャはソロヴェイの体に闘志がみなぎるのを感じた。走りたくてたまらないという気持ちが伝わってくる。すると、自分の緊張もほぐれ、ソロヴェイの闘志に心の中で答えた。

「ソロヴェイ」ワーシャが愛しさをこめてささやく。ソロヴェイもその言葉にこめた想いを感じ取ってくれたようだった。最後にワーシャは、白い太陽と白い雪、マロースカの瞳のような薄い青の空をみた。二頭の馬は同時に駆けだした。そのとき、ワーシャが何かいったとしても、その言葉は全速力で走る馬たちが巻き起こす風と、観衆の喉も破れんばかりの叫び声にかき消された。

二頭の馬はまず、まっすぐ川下へ向かった。しばらく進むと走路は急な角度で曲がり、街のふもとの雪深い道を走るようになっている。ソロヴェイは野ウサギのように飛び跳ね、ワーシャは走りだしてから初めて観客の前を通りすぎるとき、大きな叫び声をあげた。その声は観衆を、カシヤンを、そして世界を挑発した。

観衆も叫び声を返したが、その声は雪に吸いこまれていった。ワーシャは、まるで観衆がいなくなって二頭の馬だけで走っているような気がした。二頭は平坦な道を走り続ける。

カシヤンの雌馬は流星のような速さで駆ける。ワーシャは気づいた。信じられないことに、広い道ではソロヴェイよりも雌馬のほうが速いのだ。雌馬が一歩、また一歩と前に出る。カシヤンが重い手綱で打つと、雌馬の口から泡が飛び散る。あのままの速度を保って街を二周できるだろうか。ワーシャはおとなしく、前のめりになって、ソロヴェイの背にまたがっている。ソロヴェイは速度を落とさず軽やかに駆けている。やがて、二頭は曲がり角にさしかかった。氷は青くなめらかだ。ワーシャは姿勢を正し、ソロヴェイはぐっと体を引き締め、横滑りすることなく曲がって河岸をのぼった。

金色の雌馬は速度を上げすぎて足を滑らせそうになる。カシヤンが手綱を引くと、馬はよろめいたが体勢をもどした。主人の怒鳴り声に長い耳を伏せ、頭にぴたりとつける。ワーシャがソロヴェイに耳打ちすると、ソロヴェイは歩幅を狭くし、尻を引き締め、するりと右側に出て、雌馬との距離を少しずつ詰めていく。ソロヴェイの頭が雌馬の腰のところまで追いついた。雌馬は必死に脚を前に出し、一定のリズムで打つ鞭にこたえている。ソロヴェイはふたたび歩幅を広くし、たちまち雌馬の前に出た。カシヤンのあぶみがソロヴェイのひづめとならぶ。

カシヤンは追い越される瞬間、ワーシャに向かって大声をあげ、敬礼すると、歯をむき出した。ワーシャは怖いのと同時に、喉の奥から笑いがこみあげてくるのを感じた。恐れや心配はすべて消えた。残ったのは速度と風、空気の冷たさ、そして波のようにうねるソロヴェイの完璧な筋肉の動きだけだ。ワーシャは身を乗り出し、小声でソロヴェイを励ます。耳がワーシャのほうに傾いたかと思うと、速度がさらに上がった。もう少しで、ソロヴェイの体ひとつ分、カシヤンを引き離せる。ワーシャの頬を伝う涙が凍る。吹きつける風に唇が乾いてひび割れ、寒さで歯が痛い。ふたたび右に曲がると、クレムリンの城壁の下の雪深い道に出た。城壁の上から観衆の声援が、二頭の馬に雨のように降り注ぐ。もっと先へ、もっと速く。ワーシャは両脚と全体重と小さな声で、ソロヴェイに伝える。脚を前に出しすぎないで、頭を下げて。いけ、進め！

ソロヴェイはふたたびスピードを上げ、氷の道を疾走し、カシヤンの馬を引き離す。貴族たちの喚声がきこえた。二周目に入ったのだ。

若い男の集団が凍った川に沿って馬を全速力で走らせ、ソロヴェイと競走しようとする。しかし、走り始めたばかりの馬でさえ、ソロヴェイにはついていけず、次第に遠くなっていく。ワーシャがばかにしたように高らかに笑うと、男たちが悪態をついた。ワーシャは思い切って後ろを振り向いた。

金色の雌馬は、川にもどってくると速度を上げ、氷の上をものすごい速さで駆けてくる。あんなに速く走る馬をみるのは初めてだ。雌馬が通りすぎると観衆が大声をあげる。そうするうちにまた、二頭の距離が縮まってきた。雌馬の胸には口から飛び散った泡がついている。ワーシャは前のめりになり、ソロヴェイに耳打ちした。ソロヴェイはその言葉に従い、呼吸も歩調も乱さない。雌馬が追いついてきても、一歩も譲ることなく走った。今回は、曲がり角をならんで駆け抜けた。カシヤンは一周目の失敗を生かし、曲がり角にさしかかる前に、氷に滑らないよう馬の歩幅を調整していた。

話すことも考えることもできない。二頭の馬はまるで、いっしょに荷馬車を引いているように、同じ速さでモスクワの街の外周を駆けていく。どちらも全力で走っているが、片方が前に出ることはない。そのうち、パサートの曲がりくねった道に出た。そしてまた川岸に向かい、終着点めざして進む。

ところが――前方で橇《そり》が――不注意な者の乗った橇が道を渡り切る前に止まり、このままだと競走の邪魔になってしまう。まわりじゅうの観衆が大声をあげ、どよめいている。ワーシャたちは、まぬけな連中の予想よりもはるかに速く街を一周したため、道がふさがれてしまったのだ。

カシヤンがワーシャに向かって誘うように楽しげな視線をよこす。ワーシャはおさえきれず、笑顔を返した。二頭とも、荷を高く積んだ橇に突進する。ワーシャはソロヴェイの首に片手を添え、歩数を数えていた。三歩、二歩、橇は目の前だ。ソロヴェイは跳躍し、脚を折りたたむようにして橇を飛び越えた。なめらかな雪の上に静かに着地すると、凍った川の上を、終着点めがけて走りだす。

一歩遅れて雌馬が橇を跳び越え、鳥のように軽々と氷の道におりた。二頭は平らな道を、モスクワじゅうの人の喚声を浴びながら、終着点めがけてひたすら駆ける。ワーシャが初めて大声でソロヴェイに叫ぶと、返事がきこえたような気がした。しかし、雌馬が追いついてきた。猛然と、目を血走らせて走ってくる。二頭は横一線にならび、乗り手の膝がぶつかった。

のびてきた手にワーシャが気づいたときには、もう遅かった。

カシヤンはついさっきまで手綱をしっかり握っていたが、いきなり横に手をのばし、ワーシャのフードのひもをつかんだと思うと、ねじってほどいた。上にかぶっていた羊革の帽子が吹き飛んで、髪がこぼれ、三つ編みがほどけ、黒髪が旗のように風になびいて観客の目にさらされた。

ソロヴェイは止まろうと思っても、駆ける脚を止められなかっただろう。脇目もふらず走り続けている。ワーシャの中で燃えていた闘争心は冷め切り、ソロヴェイにしがみついていることしかできず、肩で息をしていた。

ソロヴェイは頭、肩と順番に前に突き出し、ものすごい勢いで決勝線を越えたが、観衆は呆然として静まり返っていた。そのときワーシャは悟った。競走の結果がどうであれ、カシヤンに負けた。わたしは、その勝負が始まっていたことにさえ気づいていなかった。

ワーシャは背筋をのばした。ソロヴェイは速度を落とし、苦しそうに息をして疲れ切っている。逃げ出したいと思っても、いまのソロヴェイを走らせることはできない。

ワーシャは氷の道に降り、ソロヴェイの背中を軽くしてやると、後ろを振り返り、貴族や主教、大公がいるほうをみた。大公は、ぞっとしたように黙ってこちらをみている。

髪が体にまとわりつき、毛皮のマントにからまる。カシヤンはすでに金色の雌馬から滑り降りていた。雌馬はじっと動かず、頭を低くし、口の端の柔らかい部分から血と泡をしたたらせている。はみが食いこみ、肉が深く切れている。

恐怖に襲われていたワーシャだが、その金色の馬勒をみると、ふいに怒りがこみあげてきた。いきなりおもがいをつかんで、外そうとする。

しかし、カシヤンの手袋をはめた手がワーシャの手をさっと払いのけ、体を押しのけた。ソロヴェイはかん高い声でいななき、棹立ちになって威嚇《いかく》したが、縄を持った男たち――カシヤンの家臣たち――がやってきて疲れ切った雄馬をたたき、追い払った。ワーシャは大公の前に連れていかれ、雪の上に膝をつかされた。髪が乱れて顔をおおい、モスクワじゅうの人々がまじまじとみている。

ドミトリーの金色のあごひげに隠れた顔は、塩のように白くなっていた。「おまえは何者だ？」ドミトリーがたずねる。「いったい、どういうことだ？」そのまわりでは、貴族たちがじろじろとワーシャをみている。

「お願いです」ワーシャは、自分をつかむカシヤンの手を引っ張りながらいった。「ソロヴェイのところにいかせてください」後ろで、ソロヴェイがまたかん高い声でいなないた。男たちが怒鳴っている。ワーシャは体をよじって声のするほうをみた。ソロヴェイが、首に縄をかけようとする男たちに抵抗している。

だが、カシヤンのひとことが状況を変えた。カシヤンはワーシャを立たせ、喉にナイフを突きつけ、やけに静かな声で「この娘を殺すぞ」といったのだ。その声はとても低く、ワーシャと、耳のよいソロヴェイにしかきこえなかった。

ソロヴェイはぴたりと抵抗をやめた。

この人は何もかも知っているんだ、とワーシャは思った。わたしが女だということも、ソロヴェイが人間の言葉を理解していることも。カシヤンはワーシャの腕を跡が残りそうなくらい強く握っている。

カシヤンがソロヴェイに小声でいう。「この男たちに従って大公の馬屋へいけ。おとなしくしていろ。そうすればおまえの主人を殺さずに返してやる。わかったな」

ソロヴェイは挑むように、かん高くいなないた。脚を蹴り出すと、縄をかけようとした男のひとりが恐怖に息をのみ、雪に尻もちをついた。ワーシャ。ワーシャはソロヴェイの荒々しい目から言葉を読み取った。ワーシャ。

腕をつかむカシヤンの力がさらに強くなっていき、ついにワーシャは苦しそうに息をのんだ。あごの下に突きつけられたナイフが肌に浅く食いこむ。

「逃げて！」ワーシャはソロヴェイに向かって必死に叫ぶ。「つかまらないで！」

しかし、ソロヴェイはすでに押さえつけられ、うなだれていた。カシヤンが満足げに息を吐くのがきこえた。

「馬を連れていけ」

ワーシャは言葉にならない叫びをあげて止めようとしたが、馬丁たちが駆け寄り、ごつい鎖のついた馬勒をソロヴェイの頭につけた。ワーシャは激しい怒りに涙を流す。ソロヴェイはされるがまま、頭を低くし、疲れ切った様子で連れていかれた。ワーシャはカシヤンに突きつけられていたナイフはいつのまにか消えていたが、腕は放してもらえなかった。カシヤンは、ワーシャの体を大公と大勢の貴族のほうに向かせた。「今朝、わたしの話に耳を傾けるべきだったな」ワーシャの耳元でささやく。

サーシャはまだ馬の上にいる。トゥマーンが人々を押し分けて凍った川に降り立つ。サーシャは剣を握り、マントのフードが外れて青ざめた顔がさらされている。その目は、妹の喉の横を伝う血をみていた。

「その子を放せ」サーシャがいう。

ドミトリーの衛兵が剣を抜く。体格のいい馬にまたがったカシヤンの家来たちが、サーシャを取り囲む。剣の刃が、無頓着に降り注ぐ日差しにまぶしく光る。

「わたしはだいじょうぶだから、サーシャ」ワーシャは兄に向かっていう。「もう――」

カシヤンがワーシャの言葉をさえぎる。「こんなことではないかと疑っていたのです」落ち着いた声で、大公に向かっていう。サーシャにいまにも斬りかかりそうだった男たちの動きが止まる。「今日、やっと確信しました。ドミトリー・イワノヴィチ」カシヤンはきびしい表情を浮かべるが、その目はきらりと光っている。「この娘はとんでもないうそつきで、恥知らずなのです」そういうとワーシャに向き直り、燃えるように熱い指で頬に触れた。「しかし、悪いのは間違いなく、うそつきの兄のほうです。この男は大公をだまそうとした」そして続ける。「わたしは、この娘を哀れに思います。まだ若いため道理がわからないうえに、少し頭がおかしいのです」

ワーシャは何もいわず、この窮地から脱け出す方法をさぐっていた。ソロヴェイは連れていかれ、兄は剣を抜いた男たちに囲まれている……。その場所にチョルトがいたとしても、いまのワーシャにはみえなかった。

「マロースカ」ワーシャは、その名前を呼ぶのはいやだったが、怒りに燃え、絶望した声でささやいた。「お願い――」

カシヤンがワーシャの顔を平手打ちする。切れた唇から血の味がした。カシヤンが悪意に満ちた表情になる。「その名前は口にするな」吐き出すようにいう。

「娘を連れてこい」ドミトリーが声を絞り出すようにいった。

カシヤンが動きだすよりも早く、サーシャが剣をさやに納め、トゥマーンの背中から滑り降りて大公の前に進んだ。だが何本もの槍を突きつけられ、立ち止まった。剣帯を腰から外し、剣を雪の上に投げ捨て、何も持ってない両手を上げてみせると、衛兵の槍がわずかに後ろに下がる。「いとこどの」サーシャはそう呼びかけてから、激怒しているドミトリーの表情をみていい直した。「ドミトリー・イワノヴィチ――」

「そなたは知っていたのか?」ドミトリーが嫌悪をこめてささやく。その顔には、裏切りに対する動揺があらわになっている。

ドミトリーをみていたワーシャは、一瞬、悲しんでいる子どもみたいな顔だと思った。サーシャを心から愛し信頼していた子どもの幻想は、打ち砕かれた。ワーシャが息を吸うと、すすり泣いているような声がもれた。次にドミトリーをみたとき、子どものような表情は消え、モスクワ大公の顔になっていた。孤独で、この世を思いのままに動かす力を持つ大公の顔に。

「知っていました」サーシャが返事をする。まだいつもの穏やかな声だ。「わたしは知っていました。どうか、妹に罰を与えないでください。この子はまだ若い。自分が何をしたのかわかっていないのです」

「娘を連れてこい」ふたたびドミトリーがいい、灰色の目を閉じる。

今度こそ、カシヤンがワーシャを引きずって前に出る。

「この者は本当に娘なのか?」ドミトリーがカシヤンにたずねた。「間違いないのか。わたしには信じられんのだ――」

この娘といっしょに盗賊と戦ったとは――ワーシャは心の中でドミトリーの言葉の続きをいった。いっしょに雪と暗い夜に耐えて旅をして、あなたの大広間で酒を飲み、わたしはあなたにお仕えしますと約束した。それが信じられないのね。すべてワシーリー・ペトロヴィチがしたことだけど、ワシーリー・ペトロヴィチなんて本当はいない。幽霊と過ごしたのも同然です。

ドミトリーは口を弓のように曲げ、固く結んでいる。その顔をみると、本当にワシーリー・ペトロヴィチが死んでしまったように思えた。

「間違いありません」カシヤンがいう。

カシヤンの手にマントのひもをつかまれたのを感じ、ワーシャはようやく何が起ころうとしているか気づいた。そして歯をむき出してうなりながら、カシヤンに体当たりした。しかし、カシヤンはワーシャより早くその腰の短剣を取り上げると、ワーシャの両脚を払って、顔を雪に押しつけた。ワーシャは短剣の刃――自分の短剣の刃――が背中の上を冷たく、確実になぞるのを感じる。「じっとしていろ、ヤマネコ」カシヤンがつぶやくようにいう。必死にあらがうワーシャをみて、その声は笑いを含んでいる。「さもないと、これが背中を切り裂くぞ」

サーシャの声が、ワーシャのところまでかすかにきこえてきた。「どうか、ドミトリー・イワノヴィチ、やめさせてください。あの子は本当に汚れを知らない娘です。わたしの妹、ワシリーサです。お願いです、どうか――」

カシヤンがワーシャのマントをはぎ取った。ワーシャは冷たい指先を肌に感じ、びくっとした。カシヤンに引っ張られて立たされる。カシヤンが空いているほうの手で上着とシャツを同時にはぎ取り、ワーシャは半裸の姿でモスクワじゅうの人々の目にさらされた。

怒りと恥辱で目に涙がこみあげる。だが、ワーシャはすぐに、泣きたい気持ちを心の奥に閉じこめた。しっかり立って。気絶しちゃだめ。泣かないで。

冷たい風が全身に突き刺さる。

カシヤンは片手でワーシャの腕を強く握り、もう片方の手で髪をつかんでねじりあげ、顔がみえるようにした。これでもう、ワーシャは髪で体を隠すことすらできない。

あぜんとしてみていた人々が騒がしくなる。笑い声に混じって、心からの憤りの声もきこえる。

カシヤンはしばらく何もいわなかった。ワーシャは耳元にカシヤンの息づかいを感じた。さらに、その視線が自分の胸に、喉に、肩に向けられるのがわかった。それから、カシヤンは目を上げて大公をみた。

ワーシャは震えながら立っていた。サーシャのことが心配だった。サーシャは自分を取り囲む男たちに飛びかかったかと思うと、三人に倒され、雪の上で体を強く押さえつけられていた。

大公と貴族たちの顔にはあらゆる感情が浮かんでいた。戸惑い、恐れ、怒り。まんざらでもなさそうな嘲笑《ちょうしょう》を浮かべている者もいれば、欲望をにじませている者もいる。

「先ほど申し上げたとおり、女です」カシヤンは、その乱暴な手に似合わない、もっともらしい口調で続ける。「ただ、世間知らずで愚かなだけだと思います。この娘は兄に操られているのです」そして、憐れむようにサーシャをみた。サーシャは青ざめた顔で膝をつき、衛兵に押さえつけられていた。

ざわめきが観衆に波のように広がった。「ペレスヴェートめ」その声はワーシャにまできこえてきた。「魔術だ。魔力を使っていたのだ。本物の修道士ではなかった」

ドミトリーの視線が、ワーシャのブーツをはいた足から、むき出しになった胸に移る。その視線はワーシャの顔で止まり、しばらくとどまったが、なんの感情もこもっていなかった。

「その娘を罰するべきだ！」若い貴族のひとりが叫ぶ。「この娘と兄の不敬な行為で、われわれは辱《はずかし》めを受けた。鞭打ちの刑だ。いや、火刑だ。この街に魔女が住みつくことは許さない」

その言葉に賛成する者が大声をあげ、ワーシャの顔から次第に血の気が失せた。

別の声も返ってきた。大きな声ではないが、年を重ねてしわがれ、決然とした響きがある。「なんと見苦しい」その人物は太っていて、顔を縁取るようにあごひげを生やし、声は穏やかながら、こみあげる怒りをたたえていた。アンドレイ神父だ、とワーシャはその顔をみて思った。聖天使首修道院の修道院長だ。

「刑罰について、モスクワじゅうの人々の前で話しあう必要はない」修道院長はそういって、川岸で口々に声をあげる群衆をちらりとみる。人々の叫び声は次第に大きく、執拗になっている。「このままでは暴動が起きる」容赦ない口調でいう。「そうなれば、罪のない者にまで危険が及ぶかもしれぬ」

ワーシャは、すでに体は凍え、心は暗く、おびえていたが、神父の言葉をきいてもっと恐ろしくなった。

腕をつかむカシヤンの手にいちだんと力がこもる。ワーシャが見上げると、カシヤンの顔にいらだちがよぎるのがわかった。カシヤンはモスクワに暴動を起こしたかったの？

「おっしゃるとおりです」ドミトリーが神父に答える。急に疲れた声になり、口をゆがめていう。「そこの娘――われわれがおまえをどうするか決めるまで、修道院に置いてもらえ」

ワーシャはいやだと声をあげかけた――が、先に口を開いたのはカシヤンだった。「修道院もいいですが、この哀れな娘は姉の近くに置いておくほうが、落ち着くのではありませんか。この娘は、兄がくわだてていた陰謀とはまったく無関係だと思うのです」

カシヤンの目がサーシャへの悪意できらりと光る。しかし、その穏やかな口調は変わらない。

「いいだろう」大公がきっぱりという。「修道院も屋敷の塔も、同じことだ。だが、宮殿から衛兵を送り、セルプホフ公邸の門を見張らせる。それから、おまえ――アレクサンドル修道士は、修道院の部屋に閉じこめ、見張りをつける」

「おやめください！」ワーシャが叫ぶ。「ドミトリー・イワノヴィチ、兄はけっして――」

ふたたび、カシヤンがワーシャの腕をねじりあげる。サーシャは妹の目をみて、わずかに首を横に振った。サーシャが両手を出すと、縄がかけられた。

ワーシャは震えながら、兄が連れていかれる姿をみていた。

「娘を橇に乗せろ」ドミトリーがいう。

「ドミトリー・イワノヴィチ」ワーシャはカシヤンにつかまれた腕を無視して、もう一度、大声で呼ぶ。痛みで涙がにじんだが、絶対にこれだけはいおうと心に決めていた。「あなたはわたしを友だといってくださいました。お願いです――」

大公は鋭い目でワーシャをみた。「わたしはうそつきと友になったのだ。だが、その少年は死んで、もういない」大公がカシヤンに向かって続ける。「この娘を、わたしの目に触れないところへ連れていってくれ」

「さあ、いくぞ、ヤマネコ」カシヤンが低い声でいった。ワーシャは腕をつかむ手にもう逆らわなかった。カシヤンは雪の上に放り投げたマントを拾い上げ、ワーシャの体に巻きつけると、引きずるようにして連れ去った。

21　魔術師の妻

大急ぎでオリガ様に知らせなくては、とワルワーラは思い、だれよりも早くセルプホフ公妃の仕事部屋に向かった。事の重大さに顔をしかめ、三つ編みにまとめた薄い金色の髪に降りかかる雪を払おうともしない。

オリガのテレムには、美しく装った女たちがひしめいていた。マースレニツァ祭こそわたしたちの祭り、とばかり、大勢の客がつめかけ、ごちそうを食べ、ワインを飲み、絹のブロケードの豪華な服、頭飾り、香水を披露しあいながら、外のにぎやかな物音にも耳を傾けている。ペチカのすぐそばには、着飾ったモスクワ大公妃、エウドキアが不機嫌そうな顔ですわっている。数人の取り巻きがエウドキアを囲み、懐妊をたたえて気に入られようとしている。しかし、エウドキアのまだみぬ子も、外で行われている馬乗り競走にはかなわなかった。午前中のうちに、かなり多くの女たちがひそかに、楽しそうに笑いながら勝敗の賭けをし、敬虔な女たちは顔をしかめた。

あの美しい若者——オリガの弟——が勝つのかしら？　女たちはうわさしあい、笑い声をあげた。それとも、火のように赤い髪をした領主のカシヤン——奴隷たちの話では、聖人のようにほほえみ、風呂小屋で裸になると異教の神のように見事な体をしているという男——の勝ちかしら？　全体的に、カシヤンに賭ける者のほうが多かった。女たちの半数はカシヤンに熱を上げていた。

「ちがうわ！」マーリャが猛然と声をあげた。侍女にケーキを食べさせてもらっているところだった。「ワシーリーおじさんが勝つにきまってる！　だれよりも勇敢で、世界一の馬に乗っているんだから」

競走の始まりには喚声がとどろき、テレムの壁がゆれるようだった。そして競走の間じゅう、大きな声援が街を包んだ。テレムの女たちは額を寄せあうようにして耳をすませ、屋敷の前を通りすぎるひづめの音を頼りに勝負の行方を追った。

オリガはマーリャを膝にすわらせ、しっかり抱きしめていた。

やがて、にぎやかだった外が急に静かになり、「終わったのね」と女たちは話しあった。ところが、それで終わりにはならなかった。外がふたたび、ひときわ騒々しくなったのだ。新たに怒号のような不快な声もきこえる。騒ぎはいっこうにおさまらず、どんどん近づいてきて、満ち潮のようにオリガのテレムの壁に打ち寄せた。

その満ち潮に運ばれる浮き荷のように、ワルワーラが駆けてきた。仕事部屋に入るときには、うまく平静さを装い、まっすぐオリガのところへいって身をかがめると、耳打ちした。

ワルワーラはたしかにすばやく、いちばん乗りだったが、ずば抜けて早くはなかった。うわさが波のように階段をのぼってきたかと思うと、一気にくだけ散った。ワルワーラがオリガに惨事を耳打ちするのとほぼ同時に、非難めいたささやき声が女たちの間からあがった。

ワルワーラ以外の召使いたちも、知らせを運んできたのだ。「ワーシャが女だったとは！」エウドキアがかん高い声をあげる。

手を打つ時間はまったくなかった。オリガは、テレムにひしめく女たちを追い出すことはおろか、静めることもできない。

「ここにくるというの？」オリガはワルワーラに聞き返した。懸命に頭を働かせる。ワーシャが女だとわかり、ドミトリー・イワノヴィチはさぞ怒っているにちがいない。そんなときにワーシャをここへ送りこめば、オリガは――そして夫のセルプホフ公も――この裏切り行為に加担したようにみえ、ますます大公の怒りをあおることになる。いったいだれの考えで、ワーシャをここへ？

カシヤンだ、とオリガは思った。カシヤン・ルートヴィチ。新たに登場した謎の領主。あの男にとって、大公にすり寄るこれ以上の方法があるだろうか？　これで、サーシャもわたしの夫も大公の側近から外される。それを見通せなかったとは、ふたりともうかつだった。

しかし、失敗は失敗として、いまできる最善のことをするしかない。塔に暮らす公妃の身では、それ以外にできることはない。オリガは背筋をのばし、落ち着いた声でワルワーラに指示した。

「侍女たちをよこしてちょうだい。ワーシャには部屋を用意して」少し考えてから続ける。「その部屋には、扉の外側からかんぬきをかけてね」オリガは腹の上で両手をきつく握りあわせ、関節が白くなっている。それでも、落ち着きを失わず毅然としている。「それから、マーリャを連れていって、悪さをしないように気をつけていて」

マーリャは、賢い小悪魔のような小さな顔を不安そうにひきつらせ、母親にたずねる。「これは困ったことなんでしょ？　ワーシャが女の子だって知られちゃったんでしょ？」

「そうよ」とオリガ。子どもたちにうそをついたことはない。「さあ、いって」

マーリャは青ざめ、ふいに従順になり、ワルワーラについて部屋を出ていった。

うわさは燃え始めた火のように、オリガの客たちの間に一気に広がっていた。特に、上品ぶっている者たちは非難がましく唇をすぼめ、帰りじたくをしている。

ところが、女たちは頭飾りをつけたりマントをはおったり、ベールを正しい位置につけたりするのにたいそう手間取ったので、驚くことでもないが、じきにまた足音――複数の人間の足音――がテレムの階段をのぼってくるのをきくことになった。

部屋にいた者がひとり残らず、扉のほうを向いた。立ち去ろうとしていた者たちも、妙にすばやく椅子にすわり直した。

部屋の内側の扉が開くと、戸口にドミトリーの家来がふたり、両側からワーシャの腕をつかんで立っていた。大男ふたりにつり下げられたワーシャは、マントで雑に体をくるまれている。

驚きと喜びの声が女たちの間からあがった。オリガには、女たちがあとからうわさする声がきこえるようだった。あの子をみた？　服を裂かれ、髪を振り乱していたのよ。ええ、みたわ、あの日あそこにいましたからね。セルプホフ公妃とアレクサンドル・ペレスヴェートが破滅したあの日に。

オリガはじっとワーシャをみていた。ここへ連れてこられるころにはすっかりおとなしくなって、自分のしたことを悔いてさえいるのでは、と思っていたが、それどころか（ばかね、ワーシャに限ってそんなはずないのに）、激しい怒りに目をぎらぎらさせている。男たちにぞんざいに床に放り出されると一回転して、転倒すら美しくみせた。女たちは全員、息をのんだ。ワーシャが立ち上がる。乱れた髪が顔とマントに落ちかかっている。その髪を後ろに振り払い、あっけにとられている女たちをにらみつけた。たしかに少年ではないが、テレム育ちの、服のボタンをきっちりとめてレースの頭飾りをつけている女たちとは、猫と鶏ほどにちがう。ワーシャを連れてきたふたりの家来は一歩後ろに立ったまま、ワーシャのほっそりした体や、つややかな黒髪をなめるようにみている。「あなたたち、役目は終えたでしょう」オリガがきつい口調でいう。「下がりなさい」

しかし、ふたりは動こうとしない。ひとりがいう。「この娘を監禁するようにとの、大公のご命令です」

ワーシャがほんの一瞬、目を閉じた。

オリガはうなずくと、ふくらんだ腹の上で腕を組み――ふいに、驚くほど妹そっくりの顔つきになって――ふたりの男を冷ややかにみつめた。ふたりは居心地悪そうに身じろぎする。

「下がりなさい」オリガがもう一度いう。

ふたりはためらったのち、向きを変えて立ち去ったが、その態度はどこか横柄だった。風がどちらに向かって吹いているか、承知しているのだ。男たちが肩をそびやかして歩いていくのをみながら、オリガは、塔の外の人々がこの事態をどう思っているかを痛いほど感じ、思わず下唇を噛んだ。

掛け金が大きな音をたてて下ろされ、外側の扉が閉まった。部屋に残された姉妹はみつめあい、ほかの女たちは息をこらして、なりゆきを見守っている。ワーシャはマントを肩にきつく巻きつけた。寒くてたまらず、ひどく震えている。ワーシャは口を開いた。「オーリャ――」

部屋じゅうが静まり返って、一語も聞きもらすまいとしている。

ここまで見届ければ、うわさの種には事欠かないだろう。「その子を風呂小屋へ連れていきなさい」オリガが冷静に召使いたちに命じる。「入浴がすんだら、部屋へ連れていって、扉に鍵をかけてね。見張りも必ず立ててちょうだい」


ドミトリーのふたりの家来は風呂小屋までついてきて、戸口の外に立っていた。小屋の中ではワルワーラが待っていて、ワーシャの引き裂かれた服を手際よくてきぱきと脱がせた。サファイアのペンダントにさえ目もくれなかったが、ワーシャの腕にいくつもできているあざは長いことみていた。一方、ワーシャは、日にあたっていない自分の白い肌から目をそむけたい気分だった。この肌のせいで、女だと気づかれたのかもしれない。

そのあとワルワーラは、相変わらず無言のまま、熱くなったかまどの石にひしゃくで湯をかけ、ワーシャを奥の部屋に押しこんで、内側の扉を閉め、ワーシャをひとりにした。

ワーシャは裸で長椅子にすわり、あたたかい湯気に包まれて、初めて自分に泣くことを許した。声をもらさないよう拳《こぶし》を噛んではいたが、しばらく泣いていると、突き上げるような屈辱感と悲しみと恐怖が次第に和らいでいった。やがて、気を取り直し、顔を上げると、聞き耳を立てている気配に向かって話しかけた。

「助けて。どうすればいいの?」

ワーシャは完全にひとりではなかったらしく、どこからともなく返事がきこえてきた。

「約束を忘れたのか、愚か者」オリガの風呂小屋にすんでいる、でっぷりした影の薄いバンニクが、湯の蒸発する音に乗せていった。「おれの予言を思い出せ。おれはもう長くない。おそらく、これが最後の予言になる。いいか、マースレニツァ祭が終わるまでに、すべてが決まる」バンニクは湯気よりもぼんやりしていて、いるとわかるのは、空気がそこだけちがう動き方をしているからにすぎない。

「約束って?」ワーシャがたずねる。「すべてが決まるって、何が決まるの?」

「思い出せ」バンニクがささやくようにいうのがきこえ、ワーシャはひとり残された。

「まったく、チョルトたちときたら」そういって目を閉じる。

ワーシャはゆっくり時間をかけて入浴した。いつまでもその部屋にいたかったが、外から、見張りたちが低い声で下品な冗談を飛ばしあう声がはっきりきこえてきた。かまどから蒸気が上がるたび、馬と汗のにおいが洗い流されていくように思える。それは、ワーシャが苦労して手に入れた自由のにおいでもあった。この風呂小屋を出たら、ふたたび生娘として生きることになる。

ようやく、ワーシャは汗をたっぷりかき、生まれたままの姿で外側の部屋にいった。そして、冷たい水をかけられ、濡れた体を拭かれ、傷に軟膏《なんこう》を塗られ、服を着せられた。用意されたシフト（まっすぐなラインの、裾の長い服。ここでは下着）とブラウスとサラファンは、前の持ち主のにおいが濃く残っていて、肩に重たかった。女物の服を着ると、一度は断ち切ったあらゆる束縛をふたたび感じることになった。

ワルワーラはワーシャの髪を強く引っ張り、手早く編みながら、きつい口調でいう。「オリガ・ウラジーミロワには何人も敵がいます。オリガ様が赤ん坊を産んだあとで修道院送りになるのを、何より望んでいるような人たちです。そんなことになったら、赤ん坊はどうなります？　あなたがモスクワにきてからというもの、オリガ様にはつらいことばかり起こっています。なぜ、そっと立ち去らなかったのです？　生き恥をさらす前に」

「そうね。ごめんなさい」ワーシャがいう。

「ごめんなさいですって！」ワルワーラが吐き捨てるようにいう。珍しく感情をあらわにしている。「そんな言葉、これほどの――」といって、指をパチンと鳴らす。「価値もありませんよ。そして、大公はきびしい判断を下されるでしょうね、あなたの行く末に」そういって、ワーシャの三つ編みの端に緑色のウール地の端切れを巻いて結んだ。「さあ、お部屋に参りましょう」

テレムの中にワーシャの部屋が用意されていた。薄暗くて狭く、天井も低いが、あたたかい。ここは仕事部屋の真上にあたるので、大きな石のペチカの熱が伝わってくるのだ。食事も運ばれてきていた。パンとワインとスープ。オリガのやさしさが、怒りよりもワーシャの心に刺さった。

ワルワーラは部屋に入らなかった。ワーシャが最後にきいたのは、扉の外側でかんぬきをかける音と、遠ざかっていくワルワーラの軽くすばやい足音だった。

ワーシャは寝台にぐったり腰かけて、両手をきつく握り、もう泣くのはよそうと思った。自分には泣く資格もない。兄と姉をこんなに苦しめたのだから。それにお父さんも……。低くあざけるような声が頭の中に響く。忘れないで――あなたが運命に逆らったせいで、お父さんは命を落とした。あなたは家族に災いばかりもたらしているのよ、ワシリーサ・ペトロヴナ。

ちがう、とワーシャはその声に弱々しく言い返す。そうじゃない。絶対にちがう。

しかし、何が真実なのか、思い出すのは難しかった――この薄暗い、息が詰まるような部屋で、きゅうくつなテントのようなサラファンを着て、目の前に姉の冷ややかな表情がちらついている、この状況では。

ワーシャは考えた。家族みんなのために、間違いを正さなければ。

しかし、その方法がわからなかった。

オリガの客たちは、見物《みもの》が終わるとすぐに帰っていった。全員を送り出したあと、セルプホフ公妃は身重の体でゆっくり階段をおり、ワーシャの部屋へいった。

「何かいって」オリガはドアを閉めていった。「謝って。こんなことになるとは思ってもみなかったといって」

ワーシャは姉が入ってきたときに立ち上がってはいたが、何もいわない。

「予想はついていた」オリガが続けていう。「やめなさいっていったわよね――あなたにも、愚かな兄さんにも。自分が何をしたかわかってるの、ワーシャ？　大公にうそをつき、兄さんを引きずりこんで――あなたはよくて修道院送り、最悪の場合は魔女裁判にかけられる。それを止めることなど、わたしにはできない。ドミトリー・イワノヴィチが、わたしもこの件に加担していたと判断すれば、ウラジーミルにわたしを捨てるよう命じるでしょう。そしたら、わたしも修道院に入れられるのよ、ワーシャ。子どもたちを取り上げられる」

子どもたちのことを口にしたとたん、オリガは声を詰まらせた。

ワーシャは恐怖に目を見開き、オリガをみつめるばかりだ。「でも――なぜオーリャが修道院に送られるの？」小さな声でたずねる。

オリガは、あえて愚かな妹を罰するような答え方をした。「ドミトリー・イワノヴィチが激怒して、わたしも共犯だと考えればそうするはずよ。でも、子どもたちと引き離されるなんて、わたしは絶対にいや。だから、そうなる前にあなたを公然と非難するわ。必ずそうする」

「オーリャ」ワーシャは、つややかな黒髪の頭をうなだれていった。「当然だわ。ごめんなさい。本当にごめんなさい」

むこうみずでみじめ――オリガにはふいに、ワーシャが八歳の少女にもどってしまったような気がした。そして自分も少女にもどり、腹立たしいと同時にかわいそうな気持ちでいっぱいになって、父親が妹を鞭で打つのをみている。父親も本当はそうしたくないのだが、ワーシャがまた何かばかなことをしたので、しかたなく仕置きをしている……。

「残念だわ」オリガはいった。正直な気持ちだ。

「姉さんは、すべきことをして」ワーシャの声はオオガラスのようにしわがれている。「悪いのはわたしなんだから」

セルプホフ公邸の外では、その日ずっと、しきりにうわさ話がささやかれていた。ただでさえ、人々はマースレニツァ祭で興奮し騒いでいるので、うわさはあっという間に広まった。しかも、これほどわくわくする出来事はめったにない。

あの若い貴族《ボヤール》、ワシーリー・ペトロヴィチは領主の息子じゃない。娘なんだと！

まさか。

本当だって。生娘だったのさ。

それがみんなの前に裸をさらすとは。

魔女なんだろ。

敬虔な修道士のアレクサンドル・ペレスヴェートまで取りこんでいたっていうじゃないか。

宮殿で秘儀をやったらしい。公も修道士もみな手玉に取ったとさ。罪深い世の中だねえ。

それに歯止めをかけたのが、カシヤン公だ。あの娘が魔女だと暴いたそうだ。偉大な領主だ。罪と縁がない。

深い考えもなしにささやかれるうわさ話は、その長い一日を通じ、モスクワの街をぐるぐるとめぐった。そして、金髪の司祭の耳にまで届いた。司祭は、記憶の中の怪物たちと二度と出くわさぬよう、修道院のひとり用の部屋に身を潜めていたが、ワーシャの名をきくと、祈りをやめてさっと顔を上げた。すっかり青ざめている。

「そんなはずはない」司祭は訪ねてきた男にいう。「あの娘は死んだ」

カシヤン・ルートヴィチは、腰の飾り帯の黄色い刺繍《ししゅう》をじっとみて、不機嫌そうに唇をすぼめていたが、目を上げずに応じた。「本当ですか？　なら、あれは幽霊だったのでしょう。じつに美しい、若い幽霊を、わたしがみなさんにおみせしたことになります」

「そんなことをすべきではなかった」

カシヤンはそれをきくと笑みを浮かべ、顔を上げた。「なぜです？　あなたもみたかったのに、そこに居合わせなかったからですか？」

コンスタンチンがひるむと、カシヤンはすかさず声をあげて笑った。「あなたがなぜ異常なまでに魔女にこだわっているか、わたしが知らないとでもお思いですか」そういって、扉に寄りかかる。何気ないしぐさが堂々としている。「魔女の孫娘と、あまりに多くの時間を過ごされたようだ。あの子の成長を一年、また一年と見守り、あの緑の目を幾度となくみてしまった。それと、あなたには無縁の――あなたの神にさえ無縁の野性もみてしまった」

「わたしは神に仕える身だ。けっして――」

「おっと、お静かに」カシヤンがいって、背筋をのばした。司祭のほうへ一歩、また一歩と足音もなく近づいていく。しまいにコンスタンチンはたじろぎ、蠟燭《ろうそく》に照らされたイコンにぶつかりそうになった。カシヤンがいう。「なるほど、仕えているのは片目の神か?」

コンスタンチンは唇をなめ、カシヤンの顔をにらんだまま、ひと言も発しない。

「それは都合がいい。さあ、答えてもらおう。復讐をしたいか? あの魔女をどのくらい愛している?」

「わたしは――」

「あの娘を憎んでいると?」カシヤンは声をあげて笑った。「おまえの場合、どちらでも同じことだ。好きなだけ復讐できる――わたしのいうとおりにすればな」

コンスタンチンは目に涙をにじませてイコンをみたまま、しばらくじっとしていた。それから、カシヤンをみずに小声でいった。「何をしろというのだ?」

「わたしに従え。そして、だれが主人かを忘れるな」

カシヤンは身を乗り出すと、コンスタンチンの耳元で何かいった。

司祭がぎくりとして身を引く。「子どもを? しかし――」

カシヤンが穏やかに、おさえた声で話し続けると、やがてコンスタンチンはゆっくりうなずいた。

ワーシャの耳には、うわさもたくらみもいっさい届かなかった。鍵のかかった部屋に閉じこめられ、縦長の細い窓のそばにすわって、太陽が城壁の下に沈んでいく間、考えていた。どうしたら逃げられるだろう、どうしたら間違いを正せるだろう。

つとめて考えないようにしたこともある。それは、秘密を守り通せていたら、いまごろ街でどんなふうに過ごしていただろう、ということだ。しかし、どうしても考えてしまう。逃した勝利、ワインを飲んだときの体の中が燃えるような感覚、笑い声と声援、大公の誇らしげな表情、みんなからの賞賛。

そしてソロヴェイは——競走のあと、体を冷ますためにしばらく歩かせてもらい、手入れをしてもらったかな？　初めは疲れて馬丁たちのいいなりになったとしても、あとから馬丁に体に触れられるのを苦痛に感じなかった？　もしかしたら抵抗して暴れ、殺されてしまったかもしれない。そうでなければ、いま、どこにいるの？　口に端綱《はづな》をつけられて、大公の馬屋につながれ、閉じこめられている？

それからカシヤン——カシヤンのことがある。あの領主は親切そうな態度で近づいてきて、にたつきながら、モスクワじゅうの人の前でわたしに恥をかかせた。だから、いっそう疑問が強まった。あの男はこれで何を得る？　それと、だれがチェルベイに手を貸して、ハン国からの特使を演じさせた？　だれが盗賊団に武器や馬を与えた？　もしかして、すべてカシヤンのしわざだった？　でも、なぜ——どうして？

ワーシャにはわからない。いくら考えても同じ疑問にもどってしまう。泣くのを我慢したせいで頭も痛い。しまいに、ワーシャは寝台に横たわって体を丸め、浅い眠りに落ちた。

はっとして、震えながら目覚めると、日が暮れかけていた。部屋の壁や床に映る影が、異様に長い。

ワーシャは、遠くレスナーヤ・ゼムリャにいる妹のイリーナを思った。すると止めようもなく、さまざまな思い出が押し寄せてきた。兄たちが夏の台所の炉のそばにいるところや、夏至のころの日暮れに差しこんでくる金色の夕日。父親が飼っていた気立てのいい馬たち、ドゥーニャが焼いてくれたケーキ……。

ワーシャはこらえきれず泣きだした。まるで幼い子どものように泣きじゃくる。父は死に、母はとうに亡く、兄は牢屋に入れられ、故郷ははるかに遠い——。

さわさわと、布が床をこする音がして、ワーシャはぎくりとし、泣くのをやめた。急いで起き上がったものの、顔は濡れたままだし、涙が喉に詰まっている。

闇の一部が動き、また動いて、夕暮れのぼんやりした光の筋の中で止まった。いや、闇ではない。灰色の何かが歯をむいている。女の姿をしているが、女ではない。ワーシャは心臓がどきどきし、寝台からおりて後ずさった。「だれ?」

灰色の顔にある穴が開き、また閉じたが、ワーシャには何もきこえない。「なぜ、わたしのところへきたの?」なんとか勇気を奮い起こしてたずねる。

答えはない。

「話せないの?」

この世のものとも思えない、陰気なまなざしがこちらに向く。

ワーシャは明かりがほしいと思うと同時に、暗くてよかったと思った。相手の唇のない顔を闇が隠してくれている。「何かわたしに伝えたいことがあるの？」

相手がうなずいた——本当に？　ワーシャは少し考えてから、服の胸元に手を入れた。ひんやりした、青い、端のとがった魔除けの石が下がっている。一瞬ためらったが、その端で前腕の内側をひっかいた。指の間から血がしたたりだす。

血がぽたぽたと床に落ちると、幽霊は骨ばった手をのばして、青い石をつかもうとした。ワーシャは急いで飛びのく。「だめ。これはわたしのものよ。だからだめ——だけど、さあ、これを」そういって、血が出ている自分の腕を差し出し、相手がちゃんとわかってくれますようにと祈る。「さあ」ともう一度、ぎこちなく促す。「血が役に立つことがあるの、死んだものには。あなたは死んでいるの？　わたしの血を飲めば、いくらか力がもどりそう？」

返事はない。しかし、影はゆっくり近づいてくると、とがった顔をワーシャの腕に近づけ、あふれ出る血をなめた。

少しすると、腕をしっかりくわえて強く血を吸いだした。そして、ワーシャがたまらず腕を引っこめようと思った瞬間、幽霊は口を離し、よろよろと後ずさった。

それの——彼女の、とワーシャは頭の中でいい直した——見た目はあまり変わらなかった。少し肉がついたものの、長年風通しの悪いところにいたために、からからに干からびた肉は茶色がかった灰色で、筋ばっている。それでも、ただの穴だった口の中に舌ができ、話せるようになった。

「ありがとう」幽霊はいった。

少なくとも礼儀正しい幽霊のようだ。「なぜここにいるの？」ワーシャはたずねた。「ここは死んだ人のいるところじゃないでしょ。あなたのせいで、マーリャが怖がってるわ」

幽霊は首を横に振り、やっとのことでいう。「ここは――生きている人の場所ではないから。でも――ごめん――なさい。あの子を怖がらせて」

ワーシャはふたたび、自分が壁の中に閉じこめられていて夕暮れの街に出ていけないことを感じ、唇を嚙んだ。「それで、わたしに何をいいにきたの？」

幽霊が口を動かしていう。「いって。逃げて。今夜。あの人は今夜のつもりよ」

「むりよ。扉に外からかんぬきがかかってる。今夜、何が起こるの？」

幽霊が骨ばった両手を握りあわせる。「すぐ逃げて」といって、自分を指さす。「こう――あの人はあなたをこうするつもり。今夜。今夜、あの人は新しい妻をめとる。そしてモスクワを自分のものにする。逃げて」

「だれのこと？」ワーシャはたずねる。「カシヤン？　あの人がどうやってモスクワを自分のものにするっていうの？」

ふとチェルベイのことを思い出した。あの男は、訓練された騎兵を大勢従えていた。ワーシャはあることに気づいてぎょっとした。「カシヤンがタタール人と共謀しているの？」小声でたずねる。

幽霊はいっそうきつく手を握りあわせ、「逃げて！」といった。「逃げて！」開いた口は地獄の入口のようだ。

ワーシャは思わず後ずさり、荒く息をして、悲鳴を飲みこんだ。

「ワーシャ」後ろから聞き覚えのある声がした。自由と魔法と畏怖を感じさせる声、息の詰まる塔の中の世界とは無縁の声だ。

幽霊はいなくなっている。ワーシャは思い切って後ろを向いた。

マロースカの髪は夜に溶けこみ、裾の長い服も光沢のない黒だ。目がどことなく老いていて、危険が差し迫っていることを感じさせる。マロースカはいった。「時間がない。ここから出るのだ」

「そういうけど」ワーシャはじっと立ったままいった。「なぜきたの？　さっき呼んだ――きてって頼んだわ――裸にされて、モスクワじゅうの人の目にさらされたときに！　でも、きてくれなかった！　なぜいまになって助けようとするの？」

「今日はどうしてもおまえのところへこられなかったのだ、いまのいままで」霜の魔物の声は穏やかで落ち着いているが、その目はすばやく動いた。ワーシャの涙の筋のついた頬から、血の出ている腕へ。「あいつは自分の持てる力をすべて集めて、わたしを閉め出した。今日という日を入念に計画していた。わたしは今日、おまえに近づけなかった。おまえの血がサファイアに触れて初めて、ここにこられた。あいつはわたしから身を隠すことができる。知らなかったのだ。まさかあいつがもどってきていたとは。もし知っていたら、けっして――」

「あいつって？」

「魔術師。おまえたちがカシヤンと呼んでいる男だ。長いこと、わたしの目の届かないところへいっていた」

「魔術師？　カシヤン・ルートヴィチが？」

「昔は、人間からカスチェイと呼ばれていた」とマロースカ。「やつは不死身だ」

ワーシャは目をみはった。そんなのおとぎ話でしょ。でも、霜の魔物だっておとぎ話だと思っていた……。

「死ぬことはないの？」なんとか質問を口にする。

「魔法を使ったのだ。魔法で、自分の命を自分の体の外に隠した。わたしが──死神が、けっして近づけないようにした。カスチェイは不死身で、じつに手強い。わたしに姿をみられないようにしていて、今日もわたしを遠ざけていた。ワーシャ、わたしはけっして──」

ワーシャはマロースカのマントの中にもぐりこんで、消えてしまいたかった。マロースカに身をあずけて泣きたかった。しかし、じっとしていた。「けっして、何？」ささやくようにたずねる。

「おまえに、今日という日にひとりで立ち向かわせはしなかった。カスチェイのことを知っていたなら」

ワーシャは闇の中でマロースカの目をみつめ、気持ちを読み取ろうとした。しかし、マロースカが後ずさったのでかなわなかった。一瞬、マロースカの顔が人間らしくみえ、その目が答えを語っているようにみえたが、ワーシャにはわからなかった。教えてほしい。でも、教えてもらえない。マロースカが首をかしげ、聞き耳を立てるような顔をした。「おいで、ワーシャ。

馬で逃げるんだ。手を貸そう」

ここを出てソロヴェイに乗り、去っていくこともできる。ふたりで。月明かりが銀色に差す闇の中へ、いつになく目に約束を宿しているようにみえるマロースカといっしょに。でも――。

「兄と姉を捨てていくなんてできない」

「いや、おまえは――」マロースカが話しだす。

そのとき、廊下に重い足音がきこえ、ワーシャはさっと振り向いた。扉が目に入ったとたん、かんぬきが手早く外された。

オリガは、午前中に会ったときよりも疲れてみえた。顔が青白く、お腹の赤ん坊の重さに耐えかねているかのようだ。オリガのかたわらにはワルワーラがいて、ワーシャをにらんでいる。オリガがそっけない口調でいう。「カシヤン・ルートヴィチがあなたに会いにきているわ。お話をうかがいなさい」

オリガとワルワーラが部屋に入ってきた。ワルワーラの持つランプが部屋の隅々まで明るく照らしたとき、霜の魔物はもういなくなっていた。

ワルワーラがワーシャの乱れた三つ編みを整え、刺繍入りの頭飾りを眉のあたりまで深くかぶらせると、ひんやりした銀色の小さな輪がワーシャの顔を縁取った。そのあと、ワーシャは凍えそうに寒い外階段に導かれ、オリガとワルワーラにはさまれて戸惑いながら下りた。一階分下りると、ワルワーラが扉を開け、ふたたび建物の中に入った。控えの間をつっきって、居間に入る。その部屋はオリーブ油の香りがした。

部屋に入ってすぐ、オリガがおじぎをしていった。「妹を連れてまいりました。ご領主様《ガスパジン》」

オリガは脇にどいて、ワーシャを通した。

カシヤンは風呂から出たばかりのようで、祭りにふさわしい白と薄い金色の服に着替えていた。刺繍の入った白い襟に赤い巻き毛がかかり、鮮やかに映えている。

カシヤンがまじめくさっていう。「ふたりきりにしてもらえませんか、オリガ・ウラジーミロワ。これからワシリーサ・ペトロヴナにお話しすることは、きわめて個人的なことですので」

ワーシャが女の姿にもどった以上、婚約者以外の男とふたりきりになるなど、もちろんあり得ないことだった。しかし、オリガは硬い表情でうなずくと、ふたりを残して部屋を出た。

扉が小さな音をたてて閉まった。

「こんばんは、ワシリーサ・ペトロヴナ」カシヤンが穏やかに、かすかな笑みを口元に浮かべていう。

ワーシャは落ち着いて、少年らしいおじぎをすると、「こんばんは、カシヤン・ルートヴィチ」と冷ややかに返した。魔術師、という言葉が頭の中に響く。信じがたいことだが……。

「チュドヴォの風呂小屋にいたわたしを、男たちに追わせたのはあなたですか？」

カシヤンは薄笑いを浮かべた。「いままで気づかなかったのか？　おまえを逃した四人の男はわたしが殺した」

カシヤンがワーシャの体にすばやく視線を走らせる。ワーシャは腕を組んだ。頭からつま先まできちんと装っているにもかかわらず、裸をみられているような気がした。入浴したときに、心のよりどころも野心も洗い流してしまったかのようだ。これからは慎重に、相手の出方をうかがうようにしなくては。自分は無防備で、無力だ。

ちがう。そんなことない。わたしは昨日と変わらない。

ただ、容易にはそう信じられない。それにひきかえ、この人の目は自信満々で、おもしろがってさえいる。

「やめて」ワーシャは吐き捨てるようにいう。「近寄らないで」

カシヤンは肩をすくめる。「好きにさせてもらう。おまえは、少年の格好をしてクレムリンに現れたときから、慎み深いふりなどあきらめていたではないか。姉でさえ、わたしがおまえとふたりきりで会うのを止めようとしない。わたしはこの手ひとつでおまえを破滅させられる」

ワーシャは何も答えない。カシヤンは笑みを浮かべる。「だが、そんなことはもういい。何もいがみあうことはない」ふいになだめるような口調になる。「うそから救ってやったのだ。おまえはもう、ありのままの自分でいられる。女らしく身を飾って——」

ワーシャが唇をゆがめる。カシヤンは言葉を切って、優雅に肩をすくめてみせた。

「ご存じのとおり、わたしは修道院に入るしかありません」ワーシャはそういうと、両手を後ろにまわし、背中を扉に押しつけた。とげが掌《てのひら》に刺さる。「あるいは、魔女として檻に入れられ、火あぶりにされるか。なぜここにきたのです?」

カシヤンは赤褐色の髪を指ですいて答える。「今日はすまないことをした」

「楽しんでいたくせに」ワーシャは言い返し、屈辱を思い出して声がかすれていないといいけど、と思った。

カシヤンはほほえんでペチカのほうを示し、「すわらないか、ワーシャ？」といった。

ワーシャは動かない。

カシヤンは短く笑って、ペチカのそばの彫刻をほどこした長椅子にすわった。琥珀《こはく》がちりばめられた取手つきの酒瓶と、杯がふたつ置いてある。カシヤンは杯のひとつに色の薄い酒を注いで、飲み干した。「たしかに楽しんだ。怒りっぽい大公をからかうのも、おまえの独善的な兄が身もだえするところをみるのも」そういって、横目でワーシャをみる。ワーシャは嫌悪感に身をこわばらせ、扉のそばに立ちつくしている。カシヤンは真面目な口調になって続けた。「おまえもそうだろう。ワシリーサ・ペトロヴナ、だれもおまえを美人だとはいわないだろうが、それは単に認めたくないだけだ。わたしと闘ったおまえは美しかった。少年の格好をしていても魅力的だった。待ちきれなかった。おまえは女だと、わたしにはわかっていた。大公にはそんなそぶりはみせなかったが、わたしはずっと気づいていた。いっしょに旅をして野宿していた夜も、ずっと」

カシヤンはまなざしを和らげ、甘い声でワーシャの気持ちをほぐそうとしていたが、その目の奥にはなお笑いが潜んでいて、自分の言葉さえもあざけっているかのようだ。

ワーシャは肌を刺す冷たい空気と貴族たちのいやらしい目つきを思い出し、背中がむずむずした。

「どうだ」カシヤンはなおもいう。「楽しんでいなかったといえるか？　モスクワじゅうの目が自分に注がれていたではないか」

ワーシャは胃がひっくり返りそうだった。「何が望みです？」

カシヤンはまた酒を注ぎ、目を上げてワーシャと視線を合わせる。「おまえを救いたい」

「え？」

カシヤンはペチカの火に視線をもどした。まぶたが半ば閉じている。「わたしのいいたいことはよくわかっているはずだ。自分でもいっていたが、おまえは修道院に入れられるか、魔女裁判にかけられるか、どちらかだ。わたしはついこの間、ある司祭に会った。じつに敬虔な男で、器量もよく、信心深い――きっと喜んで大公に話すだろう、おまえがどんな悪さをしてきたか。それに、もしおまえが処刑されることになったら――」カシヤンはわざと考えこむふりをする。「兄の人生はどうなる？　姉の自由は？　ドミトリー・イワノヴィチはモスクワじゅうの笑いものだ。笑いものになった公は、じきにその地位から転げ落ちる。本人もそれを知っている」

「さっき」ワーシャは歯を食いしばったまままたずねる。「わたしを救うといったけど、あれはどういう意味です？」

カシヤンはすぐには答えず、酒を味わった。「こっちへこい。教えてやる」

ワーシャは動かなかった。カシヤンはやれやれというようにため息をついて、また酒を飲んだ。「そうか。なら、扉をたたけばいい。召使いがやってきて、おまえをまたあの部屋へ連れていくだろう。わたしは、おまえが火に焼かれるのをみても楽しくはないがね、ワシリーサ・ペトロヴナ。ちっとも楽しくない。それに、かわいそうなおまえの姉は、どんなに嘆き悲しむことだろう。自分の子どもたちに別れを告げるのだからな」

ワーシャは憤然としてペチカのそばまでいくと、カシヤンの向かいの長椅子に腰かけた。カシヤンは喜びを隠そうともせず、ワーシャに笑いかける。「そうこなくてはな！　話のわかる女だとわかっていた。酒はどうだ？」

「けっこうです」

カシヤンはワーシャの分を杯に酒を注ぎ、自分も飲んだ。「おまえを救ってやる。ついでに、兄と姉もな。このわたしと結婚するなら」

一瞬、沈黙が流れた。

「魔女と結婚するというのですか？　少年の格好をしてモスクワじゅうを歩きまわった、ふしだらな女と？」ワーシャは皮肉っぽくたずねた。「信じられません」

「疑り深いな」カシヤンが楽しげに応じる。「生娘に似合わないぞ。少年に扮したおまえをみて、わたしは心を奪われたのだ、ワーシャ。おまえの心意気に初めからほれていた。ほかの連中がなぜ気づかないのか、わからなかったがね。結婚したら、バーシニャ・カステイに連れていく。今朝もそういおうとした。そうしていれば、こんなことにならずにすんだかもしれないが……まあいい。結婚したら、おまえの兄を解放させて――ラヴラにもどしてやろう。日々、平穏に暮らすのがいちばんだ」気難しい顔になる。「政治は、修道士が関わるべきことではないからな」

　ワーシャは何も答えない。

　カシヤンはワーシャと目を合わせると、身を乗り出し、声を和らげて続ける。「オリガ・ウラジーミロワは、塔の中で子どもたちと暮らせばいい。壁に囲まれている限り、安全だ」

「わたしたちが結婚すれば、大公の怒りもおさまると？」

　カシヤンは声をあげて笑う。「ドミトリー・イワノヴィチのことはわたしにまかせろ」半ば伏せた目がきらりと光る。

「盗賊の頭《かしら》を買収して、サライからの特使を演じさせたでしょう」ワーシャはそういって、カシヤンの顔をみる。「なぜです？　自分の治める村も、あの男に焼き払わせたのですか？」

　カシヤンはにやりと笑ってみせたが、目つきが少しけわしくなったように、ワーシャには思えた。「答えは自分でみつけろ。おまえは賢い。すぐに答えが出たらおもしろくないんじゃないか？」さらに身を乗り出す。「ワシリーサ・ペトロヴナ、わたしと結婚するのなら、うそもたくらみもたっぷり味わえる。それと情熱も――心ゆくまで」手をのばし、指でワーシャの頰をたどる。

　ワーシャは身を引き、何もいわない。

　カシヤンは椅子にふんぞり返り、冷めた口調になっていう。「これ以上の申し出はないぞ」

　ワーシャはほとんど息ができない。「一日だけ考えさせてください」

「絶対にだめだ。おまえは兄や姉をそれほど愛していないかもしれない。自分だけ逃げ出して、ふたりを見捨てるかもしれない。そして、このわたしもだ。かなり、情熱のとりこになっているからな」落ち着いた口調でいう。「わたしはそれほどばかではないのだ、魔女《ヴエーダマ》」

ワーシャは身をこわばらせる。

「ほう」カシヤンは、ワーシャが質問をしないうちに、その表情を読み取る。「魔法の馬を連れたわれらが賢い少女は、自分が何者か、まだ知らなかったのか？　まあ、それもわかるだろう、わたしと結婚すれば」椅子にゆったりとすわり直し、期待をこめてワーシャをみる。

ワーシャの頭に幽霊の、そしてマロースカの警告が浮かぶ。

でも――サーシャとオーリャはどうなる？　それにマーシャは？　マーシャには、わたしと同じ「みる力」がある。テレムの女たちに秘密を知られたら、あの子も魔女の烙印を押されてしまう。

「あなたと結婚します。兄と姉が安全に暮らせるなら」もしかしたら、あとから逃げ出す方法を考えだせるかもしれない。

カシヤンは顔じゅうをほころばせ、目を輝かせて笑った。「よくいった、よくいったぞ、わたしのかわいいうそつき娘」猫なで声でいう。「後悔はさせない。約束する」ひと呼吸置いて、続ける。「いや、後悔はするかもしれない。だが、けっして退屈な人生にはならない。それこそ、おまえが恐れているものではないか？　ルーシの女たちが入れられる、金ぴかの檻こそ」

「結婚には同意しました」ワーシャは短く答える。「でも、わたしの考えはわたしだけのものです」そういって立ち上がる。「これで失礼します」

カシヤンは椅子にすわったままだ。「そう急ぐな。おまえはもうわたしのものだ。わたしがいっていいというまで、いってはいけない」

ワーシャは立ちつくす。「あなたはまだ、わたしを買ってはいません。わたしは売り値をいったけれど、あなたはまだ支払っていない」

「たしかに」カシヤンは椅子に背をあずけ、両手の指先を合わせた。「だが、もしいうことをきかなければ、わたしはおまえをつき返すこともできる」

ワーシャは立ちつくす。

「こっちへおいで」カシヤンがとびきりやさしい声でいう。

足が勝手に動いてカシヤンの椅子のそばまでいったが、ワーシャはほとんどうわの空だった。それほど腹が立っていた。昨日までは領主の息子で、だれの犬でもなかったのに、いまではこの策士の餌食になってしまった。ワーシャは懸命に、気持ちを顔に出すまいとした。

カシヤンは、そんなワーシャの心の葛藤に気づいたにちがいない。「いいね、じつにいい。わたしは小競り合いが好きだ。さあ、ひざまずけ」ワーシャが動かずにいると、さらにいう。「ほら――この足の間に」

ワーシャはにこりともせず、人形のようにぎくしゃくと、いわれたとおりにした。月明かりの下で霜の魔物にキスされたときには戸惑ったが、きびしさとやさしさを同時に感じた。この男は全然ちがう。香水を振りまいた肌は土くさい動物的なにおいがするし、喉を詰まらせたような笑い声は不快だ。カシヤンは片手をワーシャのあごの下にあて、もう片方の手で顔の骨格をたどった。「よく似ている」がさついた声でつぶやく。「あの女そっくりだ。そう、この顔だ」

「あの女とは?」ワーシャはたずねる。

カシヤンは答えず、小さな袋から何かを取り出す。それが太い指の間できらりと光る。ワーシャがみると、それはペンダントで、太い金の鎖に赤い石がついていた。

「花嫁への贈り物だ」カシヤンがささやく。まるで笑っているようで、息がワーシャの口に入ってくる。「さあ、キスをしてくれ」

「いやです」

カシヤンはだるそうに片眉を上げ、ワーシャの耳たぶをつねる。ワーシャは痛くて涙ぐむ。

「三たび逆らえば見過ごせないぞ、ワーソチカ」この男に子どものころの愛称で呼ばれると、吐き気がする。

「モスクワには、喜んでわたしの花嫁になるという素直な娘が何人もいる」またワーシャのほうに身を乗り出してささやく。「おそらく、わたしが大公に進言すれば、おまえたち三人、まとめて火あぶりにされる――たやすいことだ。ピョートル・ウラジーミロヴィチの子どもが三人、焼かれるのだ。幼い姪と甥がみている前で」

ワーシャは吐き気をもよおしながらも、カシヤンのほうに体を傾ける。カシヤンは笑っている。膝をついているワーシャと同じ高さに顔がある。

ワーシャは唇を合わせた。

カシヤンがいきなり手をのばし、ワーシャの首の後ろ、三つ編みの根元をつかんだ。ワーシャは反射的に身を引く。息を切らし、嫌悪感をあらわにする。だが、カシヤンは手にいっそう力をこめ、ワーシャの口にゆっくりと舌を入れてくる。ワーシャはかろうじて、嚙みつきたい衝動をおさえる。カシヤンのもう片方の手の中でペンダントが光る。それをワーシャの首にかけようとしている。ワーシャはまたびくっと身を引く。自分でもわからない、新たな恐怖がこみあげる。金の鎖が、カシヤンの握った手から重そうにたれている。カシヤンがまたワーシャの頭をぐいと引き寄せる。

だが、次の瞬間、カシヤンはののしり、持っていた宝石を床に落とした。荒く息をしながら、ワーシャのサファイアの魔除けを引っ張る。サファイアがかすかに輝き、青い光をふたりの間に投げかける。

カシヤンはくやしげな声をもらし、サファイアを手放すと、ワーシャの顔を平手打ちした。ワーシャは目の前が赤い火花でいっぱいになり、床に尻もちをついた。「こいつめ！」カシヤンがうなるようにいって立ち上がる。「ばかめ！　よりによっておまえが――」

ワーシャはよろめいて立ち上がり、首を振る。カシヤンが贈りそこねて床に落ちているペンダントが、蛇のようにみえる。カシヤンはそれをそっと拾うと、顔をしかめ、立ち上がった。

「あいつに思いどおりにさせたのか」そういったカシヤンの目は敵意に燃えているが、どこか奥のほうに恐怖が潜んでいるようにワーシャには思えた。「あの青い目で約束させたんだろう、これをずっと身につけていると。驚いたな、おまえがみすみす、あんな怪物の奴隷になるとは」

「わたしはだれの奴隷でもない」ワーシャは怒っていう。「その宝石は父からの贈り物よ」

カシヤンは声をあげて笑った。「だれがそういった？　あいつか？」顔から笑いを消して、続ける。「あいつにきくがいい。なぜ死神が田舎の小娘と親しくなるのか。なんと答えるか、きいてみろ」

ワーシャはまた、得体の知れない恐怖を感じた。「死神からきいたわ。あなたには別の名前があると。あなたの本当の名前はなんなの、カシヤン・ルートヴィチ？」

カシヤンはかすかに笑っただけで、答えなかった。何を思ったか、目がすっと暗くなる。そして、いきなり前へ出ると、ワーシャの肩をつかみ、壁に押しつけて、またキスした。口を開けてゆっくりワーシャの唇を味わいながら、片手で胸をきつくつかむ。

ワーシャはそれに耐え、身をこわばらせて立っていた。カシヤンは、二度とあのペンダントをワーシャにつけさせようとはしなかった。

始めたときと同じくらい突然、カシヤンはキスをやめ、体を離して、ワーシャを部屋の奥に突き飛ばした。

ワーシャはなんとか踏ん張ったが、ぶざまによろけ、息を切らし、吐き気をこらえた。

カシヤンは手の甲で唇を拭っていった。「もういい。妻にしてやる。おまえの姉に結婚を承諾したといえ。そして式の時まで部屋にこもっていろ」いったん言葉を切り、語気を強める。「式は明日だ。それまでに、そのいまわしい魔除けを外し、壊しておけ。少しでも逆らったら、おまえの家族を罰するからな、ワーシャ。兄も姉も、ちびどもも、みんなだ。さあ、いけ」

ワーシャはふらふらと扉に向かった。打ち負かされ、吐きそうで、口の中はカシヤンの残したすえたような味でいっぱいだった。低い満足そうな笑い声に追われるように、部屋から廊下に飛び出した。

そのとたん、ワルワーラにぶつかって、体をふたつに折り、廊下で吐いた。

ワルワーラが唇をゆがめる。「立派な領主様が、破滅から救ってくれるんでしょう」辛辣《しんらつ》な皮肉をこめていう。「感謝の気持ちはどうしたのです、ワシリーサ・ペトロヴナ？　それとも、ペチカのそばで貞操を奪われましたか？」

「まさか」ワーシャは言い返し、必死に背筋をのばした。「あの――男は、わたしを脅したかったのよ。それはうまくいったようね」手で口を拭ったが、また吐き気がこみあげた。廊下には、脈打つような欲望に満ちた闇が満ち、かろうじてワルワーラの持つランプの灯だけがそれを破っていた。だが、その闇はワーシャの頭の中にこそ広がっていたのかもしれない。ワーシャは両膝を抱えて泣きたかった。

ワルワーラはさらに唇をゆがめたが、たったひと言いっただけだった。「さあ、こちらへ。お姉様がお待ちです」

オリガはひとりで仕事部屋にいた。両手で糸巻き棒を持ち、くるくるまわしているが、糸を巻いてはいない。腰が痛くて、年を取ったように感じ、疲れ切っていた。ワルワーラがワーシャを連れて入ってくると、オリガはさっと顔を上げた。

「どうだった？」いきなりたずねる。

「結婚してほしいといわれて」ワーシャは部屋に入らず、扉の陰に立って、毅然としてみえるように首を少し傾けている。「承知したわ。結婚すれば、大公に取りなしてくれるそうよ。サーシャが許され、姉さんもとがめを受けずにすむようにしてくれるって」

オリガはあらためて妹をみた。モスクワにはもっときれいで家柄もいい娘が大勢いる。カシヤンがワーシャの性格を気に入ったとは思えない。にもかかわらず、結婚を望んだ。なぜ？　なのに、ワーシャをほしいんだわ、とオリガは思った。それ以外に結婚したがる理由がある？　なのに、わたしはあの子をあの男とふたりきりにした……。

でも、だから何？　あの子はカシヤンと街を歩きまわっていた。少年の格好をして。

「お入りなさい、ワーシャ」オリガはなんとなく後ろめたい気持ちから、少しいらいらしていた。「そんなところでぐずぐずしていないで。それで、あの人はなんていったの？」糸巻き棒を脇へ置く。「ワルワーラ、火を大きくしてちょうだい」

ワルワーラはそっとペチカのほうへいき、ワーシャもオリガに近づいた。その朝、ワーシャは戦いに臨むときのような表情をしていたが、いまはちがう。大きな目は暗く沈んでいる。オリガは体じゅうが痛かった。こんなに老けこんだように感じて、怒っていなければいいのに。妹をかわいそうに思わなければいいのに……。オリガはいった。「ありがたい話だわ。まともな結婚ができるなんて。もう少しで修道院送りか、もっとひどいことになっていたかもしれないのよ、ワーシャ」

ワーシャがこくりとうなずく。目を伏せると黒いまつげが目立つ。「わかっているわ、オーリャ」

ちょうどそのとき、同意するかのように、屋敷の門の外からゴーッという音がきこえた。マースレニツァ祭の、冬を象徴する女の姿の大きな人形が火にくべられたのだ。燃えるとき、人形はまるで生きているかのように炎に髪をなびかせ、目を輝かせているようにみえる。

オリガはいらだちをおさえ、怒りも同情も顔に出すまいとした。背中に刺すような痛みが走る。「さあ、いらっしゃい」できるだけやさしくワーシャに声をかける。「いっしょに食べましょう。ケーキとハチミツ酒を持ってこさせるわ。結婚のお祝いよ」

ケーキが運ばれてきて、姉妹はいっしょに食べ始めたが、ふたりともあまり食べられず、沈黙が流れた。

「初めてここにきたとき」オリガが突然ワーシャにいった。「わたしはいまのあなたよりも少し年下で、怖くてしょうがなかったの」

ワーシャは手の中のまだ食べていないケーキを見下ろしていたが、はっと顔を上げた。オリガが話を続ける。「だれのことも知らなかったし、何もわからなかった。義理の母は——息子の結婚相手に公女を望んでいたから、わたしを嫌っていたし」

ワーシャが、かわいそうでたまらないといいたげに声をあげると、オリガは手を上げて制した。「ウラジーミルには、わたしを守ることはできなかった。男の人はテレムの中のことにいっさい口出ししないから。でも、テレムでいちばん年長の——みたこともないほど年を取っていた——女の人が、親切にしてくれたの。泣けば抱きしめてくれたし、家の料理を恋しがるとお粥《かゆ》を持ってきてくれた。あるとき、なぜ親切にしてくれるのかたずねたら、『あなたのお祖母さまを知っていたから』といわれたの」

ワーシャは黙ってきいていた。ワーシャたちの祖母は、言い伝えによると、ある日たったひとりで、馬に乗ってモスクワにやってきたという。だれも、その娘がどこからきたのか知らなかった。謎めいた娘のうわさは大公の耳にも届き、大公はおもしろ半分にその娘を宮殿に呼び、恋に落ちた。娘は大公と結婚し、ワーシャたちの母親のマリーナを産み、塔の中で死んだ。

「『あなたは運がいいわ』って、そのおばあさんにいわれたの」オリガが話を続ける。「『あの人のようではないから』って。『あの人は——まるで煙と星でできているようで、吹雪と同じくらいテレムになじめなかった。だけど……自分からモスクワにやってきたのよ。何者かに追われて命からがら逃げてきたみたいに、葦毛《あしげ》の馬に乗ってね。イワン一世に求婚されると素直に応じたけれど、結婚式の前の晩には泣いていたわ。結婚してからはよき妻になろうとしたし、あんなふうに野育ちでなければ、なれたかもしれない。でも、庭を歩いて空をながめたり、自分の葦毛の馬のことを恋しくてたまらない様子で話したりしていた。その馬は、結婚式の夜に姿を消してしまったの。「なぜ、ここから出ていかないんです?」ってきいてみたけれど、あの人は心が死んでしまっていた。体が死ぬよりもずっと前にね。だから、あの人の娘のマリーナが田舎に嫁ぐときいたときには、よかった、と思ったわ』——おばあさんはそう話してくれたの」

オリガはいったん言葉を切って、続けた。「何がいいたいかというとね、わたしはお祖母さんのようでないから、公妃になれて、この家を取り仕切って幸せに暮らしている。苦労もあるけれどね。でもあなたは――ここで初めてあなたに会ったとき、そのお祖母さんの話を思い出したの。葦毛の馬に乗ってモスクワへやってきたっていう話を」

「わたしたちのお祖母さんの名前は、なんというの？」ワーシャが低い声でたずねる。以前、ドゥーニャにたずねてみたが、どうしても教えてくれなかったのだ。

「タマーラよ」とオリガ。「それがお祖母さんの名前」それから首を横に振っていう。「だいじょうぶよ、ワーシャ。あなたはお祖母さんのようにはならないわ。カシヤンは広い土地を持っていて、馬もたくさん飼っている。田舎には、モスクワにはない自由があるわ。あなたはカシヤンの領地に嫁いで、幸せになるのよ」

「わたしをモスクワじゅうの人の前で裸にした男と？」ワーシャがきつい口調で切り返す。食べかけのケーキは下げられていた。オリガは返事をしない。ワーシャは続けていう。「オーリャ、あの人と結婚する以外に解決の方法がないなら、結婚する。でも――」ワーシャは一瞬ためらい、それから一気にまくしたてた。「盗賊団を雇ってあちこちの村を襲わせたのは、カシヤンだと思うの。そのうえ――あの盗賊の頭がいま、タタール人の特使を装ってモスクワにきてる。その男はカシヤンと結託して、大公を公位から引きずり下ろそうとしている。しかも今夜。だからわたし――」

「ワーシャ――」

「大公に知らせないと」ワーシャはいい終えた。

「むりよ。この家の者はだれひとり、今夜、大公に近づけやしないわ。あなたが不名誉な行いをしたせいでね。そもそも、ばかげてる——いったいなんのために、領主が盗賊を雇って自分の村に火をつけさせたりするの？　それに、カシヤン・ルートヴィチがモスクワ公国の支配権を手に入れることなんてできるの？」

「わからない。でも、ドミトリー・イワノヴィチには息子がいない——お妃のお腹に赤ん坊がいるだけよ。もし今夜、大公が死んだら、だれがモスクワ公国を治めるの？」

「そんなこと、あなたに関係ないでしょう」オリガの口調はきびしい。「大公が死ぬわけもないし」

ワーシャは耳を貸さず、部屋の中をいったりきたりしている。その姿は本来のワーシャというより、ワシーリー・ペトロヴィチのようにみえる。「そうかしら？」低い声でいう。「ドミトリーはサーシャに怒っている——カシヤンがうそを暴いたから。そのうそは、わたしがカシヤンの手に渡してしまった武器のようなものよ。そして、姉さんの夫のセルプホフ公は、ここにはいない。大公は、最も信頼しているふたりの男から引き離されているのよ。一方、カシヤンはモスクワに自分の家来を連れてきているし、チェルベイにはもっと大勢の兵士がついている」ワーシャはうろうろするのをやめたが、落ち着きなく、たよりない姿で部屋の真ん中に立っていた。「カシヤンは大公を公位から引きずり下ろすつもりよ。そうでなければ、なぜわたしと結婚する必要がある？」ワーシャは姉に目をやる。

しかし、オリガはもうきいていなかった。耳がドクドクと鳴り、体の奥をえぐられるような痛みが始まっていた。「ワーシャ」オリガは小さな声でいい、片手を腹にのせた。

オリガの顔をみたワーシャの表情が変わった。「赤ちゃん？　生まれそうなの？」

オリガがやっとのことでうなずき、「ワルワーラを呼びにやって」とささやく。体がぐらりと傾き、ワーシャに抱きとめられた。

22　母親

オリガが出産のために運ばれてきた風呂小屋は、暑くて暗く、夏の夜のように湿っぽく、生木と煙のにおい、樹液と湯と腐敗のにおいがした。オリガの侍女たちは、ワーシャがいるのに気づいたとしても、出ていけとはいわなかった。そんな暇も余裕もなかった。ワーシャは力が強くて役に立つし、以前にお産を手伝ったこともある。緊迫した雰囲気の薄明かりの中で、女たちはそれ以上のことを求めていなかった。

ワーシャはほかの女たちと同じようにシフト一枚になり、汗と血にまみれる出産のときが迫るなか、さきほどまでの怒りも不安も忘れ去っていた。妊婦のオリガはすでに裸になり、座面の中央が大きくえぐれたお産用の椅子に膝を立ててすわっている。おろした長い黒髪が、胸や背中に流れ落ちている。ワーシャは床に膝をつき、オリガと両手をつないでいた。オリガにきつく手を握られて指が折れそうになっても、ひるまない。

「お母さんにそっくりね、ワーソチカ」オリガがささやく。「前にもいったかしら?」また陣痛がきて、顔をゆがめる。

ワーシャは姉の手を握り返す。「いいえ、初めてきくわ」

オリガの唇が青ざめている。暗いせいで目がいっそう大きくみえる。暗さは、ふたりの距離も縮めてくれた。オリガは裸で、ワーシャも裸同然だ。ふたりとも、少女のころにもどったような気がしていた。あのころはまだ、別々の世界に生きなくてもよかった……。

痛みが襲ってくるたび、オリガは大きく息を吸い、汗まみれになり、叫びそうになるのをこらえる。ワーシャは姉に穏やかに話しかけ、外の世界でのいざこざは忘れている。いまここにあるのは汗とお産だけ、何度も何度も耐えねばならない痛みだけだ。風呂小屋の中はますます暑くなり、女たちの汗まみれの体に湯気がまといつく。陣痛が始まったのは日が暮れかけたころだったが、まだ赤ん坊は生まれない。

「ワーシャ」オリガが妹に寄りかかり、あえぎながらいう。「ワーシャ、もしわたしが死んだら――」

「死なないわ」ワーシャがさえぎる。

オリガがほほえみ、視線をさまよわせる。「死なないようにがんばるけど――万一のときは、マーシャをよろしくね。あの子に、ごめんなさい、って伝えて。きっと怒るから。あの子には理解できないと思う」オリガが言葉を切る。また痛みがきたのだ。叫び声はあげないが、もう喉まで出かかっている。ワーシャは手をいっそうきつく握られる。指が折れるんじゃないかと思うほどに。

部屋には、汗と、羊水のにおいも立ちこめ、赤黒い血がオリガの両腿の間にみえている。女たちの姿はぼんやりとしかみえない。みな、湯気の中で汗をかいている。血のにおいがワーシャの喉に貼りつき、息が苦しい。

「痛い」オリガがかすかな声でいう。荒く息をして、力なく、ぐったりしている。

「がんばって」助産師がいう。「すべてうまくいきますよ」やさしい声でいいながら、隣にいる女と暗いまなざしを交わしたのを、ワーシャはみてしまった。

ワーシャの胸のサファイアが、突然冷たくなった。風呂小屋の中はとても暑いというのに。オリガが妹の背後をみて、目を見開く。ワーシャがその視線をたどると、部屋の隅の人影がこちらを見返した。

ワーシャはオリガの両手を放し、「やめて」とその人影にいった。

「こんな思いをさせたくはなかった」人影が答えていう。その声をワーシャは知っている。その薄い青の目の、無関心なまなざしも知っている。父親が死んだときにもみた。あのとき……。

「やめて」ワーシャがもう一度いう。「だめ──だめよ、むこうへいって」

相手は無言だ。

「お願い」ワーシャが声をおさえていう。「お願い。むこうへいって」

わたしが人間の中を動きまわっていると、人々がわたしに懇願してきたものだ。かつてマロースカはそういった。わたしをみかけると、懇願してきた。そこから悪が生じた。だからわたしは、そっと歩くことにした。そうすれば、死んだ者とまもなく死ぬ者にしか、わたしの姿はみえない。

しかし、運悪く、ワーシャにはみる力があるから、マロースカは姿を隠すことができない。いま、ワーシャは懇願する立場になった。ワーシャの後ろでは女たちが小声で話しているが、ワーシャにはマロースカの目しかみえない。

ワーシャはとっさに部屋の隅までいくと、マロースカの胸の真ん中に手をあてた。「お願い、いって」一瞬、影に触れているようだったが、じきにマロースカの体は本物になった。ただ、冷たかった。マロースカはワーシャに触れられると、痛みを感じたかのように後ずさった。

「ワーシャ」そういったマロースカの無関心そうな顔に、感情が浮かんでいる? ワーシャはふたたび、懇願しようと手を差しのべる。マロースカは、ワーシャに手を握られると身を硬くした。戸惑った様子で、悪夢に出てくる魔物のようにはみえない。

「わたしはただここにいる。だれのもとに現れるか、選ぶことはできないのだ」

「選べるはずよ」ワーシャは言い返しながら、後ずさったマロースカに迫る。「姉のことはそっとしておいて。生かしてあげて」

死神の影がのびて、オリガのすわっているところまで達しそうだ。消耗しきって椅子にすわっているオリガを、汗まみれの女たちが囲んでいる。ワーシャには、ほかの女たちの目に自分の行動がどう映っているかわからない。闇に向かって話していると思っている?

ワーシャの父親のピョートルについて、村の人たちはこんなふうにいっていた。あの方はマリーナ・イワノヴナを愛していた。マリーナがワシリーサを産んで死んだとき、ピョートル・ウラジーミロヴィチは自分の魂の半分をマリーナとともに地に埋めた。

オリガが泣き叫んだ。か細い、骨まで凍るような泣き声だ。「血が――」という声が、そばにいる女たちからあがる。「血が――すごくたくさん出てる。司祭様を呼んできて」

「お願い！」ワーシャがマロースカに叫ぶ。「お願い！」

風呂小屋の声や物音が次第に小さくなり、同時に壁もぼんやりしてきた。気がつくと、ワーシャは人けのない森の中に立っていた。黒々とした木々が灰色の影を、白い雪の上に投げかけている。そして、目の前には死神がいた。

死神は黒ずくめの格好をしている。霜の魔物の目はごく薄い青だったが、こうしてもっと昔の見慣れない姿にもどると、目はほとんど色がなく、水のようになる。そして、ワーシャがみたこともないほど背が高く、じっとしている。

かすかに、あえぐような泣き声がきこえた。ワーシャが、握っていた死神の手を放してそちらをみると、オリガが雪の中にしゃがんでいた。体が半ば透明で、血まみれで、裸で、苦しそうに息をしている。

ワーシャはかがんで、オリガを立たせた。ここはどこ？　死んだあとの世界？　森と、そこで待っているただひとりの姿……木のむこうのどこかから、風呂小屋の熱気を帯びたにおいが漂ってくる。オリガの肌はあたたかいが、においも熱も消えかけている。この森はすごく寒い。ワーシャは姉をきつく抱きしめ、自分が持っている熱――燃えるような激しい生命力――をすべて、その体に注ぎこもうとした。ワーシャの両手は焼けただれそうなほど熱くなったが、胸元の青い宝石だけは身を刺すように冷たい。

「ここにいてはだめだ、ワーシャ」死神の抑揚のない声が、かすかに驚きを含んでいる。

「だめ？」ワーシャが言い返す。「あなたこそ、姉を連れていってはだめよ」オリガを抱きしめ、もどる道を目でさがす。風呂小屋はまだそこに——まわりのいたるところに——あって、においもする。だが、どちらに進めばもどれるのかわからない。

オリガはワーシャの腕の中でぐったりしている。目はうつろで、どんよりしている。オリガは死神のほうを向いて問いかけた。「赤ちゃんは？　わたしの息子は？　どこにいるの？」

「娘だ、オリガ・ペトロヴナ」マロースカは感情も意見もこめず、低く、はっきりと、冷ややかに話す。「おまえと娘、両方が生きのびることはできない」

ワーシャは両の拳《こぶし》で殴られたように感じ、オリガをいっそうきつく抱きしめた。「だめ」

オリガが力を振りしぼって背筋をのばした。顔からは色も美しさも消えている。ワーシャの腕を振りほどき、霜の魔物に問う。「両方は、生きられない？」

マロースカはうなずいた。「赤ん坊は自力では出てこられない」抑揚のない声でいう。「おまえの命を犠牲にして女たちに赤ん坊を切り離してもらうか、さもなければ、おまえが生きのび、赤ん坊が息を詰まらせて死ぬか」

「この子は——」オリガが糸のように細い声でいう。ワーシャは何かいおうとするが、声が出ない。「女の子」

「そのとおりだ、オリガ・ペトロヴナ」

「そう、なら、この子を生かして」オリガは短くいって、片手を差し出す。

ワーシャは耐えきれず、「だめ！」と叫ぶと、オリガにおおいかぶさり、差し出された手を払って、両腕で姉をきつく抱きしめる。「生きるのよ、オーリャ」耳元でささやく。「マーリャとダニールのことを考えて。生きるのよ、生きて」

　死神が眉をひそめた。

　オリガがいう。「子どものためなら死ねる。怖くないわ」

「だめよ」ワーシャがささやく。マロースカが何かいったようだったが、気にとめない。愛と怒りと喪失が、その瞬間、大波のようにワーシャとオリガの間に押し寄せ、ほかのものはすべて沈み、忘れられた。ワーシャはありったけの力を振りしぼって、オーリャをむりやり風呂小屋へ引きずっていった。

　ぐらりと体がゆれて、気がつくと、ワーシャは風呂小屋の壁に寄りかかっていた。両手にとげが刺さって痛い。髪が顔と首に貼りついている。汗をかいた女たちが大勢、オリガに群がっていて、まるで何本もの腕で絞め殺そうとしているかのようだ。女たちに混じってひとりだけ、黒い司祭服をきっちり着こんだ男がいて、臨終の祈りを唱えている。司祭の声は女たちの頭上に響きわたり、金色の髪は闇に輝いている。

「あの人が?」ワーシャはかっとなり、人いきれで空気がうねっている部屋をつっきっていくと、女たちを押しのけ、姉の両手を取った。司教の張りのある声が、突然やんだ。

　ワーシャには、司祭のことを考える余裕はなかった。心の目に浮かぶのは、もうひとりの黒髪の女、もうひとつの風呂小屋、そして母親を死なせたもうひとりの子どもだ。「オーリャ、生きて。お願いだから生きて」ワーシャはそう口にしていた。

　オーリャがかすかに動き、ワーシャに握られている手に突然力強い脈がもどった。うつろだった目をしばたたき、大きく開く。「頭がみえてきた！」助産師が叫ぶ。「ほら――もう一度いきんで――」

オーリャの目がワーシャの目をとらえ、痛みに見開かれる。腹が嵐の湖のように波打ったと思うと、赤ん坊がすべり出てきた。

安堵の声にかわって、不安に満ちた、息づまるような沈黙が流れる。助産師が赤ん坊の唇をおおっている膜をはがし、息を吹きこむ。

赤ん坊はぐったりしている。

ワーシャはその小さな灰色の塊をみてから、姉の顔をみる。

司祭が前に出てきて、ワーシャを乱暴に押しのける。赤ん坊の頭に塗油し、洗礼の祈りを唱え始める。

「あの子はどこ？」オリガが舌をもつれさせていい、弱々しく手さぐりする。「わたしの娘はどこ？　みせてちょうだい」

しかし、赤ん坊は動かない。

ワーシャは力なく両手を下げて立ちつくし、女たちに押しのけられるままになっている。汗が体の両脇を伝い落ちる。激しい怒りは冷め、口の中に灰の味が残っている。しかし、ワーシャはもうオリガをみていない。司祭のほうもみていない。みているのは、黒いマントをまとった人物だ。その人物はやさしくそっと片手をのばし、青ざめた血だらけの人間の残骸を抱き上げると、運び去った。

オリガがぞっとするような声をあげる。コンスタンチンは手を下ろし、洗礼を終える。洗礼は、赤ん坊がこの世で受けた唯一の親切な行為だ。ワーシャはじっと立ちつくしている。そして思う。あなたは生きてるわ、オーリャ。わたしが救ったのよ。しかし、そう思ってもむなしいだけだった。

オリガの疲れ切った目は、ワーシャの心を見透かしているようだった。「わたしの娘を殺したわね」

「オーリャ、わたしは――」

黒い司祭服に包まれた腕がワーシャの腕をつかむ。「魔女」怒りのこもった低い声でコンスタンチンがいう。

その言葉は、湖に投げこまれた石のように、沈黙という波紋を広げた。ワーシャと司祭は、目を赤く泣きはらした人々の輪の真ん中に立っていた。

最後に会ったとき、コンスタンチン・ニコノヴィチは身をすくめてワーシャの言葉をきいていた。どこかにいってください、もといたモスクワにでも……コンスタンティノープルにでも、地獄にでも。だけど、わたしたち家族には関わらないで。

そして、コンスタンチンはモスクワにやってきた。レスナーヤ・ゼムリャを出てモスクワに着くまでに、地獄の苦しみも味わったようだ。美しい顔は肉がそげ落ち、げっそりしているし、金色の髪はもつれて肩にたれている。

女たちは言葉もなく、ふたりをみている。赤ん坊がひとり、自分たちの腕の中で死んだばかりで、無力感に手が細かく震えている。

コンスタンチンが吐き捨てるようにいう。「この女はワシリーサ・ペトロヴナ、自分の父親を殺した女だ。そして今度は、姉の子どもを殺した」

コンスタンチンの後ろで、オリガが目を閉じた。死んだ赤ん坊を抱き、片手でその頭を支えている。

「この女は悪魔と話す」コンスタンチンが、ワーシャから目を離さずに続ける。「オリガ・ウラジーミロワはやさしいから、うそつきの妹を追い払えなかった。その結果がこれだ」

オリガは何もいわない。

ワーシャも黙っている。いったいどんな申し開きができる？　赤ん坊はじっと横たわっている。落ち葉のように体を丸めて。部屋の隅に渦巻く湯気は、小柄な太った生きものかもしれない。その生きものも涙を流している。

司祭が、ぼんやりしたバンニクのほうをみて――みたとワーシャは確信した――青ざめた顔をいっそう青くした。「魔女」ともう一度つぶやく。「自分の犯した罪を贖《あがな》うがいい」

ワーシャは気持ちを立て直して答える。「贖います。でも、それはここですることではありません。ここでこんな話をするのは間違っています、神父様《バートウシカ》。オーリャは――」

「出ていって、ワーシャ」オリガが顔を上げずにいう。

ワーシャは疲れ切ってよろめきながら、涙を流し、コンスタンチンに引きずられるまま、抵抗せずに風呂小屋の奥の部屋から出た。コンスタンチンは扉を乱暴に閉め、血のにおいと泣き声を遮断した。

ワーシャの亜麻布のシフトは汗で透き通り、肩からたれ下がっている。開いている外扉から吹きこむ冷たい風を感じて、ワーシャはようやくわれに返り、司祭にいった。「せめて服を着させてください。それとも、わたしを凍え死にさせたいのですか?」

コンスタンチンはいきなりワーシャを放した。ワーシャの体の線がすべてみえているのに気づいたのだ。かたくなった乳首まで、透けたシフトごしにみえている。「おまえはわたしに何をした?」怒りもあらわにいう。

「あなたに?」ワーシャは言葉をくり返す。悲しみに打ちひしがれ、暑い部屋から急に寒いところへ連れ出されてくらくらしている。顔に汗をかいたまま、何もはいていない足が木の床にこすれて痛い。「何もしていません」

「うそをつけ!」きつい口調でいう。「うそだ。わたしはかつて善人だった。わたしは悪魔を目にしたことなどなかった。それがいまは――」

「みえるのですね?」赤ん坊の死に衝撃を受け、悲しんでいたにもかかわらず、ワーシャは思わず皮肉な笑みを浮かべそうになった。両手に姉の血のにおいがしみこみ、死産というおぞましい現実に圧倒されていても。「もしかしたら、ご自分で招いたのでは? さんざん悪魔の話をされていましたよね。そうお考えにはなりませんでした? さっさと修道院にもどって隠れていらしたら? だれもあなたを必要としていませんから」

コンスタンチンはワーシャと同じくらい青ざめていた。「わたしは善人だ。間違いない。なぜ、おまえはわたしに呪いをかけた？　なぜわたしを苦しめる？」

「苦しめてなどいません。なぜわたしがそんなことを？　モスクワにきたのは姉に会うためです。それが、こんなことになるなんて」

ワーシャは淡々と、恥じることもなく、濡れたシフトを脱いだ。夜の中に出ていくなら、自ら死を招くようなことはしたくない。

「何をしている？」コンスタンチンが小声でいう。

ワーシャは、外側の部屋に脱ぎ捨ててあったサラファン、ブラウス、上着を手に取るといった。「乾いた服を着ているんです。なんだと思いました？　わたしが踊ってみせるとでも？　春に小作人の娘が踊るみたいに？　隣の部屋に死んだ赤ん坊が横たわっているのに？」

コンスタンチンはワーシャが服を着るのをみながら、両手を開いたり閉じたりした。

ワーシャは気にもとめていない。マントのひもを結び、背筋をのばす。「わたしをどこへ連れていこうというんです？」皮肉っぽくたずねる。「自分でもわかっていないんでしょう」

「おまえは罪を贖うのだ」コンスタンチンがやっとのことでいう。怒りとやり場のない欲望で、声がかすれている。

「どこで？」ワーシャが問う。

「わたしをばかにしているのか？」コンスタンチンは幾分、いつもの冷静さを取りもどし、ワーシャの上腕をつかんだ。「修道院に決まっている。そこで罰を受けるのだ。魔女を狩ると、わたしは約束したのだ」そういって、ワーシャに近づく。「そうすればわたしも、もう悪魔をみることはなくなる。そして、すべてもとどおりになる」

ワーシャは後ずさるどころか、コンスタンチンに一歩近寄った。それは明らかにコンスタンチンが予測していた反応ではなかった。司祭は凍りついた。

ワーシャはさらに距離を縮める。恐れているものはたくさんあるが、コンスタンチン・ニコノヴィチを恐れてはいない。

「神父様、わたしにできることなら、お手伝いします」

コンスタンチンは唇を固く結んだ。

ワーシャが司祭の汗ばんだ顔に触れる。司祭は動かない。ワーシャの濡れた髪が司祭の手にたれかかる。ワーシャの腕をきつくつかんでいる手に。

ワーシャは、つかまれているところが痛んでも、じっと立っている。「どうすればいいですか?」ささやくようにたずねる。

「カシヤン・ルートヴィチが、復讐の機会を約束してくれた」コンスタンチンはワーシャをじっとみて、やはりささやくように答える。「もしわたしが——いや、いい。あの男は必要ない。おまえがここにいる、それだけで十分だ。さあ、くるがいい。わたしをもとどおりにするのだ」

ワーシャはコンスタンチンの目をみていう。「それはできません」

そして、完璧にねらいを定め、膝を蹴り上げた。

コンスタンチンは大きな声もあげず、息を荒らげて床に倒れもしなかった。厚い司祭服のおかげだ。しかし、体をふたつに折って低くうめいた。それだけでワーシャには十分だった。

ワーシャは夜の中へ飛び出すと、屋敷に続く通路をつっきり、玄関前の庭を走った。

23 北の宝石

オリガの塔の上に、死体のような青白い月が顔をのぞかせたばかりだ。街の人々の浮かれ騒ぐ声がセルプホフ公邸の庭まできこえてくるが、まもなく衛兵たちが見回りに出るとワーシャにはわかっていた。いまにも、コンスタンチンが急を報じるだろう。早く、大公にカシヤンとチェルベイのたくらみを警告しなければ。

ワーシャは放牧場に向かって走りだしたが、ソロヴェイがそこにはいないことを途中で思い出した。

しかし、そのとき足音が響き、雪を踏むひづめの音がきこえた。

ワーシャはほっとして振り向き、馬の首に抱きついた。

ソロヴェイではない。その馬は白く、乗り手もいた。

マロースカが雌馬の肩を滑り降りる。青白い月明かりの中で、ワーシャと霜の魔物は向かいあった。「ワーシャ」マロースカがいった。

風呂小屋の悪臭がワーシャの肌にまとわりついている。それに血のにおいも。「あれが、今夜逃げるようにとわたしにいった理由？」ワーシャは苦々しげにたずねた。「そうすれば、姉が死ぬのをみなくてすむから？」

マロースカは何もいわないが、突然、ふたりの間に夏の空のように青い炎が燃え上がった。くべる薪もないのに、その熱は夜を追いやり、震えるワーシャの肌をそっと包んだ。感謝なんてしたくない。「答えて！」ワーシャは歯ぎしりをして、青い火を踏みつけた。火は燃え上がったときと同じように、すばやく消えた。

「母親か子どものどちらかが死ぬことはわかっていた」マロースカはそういって、一歩後ろに下がった。「そうだ、つらい思いをさせたくなかった。しかし、いまとなっては――」

「オリガに出ていけといわれたわ」

「当然だ」マロースカは冷ややかにとどめを刺した。「おまえが決めるべきことではなかった」

ワーシャはその言葉に殴られたような衝撃を感じた。胃がねじれるように痛み、喉がつかえて息ができない。顔は乾いた涙でべたべたしている。

「ワーシャ、おまえを助けにきた」マロースカは続けた。「なぜなら――」

喉につかえていた悲しみが砕け、激しい言葉となって飛び出した。「理由なんてききたくない！　本当かどうかもわからないのに、なぜきかないといけないの？　わたしを猟犬みたいに動かして、あっちへいけ、こっちへいけと命令するくせに、何も教えてくれない。今晩、オリガが死ぬって知ってたんでしょ？　それに――お父さんが、あの熊がいる場所で死ぬってことも。あのとき、わたしに警告することもできたんでしょ？　それに――」ワーシャはブラウスの下からサファイアを引っ張り出し、持ち上げてみせた。「これは何？　カシヤンがいってたわ。わたしをあなたの奴隷にするものだって。本当なの、マロースカ？」

マロースカは無言だ。

ワーシャは詰め寄り、低い声で続けた。「あなたが闇でキスをした哀れな愚か者のことを、ほんのわずかでも気にかけているなら、真実をすべて話して。今夜は、もうこれ以上のうそは我慢できない」

銀色を帯びた闇の中で、ふたりは石のように無表情な顔でみつめあっている。「ワーシャ」マロースカが暗闇からささやいた。「いまはまだそのときではない。この街を離れるのが先だ」

「いいえ」ワーシャはささやいた。「いまがそのときよ。わたしはうそでだまさないといけない子どもなの?」

それでも何もいわないマロースカに、ワーシャはわずかに声を詰まらせていった。「お願いだから」

マロースカの頬がぴくりと動いた。「死ぬ前の晩に」マロースカは淡々と話し始めた。「ピョートル・ウラジーミロヴィチは、焼けて灰となった村のそばで、まんじりともせず横になっていた。月の入りのころ、わたしは彼のもとへいき、チョルトたちが消えかけていること、あの司祭が恐怖の種をまいていること、熊が自由になろうとたくらんでいることを話した。そして、あなたが犠牲になれば村人たちの命が助かるといった。おまえの父親にためらいはなかった――というより、喜んで命を差し出す覚悟だった。わたしの案内で、おまえの父親は森を抜け、熊が縛られた日に、ちょうどあの何もないところに着いた――そして死んだ。だが、わたしが殺したわけではない。わたしは選択肢を与え、おまえの父親が選んだのだ。ワーシャ、わたしは、死期が来ていない者の命を奪うことはできない」

「それじゃ、うそをついたのね。お父さんはたまたま熊のいる場所を通りかかったって、いってたじゃない。マロースカ、ほかにどんなうそをついているの？」

マロースカはまた黙りこんだ。

「これは何？」ワーシャはささやき、ふたりの間に宝石をかかげた。

マロースカが宝石からワーシャの顔へ、氷の破片のような鋭いまなざしを向ける。「それはわたしが作ったものだ。氷とこの手で」

「ドゥーニャは――」

「おまえのかわりに、それを父親から預かった。父親はおまえが幼いころに、わたしからそれを受け取った」

ワーシャが勢いよくサファイアを引っ張ると、鎖が切れ、握りしめた拳《こぶし》からぶら下がった。

「どうして？」

少しの間、ワーシャは答えてもらえないだろうと思った。だが、しばらくしてマロースカはいった。「遠い昔、人間はわたしの姿を思い描き、命を吹きこんだ。寒さと闇に顔を与えるために。そして、自分たちを支配させた」マロースカのまなざしが、ワーシャの目のむこうをみつめる。「しかし――世の中は変わっていった。羊皮紙とインク、聖歌とイコンを携えた修道士たちがやってくると、人々はわたしを軽んじるようになった。いまではもう、悪いことをした子どもを戒めるためのおとぎ話にすぎない」マロースカは青い宝石に目をやった。「わたしは死なないが、薄れはする。忘れることも、忘れられることもある。だが――まだ忘れる覚悟ができていない。そこで、自分を人間の娘に縛りつけた。娘の血が持つ力によって。そうしてわたしは力を取りもどした」マロースカの目の薄い青が、一気に濃い青になった。「わたしはおまえを選んだのだ、ワーシャ」

ワーシャは自分が自分でなくなったような気がした。これはふたりの絆だったのだ。ふたりを結びつけていたのは、ともにした冒険でも、ゆがんだ愛でもなく、マロースカがワーシャの体につけた火でさえなく、この――物だったのだ。それはこの宝石であって、魔法ではなかった。ワーシャは思い浮かべた。教会の鐘に縛られた世界で消えかけているチョルトの群れを。自分の手、言葉、生まれ持った力によって、ほんのつかの間、チョルトたちが実体を取りもどせることを。

「だから、わたしを森にあるあなたの家に連れていったの？」ワーシャはささやいた。「なぜ、わたしの悪夢と戦って、贈り物をくれたの？　なぜ――暗闇でキスをしたの？　あがめてほしかったから？　あなたの――あなたの奴隷にできると思ったから？　すべては自分の力を取りもどすための計画だったというの？」

「おまえは奴隷ではない、ワシリーサ・ペトロヴナ」マロースカが激しい口調でいった。

ワーシャが黙っていると、マロースカは語気を和らげて続けた。「奴隷なら、昔からいくらもいた。わたしがおまえに求めていたのは感情――心だ」

「崇拝でしょ」ワーシャは言い返した。「かわいそうな霜の魔物。哀れな信奉者たちが、そろって新しい神々に鞍替えしてしまったから、世間知らずの愚かな娘たちの心をまさぐるしかないのね。だから、あんなふうに何度もやってきては去っていった。そして、わたしにこの宝石をつけさせ、あなたを思い出すように命じた」

「命を救ってやっただろう」マロースカの口調がとげとげしくなる。「二度も。おまえはその宝石をつけて歩き、わたしはおまえの力に支えられた。理にかなった取引ではないか？」

ワーシャは言葉を失った。マロースカの話はほとんどきこえていない。利用されたのだ。自分は一族に凶運を呼びこんだ。家族をめちゃめちゃにした――そして、自分の心も。

「別の娘をみつけて」ワーシャの声は自分でも驚くほど落ち着いていた。「別の娘をみつけて、この魔除けをつけさせればいい。わたしにはむり」

「ワーシャ――ちがう、話をきいてくれ――」

「きくつもりはない！」ワーシャは叫んだ。「あなたとはもう関わらない。わたしにはだれも必要ない。世界は広いんだし、きっと別の娘がみつかるわ。今度は知らず知らずじゃなく、ちゃんと自覚したうえで利用するのね」

「いまわたしから離れれば」マロースカは相変わらず冷静に答える。「恐ろしく危険な目にあう。あの魔術師にみつかってしまう」

「なら、助けて。カシヤンが何をするつもりなのか教えて」

「わからないのだ。わたしを遠ざけるために、カシヤンは自分のまわりを魔法でかためている。ここを離れたほうがいい、ワーシャ」

ワーシャは首を振った。「ひょっとしたら、わたしもみんなと同じようにここで死ぬのかもしれない。それでも、あなたの奴隷として死ぬつもりはない」

どういうわけか、ワーシャの胸の鼓動と鼓動の間に風が吹き始めた。まるで、雪の中にふたりだけで立っていて、街の悪臭も建物も消え去ったように感じられる。月明かりの中には、自分と霜の魔物しかいない。風が悲鳴をあげ、ふたりのまわりで吹きすさんでいるのに、ワーシャの三つ編みは突風の中でそよとも動かない。

「わたしを自由にして。わたしはだれの奴隷でもない」

ワーシャが手を開くと、サファイアが落ち、マロースカがそれを受けとめた。マロースカの手の中でサファイアは溶け、やがて宝石でなくなり、冷たい水となって掌《てのひら》にたまった。ふいに風がやみ、まわりには踏み荒らされた雪とそびえ立ついくつもの屋敷があった。ワーシャはマロースカに背を向けた。セルプホフ公邸の庭がこれほど広く、雪深く感じられたことはなかった。ワーシャは振り返らなかった。

第四部

24　魔　女

馬乗り競走のあと、サーシャはドミトリーの六人の重騎兵にとらえられ、聖天使首修道院へ連れていかれた。小さな房に入れられ、ひとり残されたサーシャは、延々と考えをめぐらせた。その中心にあったのは、モスクワじゅうの人々の前で服を脱がされ、辱《はずかし》めを受けながらも、勇気を失わず、兄の身を気づかう妹のことだった。

その晩、夕食が運ばれてきたとき、修道院長のアンドレイ神父が暗い顔でサーシャに告げた。「主教たちの前に出頭することになる。そして、尋問を受ける。秘密裏に殺されずにすんだとしても、ドミトリーがきて、自らの手でそなたの首をはねるかもしれん。それほどお怒りだ。大公の祖父なら、そうしていただろう。わたしもできることはするつもりだが、たいした助けにはなるまい」

「神父様、もしわたしが死んだら」サーシャは扉が閉まる寸前に手を差し出した。「妹のためにできることをしてください。妹ふたりに。オリガはああするしかなかったのです。そしてワーシャは――」

「知りたくもない」アンドレイ神父はきびしい口調でさえぎった。「ワーシャが何者かなど。そなたは、神に誓いを立てていなければ、とっくに殺されていた。あの魔女のためにうそをついたのだからな」

「では、せめてセルギイ神父にこのことを知らせてください。あの方はわたしに目をかけてくださっています」

「そうするとしよう」アンドレイ神父は答えたが、すでに歩きだしていた。

外では鐘が鳴り響き、足音が通りすぎ、うわさが飛び交っていた。サーシャの唇にぶっきらぼうで支離滅裂な祈りが浮かんだと思うと、声になりきらないうちに消えた。たそがれが夜に溶け、のぼったばかりの月の光に照らされたモスクワの街が陽気に酔いしれていたころ、回廊に足音が響き、サーシャの部屋の扉が音をたてた。

サーシャは立ち上がり、背中を壁に押しつけた。それでどうなるものでもないのだが。扉が静かに開いた。その隙間から、ふたたび、あごひげを生やしたアンドレイ神父の、肉づきのいい不安げな顔がのぞく。その横に、フードをかぶった頑強な若者が立っている。

サーシャは一瞬、信じられないというように黙りこんだあと、つかつかと歩み寄った。「ロジオン！　なぜここへ？」アンドレイ神父が不安げな手で持つ松明《たいまつ》の光が、やつれはてた友の顔を照らし出した。鼻には凍傷ができている。

アンドレイ神父の顔には、怒りといらだちと不安が浮かんでいる。「ロジオン修道士はラヴラから駆けつけたのだ。モスクワ大公に関わる知らせを携えて」神父は一瞬、ためらってから続けた。「それに、そなたも知っているカシヤン・ルートヴィチについての」

「バーシニャ・カステイを訪れていた」ロジオンが口をはさんだ。冷えきった狭い部屋に閉じこめられた友を、心配そうにみつめる。「この知らせを届けるのに、馬を二頭乗りつぶした」

ロジオンがそんな表情をするのを、サーシャはみたことがなかった。「さあ、中へ」

サーシャは指図できる立場にはないのだが、ふたりは無言で部屋に入り、扉を閉めた。

ロジオンは闇の中の土埃と骨と恐怖の話を静かに語り始めた。「その名にふさわしい土地だ」話をしめくくるように続ける。「バーシニャ・カステイ。すなわち、骨の塔。カシヤン・ルートヴィチがどんな男かは知らないが、あの家は生きた人間の住処ではない。そればかりか、カシヤンという男は——」

「チェルベイに金を払って特使を装わせ、手下どもをモスクワの街に引き入れた」サーシャはワーシャの苦しみを思いながら、そのあとを引き受けていった。「わかっている。ロージャ——すぐにここを離れるんだ。わたしに会ったことはだれにもいうな。大公のところへいき、伝えて——」

「特使とはなんのことだ？　カシヤンは盗賊どもに金をやり、村々を焼き払わせたんだ」ロジオンがサーシャの言葉をさえぎった。「チュドヴァでやつらの手先をみつけた。剣や馬を調達している仲介役だ」ロジオンは多くのことを調べあげていた。

「盗賊を雇って自分の村を焼かせたのか？」サーシャは激しい口調で問い返した。「娘たちを売って儲けるために？」

「おそらく」凍傷にかかったロジオンの顔にけわしい表情が浮かぶ。

アンドレイ神父は扉のそばで、無言で立ちつくしている。

「カシヤンは焼き討ちを利用して、大公を荒野におびき出したのだろう。そうすれば、偽の特使がモスクワに入りこみやすくなる」サーシャはゆっくりといった。

ロジオンの視線がサーシャとアンドレイ神父の間をいったりきたりする。「もう手遅れなのか？　すでに災いが降りかかっているように見受けられるが」

「わたしが思い上がっていたせいだ」サーシャはかすかに自嘲をにじませていった。「妹のことも、カシヤン・ルートヴィチのことも見誤ってしまった。だが、もういい。いけ。わたしはここで、そこそこの扱いを受けている。大公のもとへいって警告を――」

その言葉は喧騒にさえぎられた。松明がゆらめき、門のまわりであがる叫び声、走りまわる足音、扉を乱暴に閉める音がきこえてくる。

「今度はなんだ？」アンドレイ神父がぼやいた。「火事か？　盗人か？　ここは神の家だぞ」

喧騒が激しさを増した。叫び声とそれに答える声が飛び交う。

アンドレイ神父はぶつぶついい、扉のすきまから体を押し出すようにして外に出た。振り向いてかんぬきをかけようとして、ためらう。サーシャに向けた視線は険しいが、敵意に満ちているというわけでもない。「いいか、頼むから逃げないでくれ」そういうと、扉のかんぬきをかけずにあわただしく立ち去った。

ロジオンとサーシャは顔を見合わせた。押し寄せる闇が松明の間でゆらめき、ふたりの剃り上げた頭にまだらな影を落とす。「大公に警告してくれ」サーシャはいった。「それから、妹のセルプホフ公妃のところへいき、知らせて――」

ロジオンがいう。「妹君は、お子が生まれそうなのだ。もう風呂小屋にこもっておられる」

サーシャは黙りこんだ。「どうして知った？」

ロジオンは頭をたれた。「あのコンスタンチン・ニコノヴィチという司祭――レスナーヤ・ゼムリヤでお父君と知り合いだった司祭――のところに使者がきて、司祭の務めを果たすため、妹君のお屋敷に向かったらしい。ここへくる途中でそうきいた」

サーシャは顔をそむけると、その日の騒動でまだあざの残る両手を見下ろした。命の危険が迫っていなければ、お産の最中の女性のもとに司祭が呼ばれることはない。あの司祭――あの冷たい手をした生きもの――が瀕死の妹に付き添っているとは……。「神よ、妹をお守りください、生死にかかわらず」サーシャはいった。その目に浮かんだ光を用心深いアンドレイ神父がみたなら、息を切らして駆けもどり、扉のかんぬきを三重にかけただろう。

外の喧騒はまだおさまっていない。その騒ぎをしのいで、突然、澄んだ場違いな声が響いた。サーシャの知っている声だ。

サーシャはねらいを定めてロジオンを肩で押しのけると、回廊を飛ぶように走った。そのあとを友が追う。

ワーシャは修道院の庭の、門を入ってすぐの陰に立っていた。汚れたマントをはおり、体の前で両手を握りあわせている。顔は真っ青で、夜の修道院にはおよそ似つかわしくない。「兄に会わせてください！」ワーシャは激しい口調でいった。その澄んだ声は、いたるところであがる怒りの声と対照的だ。

ドミトリーの衛兵たちは、かんぬきのかけられたサーシャの部屋の見張りをないがしろにして、アンドレイ神父のおいしいビールを飲んでいたが、ぼんやりと剣をさぐった。松明を手にした修道士たちもいて、だれもが怒りに燃えている。ワーシャは増え続ける群衆の中心にいた。

「あの娘は塀を乗り越えたにちがいない」衛兵のひとりが言い訳がましく口ごもり、十字を切った。「どこからともなく現れたんだ。邪悪な女め」

修道院の塀は修道士たちの神聖な信仰を守るためのもので、侵入しようとする者を締め出すようにはできていない。しかし、そこそこの高さはある。サーシャは心を落ち着かせ、松明の輪の中に足を踏み入れた。

驚き怒る叫び声に迎えられたサーシャの喉元に、衛兵のひとりが剣を突きつけようとした。サーシャはほとんど相手をみもせず、その腕をひねって剣を落とさせ、顔を平手で打った。手袋をはめていない手で剣を拾って構えると、修道士たちがいっせいに後ずさりした。重騎兵たちが剣に手をかけるが、サーシャはそちらをみていない。妹の手に血がこびりついている。

「なぜここへきた?」サーシャはたずねた。「何があった? オーリャのことか?」

「死産だったの」ワーシャは落ち着いた口調で答える。

サーシャは妹の腕をつかんだ。「オーリャは無事か?」

ワーシャは思わず小さな声をもらした。サーシャは思い出した。カシヤンが人々の面前でワーシャの服をはぎ取ったとき、同じ場所をつかんでいたのだ。サーシャはゆっくりとワーシャの腕を放した。「教えてくれ」自分の気持ちを必死におさえる。

「そう」ワーシャは荒々しい口調で答えた。「そうよ、生きてる、これからも」

サーシャはほっとして息を吐いた。妹の目に、苦痛が深い影を落としている。

アンドレイ神父が人々をかき分けながらやってきた。「みなの者、静かに」修道院長がいった。「娘よ――」

「神父様《バートウシカ》、わたしの話をきいてください」ワーシャがその言葉をさえぎった。

「きくつもりはない！」アンドレイ神父は怒って答えたが、サーシャはいった。「どんな話だ、ワーシャ？」

「今夜なの」ワーシャはいった。「今夜、祝宴がたけなわになり、モスクワじゅうが酔っている間に、カシヤンは大公を殺そうとしてる。モスクワを大混乱に陥れ、自分が大公の座につくつもりよ。ドミトリーには息子がいないし、いとこのウラジーミルはセルプホフにいる。わたしの話を信じて」ワーシャはふいに、修道士たちの後ろに立っているロジオンのほうを向いた。

「ロジオン修道士」よく通る声でいう。「あなたはモスクワに駆けつけた。あわててやってきたのはなぜ？　わたしの話を信じてくれる？」

「信じる」ロジオンはいった。「わたしはバーシニャ・カステイからもどってきたところだ。一週間前だったら、あなたの話を笑い飛ばしていたかもしれない――しかし、いまはちがう。おそらくあなたのいうとおりだ」

「うそだ」アンドレイ神父はいった。「娘というのはよくうそをつく」

「いいえ」ロジオンがゆっくりという。「いいえ、うそをついているとは思いません」

サーシャがワーシャにたずねた。「オーリャを置いてここへきたのか？　おまえを必要としているだろうに」

「追い出されたの」目は兄をみつめたままだが、声を詰まらせた。「ドミトリー・イワノヴィチに警告しなくては」

「そなたをここから出すわけにはいかない、アレクサンドル修道士」アンドレイが思いあまって口をはさんだ。「わたしの地位と命がかかっている」

「もちろん出すものか」衛兵のひとりがかすれ声でいった。

修道士たちは顔を見合わせる。

百戦錬磨のふたり、サーシャとロジオンは、視線を修道院長から互いの顔に移し、さらに酔った男たちの輪をみつめた。ワーシャは首をかしげて待っている。ほかの人たちにきこえない声や音がきこえるかのようだ。

「わたしたちは逃げるつもりです」サーシャはアンドレイ神父に向かって、低い声で穏やかにいった。「わたしは危険人物です。門にかんぬきを差し、見張りを置いてください」

アンドレイ神父は、自分より若いこの男の顔をじっとみつめた。「今日という日まで、そなたの判断をとがめたことはなかった」もごもご言い返すと、さらに声を低めて続けた。「そなたたちふたりに、神のご加護を」一瞬ためらったあとで、しぶしぶつけくわえる。「そして娘よ、そなたにも」

ワーシャはアンドレイ神父にほほえんだ。アンドレイ神父はきつく口を閉じ、サーシャと目を合わせた。「この者たちを連れていけ」神父が命じる。「アレクサンドル修道士を――」

しかし、サーシャはすでに剣を掲げていた。剣を三振りして、酔った衛兵たちの武器を払い落とすと、ロジオンとワーシャとともに残った人々を押し分けて進んだ。ロジオンは斧の柄を使って道を開き、ワーシャは分をわきまえてふたりの間にとどまった。三人は人々の輪から抜け出すと、回廊を駆け抜け、モスクワの街へ出るため裏門に向かった。


ワーシャに股間を蹴り上げられた痛みで、コンスタンチンは何もみえなくなっていた。しばらくの間、悪臭のする風呂小屋で体を折り曲げたまま立っていたが、目の前に赤い光がいくつもちらついた。扉が開き、音をたてて閉まる。それから静かになったが、内側の部屋から泣き声がきこえてくる。

吐き気がこみあげて、コンスタンチンは目を開けた。

ワーシャはいない。かすみのようなものがすわっていて、コンスタンチンを興味津々にじっとみつめてる。

急に体を起こしたせいで、コンスタンチンの視界がまた暗くなった。

「目がひとつしかない神に触れられたな」バンニクが司祭に教えた。「〈食らう者〉だ。だから、おれたちがみえるようになった。おまえの類の人間に会ったのはずいぶん久しぶりだ」でっぷりした裸のバンニクのしゃがんでいる姿は、ぼんやりしている。「予言をききたいか？」コンスタンチンの全身から、冷たい汗が噴き出す。コンスタンチンはよろよろと体を起こした。「下がれ、悪魔め。わたしから離れろ！」

バンニクはぴくりとも動かない。「おまえは人間の世界で名声を手に入れる」意地悪く告げる。「だが、そこから得られるのは恐怖だけだ」

コンスタンチンは汗ばんだ手で掛け金をつかむ。「人間の世界で名声を？」

バンニクは鼻を鳴らすと、煮えたぎる湯をひしゃくですくい、コンスタンチンにかけた。「出ていけ、哀れな欲深い男よ。ここを去り、死者をそっとしてやれ」そういって、また湯をかける。

コンスタンチンは悲鳴をあげ、熱い湯をしたたらせながら、風呂小屋から転がり出た。ワーシャ――ワーシャはどこだ？　あの娘ならこの呪いを解ける。あの娘ならどうするべきか教えてくれるかもしれない。

しかし、ワーシャはいない。コンスタンチンはしばらく、ふらふらと庭をさがしまわったが、ワーシャの気配はなかった。足跡さえない。やはり消えたのだ。あの娘は、悪魔どもと手を組んだ魔女ではなかったか？

カシヤン・ルートヴィチは復讐を約束してくれた。小さな仕事をひとつ引き受けるのと引き換えに。カシヤンはいっていた。「魔女を憎んでいるのか？　いいか、モスクワにいる魔女はおまえのワーシャだけじゃない。この仕事をしろ。そうすれば、あとで助けてやる」と。

あんな約束、どうせ空約束だ。カシヤン・ルートヴィチが何をいおうと、どうだっていい。神に仕える人間は復讐などしない。しかし……。

これは復讐ではない、とコンスタンチンは考えた。神に認められた、悪との戦いなのだ。それに、カシヤンの話がすべて真実だとすれば――いずれ、主教になれるかもしれない。そのためにはまず――。

魂に深い苦悩を抱えたまま、コンスタンチン・ニコノヴィチはテレムのある塔へ向かった。そこはほとんど人けがなく、蠟燭《ろうそく》の火は消えかけている。侍女たちはみな、コンスタンチンがあとにした風呂小屋で公妃オリガに付き添っている。

しかし、だれもいないわけではない。テレムには黒い目の少女が眠っている。無垢な瞳に幽霊たちの姿を映した少女が。この騒々しい夜に少女を守っているのは、年老いたやさしい乳母ひとりだ。司祭であるコンスタンチンの言葉を疑いはしないだろう。

サーシャとロジオンとワーシャは、修道院の塀の陰で一瞬立ち止まり、息をついた。背後の修道院から、増水した春の川のような低いざわめきがきこえる。憤ったドミトリーの衛兵たちが飛び出して追ってくるのは時間の問題だ。「急がないと」ワーシャはいった。

祭りの騒ぎはしずまりつつあり、酔っぱらいたちもふらつく足で家に帰っていく。明日は赦しの日だ。三人は陰に身を隠しながら、怪しまれることなく丘を駆けのぼった。サーシャは衛兵から取り上げた剣を、ロジオンは斧を手にしている。

大公のどっしりした難攻不落の宮殿が、丘の頂に建っている。木でできた門を松明が照らし、その両脇をふたりの衛兵が、あごひげを凍らせて震えながら守っている。危険が差し迫っているようには、とてもみえない。

「さあ、どうする?」ロジオンがささやいた。三人は門の反対側の塀の陰に身を潜めている。「中に入らないと」ワーシャはもどかしそうにいった。「大公を起こして、警告するの」

「どうやって――」ロジオンがいいかけた。

「小さな門がふたつある」サーシャが口をはさんだ。「この表門のほかに。だが、内側からかんぬきがかかっているだろう」

「塀を乗り越える」ワーシャが短くいった。

サーシャは妹をみつめた。妹を娘らしいと思ったことはなかったが、最後に残ったわずかばかりのやわらかさまで消えてしまっている。そこにあるのは、回転の速い頭と頑強な体だ。動きを妨げる服の下に隠されてはいるが、激しく挑むかのように、そこにたしかにある。かつてないほど女らしく、同時に女らしさからはほど遠い。

「魔女」という言葉がサーシャの頭をよぎる。こうした女は魔女と呼ばれる。それはほかに言い表す名がないからだ。

サーシャの考えを見透かしたように、ワーシャは不安そうにうなずき、それからいった。

「わたしは兄さんたちよりも小柄だから、手助けしてくれれば、この塀を乗り越えられる。そしたら、中から門を開ける」ワーシャの視線はふたたび、雪の積もった静かな通りに向けられた。「その間、敵がこないか見張っていて」

「なぜあなたが指図する?」ロジオンが疑問を口にした。「なぜそこまで知っている?」

「どうやって——」サーシャも、もどかしげに口をはさむ。「門を開けるつもりだ?」

その問いに、「すぐにわかる」と満面の笑みでさらりと答えるワーシャに、ふたりは疑いの目を向けた。

サーシャとロジオンは顔を見合わせた。ふたりは戦場でこんな表情をする男たちをみてきたが、いい結果になったためしがない。

ワーシャは宮殿の塀に向かって亡霊のように走った。サーシャがあとを追う。ワーシャが突飛なことでも思いついたように顔を輝かせているのが気に入らない。「わたしを持ち上げて」

「ワーシャ——」

「時間がないの、兄さん」

「まったく」サーシャはぼやきながら、ワーシャの体重を支えようと前かがみになった。ワーシャは鳥のように軽々とその背に乗り、サーシャが体をまっすぐにのばすと、肩に立った。それでもまだ塀には届かなかったが、ワーシャはいきなり飛び上がり、両手を塀の縁にしっかりかけてぶら下がった。その勢いでサーシャは後ろによろめき、大の字に倒れた。ワーシャは手にミトンをつけていない。持てる力を振りしぼって体を引っ張り上げる。ブーツをはいた足の片方を塀の上にかけ、一瞬、塀の上にうずくまったかと思うと、むこう側の深い雪の中に飛びおりた。

サーシャは立ち上がり、雪を払い落とした。ロジオンが背後から近づいてきて、首を振りながらいう。「レスナーヤ・ゼムリャで妹君に会ったとき、わたしは雨に降られて道に迷っていた。キノコを集めていた妹君は水の精のようにずぶ濡れで、はだか馬に乗っていた。修道院向きの娘でないとはわかっていたが――」
「あれがありのままの妹なのだ。破滅でも天恵でもあるが、あれを裁くのは神だ。ただ、この件については妹を信じる。敵がこないか見張って、待つしかない」

ワーシャは塀から雪だまりに落ち、立ち上がった。けがはない。ドミトリー・イワノヴィチの宮殿でのばかげた徒競走のおかげで――遠い昔のことのように思われるが――どこに何があるかはおおよそわかっている。あれは――馬屋。あれは――醸造所。燻製《くんせい》小屋、革なめし場、鍛冶場。そして宮殿。

ワーシャは何よりも自分の馬を必要としていた。あの力強さ、あたたかい息、飾らない愛情。ソロヴェイなしではドレスを着た迷える娘だが、ソロヴェイの背に乗っていると向かうところ敵なしという気持ちになれる。

でも、まずはあの徒競走のときのもうひとつの発見。それを利用しなくては。

凍える指で、ワーシャは手首の傷を開いた。あの幽霊に血を与えたときのように。血を三滴、雪の中にしたたらせる。

ドヴォロヴォイは庭の精だ。ドモヴォイよりも珍しく、あまり知られていないし、ときに意地が悪いこともある。ここのドヴォロヴォイは、星明かりとぬかるんだ地面からすっと現れた。薄汚れた雪の山のような姿は、モスクワのあらゆるチョルトと同じようにぼんやりしている。

ドヴォロヴォイの姿をみて、ワーシャはうれしくなった。

「またおまえか」ドヴォロヴォイは歯をむいた。「おれの庭に勝手に入ったな」

「あなたのご主人を助けるためよ」ワーシャは答えた。

ドヴォロヴォイはにやりとした。「ひょっとすると、新しい主人が必要なのかもな。あの赤毛の魔術師が眠りし者たちの目を覚まさせ、鐘の音を封じる。そうなれば、人々もまたおれに捧げ物をするようになるかもしれない」

眠りし者……。ワーシャは激しく首を振った。「えり好みはできないの。よかれあしかれ、あなたは自分の家の人たちに縛られてる。困っていれば助けなくてはならない。危害を与えるつもりはないの。だから、手を貸してくれない？」ワーシャは恐る恐る手をのばし、血のついた指をドヴォロヴォイの冷たい不恰好な顔に押しつけた。

「おれに何をさせたいんだ？」ドヴォロヴォイは用心深くたずね、血のにおいをかいだ。いまや、雪よりはしっかりとした体にみえる。

ワーシャは落ち着いてドヴォロヴォイにほほえみかけた。「騒がしい音をたててちょうだい。この呪われた宮殿を目覚めさせて。こそこそする時間はもう終わったの」

酒浸りの静けさが大公の宮殿を包みこみ、外の街もすっかり静まり返っていた。しかし、それは暴飲暴食の饗宴の日々のあとに訪れる平穏な静けさではない。静寂を貫くように緊張が走っている。ワーシャの体に鳥肌が立った。ドヴォロヴォイはワーシャの話を最後まできくと、目をすがめ、ふいに姿を消した。

ワーシャは幼いころから音をたてずに歩く術を身につけていたが、いまは盗人のように用心深く、陰から陰へと忍び足で歩いていた。息をするのも恐ろしく、左側の塀にぴったり体を寄せる。裏門はどこだろう。松明のゆらめく光の海を避け、扉に目を配り、衛兵たちがいないか注意し、じっと耳をすまし……。

突然、庭のむこうで悲鳴があがった。千匹の猫が尻尾を引っ張られたかのような声だ。犬舎で犬たちがうなり始めた。

松明の火が中二階の回廊を駆けていき、ランプが灯された。庭の騒ぎが大きくなるにつれて、ランプがひとつ、またひとつと灯される。女の悲鳴がきこえた。ワーシャの顔には笑みが浮かびかけている。もうこそこそしている場合ではない。

次の瞬間、ワーシャは男の脚につまずき、深い雪の中に倒れた。心臓が激しく打つ。ワーシャは飛び起きると、くるりと振り向いた。右側に、闇に溶けこむように裏門がある。その前に門衛がひとり、がくりと頭をたれてすわっている。その脚につまずいたのだ。

ワーシャはそっと忍び寄った。男は動かない。その顔に手を近づけた。息をしていない。肩をつかんでゆすぶると、首がだらりとたれた。喉を深々と切り裂かれている。雪の上に広がっているのは、影ではなく血だまりだ――。

庭の騒ぎが次第に大きくなってきた。突然、ワーシャの反対側の暗がりから屈強な男たち──四人か──六人か──が足音もなく飛び出してきて、宮殿の階段に向かった。カシヤンが、宴の最中にあの男たちを招き入れておいたのだ。遅かった。力を奮い起こし、寒さで感覚を失った手を死んだ門衛の腕の下に差しこんで、門の前からどかす。その男の魂のために小声で祈りを唱え、雪に足を滑らせながら。

門を開けたとたん、サーシャがワーシャを押しのけるように入ってきた。

「ロジオンはどこ?」ワーシャがたずねる。

サーシャはただ首を振った。その目はすでに、動きまわる影、もみあう体、松明の光と闇、新たに起こった紛れもない争いの音に向けられている。階段の、見事な細工をほどこした手すりの隙間から、男が叫びながら庭に落ちていった。犬舎では犬たちが相変わらずうなり声をあげている。ワーシャはカシヤンの姿がみえたような気がした。宮殿の門の前に緊張した面持ちで立つカシヤンの赤い髪が、闇の中で黒ずんでみえた。

そのとき、宮殿の中で、まわりの騒ぎよりひときわ大きい声──気を奮い立たせるように威勢がいいが、驚きと緊張でかすれた──モスクワ大公の声があがった。

「ミーチャ」サーシャが声をもらす。十六歳で戴冠して以来、ドミトリーが面と向かってその子どもっぽい愛称で呼ばれたことはなかっただろう。だが、その呼び名にこめられた何かが、ふたりがともにした青春時代を物語っていた。ワーシャはふいに思い至った。だから、サーシャは帰ってこなかったのだ。わたしたち家族をどれだけ愛していようとも、大公にはそれ以上の愛を捧げている。そしてドミトリーもサーシャを必要としている。

「ここにいろ、ワーシャ」サーシャはいった。「隠れて門にかんぬきをかけろ」次の瞬間には、騒ぎに向かって走りだしていた。上から照らす松明の光を受けて、手にした剣が真っ赤に輝いている。庭じゅうから衛兵たちが集まってくる。続いて、表門から木が砕けるような衝撃音がきこえた。衛兵たちが立ち止まり、背後の脅威と頭上の脅威の間で迷っている。サーシャはためらわなかった。南側の階段の下へ突進し、闇の中へ駆け上がっていった。

ワーシャは兄に命じられたとおり裏門にかんぬきを差すと、暗がりの中で心を決めかねたように一瞬動きを止めた。まわりをみると、音をたててゆれている表門、当惑した衛兵たち、宮殿の細長い窓のむこうで激しくゆれる光が目に入った。

兄の叫び声と、剣のぶつかりあう音。ワーシャはささやくように兄の無事を祈ると、馬屋へ向かった。大声で警告を発するほかに、大公のために何かするのなら、自分の馬が必要だ。

ワーシャは天井の低い細長い馬屋の前にたどり着くと、ふたたび暗闇に身を寄せた。

庭にいる衛兵のひとりが、塀のむこうから飛んできた矢に射抜かれ、悲鳴をあげて倒れた。

庭じゅうに叫び声が響きわたり、わけがわからず走りまわる男たちでごった返している。そのほとんどが酔っぱらっている。矢が次々に飛んできて、さらに多くの男たちが倒れた。その騒ぎよりもひときわ大きいドミトリーの声が、またきこえた。今度は死に物狂いの叫びだ。ワーシャは、サーシャが間に合いますようにと祈った。

門をたたく音が大きくなった。ソロヴェイをみつけなければ。この馬屋にいるの？　殺されたか、どこか別のところへ連れていかれたか、それともけがをして……？

ワーシャは唇をすぼめ、口笛を吹いた。

すぐに聞き覚えのある荒々しいいななきがきこえ、ワーシャはほっとした。次に、ソロヴェイが馬屋を蹴り倒そうとするかのような衝突音がした。ほかの馬たちもかん高い声をあげ始め、馬屋全体があっという間に大混乱になった。その騒ぎに別の音が加わった。ワーシャがこれまできいたことのない、笛のようなむせび泣くようないななきだ。

ワーシャは一瞬、寝ぼけた馬丁たちの叫び声に耳を傾けた。それからタイミングを見計らい、馬屋に駆けこんだ。

馬屋の中も、外の庭と同じくらいひどい混乱ぶりだった。興奮した馬たちが仕切りの中で暴れている。馬丁たちは馬をなだめるべきか、外へ騒ぎの様子をみにいくべきか、わからずにいる。馬丁たちはみな丸腰の奴隷で、おびえている。いまでは、矢がうなりをあげて飛んでくる音がはっきりきこえる。それに悲鳴も。

「自分のすべきことをして、出ていけ」小さな声がいった。「敵が近くにいるし、おまえたちのせいでみんなおびえている」ワーシャが屋根裏の干し草置き場の暗がりに目をやると、小さな顔についた小さな目がふたつ、こっちをにらんでいる。ワーシャはわかったと答えるように片手を上げた。

チョルトたちはみえなくなるだけで、死ぬわけじゃない。そう考えるとワーシャは気持ちが軽くなったが、すぐに眉をひそめた。見慣れない光が馬屋を照らしている。

あわてふためく馬丁たちからみえないように、馬房がならぶ通路をこっそり移動した。近づくにつれて光が強まる。音をたてずに歩くワーシャの足が止まった。

カシヤンの金の雌馬が光を放っている。たてがみと尾から、光の破片が散っているかのようだ。まだ金の馬勒《ばろく》をつけている。はみも手綱も、全部。雌馬はワーシャのほうに片耳を傾けると、柔らかな鼻息を立てた。青白いもやが、馬の発する光でかすんでいる。

金の雌馬から三つ先の仕切りに、ソロヴェイがいた。両耳を傾け、ワーシャをじっとみつめている。騒動の真っただ中で、二頭の馬は静かに立っていた。ソロヴェイも馬勒をつけられ、馬房の扉にしっかりとつながれ、両前足をひとつに縛られている。ワーシャは残りの十歩を駆け寄り、雄馬の首に抱きついた。

きてくれないかと思った。ソロヴェイはいった。どこへさがしにいったらいいかわからなかったし。血のにおいがするね。

ワーシャは気持ちを落ち着け、手さぐりで雄馬のおもがいの留め金をさがした。ひとひねりすると、馬勒全体がそっくり床に落ちた。「わたしはここよ」ワーシャはささやいた。「わたしはここ。カシヤンの馬はなぜ光ってるの？」

束縛を解かれたソロヴェイは鼻を鳴らし、首を振った。あの馬は、ぼくらのなかでいちばん力がある。いちばん力があって、いちばん危険だ。最初はあの馬だってわからなかった――まさか、あの馬が力ずくでいいなりになるなんて信じられなかった。

金の雌馬は耳をそばだて、ふたつの燃える目に落ち着いた用心深い表情を浮かべて、ワーシャとソロヴェイをみつめている。わたしを自由にして。雌馬はいった。

馬はたいてい耳と体で話をするが、その雌馬の声はワーシャの骨に響くようにきこえた。

「いちばん力がある?」ワーシャはソロヴェイに小声でいった。

自由にして。

ソロヴェイは不安げに床をひっかいた。そうさ。逃げよう。森へいこう――ここはぼくらがいる場所じゃない。

「そうね」とワーシャ。「ここはわたしたちがいる場所じゃない。でも、しばらくここにとどまらないといけないの。借りを返さないと」そういって、ソロヴェイの両足を縛っている縄を切った。

自由にして。金の雌馬はくり返した。ワーシャはゆっくり立ち上がった。雌馬は溶けた金のような目でワーシャとソロヴェイをみつめている。その体の中に、おさえきれないほどの力がたぎっているようにみえる。

ワーシャ。ソロヴェイが不安そうにいった。

ワーシャはほとんどきいていなかった。炎の青白い芯のような雌馬の目をのぞきこみ、一歩、また一歩と近寄る。背後でソロヴェイがかん高い声をあげる。ワーシャ!

雌馬は泡だらけの金のはみを噛み、ワーシャをまっすぐ見返した。ワーシャは自分がこの馬を恐れていることに気づいた。これまで馬を恐れたことなどなかったのに。

おそらく、ワーシャが手をのばし、金の留め金をつかんで雌馬の頭から馬勒をねじり取ったのはまさにそのため――自分が感じるはずのない恐れに対する嫌悪から――だったのだろう。雌馬が凍りつき、ワーシャもソロヴェイも凍りついた。世界がじっと、空に浮かんでいるかのようだ。「あなたは何者なの？」ワーシャは雌馬にささやいた。

雌馬は頭をたれて――ゆっくり、とてもゆっくりにみえた――下に落ちた金の山に触れると、また頭を上げ、鼻でワーシャの頬に触れた。

頬が焼けるように熱くなり、ワーシャは息をのんで身を引いた。顔に手をあてると、火ぶくれができるのが感じられる。

また世界が動きだした。背後でソロヴェイが棹立ちになっている。ワーシャ、下がって。

雌馬が頭を振り上げた。ワーシャは後ずさる。雌馬が棹立ちになり、ワーシャはその恐ろしいまでの美しさに心臓が止まるのではないかと思った。顔に熱風を感じ、喉で息が止まる。夜に生まれた、とソロヴェイは前にいっていた。もしかしたら卵から生まれたのかもしれない、と。ワーシャは後ずさりし、背中にソロヴェイの息を感じると、金の雌馬から目を離さずに、手さぐりでソロヴェイの馬房のかんぬきを外した。

小夜《サヨ》鳴鳥《ナキドリ》、とワーシャは考えた。ソロヴェイという名は小夜鳴鳥を意味する。

それなら、ほかにもいるのでは？　そういう馬が――。この雌馬は……ちがう。雌馬じゃない。雌馬なんかじゃない。ワーシャの目の前で、棹立ちになった馬が金色の鳥に姿を変えた。これまでみたどんな鳥よりも大きく、翼は青とオレンジと深紅の炎でできている。

「火の鳥《ジャール・プチーツァ》」ワーシャはその言葉を味わうように口にした。ドゥーニャの足元にすわって火の鳥の話をきいたことなど、なかったかのように。

火の鳥が翼をはばたかせると、焼けるような熱風がワーシャの顔に吹きつけた。無数の羽根の先は炎のようで、煙が筋になって流れる。ソロヴェイが、恐怖と勝利の入り混じったような鋭い声をあげた。まわりじゅうで馬たちが恐怖にいななき、脚を蹴り上げている。

冬の空気に熱が波紋のように広がり、蒸気が上がった。火の鳥は馬房のかんぬきを小枝のようにへし折ると、屋根に向かって上へ上へと舞い上がり、雨のように火花をしたたらせる。屋根をものともせず、火の鳥はそれを突き破った。光の尾を引きながら上へ上へと舞い上がる姿は、太陽のようにまぶしく、夜が昼に変わる。庭のどこかから、激しい怒りの声があがった。

ワーシャはぽかんと口を開けたまま、驚異と恐れに言葉を失い、火の鳥が飛び去っていくのをみつめた。火の鳥が残していった火の筋が、すでに干し草に燃え移っている。炎が乾いた柱をはいのぼり、新たな熱がワーシャのやけどした頰を焦がした。

いたるところが燃え上がり、すさまじい煙がみるみる広がる。

ワーシャは悲鳴をあげて、われに返り、ほかの馬たちを逃がそうと走りだした。一瞬、かたわらに干し草色をした小さな馬屋の精がみえ、「ばかな娘だ、火の鳥を放つとは！」となじるのがきこえたような気がした。だがすぐにいなくなり、ワーシャよりもすばやく馬房の扉を開けてまわる音がきこえてきた。

幾人かの馬丁がすでに逃げ、馬屋の扉は大きく開け放たれている。吹きこむ風が炎をあおる。残った馬丁たちが途方に暮れながらも、とがめを負うのを恐れ、煙のせいでぼんやりとしかみえない馬たちを逃がそうと駆け寄ってきた。ワーシャ、ソロヴェイ、馬丁たちと小さなヴァジラは、おびえる馬たちを外に逃がし始めた。だれもが煙にむせ、ワーシャは一度ならず踏みつけられそうになった。

ついに、ワーシャはジマーの馬房にたどり着いた。大公の馬屋に閉じこめられていたジマーは、興奮のあまり棹立ちになっている。ワーシャは飛んでくるひづめをよけながら、馬房のかんぬきを引き抜いた。「逃げて」ワーシャは大声でいった。「あっちよ。いけ!」命令とともに尻をたたかれ、おびえた若い雌馬は出口のほうへ走りだした。

ソロヴェイがワーシャのかたわらに現れた。あたり一面、火の海で、くるくるまわる炎が春の踊り子のようだ。熱がワーシャの顔を焼いた。一瞬、黒ずくめのマロースカの姿がみえたような気がした。

ソロヴェイがかん高くいなないた。火のついた藁《わら》が脇腹にあたったのだ。ワーシャ、ここから出ないと。

すべての馬を助け出せたわけではなかった。火に巻かれ、取り残されたわずかな馬たちの叫び声がきこえる。

「だめよ! まだ馬が——」しかし、ワーシャの訴えは途中で消えた。

庭から悲鳴が響いたのだ。聞き覚えのある声だ。

25 塔の少女

ワーシャが飛び乗ると、ソロヴェイは馬小屋から勢いよく駆けだした。その間も、下をはう火が狼のようにふたりの足に食いつこうとする。外は昼間と見まがうほど明るい。燃え上がる馬小屋の炎が庭に地獄の業火のような光を投げかけ、ドミトリーの宮殿のあらゆる場所に明りがともっている。

庭では激しい戦いがくり広げられ、頭上からは暴動のようなとどろきがきこえる。兄の姿はみえない――が、禍々《まがまが》しい光の中では、敵と味方の区別はほとんどつかない。

表門には長い亀裂《きれつ》が入っている。もう長くは持ちこたえられそうにない。火を消そうと、奴隷たちが手桶と濡らした毛布を持って走りまわり、いまや衛兵たちの半数もそれを手伝っている。何もかもが木でできている街の火事は、束になって飛んでくる矢に劣らないほどの脅威だ。

そこへ、どこか聞き覚えのある悲鳴がまたきこえてきた。燃えさかる馬屋のゆらめく火明かりに庭全体が浮き彫りのように照らし出され、コンスタンチン・ニコノヴィチが人目を避けるように、内壁に沿ってゆっくり歩いているのが目に入った。

あの人がこんなところで何を？　とワーシャは思ったが、最初は驚きしか感じなかった。

次の瞬間、司祭が子どもの手首をつかんでいるのがみえ、ワーシャはぎょっとした。その少女はマントもカーチフもつけず、ブーツもはいておらず、がたがた震えている。

「ワーシャおばさん！」少女が叫んだ。知っている声だ。「ワーシャおばさん！」むっとする熱い空気を伝って、その声がはっきりきこえてくる。「放して！」

「マーシャ！」ワーシャは自分の耳を疑いつつ、声をあげた。公女が？　なぜこんなところに？

続いて、カシヤン・ルートヴィチが庭に駆けこんできた。口を開け、怒っているようにも勝ち誇っているようにもみえる。逃げ出した鞍のついていない馬の一頭に飛び乗ると、くるりと向きを変え、飛んでくる矢をものともせず、壁に沿って馬を速駆けさせる。

一瞬、ワーシャにはわけがわからなかった。

次の瞬間、カシヤンは示しあわせたようにコンスタンチンに追いつくと、少女をひったくり、汗ばんだ馬の肩に乱暴にうつ伏せにしてのせた。

「マーシャ！」ワーシャは叫んだ。ソロヴェイはすでに向きを変えてカシヤンを追い始めている。疾走する馬のひづめから、泥が大きな弧を描いて飛ぶ。ワーシャはソロヴェイの首の後ろに体を伏せ、飛んでくる矢の存在を忘れた。しかし、庭ひとつ分の距離があり、カシヤンはやすやすとテレムの階段に着いた。足をばたばたさせて暴れるマーリャを片腕で抱えたまま、馬の肩を滑り降りる。カシヤンが視線を上げ、ワーシャと目を合わせた。「みろ」歯をむき、燃えさかる火のように目をぎらぎらさせていう。「自分の思い上がりを悔やむがいい」

カシヤンはマーリャを連れて足早に階段をのぼり、暗闇に消えた。「約束したはずだ！」コンスタンチンがカシヤンの後ろから叫び、よろめきながら階段の下までいくと、真っ暗なトンネルのような階段を前にためらっている。「約束を――」

返ってきたのは狂気じみた笑い声だけで、やがて静まり返った。コンスタンチンは暗闇をみつめて呆然と立ちつくしている。

ソロヴェイとワーシャも庭の反対側にたどり着いた。コンスタンチンが振り返って、こちらを向く。棹立ちになったソロヴェイのひづめが顔の近くをかすめ、はずみで司祭は尻もちをついた。ワーシャは身を乗り出し、冷ややかな視線を投げる。背後からは表門をたたく音が、頭上からは剣のぶつかりあう音がきこえてくる。視線と同じくらい冷ややかな声で、ワーシャは問う。「何をしたの？　カシヤンはわたしの姪をどうするつもり？」

「復讐を約束してくれた」コンスタンチンが消え入るような声でいう。全身を震わせている。

「わたしは、ただいわれたとおりに――」

「いったい、どういうこと？」ワーシャは叫び、ソロヴェイの肩を滑り降りた。「復讐って、なんの？　わたしはかつてあなたの命を救った。あなたがまだまっとうな人間だったころ、命を救ってあげた。忘れたの？　カシヤンはわたしの姪をどうするつもり？」

一瞬、ワーシャには、イコン画家であり司祭であるコンスタンチンが、幾層もの恨みの底にいるようにみえた。「おまえを手に入れたければ、あの子を連れてこいといわれたのだ」コンスタンチンはささやくようにいった。「そうすればわたしは――」声が次第にかん高くなる。「望んでしたことではない！　だが、おまえはわたしを置き去りにした！　悪魔がみえてしまうわたしをひとり残して。どうすればよかったのだ？　さあ、せっかくここへきたのだから、せめて――」

「また、だまされたのよ」ワーシャは冷ややかにその言葉をさえぎった。「わたしの目の前から消えて。姉の子に洗礼を授けてくれたから、それに免じて命は助けてあげる」

「ワーシャ」コンスタンチンは手をのばしたが、ソロヴェイが黄色い歯を噛み鳴らすと、力なくおろした。「おまえのためにやった。おまえのせいだ。わたしは――おまえが憎い。おまえは――美しい」呪いのようにいう。「おまえがきいてくれさえすれば――」

「もっと邪悪なものの道具になっただけ」ワーシャは言い返した。「だけど、もうたくさん。コンスタンチン・ニコノヴィチ、次に目の前に現れたらあなたを殺す」

コンスタンチンは立ち上がった。また何かいおうとしたのだろう。だが、ワーシャにはもう時間がない。ソロヴェイに小声でひとことささやいた。ソロヴェイは蛇のようにすばやく後ろ脚で立ち上がった。コンスタンチンは口を開けたまま、よろよろと後ずさって雄馬のひづめをよけ、それから逃げ出した。逃げていくコンスタンチンのすすり泣きがきこえる。

しかし、ワーシャはもうコンスタンチンをみていない。庭は燃えさかる馬屋の火で輝いているのに、真っ暗な階段は恐怖をささやいているかのようだ。ワーシャはひとりで階段をのぼっていくために、気を引き締めた。「ソロヴェイ」一段目に足をかけたまま振り向いていった。「お願い――」

しかし、そこでワーシャは口をつぐんだ。上と背後からきこえてくる戦いの音が変わった。

ワーシャは振り返って、もう一度庭をみた。馬屋の火は木々よりも高く跳ね上がり、奇妙などんよりした赤い光を発している。

口からよだれを垂らした黒いものたちが、赤味を帯びた闇からはい出してきた。

ワーシャの血が凍った。庭にいるドミトリーの兵士たちがたじろいだ。あちこちで、感覚を失った手から剣が落ちる。上のほうから、男の悲鳴があがる。

「ソロヴェイ」ワーシャはささやいた。「いったい——?」

そのとき、耳をつんざくような鋭い音がして、ついに表門が破られた。大胆不敵な策士チェルベイが命令を飛ばしながら馬を駆り、赤い光の中に飛びこんでくる。左右に従えた射手たちが庭じゅうに矢を放つ。

ドミトリーの兵士たちは動揺し、逃げ出した。ワーシャは敗北と恐怖と混乱を感じていた。馬たちはやみくもに逃げまわり、塀のむこうから矢が飛んでくる。いたるところで、血のように赤い闇から、にやにや笑う生気のないものがよろよろと出てきて、両手をのばす。腐敗しきった顔に笑みが貼りついている。その後ろから駿馬にまたがり、輝く剣を掲げた兵士たちが迫ってくる。

これは魔術? カシヤンには地獄から悪霊を呼び出して操る力があるの? 塔の上階でマーリャをどうしようというの? 馬屋から上がる炎は血のように赤い。闇から悪霊が次々とはい出し、剣を掲げた敵のほうに衛兵たちを追いこむ。

矢が一本飛んできてワーシャの頭をかすめ、すぐ横の柱に刺さった。驚いたワーシャは反射的に身を引いた。悪霊のひとりがかぎ爪のある手をのばし、みえていない目でにやりと笑う。ソロヴェイが前足を蹴り上げると、悪霊は後ずさった。

ふたたび、チェルベイの太い声が命令を発する。矢の雨がいちだんと激しくなった。ドミトリーの兵士たちは、この新しい脅威に反撃できない。幽霊と戦っているようなものだ。このままでは、ルーシ人は次々に切り殺されていく。

そのとき、サーシャの穏やかなよく通る声が響きわたった。「神の民よ、恐れるな」

裏門に妹を残したあと、サーシャは階段を駆け上がり、大公の声、人々の叫び声や物が壊れる音を追って、宮殿内の混乱に飛びこんでいった。下では犬が吠えたて、馬がかん高い声をあげている。宮殿の表門を続けざまに打つ音がきこえてくる。カシヤンの手下とチェルベイ率いるタタール人が、悪霊を大声であおる。襲撃者たちも、もう身を潜めてはいられない。こうなってはすばやさと、混乱と恐怖の種をまくことにすべてがかかっている。ワーシャが警告する前に、どれだけの敵が裏門から忍びこんでいたのだろう。

古い熊皮のかびくさいにおいがしたかと思うと、階段の薄暗がりから、剣がサーシャの目の前にのびてきた。サーシャは歯を食いしばり、その切っ先を火花を散らしてかわした。カシヤンの手下だ。サーシャはまともに相手にはせず、二度目の攻撃をかわして横をすりぬけると、相手を階段の下に蹴落としてそのまま走り続けた。

扉が半開きになっている。サーシャは最初の控えの間に駆けこんだ。だれもいない。ただ、幾人かの従者が倒れて死んでいて、衛兵たちは喉をかき切られている。

宮殿のさらに上のほうから、ドミトリーの叫び声がきこえたような気がした。細長い窓から、ふいに庭の明るい光が差しこむ。サーシャは支離滅裂な祈りをつぶやきながら走り続けた。謁見室だ。静まり返っているが、玉座の後ろの扉が少し開いたままになっている。そのむこうから、剣がぶつかりあう音がきこえ、黄色くゆらめく火明かりがもれている。

サーシャは扉から飛びこんだ。ドミトリー・イワノヴィチがいる。大公を守っているのは生き残った衛兵ひとり。ふたりとにらみあうように、半月刀を手にした四人の男がいる。丸腰だった三人の従者、武器が役に立たなかった四人の衛兵が、床に倒れて死んでいる。

サーシャがみているうちに、大公の最後の衛兵が顔に剣の柄を受けて倒れた。ドミトリーはその相手を斬り殺すと、歯をむいて後ずさった。

一瞬、大公と修道士の目が合った。

サーシャがとっさに剣を投げ、回転しながら飛んでいった剣が、ふたり目の敵の革の鎧をつけた背中に刺さった。ドミトリーはその男の一撃をはね返すと、ゆるやかな弧を描いて剣を返し、首をはねた。

サーシャは駆けだして、死んだ男の剣を拾い上げた。その後は二対二の激しい接近戦になり、やがて侵入者たちが血を吐いて倒れた。

ふいに静寂が訪れ、ふたりは荒く息をつく。

いとこ同士がみつめあう。

「これはだれの差し金だ？」ドミトリーは死んだ男たちを目で指し、たずねた。

「カシヤンです」サーシャが答えた。

「この男に見覚えがあるような気がする」ドミトリーは敵のひとりを剣の腹で軽く打った。大公の鼻と指の関節に血がこびりついている。厚い胸が上下して呼吸が苦しそうだ。階下の衛兵詰所から叫び声がきこえた。庭からはさらに大きな叫び声があがっている。そのうち、つんざくような鋭い音がした。

「ドミトリー・イワノヴィチ」サーシャはいった。「どうかお許しください」

この暗闇で、自分は大公に殺されるのだろうか。

「なぜうそをついた？」ドミトリーがたずねる。

「妹の貞操のためです」サーシャは答えた。「そして勇気のため」

ドミトリーの大きな手には、蛇の飾りのついた、血だらけの抜き身の剣が握られている。

「今後、二度とわたしにうそをつかないか？」

「はい。誓って」

ドミトリーは、胸を苦しめていた重荷がはがれ落ちたかのようにため息をついた。「ならば、許す」

庭からまたすさまじい音と叫び声がきこえ、突然、火明かりが広がった。「何が起きている？」ドミトリーがたずねた。

「カシヤン・ルートヴィチが大公の座を奪おうとしているのです」

ドミトリーはその言葉をきくと、ゆっくりと豪胆な笑みを浮かべてあっさりいった。「なら、カシヤンを殺すまでだ。さあ、ついてこい、いとこどの」

サーシャはうなずき、ふたりは階下の戦いに向かった。


ワーシャは身をよじって後ろをみた。兄が階段の踊り場に立っている。階段はそこで二方向にわかれ、一方はテレムに、もう一方は謁見室につながっている。階段の手すりは壊れている。次の瞬間、大公が階上の暗がりから姿を現した。鼻と指の関節から血を流しているが、生きて自分の足で立ち、血まみれの剣を握っている。ドミトリーはサーシャをつかの間みつめた。その顔は、愛情と忘れられない怒りに満ちている。ドミトリーは声を張り上げ、いとこと肩をならべていった。「立ち上がれ、神の民よ！　何ものも恐れるな！」

一瞬、戦いが止まった。まるで世界がその言葉に耳を傾けたかのようだった。次の瞬間、ドミトリーとサーシャが一体となって、叫び声をあげながら猛然と階段を駆け下りてきた。ふたりはワーシャには目もくれずに横を駆け抜け、庭に飛び出していった。

さらに、ふたりの叫びに応じる者がいた。ロジオン修道士が斧を手に、残骸となった表門を通り抜けてきたのだ。しかもひとりではない。その両脇と背後に、修道士や町の人々、兵士――クレムリンの門衛――からなる寄せ集めの一団を従えている。

ロジオンの率いる新しい一団は、庭に足を踏み入れたとたん、たじろいだ。生ける屍が、わけのわからないことを口にしながら向かってきたのだ。チェルベイは戦いの勘どころを心得ている。すぐに自軍をふたつに分け、一方をドミトリーとサーシャに、もう一方をロジオンに向かわせた。戦いは予断を許さない。

サーシャは相変わらずドミトリーと肩をならべていて、ふたりの灰色の目は奇妙な火を映してスミレ色にみえる。

「恐れるな」サーシャはまた叫んだ。ひとりを剣で突き刺し、もうひとりの一撃をかわす。「神の民よ、恐れるな」

いまや、チェルベイはいらいらしたように短い命令を叫んでいる。放たれた矢が大公に降りかかる。ルーシの重騎兵たちは、悪夢から覚めたように目をしばたたいている。ドミトリーはカシヤンの手下の首をはね、その体を蹴り飛ばすと、大声で叫んだ。「神の民にとって、悪魔などなんでもない」

チェルベイは平然と矢をつがえ、ドミトリーにねらいを定める。しかし、サーシャが大公を押しのけ、その矢を上腕で受けた。サーシャはうなり、ワーシャは思わず叫び声をあげる。

ドミトリーはいとこを受けとめた。太い矢尻が修道士の上腕を貫いている。兵士たちにまた動揺が広がった。赤い光が強まり、さらに矢が飛んでくる。一本の矢が大公の縁なし兜《かぶと》をゆらした。しかし、サーシャはドミトリーを払いのけ、痛みをこらえて自分の足で立った。そして矢を引き抜くと、剣を左手に持ち替える。「立ち上がれ、神の民よ！」

ロジオンはときの声をあげ、斧を振りまわした。放たれた馬をつかまえて飛び乗った者もいて、戦いは激しさを増した。

「ソロヴェイ」ワーシャはいった。「わたしは塔にのぼらないといけない。マーシャとカシヤンを追いかけなくちゃ。さあ、いって――お願い、兄さんを助けて。兄さんを守って。ドミトリー・イワノヴィチを守って」

ソロヴェイは耳を伏せた。そんなこと――

しかし、ワーシャは雄馬の鼻づらに手を置くと、階段を駆け上がり、闇に消えていった。


ワーシャの目の前に、大公の宮殿の上層階へと続く囲み階段がある。精巧な細工の手すりは、乱闘で無残な姿になっている。ワーシャは階段が二方向にわかれる踊り場で足を止めた。さっき、サーシャはここから大声で呼びかけていた。ワーシャは庭を振り返った。ドミトリーは燃えさかる馬屋から逃げ出した馬に乗っている。ワーシャの兄はいやがるソロヴェイの背に飛び乗っていた。神の人が、古き異教の世界の馬に乗っている。

ソロヴェイが棹立ちになり、サーシャの剣が振り下ろされる。ワーシャは兄たちのために祈りをささやくと、階段を見上げた。大公の控えの間に続く左手の階段には死体が重なりあっている。しかし、テレムに続く階段には、ただ異様な闇が広がっている。

ワーシャはそちらを向き、自分の馬と兄の姿を魔除けのように心に抱くと、闇の中に駆けこんでいく。

十段。二十段。上へ上へとのぼっていく。

この階段はどこまで続いているんだろう？　もう最上階に着いていてもいいはずだ。

床をこするような足音が上からきこえた。ワーシャはとっさに足を止める。男のような人影が忍び寄ってきた。人形のようにぎくしゃくした足取りで、やみくもに手さぐりをしている。

近づいてくると、それがだれかワーシャにはわかった。

「お父さん」ワーシャは何も考えずに叫んだ。「お父さんなの？」その男は父のようでもあり、そうでないようにもみえる。うつろな目をしていて、顔と体は殺されたときの一撃でつぶれ、ゆがんでいる。

父親が近づいてきた。のっぺりと光る目がワーシャに向けられる。

「お父さん、許して――」ワーシャは手をのばした。

その瞬間、父親は姿を消してただの暗闇に変わり、あたりは火明かりで満たされた。庭での戦いの音はもうきこえない。立ちすくんだワーシャの耳の中に、心臓の鼓動が大きく響く。この階段はどこまで続くの？　ワーシャはまた階段をのぼる。息が切れ、脚が燃えるように熱い。

上のほうから鈍い音がした。もう一度。足音だ。ワーシャの足がもつれ、息が耳の中ですすり泣きのような音をたてる。頭上の闇から現れたのは、兄のアリョーシャだった。父親そっくりの灰色の目。しかし、喉がない。喉ばかりか、あごもない。引きちぎられ、ずたずたになった肌には歯の跡がある。ウプイリに襲われたのだ。もしかしたら、死んで……。

亡霊が何かを伝えようとしている。みていると、ずたずたになった血まみれの喉のあたりが動いたが、出てきたのは不気味な音と肉片のみだ。だが、冷たい灰色の目は相変わらず、悲しそうにこちらをみつめている。

ワーシャは泣きながら、兄の亡霊のそばを駆け抜けると、そのまま階段をのぼり続けた。

次に階段の上に現れたのは、数人の亡霊だった。男が三人、うずくまった人影を見下ろすように立ち、顔を真っ赤に照らされている。

うずくまっているのは妹のイリーナだ。顔にはあざがあり、スカートは血だらけだ。ワーシャは言葉にならないうなり声をあげて男たちに体当たりしたが、そのとたん男たちの姿は消えた。死んだ妹だけが残されている。やがて妹も消え、ねっとりした闇だけになった。

ワーシャはふたたびこみあげるすすり泣きを飲みこみ、走り続けたが、段につまずいた。今度は、目の前に巨大な体が、頭を下にして横向きに倒れている。駆け寄ると、それはソロヴェイだった。その賢そうな黒い瞳に矢が刺さり、矢羽根まで埋まっている。

これは現実？　幻？　それとも両方？　いつ終わるの？　階段はどこまで続いている？

ワーシャは全速力で階段を駆けのぼるが、勇気はすっかりなえている。そこにあるのは階段と恐怖、激しく鼓動する心臓だけだ。逃げることしか考えられないのに、どこまでも続く階段を永遠に駆けのぼりながら、心底恐れているあらゆることが目の前でくり広げられるのをみつめるしかない。

別の人影が現れた。今度は年寄りで腰が曲がり、ベールをかぶっている。その潤んだ目がこちらを向いた。自分の目だ。

ワーシャは立ち止まった。ほとんど息ができない。最も恐ろしい悪夢に出てくる顔だ。壁の中に閉じこめられ、やがてそれを受け入れ、魂が干からびた自分。この悪夢のワシリーサと同じように、いま自分は塔の中に囚われている。二度と外に出られず、やがて年を取って、打ちひしがれ、狂気にむしばまれていく……。

しかし、そんな考えを、ワーシャは押さえこんだ。

「やめて」ワーシャは幻影の顔に激しい口調でいった。「冬の森で、わたしはそんな顔で生き長らえるよりも死を選んだ。その決意は変わらない。あなたは存在していない。わたしを怖がらせるための、ただの影よ」

ワーシャは押しのけて通ろうとしたが、女は動きも消えもしない。「待って」それは小声でいった。

ワーシャは動きを止めて、もう一度、そのやつれた顔に目をやった。そして理解した。「あなたは、姉の屋敷の塔にとりついていた幽霊ね」

幽霊はうなずいて、ささやいた。「みたの――あの司祭がマーリヤを連れ出すところを。それで、あとをつけた。あのときから、塔を離れたことはなかったけど――あとを追った。わたしには何もできない――それでも追った。あの子のために」幽霊の顔にあるのは悲しみだろうか。それとも恨み？　その喉が動いた。「さあ――中に入って。扉はそこよ」そういって、ただの壁にしかみえないところに、震える手で触れた。「あの子を救って」

「ありがとう――お気の毒に」ワーシャはささやいた。塔と壁、それに――これがだれであれ――この女性の長い苦しみが哀れでならなかった。「わたしにできるなら、自由にしてあげる」

幽霊はただ首を振り、脇にどいた。その左側に扉があった。ワーシャは扉を押し開け、中に入った。

　そこは豪華な部屋だった。ペチカに火が小さく燃えている。火明かりが、部屋を彩る絹や金の無数の装飾品を、ぜいたくに飽きた公のようにけだるげに照らす。床には黒い毛皮が厚く敷きつめられている。壁には飾りがいくつも下げられ、いたるところに、クッションや収納箱、黒くなめらかな木でできたテーブルが置いてある。ペチカをおおっているタイルには、火や花、果実、色鮮やかな翼を持つ鳥が描かれている。

　マーリャはペチカの脇の長椅子にすわり、思うままにケーキを食べている。がつがつとかぶりつき、嚙んでは飲みこんでいるが、その目はどんよりしている。首には重い金の鎖が下がり、その重みで背中が曲がっている。それは先ほど、カシヤンがワーシャにかけさせようとしたペンダントだ。鎖についている宝石が燃えるように赤く輝いている。

　別の背もたれのある椅子には、不死身の魔術師、カスチェイであるカシヤンがすわっている。火明かりに黒く光る髪が白い首に映える。カシヤンは金《かね》で手に入れられるさまざまな装飾品――みたこともない花が刺繡《ししゅう》された銀糸織の布、絹、ビロード、ブロケードから、ワーシャが名前を知らない品々まで――を身に着けている。短いあごひげに縁取られた傷のような口をほころばせ、勝利の喜びに目を輝かせている。

　ワーシャは吐き気を感じ、扉を閉めて無言で立ちつくした。

「よくきたな、ワーシャ」カシヤンはいった。残忍な笑みをかすかに浮かべ、口をゆがませる。

「ずいぶん遅かったではないか。わたしのしもべたちを楽しんでもらえたかな？」なぜか、カシヤンはずいぶん若くみえる。ワーシャと同じくらい若々しく、たらふく血を吸ったダニのように肌がつるつるしている。「じきにチェルベイがやってくる。ドミトリー・イワノヴィチを大公位から引きずり下ろしたあとの、わたしの戴冠式をみていかないか？」

「ここにきたのは姪のためよ」ワーシャはいった。このまばゆい部屋のどれが現実なのだろう。幻影が漂っているのが感じられる。

マーシャはペチカの脇でぼんやりとすわり、ケーキを口に詰めこんでいる。

「なるほど」カシヤンはそっけなく答えた。「あの子のためだけに？　わたしの客としてではなく？　傷つくな。この場でおまえを殺してはいけない理由をいってみろ、ワシリーサ・ペトロヴナ」

ワーシャは一歩近づいた。「本当にわたしの死を望んでいるの？」

カシヤンは鼻先で笑いながらも、ワーシャの顔と髪と喉にさっと目を走らせた。「この娘のかわりに自分を捧げようというのか？　月並みだな。だいたい、おまえはやせっぽちで、霜の魔物の奴隷で、結婚するにはあまりに醜い。それにくらべて、この子は……」ゆっくりとマーリャの頰をなでる。「この子は力がある。庭と階段で幻影をみなかったのか？」

激しい怒りに、ワーシャの呼吸が荒くなり、もう一歩大きく前に出た。「あの宝石は壊したわ。わたしは霜の魔物の奴隷じゃない。その子を放して。わたしが身代わりになるから」

「身代わりに？　それはどうかな」カシヤンの厚い唇が飢えたようにねじ曲がる。両の手で赤い光が輝き、ワーシャの視線を引き寄せた……その瞬間、かためた拳《こぶし》が腹に飛んできて、ワーシャは息を詰まらせ、床に倒れた。カシヤンがふたりの間の距離を詰めていたことに、ワーシャは気づいていなかった。

ワーシャは痛みに体を丸め、腹を抱えこんだ。

「わたしに何かを捧げられるとでも思っているのか？」カシヤンはワーシャの顔に唾を飛ばしながらささやいた。「おまえのどぶネズミのような仲間がわたしの兵士たちを驚かせ、おまえはわたしの馬を逃がした。醜い愚か者め、おまえは自分にどれだけの価値があると思っているんだ？」

カシヤンに腹を蹴られ、肋骨にひびが入った。視界で闇が炸裂する。カシヤンが赤い光に縁取られた手を上げると、光が血の色の炎となって指を包んだ。火のにおいがする。カシヤンの背後のどこかで、マーリャがか細く苦しそうな悲鳴をあげた。

カシヤンは顔を近づけ、燃えている手をワーシャの顔すれすれに突きつけた。「おまえは自分を何様だと思っている？　おれを見下しているのか？」

「マロースカのいってたことは本当だった」ワーシャは炎をみつめたままささやいた。「あなたは魔術師なのね、不死身のカスチェイ」

それに答えるカシヤンの笑みに、薄汚れた秘密、光のない年月、欠乏、恐怖、そして永遠に消えることのない渇望が入り混じる。その手の中の火が青く変わったと思うと、消えた。「おれの名はカシヤン・ルートヴィチ。もうひとつの名は、ばかげたあだ名だ。子どものころのおれは痩せていたので、骨という意味のあだ名がついた。だが、いまではモスクワ大公だ」カシヤンは背筋をのばしてワーシャを見下ろすと、ふいに笑い声をあげた。「哀れな戦士だな。ここへきたのは大間違いだ。おまえを妻にする気はない。気が変わった。マーシャを手元に置いていずれ妻にする。おまえは奴隷にしてやってもいい。ゆっくり手なずけてやる」

ワーシャは答えない。痛みのせいで、まだ視界に赤黒い火花が散っている。

カシヤンはかがみこむと、ワーシャのうなじをぐいとつかんだ。もう一方の人差し指をワーシャの涙のたまっている目の端に押しつける。その手は死のように冷たい。「ひょっとすると、目がみえる必要はないかもしれないな」カシヤンはささやいた。爪ののびた手でワーシャのまぶたを軽くたたく。「そうだ。おれの骨の塔で盲目の労働者になれ」

ワーシャの息が、喉でうなるような音をたてる。カシヤンの後ろでは、マーリャがケーキを食べるのをやめ、ふたりをうつろな目でぼんやりみつめている。

突然、カシヤンが顔を上げていった。「まさか」

ワーシャはひびの入った肋骨の激しい痛みに震えながら、倒れたままカシヤンの視線を追う。幽霊が立っている——階段にいた幽霊、姉の塔にとりついていた幽霊だ。まばらな髪をなびかせ、ゆるんでぽっかり開いた口の中は空っぽだ。痛みを感じているかのように体を曲げている。しかし、幽霊は声を発した。「その娘にさわらないで」

「タマーラ」カシヤンがいい、ワーシャは驚きに身をこわばらせた。「出ていけ。自分の塔にもどるんだ。ここはおまえがいる場所じゃない」

「いやよ」幽霊はしわがれ声でいい、前に進み出た。

カシヤンは幽霊をみつめたまま、後ずさりする。額に汗が噴き出している。「そんな目でおれをみるな。おまえを傷つけたことはない——そう、一度もない」

幽霊はワーシャを急かすような目でちらりとみると、カシヤンの目を引きつけたまま、近づいていく。

「怖いの？」幽霊は慣れ慣れしさを装ってささやく。「あなたはいつも恐れていた。母の馬たちを怖がっていた。だから、わたしがつかまえて——あの雌馬の頭に馬勒《ばろく》をつけるしかなかった。覚えてる？　あのころわたしはあなたを愛していた。あなたのいいなりだった」

「黙れ！」カシヤンは小声で吐き出すようにいった。「ここはおまえのくるところじゃない。こられるわけがない。近づけないようにしたはずだ」

幽霊と魔術師は、怒りと渇望と苦い喪失感の入り混じった顔でにらみあっている。「ちがう」幽霊はささやいた。「そうじゃない。あなたはわたしを縛りつけておきたがった。だからわたしは逃げ出した。モスクワにきて、イワンの宮殿の塔に入った。あなたが追ってこられないところへ」骨のような手を喉にやる。「それでも、あなたから自由になれなかった。でも娘は——あの子は自由な身で死んだ。愛されて。それだけは勝ち取ることができた」

タマーラ、とワーシャは思った。

お祖母さん。

幽霊がささやいている間に、ワーシャはゆっくりとマーリヤに近づいた。マーリヤはペチカのそばにおとなしくすわっている。またケーキを食べていて、目を上げようとしない。汚れた顔には涙の筋が何本もできている。ワーシャはマーリヤの手を引いて扉のほうへ向かおうとした。しかし、マーリヤはぼんやりした目でじっとすわったままだ。必死で引っ張ると、ひびの入った肋骨が燃えるように痛んだ。

重い足音と香油のかすかなにおいにはっとしたが、振り向いたときはもう遅かった。ワーシャは背後からカシヤンに捕らえられ、腕をひねり上げられた。悲鳴をあげそうになるのをこらえるワーシャの耳に、魔術師がささやいた。「おれの目をごまかせると思ってるのか？　娘と幽霊と子どもに何ができる。おまえらがどんな魔女の子孫だろうが、おれは最強の魔術師だ」

「マーリヤ・ウラジーミロヴナ」幽霊が奇妙なくぐもった声でいった。「こっちをみて」

マーリヤはゆっくりと顔を上げ、ゆっくりと目を開いた。

そして幽霊をみた。

マーリヤは悲鳴をあげた。子どもの生々しい恐怖の叫びだ。一瞬、カシヤンの視線がマーリヤに向けられた。ワーシャは後ろに手をのばすと、肋骨の痛みをこらえ、カシヤンの短剣――カシヤンのベルトから下がっているワーシャの短剣――をつかみ取って突き刺そうとしたが、カシヤンが後ずさってかわした。しかし、ワーシャの腕をつかんでいる手の力が弱まった。

ワーシャは前に飛び出して床を転がり、短剣を手にカシヤンに近づいた。少なくとも武器を持ち、自分の足で立っているが、息をすると痛みが走る。それに、自分とマーリヤの間にカシヤンがいる。

カシヤンは剣を抜き、歯をむいた。「殺してやる」

勝ち目はない。ワーシャは短剣の扱いも半人前の娘、相手は武装した男だ。カシヤンの剣がまっすぐ振り下ろされ、ワーシャはなんとか短剣で払った。マーシャはすわったまま、夢遊病患者のように体をゆらしている。「マーシャ！」ワーシャは必死に叫んだ。「立って！　扉のほうへいって！　さあ、いい子だから！」カシヤンに向かってテーブルを蹴り、息をしようとうめきながら後ずさりした。

カシヤンが横から斬りつけ、ワーシャは身をかがめる。そのとき、黒いマントをかぶった人影が部屋の隅で待っているようにみえた。——わたしのためだ。わたしのためにきてくれた。ようやく。剣が音をたてて振り下ろされた。あやうく真っ二つになるところを、ワーシャはかろうじて後ろに飛びのいた。

ほんの一瞬、ワーシャはまた幽霊のほうをみた。カシヤンの背後で、タマーラが自分の喉に手をあてている。かつてワーシャの首に魔除けがかけられていた場所だ。ワーシャを縛っていた魔除け……。続いてタマーラが必死の目でマーリャのほうをみたので、ワーシャは理解した。

ワーシャはカシヤンの剣をよけ、またよけた。そのたびに切っ先が近づいてくる。ほとんど息ができない。マーリャはすわったまま身をこわばらせている。最後の一撃が振り下ろされる一瞬前、ワーシャはマーリャのほうに手をのばし、ブラウスの下の重くて冷たい赤い石と金の鎖をさぐりあて、それをもぎ取った。金属がワーシャの掌《てのひら》に食いこみ、マーリャの喉が血に染まる。ワーシャはそのまま身をひるがえし、ペンダントを魔術師めがけて投げつけた。金と赤の光を散らしながら、ペンダントはカシヤンの顔にぶつかり、床に落ちて、砕けた。

カシヤンは目に驚きの色を浮かべてペンダントをみつめ、それからワーシャをみた。

そして、よろよろと後ずさりした。顔が変わり始めている。堰《せき》を切ったように年月が押し寄せ、あっという間に、真っ赤な目をした骸骨のような老人に変わった。ここはもはや、魔術師の魔法の隠れ家ではなく、モスクワ大公の宮殿の塔にある、がらんとした仕事部屋にすぎない。埃だらけで湿った毛織物と女たちのにおいがし、内扉にはかんぬきがかけられている。

「ちくしょう！」カシヤンはうなり声をあげた。「なんてことをしたんだ」また近づいてくるが、足取りはふらふらしている。カシヤンが油断した瞬間をワーシャは見逃さなかった。森の木の下でマロースカと剣の特訓をした日々を忘れてはいなかった。カシヤンの震える腕をよけ、構えの内側に踏みこむと、肋骨の間に短剣を突き刺した。

カシヤンが低くうなる。悲鳴をあげたのは幽霊だった。魔術師からは一滴の血も流れず、タマーラの脇腹、ワーシャがカシヤンを刺した場所から血があふれ出す。

幽霊は体を折り曲げ、崩れるように床に倒れた。

カシヤンは無傷のまま体を起こすと、また近づいてきた。歯をむき、年老いた不死身の体で。ワーシャはマーリヤを引っ張って立たせると、扉に向かって後ずさった。マーリヤは震えているが、その足取りに生気がもどってきている。しかし、声は出さず、悪夢をみているような目をしている。一歩ごとに、ワーシャは肋骨が皮膚を突き破るような痛みを感じた。カシヤンはまだ剣を手にしている……。

「逃げ場はないぞ」カシヤンがささやいた。「おまえにおれは殺せない。それに、街は燃えている。人殺しめ。家族が焼け死ぬまで、この塔にとどまるがいい」

カシヤンはワーシャの顔をみて、いきなり笑いだした。うつろな穴のような口がぱっくり開いている。「知らなかったのか！　ばかめ、火の鳥を解き放ったらどうなるかも知らないとはな」

そのとき、外で大きな低い音がとどろいた。この世の終わりのような音だ。ワーシャの脳裏に、火の鳥が空に舞う様が浮かんだ。夜に、木造の街に解き放たれた……。

この男を倒さなければ。わたしの命にかえても。剣を高く掲げたカシヤンが、ふたたび近づいてくる。ワーシャはマーリャを脇に押しやると、弧を描いて襲ってくる剣をかわした。ドゥーニャのおとぎ話の言葉が、なぜかワーシャの心の中を駆けめぐる。「不死身のカスチエイは自分の命を、針や卵、カモ、野ウサギの中にしまっておく」

しかし、それはただのお話だ。ここに針はない。卵だって……。

思考が行き詰まったかに思えた。ここにいるのは自分だけだ。それに姪。そして祖母。魔女、とワーシャは思った。わたしたちには、ほかの人にみえないものがみえる。そして、消えかかったものをよみがえらせることができる。

そのとき、ワーシャは悟った。

ためらうことなく、幽霊に体当たりした。片手をのばし、土色の喉から下がっているはずのものをもぎ取った。それは宝石――あるいは宝石だったもの――で、触れた感じはマーリャのペンダントに少し似ているが、卵の殻のようにもろい。まるで年月と悲しみに内側からむしばまれたかのようだ。

苦痛と安堵がないまぜになった声で、幽霊はすすり泣いた。

ワーシャはペンダントを手にしたまま、膝立ちになって進み、魔術師と向かいあった。肋骨が――これまで感じたことのないほど痛い。ワーシャは痛みをこらえた。

「それを放せ」カシヤンの声が変化した。生気のない、か細い声だ。カシヤンはマーリャの髪をわしづかみにし、喉に剣を突きつけている。「それを下に置け。さもないとこの子を殺す」

しかし、ワーシャの背後で、幽霊がかすかなため息をついた。「哀れな不死の者よ」マロースカの声がした。これまできいたことがないほど低く、冷たく、弱々しい声だ。

ワーシャは怒りと安堵の息を吐いた。きたことに気づかなかったが、マロースカはいまそこに立っている。幽霊の隣に、影よりも幾分濃いだけの姿で。ワーシャには目を向けない。

「わたしをずっと遠ざけておけると思ったのか?」死神は低い声でカシヤンに語りかけた。

「わたしはいつも、ひと息ほどのところ、心臓ひと打ち分ほどのところにいた」

魔術師は、剣とマーリャの髪を握る手に力をこめた。目に恐怖とかすかな苦い憧れを浮かべて、マロースカをみつめている。「おまえなどどうでもいい、古くさい悪夢め」カシヤンは吐き出すようにいった。「おれを殺すつもりか? この子が先にあの世いきだ」

「死神といっしょにいったらどう?」ワーシャはカシヤンの剣から目を離さずに、静かにいった。ワーシャの手の中の色あせたペンダントはあたたかく、小さな心臓のように脈打っている。

いまにも壊れてしまいそうだ。「あなたは自分の命をタマーラの中に隠した。だから、ふたりともちゃんと死ねないのね。ただ朽ちるだけ。でも、これで終わる。さあ、いって安らぎをみつけなさい」

「いくものか！」カシヤンは噛みつくようにいった。剣を握った手が震えている。「タマーラ」熱にうかされたように呼ぶ。「タマーラ――」

窓から差しこんでくる赤い光が、どんどん明るくなっていく。これは日の光ではない。

タマーラがカシヤンに歩み寄った。「カシヤン、わたしはかつてあなたを愛していた。さあ、いっしょにきて、安らかに眠りましょう」

カシヤンは溺れかけた男のようにタマーラをみつめている。そのせいで剣を握る手がゆるまったことに気づかないらしい。あと少しで……。

ワーシャは最後の力を振りしぼって飛び出すと、カシヤンの剣をつかみ、全体重をかけた。カシヤンが倒れ、ワーシャはマーリャをつかまえた。肋骨と手の痛みも忘れ、引き寄せて抱きしめる。剣で掌が切れ、血がしたたるのを感じた。

魔術師はわれに返ったのか、歯をむき、怒りをあらわにした。

「みちゃだめよ」ワーシャはマーリャにささやいた。そして、血まみれの手で握りしめた宝石を粉々に砕いた。

カシヤンが悲鳴をあげる。顔に苦痛――そして安堵の色が浮かんでいる。「安らかにいきなさい」ワーシャはカシヤンにいった。「神のご加護を」

次の瞬間、不死身のカスチェイは床に崩れるように倒れて息絶えた。

幽霊はまだそこにいるが、輪郭《りんかく》が、強風にあおられる火のようにゆれている。その隣には黒い影が待っている。

「最初にみたとき、悲鳴をあげたりしてごめんね」思いがけず、マーリャが幽霊にささやいた。この塔に連れこまれてから初めて発する言葉だ。「ほんとに、ごめんなさい」

「あなたの娘には五人の子が生まれたのよ――お祖母さん」ワーシャはいった。「その子どもたちにも、また子どもたちが生まれたの。わたしたちはあなたを忘れない。あなたはわたしたちの命を救ってくれた。愛しているわ。どうか安らかに」

タマーラの唇がねじれ、おぞましい口が開いたが、ワーシャにはそれがほほえみにみえた。するとと、死神が手を差し出した。幽霊は震えながらその手を取った。

幽霊と死神は姿を消した。しかしワーシャには、ふたりが消える寸前、黒髪と緑の目を持つ美しい娘が、マロースカの腕の中に抱きしめられ、輝いているのがみえたような気がした。

26　燃える街

ワーシャは血を流しながらも、マーリャの手を引き、階段をよろよろとおりていった。マーリャはまた黙りこみ、泣かずに小走りでついてくる。
階段にはむせかえるほど煙が充満している。マーリャは咳こみ始めた。いまや階段には大勢の人——召使いたち——の姿がある。亡霊は消えていた。上のほうから女たちの悲鳴がきこえてくる。カシヤンなど初めからいなかったかのようだ。炎を握りしめた若い魔術師も、悲鳴をあげる老いた男も。

ふたりは庭に出た。門が破られ、庭は人であふれかえっている。踏みつけられ血で汚れた雪の中に倒れて動かなくなっている者もいれば、あえぎながら哀れな声をあげている者もいる。もう矢は飛んでこない。チェルベイの姿はどこにもみえない。大声で命令を発するドミトリーの顔は、血とすすにおおわれている。馬のほとんどに端綱《はづな》がかけられ、あわただしく門の外へ、火から離れたところへ引かれていく。火はどこまで広がっているんだろう？　どの家が、降ってきた火花の犠牲になったんだろう？　馬屋の火の勢いは弱まってきている。ドミトリーの召使いたちがなんとか火を封じこめたにちがいない。しかし、ワーシャの耳にはさらに大きな火の立てるすさまじい音がきこえ、ふたりがまだ危険を逃れていないことがわかった。煙を吸っているということは、風下にいるにちがいない。火はこっちへ近づいてくる。火が迫っている。それは自分のせいなのだ。

サーシャがまだソロヴェイに乗っているのをみて、ワーシャはほっとした。兄は立っている男と話している。

マーリャが恐怖の叫びをあげた。ワーシャは振り向いた。真夜中の精だ。月の色の髪、星のような目、夜の闇の肌をした真夜中の精が、階段に姿を現していた。まるで炎の狭間から生まれたかのようだ。馬はいない。真夜中の精、ひとりだ。赤い光が頬を紫色に染めている。悲しみらしきものが、そのまなざしから星明かりを消し去った。

「死んだの?」真夜中の精はたずねた。

ワーシャは塔での戦いでまだ呆然としている。「死んだって、だれが?」

「タマーラよ」真夜中の精はじれったそうにささやいた。「タマーラとカシヤン。ふたりは死んだの?」

ワーシャは動揺を隠して答えた。「わたしが――そう。そうよ。どうして――?」

ところが、真夜中の精はただ疲れたように、あたりのどよめきよりもはっきりと、半ばひとりごとのようにいったのだ。「タマーラの母親が喜ぶわ」

ずっとあとになって、ワーシャはこの言葉の意味がわかっていればと後悔することになる。しかし、このときはわかっていなかった。傷を負い、衝撃を受け、疲れ切っていた。まわりでモスクワが燃え落ちようとしている。それは自分のせいだ。「ふたりとも死んだわ。でも、いま街が火事になっているの。どうやったら救える？」

「わたしは世界じゅうの真夜中を見ているだけ」真夜中の精はいらいらしたように返した。

「手出しはしない」

ワーシャは真夜中の精の腕をつかんだ。「手出しして」

真夜中の精はあっけにとられたように手を引っこめようとしたが、ワーシャは必死にしがみつき、自分の血をこすりつけた。ワーシャは人に対して強気だが、人以外のものにも強気に出るようになっていた。真夜中の精はワーシャの手を振りほどくことができずにいる。「わたしの血はあなたたちの力を強めることができるの」ワーシャは冷ややかにいった。「それなら、弱めることだってできるはず。やってみていい？」

「できっこないわ」真夜中の精は言い切ったものの、不安げだ。「絶対に」

ワーシャがゆすぶると、真夜中の精の歯が鳴った。「火を消す方法が何かあるはずよ」ワーシャは叫んだ。

「あれは」——真夜中の精はあえぐようにいった——「ずいぶん昔のことだけど、冬の王が炎をしずめたことがあったかもしれない。冬の王は風と雪を自由に操るから」つやつやしたまぶたが輝く目をおおい、まなざしが意地悪そうになった。「でも、あなたは勇敢な娘だから、マロースカを追い払った。その手でマロースカの力を砕いた」「砕いた——？」

真夜中の精の腕を握るワーシャの手がゆるんだ。

パルノーチニツァがかすかにほほえむと、火明かりで歯が赤く輝いた。「そう、砕いた。賢い娘さん、さっき自分でいったように、あなたの力はふた通りに働くの」ワーシャは無言だ。真夜中の精が身を乗り出してささやく。「秘密を教えましょうか？　あのサファイアで、マロースカはあなたの力を自分に縛りつけた――ところが魔法は思いもよらない結果をもたらした。マロースカの力は強まったけど、同時に、人間にどんどん引き寄せられていった。やがて、人間以上、魔物未満の命を求めてやまなくなった」パルノーチニツァは言葉を切ると、ワーシャをみつめ、残酷な口調でささやいた。「そしてあなたを愛し、どうしていいのかわからなくなった」

「マロースカは冬の王よ。愛することなんてできない」

「そのとおり、いまはね」パルノーチニツァはいった。「さっきいったように、あなたの手の中でマロースカの力は砕けてしまったから。それにあなたの言葉がマロースカを追い払った。モスクワではもう、死に瀕した人のそばでしか、マロースカの姿をみることはできなくなるわ。だから、この街を出なさい、ワシリーサ・ペトロヴナ。この街のことは運命にまかせるの。もうあなたにできることはないのだから」

真夜中の精は、最後にすさまじい力でワーシャの手を引きはがした。そしてあっという間に、その姿は街をおおう煙の幕に包まれてみえなくなった。

次の瞬間、ソロヴェイのけたたましいいななきがきこえ、その背からサーシャが溶けかかった雪の中に飛びおりた。兄はワーシャとマーリャを強く抱きしめ、その上からソロヴェイがうれしそうに鼻をくんくんいわせる。サーシャは血とすすのにおいがした。ワーシャは兄を抱きしめ、ソロヴェイの鼻をなでたが、すぐに身を引き離し、よろめきながら自分の足で立った。ここで弱さをさらしてしまったら、必要なときに力を奮い起こせなくなってしまう。ワーシャは必死に考えをめぐらせて……。

サーシャはマーリャを抱き上げてソロヴェイの背にのせると、ワーシャのほうを向いた。

「さあ、逃げるんだ。モスクワが燃えている」

ドミトリーが馬を駆って近づいてきた。一瞬、ワーシャを見下ろし、その長い三つ編みとあざだらけの顔をみつめる。ドミトリーの表情が、どこか冷たく、暗くなった。しかし、「ふたりを外に逃がせ、サーシャ。時間がない」とだけいった。

ワーシャはソロヴェイの背に乗ろうとせず、兄にたずねた。「オーリャは?」

「わたしがさがしにいく。おまえはソロヴェイに乗るんだ。マーリャといっしょに街を出ろ。時間がない。火が迫ってきている」

大公の庭の喧騒よりもひときわ大きく、塀のむこうから、街の人々のかすれた叫び声がきこえてくる。持てるものを全部持って、逃げ出そうとしているにちがいない。

「妹を馬にのせろ。ふたりを外に出せ」ドミトリーはそういって馬で走り去り、次々と命令を発する。

闇に向かって、ワーシャはささやいた。「きこえる、マロースカ?」

答えはない。

宮殿の塀の外では、風が川のように街のまわりをめぐり、火を高く巻き上げている。ワーシャはマロースカの声を思い出した。おまえが死ぬときに限って、とマロースカはいっていた。そのときは、わたしをおまえから遠ざけるものは何もない。わたしは死神だ。死に瀕する者のところには必ず現れる。

じっくり考えるより早く、自分にやめなさいと言い聞かせるまもなく、ワーシャはマントを脱ぐと、手をのばしてマーリャのしょんぼりすぼめた肩に投げかけた。

「ワーシャ」兄がいった。「ワーシャ、いったい――?」

ワーシャはその続きをきかず、馬に声をかける。「ソロヴェイ。ふたりを守って」

馬は大きな頭をたれていった。いっしょにいかせて、ワーシャ。しかし、ワーシャはただソロヴェイの鼻に頰を寄せた。

そして壊れた門から走り出ると、火のほうに向かった。

通りは人であふれかえり、そのほとんどが反対方向に進んでいる。しかし、動きにくいマントから解放されたワーシャは、雪道を軽々と、すばやく下っていく。

二度、だれかに、間違った方向に逃げているといわれた。一度は男に腕をつかまれ、耳元でもどれと怒鳴られた。

ワーシャはその腕を振りほどいて走り続けた。

煙が濃くなり、通りにいる人々はさらに混乱を極めた。その上から火がのしかかり、世界を埋めつくしそうにみえる。

ワーシャは咳こんだ。めまいがし、喉が腫れ上がる。口の中が乾いて土埃の味がする。そのとき、ようやくオリガの屋敷がみえた。真っ赤な闇の中にそびえ立っている。火は一本先の通りで猛威を振るっている？　それとも二本先？　ワーシャにはわからない。オリガの屋敷の門は開いていて、だれかが中から大声で命令を発している。人がどんどんあふれ出てくる。姉さんはもう助け出された？　ワーシャはオリガのために祈りをささやくと、屋敷を通りすぎ、地獄に飛びこんでいった。

煙。ワーシャは煙を吸いこみ、煙に包まれた。通りにはもうだれもいない。耐えられないほど熱い。走り続けようとしたが、気がつくと崩れるように膝をつき、咳きこんでいた。息が吸えない。立って、と自分に命じ、よろめきながら進む。顔に火ぶくれができ始めている。いったいわたしは何をしてるの？　肋骨が痛い。

ついに走れなくなった。溶けかかった雪の中に倒れこむ。目の前が真っ暗になり……。

モスクワの街が消えた。そこは夜の森だった。星々と木々、灰色と容赦ない闇の世界。

死神が目の前に立っている。

「みつけた」ワーシャは感覚のなくなった唇の間から言葉を絞り出した。あの世の森で雪に膝をついている。自分が立ち上がれないことに気づいた。

マロースカの口がゆがんだ。「おまえは死にかけている」雪の上にマロースカの足跡は残らない。冷たい微風に吹かれても、その髪はそよとも動かない。「おまえは愚かだ、ワシリーサ・ペトロヴナ」

「モスクワが燃えているの」ワーシャはささやいた。唇も舌も思うように動かない。「わたしのせい。火の鳥を解き放ってしまったから。でも、真夜中の精——あの人が、あなたなら火を消せるといった」

「いまはもうむりだ。わたしはあまりにも多くをあの宝石に注ぎこみ、宝石は砕かれた」マロースカは感情をこめずにいった。しかし、ワーシャを荒々しく引っ張って立たせた。まわりのどこかで、ワーシャは火の気配を感じた。自分の肌に火ぶくれができているのがわかる。煙で窒息しそうになっていることも。

「ワーシャ」マロースカはいった。その声にあるのは絶望だろうか。「ばかなことをするな。わたしには何もできない。もどれ。ここにいてはいけない。もどれ。逃げて生きるんだ」

ワーシャはかろうじてその声を聞き取った。「ひとりではいや」なんとか口にする。「もどるなら、あなたもいっしょよ。火を消すの」

「不可能だ」マロースカがそういったような気がした。

ワーシャはきいていない。力はもうほとんど残っていない。熱も、燃える街も、ほぼ消えかけている。ワーシャは自分が死にかけていることを知った。

あのとき、どうやってこの場所からオリガを引きもどした？　愛、怒り、決意。

ワーシャは血だらけの弱々しい両手をマロースカのマントに巻きつけ、冷たい水とマツのにおいを吸いこんだ。跡を残さない月光の自由のにおいを吸いこみ、救えなかった父親のことを思った。そして、まだ救える人たちのことを。「真夜中の精は――」ひとことというたび、必死で息を吸う。「真夜中の精がいってた。あなたはわたしを愛してるって」

「愛する？」マロースカは聞き返した。「どう愛するというのだ？　わたしは魔物、悪夢だ。春がくるたび死んで、永遠に生きる身だ」

ワーシャは待った。

「だが、そのとおりだ」マロースカはいらいらしたようにいった。「わたしなりに、おまえを愛していた。さあ、もう、いけ。生きるのだ」

「わたしも」ワーシャはいった。「女の子が夜にやってくる勇者に憧れるような、子どもっぽい愛し方かもしれないけど、それでもあなたを愛してた。だから、いっしょにきて、これを終わらせてほしいの」ワーシャはマロースカの両手をつかみ、残っている力をこめて――あらんかぎりの情熱と怒りと愛をこめて――引っ張り、ふたりをモスクワの地獄に引きもどした。

ふたりは熱くなったぬかるみにもつれあうように横たわっていた。火は目前まで迫っている。真っ赤な光の中で、マロースカは身動きひとつせずに目をしばたたいた。ただただ驚いている。

「雪を呼んで」ワーシャは燃える火のとどろきよりも大きな声で、マロースカの耳元で叫んだ。「あなたはここにきた。モスクワが燃えているの。雪を呼んで」

マロースカにはワーシャの言葉がほとんどきこえていないようだ。目を上げて、驚異とわずかな恐怖を抱き、まわりの世界をみつめている。その手はまだワーシャの手に重ねられているが、生きているどんな人間よりも冷たい。

ワーシャは恐怖と焦りから悲鳴をあげたくなった。マロースカの横面を思い切り打つ。「きいて！　あなたは冬の王でしょ。雪を呼んで！」ワーシャはマロースカの頭の後ろに手をあて、キスをした。マロースカの唇を嚙み、自分の血をマロースカの顔にこすりつけ、冬の王が実体と生気と力を取りもどして魔法を使えますようにと願った。

「ここにいるのはあなたの民よ」ワーシャはマロースカの耳にささやく。「救って」

マロースカの目がワーシャの目をとらえる。その顔にわずかに意識がもどってきた。立ち上がるが、まるで水中で動いているかのようにゆっくりだ。ワーシャの手をしっかり握りしめている。自分の手がマロースカをここにとどめているのだと、ワーシャにはわかった。

世界が火で埋めつくされてしまいそうだ。空気が燃えつき、毒だけが残っている。ワーシャは息ができない。「お願い」ワーシャはささやいた。

マロースカは苦しそうに息を吸いこんだ。まるで煙に痛めつけられているかのようだ。しかし、息を吐くと、風が起こった。ワーシャは水のような冬の風を背に受け、そのあまりの強さによろめいた。しかし、倒れる前にマロースカに受けとめられた。

風はどんどん強くなり、ふたりから火を遠ざけ、火を押し返す。

「目をつぶれ」マロースカはワーシャの耳元でいった。「いっしょにくるんだ」

ワーシャが目をつぶると、突然、マロースカにみえているものがみえた。ワーシャは風であり、煙る空に立ちこめる雲であり、真冬の深雪だ。取るに足らない存在であり、それでいてかけがえのない存在でもある。

ふたりの間のどこか、ワーシャの明滅する意識と意識の間のどこかに、力がたまっていく。魔法などない。物はあるか、ないかのどちらかなのだ。ワーシャはもう何もいらなかった。生きようが死のうが、どうでもいい。ただ感じることしかできない。強まる嵐。風の息づかい。マロースカが隣にいる。

あれは雪? あれも? 雪と灰の見分けがつかない。ただ、火の燃える音がどこかちがってきた。いや——あれは雪だ。突然、雪はすさまじい大吹雪のように激しく降りだした。どんどん降り積もり、やがて空もあたり一帯も、見渡す限り白一色になった。雪が、火ぶくれのできたワーシャの顔を冷やし、炎を鎮める。

目を開けると、ワーシャはいつのまにか元の自分にもどっていた。

マロースカの腕がワーシャからずり落ちる。雪でぼやけているが、マロースカの顔はどこか——自信なさそうで、恐怖をはらんだ驚きに満ちているようにみえる。

ワーシャは言葉がみつからない。

だから、ただマロースカに寄りかかり、雪が降る様をみつめた。焼けた喉がひりひり痛む。マロースカは無言だ。だが、わかっている、というかのように、身じろぎもせずに立っている。

雪が降りしきるなか、長い間、ふたりは立ちつくしていた。ワーシャは吹雪の狂気にも似た美しさと消えていく火をみつめ、マロースカは何かを待つかのように、ワーシャと同じくらい静かに立っている。

「ごめんなさい」ずいぶんたってからワーシャはいったが、何を謝っているのか、自分でもはつきりわからなかった。

「なんのことだ、ワーシャ？」ワーシャの背後で、マロースカがようやく動きだし、指先でワーシャの喉元に触れた。前に魔除けをつけていた場所だ。「何を謝っている？　あの宝石は砕けたほうがよかったのだ。霜の魔物は生き続けることはできない。それに、わたしに力があるときは終わった」

　雪は弱まってきている。ワーシャが振り返ると、マロースカがはっきりみえた。「あの宝石を作ったのは、カスチェイと同じ理由なの？　あなたの命をわたしに託すため？」

「そうだ」

「それに、愛されたかったから？　わたしの愛があれば、生きられるから？」

「そうだ。怪物への乙女の愛は、時とともに色あせることはない」マロースカは疲れた顔をしている。「しかしそれ以外のことを――考えていたわけではない」

「それ以外のことって？」

　薄い青の目が謎めいたまなざしでワーシャの目をみつめる。「わかっているはずだ」

　ふたりは油断なく、無言で互いの心をはかりあう。やがて、ワーシャはいった。「あなたはカシヤンとタマーラについて何を知ってるの？」

　マロースカはかすかにため息をついた。「カシヤンは遠い国の公で、みる力を授かっていた。世の中を自分の思いどおりに変えたいと願ったが、カシヤンにも思いどおりにできないものがあった。カシヤンには愛している女がいた。その女が死んだとき、その命を返してほしいとわわたしに請い求めた」マロースカは口をつぐんだ。その一瞬の冷たい沈黙から、ワーシャはカシヤンの願いが聞き届けられなかったことを知った。そして、心ならずも憐れみを感じた。

「ずいぶん昔のことだ」マロースカは続けた。「そのあとのことは知らない。カシヤンが自分の命を体から切り離す方法をみつけ、わたしの手が届かないようにしてしまったからだ。わたしは忘れていたのだ――どういうわけか――カシヤンも死ぬことがあるということを。そのせいで、カシヤンが死ぬことはなかった。かつて、タマーラは母親と暮らしていた。そこへある日、カシヤンが、馬を買うためにやってきたときいている。ふたりは恋に落ち、駆け落ちした。そして姿を消し、やがてタマーラだけがモスクワに現れた」

「タマーラはどこからやってきたの？」ワーシャは急かすようにたずねた。「何者なの？」マロースカは答えようとしていた。表情をみれば明らかだった。そのときマロースカが答えていたら、ワーシャのたどる道はどう変わっていただろう。あとになって、ワーシャは何度もそう思った。しかし、まさにその瞬間、修道院の鐘が鳴り響いた。

鐘の音が拳《こぶし》のようにマロースカを打ち据えた。まるで雪片のように粉々にし、吹き飛ばしてしまうかのように。

「何が起こっているの？」ワーシャはたずねた。

魔除けは砕かれた。マロースカは身を震わせ、その問いに答えなかった。

マロースカはそういったかもしれない。それに、霜の魔物は愛することができない。しかし、そうはいわなかった。「夜明けだ」マロースカはなんとか口にした。「太陽の下では、モスクワでは、わたしはもう生きていられない。冬至のあとはそうなのだ。鐘も鳴っている。ワーシャ、タマーラは――」

また鐘が鳴り響き、マロースカの声が次第に小さくなる。

「だめよ。消えないで。あなたは不死身なんでしょう」ワーシャは手をのばし、両手でマロースカの肩をつかんだ。突然の衝動にまかせ、背伸びしてキスをした。「生きて。わたしを愛してるっていったじゃない。生きて」

マロースカは驚き、ワーシャをみつめた。冬のように老いているが、降ったばかりの雪のように若々しい。そして、ふいに身をかがめ、キスを返した。顔に赤味がさし、目の色が濃さを増し、真昼の空の青になった。「わたしは生きられない」マロースカはワーシャの耳にささやいた。「生きることと、不死であることは両立できないのだ。しかし、風が吹き、激しい嵐が世界を重くおおうとき、人が死ぬときには、そこにいる。それで十分だ」

「十分じゃないわ」

マロースカは何もいわない。人間ではなく、冷たい雨、黒い木々、青い霜でできたものにすぎず、ワーシャの腕の中でどんどん薄れていく。しかし、顔を近づけるともう一度ワーシャにキスをした。その甘さが、とうに消えてしまった何かから火花を散らしたかのようだったが、そうしながらマロースカは消えてしまった。

ワーシャは呼びもどそうとした。しかし、夜は白みかけていて、光の筋が雲間から差し、燃えかすと悪臭だらけの半分焼けた街を照らし始めた。

ワーシャはただひとり、立ちつくしていた。

27　赦しの日

サーシャは信じられない思いで、風が起こるのを感じ、火がどんどん退いていくのをみた。どこからともなく雪が現れ、降り始めた。ドミトリーの宮殿の庭のあちこちで感謝の声があがっている。

マーリヤはソロヴェイの肩にまたがり、小さな両手でたてがみをぎゅっと握りしめている。ソロヴェイが鼻を鳴らし、首を振った。

マーリヤは身をよじってサーシャを見上げた。空は目の覚めるような濃い金色に染まり、大火事の光が雪に包まれていく。

「ワーシャが嵐を起こしたの?」マーリヤがそっとたずねる。

サーシャは返事をしようと口を開きかけたが、自分にはわからないと気づいて黙りこみ、「さあ、マーシャ。家へ送っていくよ」とだけいった。

ふたりはオリガの屋敷に向かった。人々が逃げまどって汚く踏み荒らした街路の雪を、降りしきる雪がゆっくりおおっていく。マーリヤは舌を出して、くるくると舞う雪を味わい、驚いたように笑い声をあげた。激しい雪のせいで、目の前に差し出した手さえ、まともにみえない。記憶を頼りに馬を進めていたサーシャは、角を曲がった先にオリガの屋敷の門をみつけ、人けはほとんどなかったが、こぢんまりした安全な庭に入ると、ほっとした。かしいだ門扉が開いている。奴隷たちの多くはすでに逃げ出したようだ。

庭に人はいないが、礼拝堂からかすかな詠唱の声がきこえてくる。救済に感謝して祈りを捧げているのだろう。サーシャが馬から降りようとしたとき、ソロヴェイが頭を上げ、前足で溶けかけた雪をかいた。

門扉が斜めに傾いている。衛兵たちは火事を目の当たりにして逃げ出したのだろう。ほっそりした人影がひとつ、ふらふらと門を入っていく。

ソロヴェイが太く力強いいななきをあげ、いきなり走りだした。「ワーシャおばさん！」マーリャが叫ぶ。「ワーシャおばさん！」

次の瞬間、その大きな馬は、火のにおいのするワーシャの髪にそっと鼻を押しつけた。マーリャはソロヴェイの肩を滑り降りると、雪と泥をはね上げながらおばの腕の中に飛びこんだ。

ワーシャはマーリャを抱きとめたが、その顔が真っ白になり、マーリャを地面におろした。

「もうだいじょうぶ」マーリャをきつく抱きしめてささやく。マーリャは泣きじゃくっている。

「もうだいじょうぶだから」

サーシャはソロヴェイの背から滑り降りると、妹にざっと目を走らせた。三つ編みの先が焦げ、顔にはやけどを負い、まつげがなくなっている。目は充血し、身をこわばらせている。

「何があったんだ、ワーシャ？」

「冬は終わったわ」ワーシャはいった。「そして、わたしたちはみんな生きてる」

ワーシャは兄に笑いかけたが、今度は自分が泣きだした。

ワーシャは屋敷に入ろうとせず、ソロヴェイのそばを離れようとしない。「オリガに出ていけといわれたの。むりもないわ。もう二度とわたしには会いたくないと思う」

サーシャはしかたなくワーシャを庭に残し、マーリャを連れて母親をさがしにいった。オリガは避難していなかった。床に臥せってもいなかった。ワルワーラや残った侍女たちと礼拝堂で祈っていた。女たちは震えながら、イコノスタスのそばの床にひざまずいている。

しかし、入口にマーリャの足音がしたとたん、オリガは顔を上げた。死人のように真っ青だ。ワルワーラに抱かれるようにして、よろよろと立ち上がり、ささやいた。「マーシャ！」

「お母さん！」マーリャはかん高い声で叫ぶと、母親のもとへ飛んでいった。オリガは娘を受けとめ、抱きしめたが、痛みで唇が真っ青になった。床に倒れこみそうなオリガを、ワルワーラが支える。

「ベッドで休まなくては、オーリャ」サーシャはいった。ワルワーラは口には出さないものの、心から同意しているようにみえる。

「祈ろうと思って」オリガは答えた。疲れきって顔が青ざめている。「ほかに何もできないから……いったい何があったの？」熱っぽい手で娘の髪をなで、抱き寄せる。「奴隷たちの半分は火事のせいで逃げ出した。残りの半分は、この子をさがしにやったの。死んでしまったとばかり……。ダニールは安全なところに避難させたのだけど、わたしはどうしても――」オリガは泣いてはいない。かろうじて落ち着きを保っていて、何度も何度も娘の頭をなでる。「風呂小屋からもどってきたら」そこまでいうと、真っ青になり、あえぐような息をした。「マーリャがいなくなっていたの。乳母も、ほとんどの衛兵も逃げ出していて。街が燃えさかっていたわ」

「ワーシャがみつけたんだ」サーシャはいった。「ワーシャが助けてくれた。この子が悪いんじゃない。ベッドから連れ去られたんだ。そして、神がこの街をお救いになったのだ。風が変わり、雪が降り始めた」

「ワーシャはどこ?」オリガはささやいた。

「外だ」サーシャは疲れた声でいった。「馬といっしょにいる。中に入ろうとしない。歓迎されないと思いこんでいるんだ」

「ワーシャのところへ連れていって」オリガがいった。

「オリガ、具合が悪いのだから、横にならなくては。わたしが連れて――」

「連れていって、といったでしょ!」

ワーシャは疲れ果て、庭でソロヴェイに寄りかかって立っていた。何をしたらいいのかも、どこへいけばいいのかもわからない。まるで深い川の中で考えているようだ。服は裂けて焼け焦げ、血だらけだ。三つ編みからほどけた髪が顔や喉や体にたれかかり、先のほうが焦げて縮れている。

最初にソロヴェイが耳を立てた。それからワーシャが顔を上げると、兄と姉と姪が近づいてくるのがみえた。

ワーシャはぴたりと動かなくなった。

オリガはサーシャの腕に寄りかかり、もう一方の手でマーリャを抱きしめている。その後ろから、ワルワーラが眉をひそめてついてくる。モスクワの上空で、夜が明け始めている。冬の雲はすでに消え去り、さわやかなそよ風が残っている煙を追い払う。柔らかな朝日の中で、オリガは若々しくみえる。顔を上げてそよ風に吹かれると、頬にほんのり赤味がさした。

「春のにおいね」オーリャはつぶやいた。

ワーシャは勇気を振りしぼり、姉たちに会おうと歩み寄った。ソロヴェイも鼻をワーシャの肩にのせたまま、いっしょに進む。

ワーシャは姉よりずいぶん手前で足を止め、頭を下げた。

沈黙がおりた。ワーシャは顔を上げた。ソロヴェイが姉のほうにそっと鼻をのばしている。

オリガは目を見開いてソロヴェイをみつめている。「これは——あなたの馬？」

思ってもいなかった質問に、ワーシャの喉にふいに笑いがこみあげた。ソロヴェイはくつろいだ様子で、オリガの頭飾りを噛み始めた。ワルワーラはそれを叱りつけたい様子だが、その勇気はない。

「そうよ」ワーシャはいった。「ソロヴェイっていうの」

オリガは宝石に彩られた手をのばし、ソロヴェイの鼻をなでた。

ソロヴェイが鼻を鳴らす。オリガは手をおろして、もう一度妹をみた。

「さあ、いらっしゃい。みんな、中に入って。ワーシャ、わたしたちに何もかも話してちょうだい」

ワーシャの話は、レスナーヤ・ゼムリャにあの司祭がやってきたところから始まり、雪を呼び寄せたところで終わった。うそは交えず、言葉を尽くして語った。話を終えるころには、塔の窓から日の光が差しこんでいた。

ワルワーラは煮こみ料理を運んできて、ほかの者たちを遠ざけた。マーリヤは眠りに落ち、ペチカのそばで毛布にくるまれている。ベッドに連れていかれるのをいやがったのだ。じつのところ、母親もおじもおばも、マーリヤを目の届かないところへやりたくなかった。

ワーシャは話を終えると、椅子に深くすわった。疲れでめまいがした。

少しの間、沈黙が続き、それからオリガがいった。「あなたの話を信じないといったらどうする、ワーシャ?」

ワーシャは答えた。「証拠がふたつあるの。ひとつは、ソロヴェイには人の言葉がわかるっていうこと」

「そのとおりだ」意外にもサーシャが口をはさんだ。ワーシャが話している間、この修道士は黙ってすわっていた。「大公の庭で戦っているとき、ソロヴェイに乗っていたんだ。あの馬はわたしの命を救ってくれた」

「それに」ワーシャはいった。「この短剣は、冬の王がわたしのために作ってくれたものなの」

ワーシャは短剣を抜いた。ワーシャの手に握られた短剣は柄が青く、刃は青白い。美しく冷たいが、ただ――ワーシャは顔を近づけてみた。ただ、刃から淡い色の水がしたたっている。まるで、春につららが溶けるみたいに。

「その罪深いものをしまって」オリガがけわしい声でいった。

ワーシャは短剣をさやにおさめていった。「姉さん、うそはついてないわ。いまはもう。わたしは今日、ここを出ていくつもり――もう二度と姉さんに迷惑はかけない。ただお願い――お願いだから赦してほしいの」

オーリャは唇を噛んでいる。視線を、眠っているマーリャからサーシャに移し、ワーシャにもどした。それから長い間、黙りこんだ。

「そして、マーシャはあなたと同じだというの？」オリガが唐突にたずねた。「みえるのね？チョルトが」

「そう」ワーシャはいった。「マーシャにはみえる」

「だから、カシヤンはあの子をほしがったのね？」

ワーシャはうなずいた。

オリガはまた黙りこんだ。

ほかのふたりは待っている。

オリガがゆっくりいった。「それなら、あの子を守らなくては。魔術師たちの悪から、それに人間の残酷さからも。ただ、わたしにはどう守ったらいいのかわからない」

また長い沈黙がおりた。それからオリガは顔を上げて、兄と妹をまっすぐみつめた。「でも、わたしには力になってくれるあなたたちがいる」

ワーシャとサーシャは驚いて言葉が出ない。

しばらくして――「いつでも」ワーシャがそっといった。朝日が斜めに差して、ワーシャのやけどを負った手の甲を照らし、オリガの青白い手をほのかに赤く染めた。ワーシャは、自分の中のどこかに灯がともったような気がした。

「責めあうのは、あとでいつでもできるわ」オリガは続けた。「でも、計画しなければならない未来もある。それに――あなたたちふたりを愛しているわ。いままでどおり。これからもずっと」

「それだけで、今日はもう十分」ワーシャはいった。

オリガは両手を差し出した。ワーシャとサーシャがその手を取り、そのまま静かにすわっていた。外では朝日がますます明るく輝き、冬を追い払っていた。

作者あとがき

氷におおわれた中世の粗野なモスクワ大公国は、必ずしもおとぎ話にうってつけの舞台とはいえません。時代も場所も、野蛮で複雑で魅力的ではありますが、その魅力を十分伝えるために必要な表現の多様性が、おとぎ話という――悪役や姫を中心に展開する――形式に備わっているとは限らないからです。

この途方もない時代を語る史料は乏しく、修道士や司祭、商人、農民、公女、修道女たちがくり広げる争い、目まぐるしく変化する協力関係、野心、信念の全貌をあますところなく描こうとすれば、本書、『塔の少女（原題 *The Girl in the Tower*）』よりもはるかに長く、大がかりな作品になることでしょう。

本書では正確さを重視し、人間性や政治的な駆け引きについて深く掘り下げることができない場合は、少なくともその複雑さや奥深さがそれとなく伝わるように心がけました。基本素材であるおとぎ話を忠実になぞりながらも、わたしが魅了された時代と場所の質感を損なわないように努めました。

最善を尽くしたつもりですが、もし誤りや不十分な記述があれば、おわびします。

この時代についてもっと詳しく知りたい方には、そうした本もたくさん出版されています。

お勧めは、ジャネット・マーティンの『中世ロシア　九八〇～一五八四年（*Medieval Russia, 980-1584*）』（ケンブリッジ大学出版、二〇〇七年、未訳）で、情報量も多く興味深い著作です。リンダ・イヴァニツの『ロシアの民間信仰（*Russian Folk Belief*）』（ラウトレッジ、一九九二年、未訳）も大いに役立ちました。また、『ドモストロイ（*The Domostroi*）』（ロシア語版、英語版が出版されているが、未訳）――この作品で描かれている出来事の少しあとの、イワン雷帝の時代に書かれた家政訓――は、一次資料のひとつです。

これらはいずれも、歴史の細部をもっと詳しく知りたい方々に役立つことでしょう。

いつものことながら、この作品を読んでくださったみなさんに感謝します。

ロシア語の人名について

ロシア語における名前や呼称は――子音の連なりから想像するほど複雑ではないものの――英語とはずいぶん異なるため、説明に値する。現代のロシアの人名は、名、父称（父親の名から取った姓）、姓の三つの部分から成るが、中世のルーシでは、名のみ、あるいは（高貴な生まれの人々の場合）名と父称、というのが一般的だった。

●名と愛称

ロシア語は愛称形がきわめて豊富で、どんな名でもたくさんの愛称ができる。たとえばエカテリーナという名の場合、略称だけでも、カテリーナ、カーチャ、カチューシャ、カーテニカなど、さまざまな形がある。話者は、相手との親密度やその時々の気分で、こうしたバリエーションを使い分ける。

アレクサンドル――サーシャ
ドミトリー――ミーチャ
ワシリーサ――ワーシャ、ワーソチカ

ロジオン――ロージャ

エカテリーナ――カーチャ、カチューシャ

●父称

ロシア語の父称は、常に父親の名に由来し、性別によって変わる。たとえば、ワシリーサの父親の名はピョートルなので、ワシリーサの――父親の名に由来する――父称は、ペトロヴナとなる。一方、ワシリーサの兄のアレクセイは、その男性形であるペトロヴィチを使っている。ロシア語で敬意を表すには、英語のようにミスターやミセスを使うのではなく、名と父称で呼びかける。ワシリーサと初対面の人であれば、ワシリーサ・ペトロヴナと呼ぶだろう。また、少年の格好をしているときのワシリーサは、ワシーリー・ペトロヴィチと名乗っている。

中世ロシアでは、高貴な生まれの女性が結婚すると、父称（があれば、それ）を、夫の名に由来するものに変えた。このため、オリガの少女時代の名はオリガ・ペトロヴナだったが、結婚後はオリガ・ウラジーミロワに変わっている（また、オリガとウラジーミルの娘はマーリヤ・ウラジーミロヴナと呼ばれている）。

謝　辞

初めて小説を書くことは、風車を巨人かもしれないと思って戦いを挑むのに似ている、とわたしはかつて書きました。二作目の執筆は、そう、いってみれば、相手が巨人だと知りつつ格闘するようなもので、戦いながらも全力疾走し、頭の中では「この前はどうやったんだっけ？」と考えていました。

というわけで、この作品の執筆中、わたしに快く伴走してくださったみなさんに心から感謝しています。

本当はそうじゃなくても、すばらしい作品だといってくれたママに。ちっともよくないと——本当にいいと思うまでは——いってくれたパパに。数えきれないくらい何度もハグしてくれたベスに。いつもでたらめな歌をうたいだす、バーモント州一の家の持ち主で、世界一の親友であるR・J・アドラーに。一日中執筆を続けて怪しげな目つきになっているわたしに、人間らしい会話をさせてくれたギャレット・ウェルソンに。ウェブサイトを根気強く何百万回も編集してくれたカール・シーバーに。原稿——に次ぐ原稿——を読んでは、ロシア語の表記等を修正し、わたしに自信を与え、そしてもちろん、わたしにあらゆることを教えてくれたタチアナ・スモロディンスカヤに。おとぎ話のチェックをしてくれたサーシャ・メルニコワに。すばらしい友で才能ある映画制作者でもあるベサニー・プレンダギャストに。文字どおり最高にすばらしいビョルンとキム、ヴィッキー、デイヴィッド、エリザ、マリエルとダナ、そしてジョエルに。ときおり、パジャマ姿で仕事をする変人に心を開き、家（特にカウチ）を解放してくれたジョハンナ・ニコルズに。自分の巨人と格闘しながらも、ずっとわたしを励ましてくれたマギー・ロジャーソンとヘザー・フォーセットに。いつもそばに寄り添ってくれる、いとこのジェニファー・ジョンソンに。おいしい食事とやさしい思いやりを提供し、いつも変わらず応援してくれるジョンソン家のピーター、キャロル・アン、グレイシーに。わたしよりも早くわたしの才能を見出してくれたキャロル・ドーソンに。

〈ストーン・リーフ・ティー・ハウス〉と〈キャロルズ・ハングリー・マインド・カフェ〉のみなさんに——何か月にもわたって居座っていたわたしを、あたたかく見守ってくださり、ありがとうございました。

エヴァン・ジョンソンに——何もかもありがとう。

アメリカのバランタイン・ブックスとデル・レイ・ブックスのみなさん——トリシア・ナル

ワニ、マイク・ブラフ、キース・クレイトン、デイヴィッド・モンチ、ジェス・ボネット、アン・スパイヤーに。この上なくすばらしい仕事をしてくれたことに感謝します。

ジェニファー・ハーシーに。わたしに劣らぬ情熱をこの作品に注ぎ、わたしが最善を尽くしたと確信するたびに、もっとやれると示してくれたことに感謝します。

イギリスのエブリー・プレスのみなさんに――エミリー・ヤウ、テス・ヘンダーソン、ステファニー・ノールス、ジリアン・グリーン。最初の日からずっとこのシリーズに全力を注いでくれたことに、心から感謝しています。

ジャンクロー&ネズビット社のみなさん――ブレナ・イングリッシュ＝ローブ、スザンナ・ベントリー、ジャレッド・バロンに。第一作に続き、すばらしい本にしてくれてありがとう。

そして末筆ながら、この作品の出版の立役者であるエージェントのポール・ルーカスに感謝を。

書体について

本書（英語で書かれた原書をさす）が採用している書体はフルニエ（Fournier）と呼ばれ、フランスで印刷業を営んでいた一家の末息子ピエール＝シモン・フルニエ（一七一二－六八）にちなんで名づけられた。木版術を学んだフルニエは、まず装飾的な大文字を彫ることから始め、のちに書体のデザインをするようになった。一七三六年に独立して活字鋳造所を始め、書体デザインの分野で重要な貢献をし、百四十七種類のアルファベットの字体を考案したといわれている。フルニエの最も有名な仕事は、おそらくサン・オーギュスタン・オーディネール（St. Augustine Ordinaire）という書体で、一九二五年にモノタイプ・コーポレーションが発表したフルニエの基礎となっている。

検印
廃止

訳者紹介　金原瑞人：法政大学教授・翻訳家。訳書にモーム『月と六ペンス』など600冊以上。エッセイ集に『翻訳はめぐる』など。野沢佳織：翻訳家。主な訳書にミラー『キルケ』、セペティス『凍てつく海のむこうに』などがある。

塔の少女

〈冬の王2〉

2023年4月28日　初版

著　者　キャサリン・アーデン

訳　者　金《かね》　原《はら》　瑞《みず》　人《ひと》
野《の》　沢《ざわ》　佳《か》　織《おり》

発行所　(株)東京創元社
代表者　渋谷健太郎

162-0814/東京都新宿区新小川町1-5
電　話　03・3268・8231-営業部
03・3268・8204-編集部
URL　http://www.tsogen.co.jp
DTP　工　友　会　印　刷
暁印刷・本間製本

ISBN978-4-488-59905-8　C0197